MAYA BANKS

O mais desejado dos Highlanders

Uma mulher conformada em viver nas sombras mostra o verdadeiro significado do amor a um guerreiro sedutor

São Paulo
2016

UNIVERSO DOS LIVROS

Diretor editorial
Luis Matos

Editora-chefe
Marcia Batista

Assistentes editoriais
Aline Graça
Letícia Nakamura

Tradução
Pedro Monfort

Preparação
Alline Salles

Revisão
Alexander Barutti
BR75 | Silvia Rebello

Arte
Francine C. Silva
Valdinei Gomes

Capa
Zuleika Iamashita

Avaliação do original
Rayanna Pereira

Dados Internacionais de Catalogação na Publicação (CIP)
(Câmara Brasileira do Livro, SP, Brasil)

B17m

Banks, Maya

O mais desejado dos Highlanders / Maya Banks ; tradução de Pedro Monfort. -- São Paulo : Universo dos Livros, 2016.
400 p. (Montgomery Brothers ; 2)

ISBN: 978-85-503-0059-7
Título original: Highlander most wanted

1. Literatura norte-americana 2. Literatura erótica
I. Título II. Monfort, Pedro

16-1078 CDD 813.6

Universo dos Livros Editora Ltda.
Rua do Bosque, 1589 – Bloco 2 – Conj. 603/606
CEP 01136-001 – Barra Funda – São Paulo/SP
Telefone/Fax: (11) 3392-3336
www.universodoslivros.com.br
e-mail: editor@universodoslivros.com.br
Siga-nos no Twitter: @univdoslivros

Para Kate Collins, uma campeã e uma editora maravilhosa.
E para Gina Wachtel e Linda Marrow, pessoas que amo demais.

– Eu preferiria que conversássemos quando, ao menos, estiver coberta – ela disse com uma voz ácida que lhe dava esperança.

Ele podia aceitar uma Genevieve picante. Uma Genevieve arrasada e assustada dava um nó em seu estômago.

– Vou virar de costas e permitir-lhe que saia da água para que não fique com frio – ele ofereceu.

Quando ele não se virou imediatamente, ela franziu a testa e fez um movimento circular com a mão.

Contendo um sorriso que o surpreendeu por contrair os lábios, ele rapidamente se virou e olhou para o castelo ao longe.

Maldição, ele não queria ser flexível com ela. Não queria fazê-la sorrir ou nada do tipo. Mas estaria mentindo se sugerisse algo assim. Podia dizer a si mesmo tudo o que queria, mas havia algo na mulher que era encantador.

Seu corpo e sua mente não estavam de acordo sobre esse assunto, e seu corpo estava ganhando rapidamente a batalha.

Capítulo 1

– Alguma vez já desejou voltar no tempo? – Genevieve McInnis sussurrou enquanto estava na janela do quartinho da torre que haviam oferecido a ela há mais de um ano.

O sol de verão estava alto e não mostrava sinais de baixar e, ainda assim, ela podia sentir a escuridão. Sabia que estava vindo. Os Montgomery não permitiriam que um deles fosse injustiçado, e agora todo o clã McHugh, ou o que havia sobrado dele, pagaria o preço pela ousadia de Ian McHugh.

Ela devia estar com medo, mas há bastante tempo já aceitara seu destino. Sua possível mortalidade. Não sentia medo como antes. Havia coisas piores do que a morte, como ela já tinha descoberto. Às vezes, viver exigia muito mais coragem. Encarar outro dia. Enfrentar. *Essas* coisas requeriam força. Muito mais do que morrer.

O vento ficou mais forte, soprando uma brisa fria em seu rosto, aliviando as pontadas do sol. Sua pergunta sussurrava suavemente em seus ouvidos, como se o vento a tivesse levantado e carregado de volta em suas asas.

Se ao menos ela tivesse conhecido Ian McHugh. Se ao menos tivesse ficado em seu quarto naquele dia fatídico quando ele chegou à corte e se tornou instantaneamente obcecado por ela.

No entanto, sua obsessão não estava limitada a ela. Ele coletava coisas. Mulheres. Elas eram objetos que ele via como posse. Ian era como uma criança petulante guardando seus brinquedos favoritos. Se não pudesse tê-las, então nenhum homem poderia.

Era a mesma coisa com Eveline Montgomery, uma mulher que, como Genevieve, desdenhara das investidas de Ian. Dessa vez, porém, ele havia cruzado o clã errado, e pagaria por isso com a vida. Graeme Montgomery havia corrigido o erro cometido contra sua esposa e atravessado Ian com sua espada na frente de todo o clã McHugh.

Agora o clã inteiro esperava com ansiedade o retorno dos Montgomery. O pai de Ian, Patrick, o laird, por mais risível que pareça, havia partido somente esta manhã, porque ele tinha o conhecimento de que Graeme Montgomery retornaria para vingar sua esposa, como Genevieve rezara que ele fizesse.

Finalmente. *Finalmente*, ela poderia ter uma *esperança* de liberdade.

Patrick não era nenhum *laird*. Ian havia passado por cima de seu pai desde muito pequeno. Ian tomava as decisões. Tratava mal o pai. Tirou proveito de Patrick por anos. Tudo o que faltava era que Patrick deixasse sua posição e nomeasse Ian como seu sucessor.

Só que agora o clã está em ruínas. Muitos fugiram, evitando o inevitável banho de sangue que certamente ocorreria. Outros ficaram somente porque não havia lugar para ir.

Esse era o caso de Genevieve.

Aonde ela iria?

Para sua família, ela estava morta. Acreditavam que tinha sido assassinada em uma emboscada enquanto seu grupo viajava até seu noivo. Ian McHugh havia aparecido e aniquilado cada homem e mulher que a acompanhavam para a presença de seu marido. Ele tomara Genevieve para si, jurando que nenhum homem, a não ser ele mesmo, a possuiria.

Foi um juramento que manteve.

Ela levantou a mão para tocar a cicatriz que marcava sua face esquerda. Fechou os olhos para evitar as lágrimas que a alfinetariam. Não havia mais choro para esse assunto. Já havia passado o tempo de lágrimas e autopiedade.

Quando rejeitou as investidas de Ian, depois de sua captura, como ela fizera da primeira vez que foram apresentados na corte, sua raiva não conhecia fronteiras. Ele cortou o rosto dela com uma faca, jurando para Deus que nenhum homem jamais a olharia com desejo novamente.

Ele estava certo. Nenhum homem olharia para ela sentindo algo que não fosse horror. Ela havia testemunhado muitas vezes o recuo instantâneo quando virava o rosto e a cicatriz aparecia.

No fim, não importava que havia recusado as investidas de Ian, porque ele pegara o que queria, uma vez, depois outra, até que ela não conseguisse se defender dele. Sem força. Sem poder. Apenas resignação anestesiada.

Odiava-se por isso. Vergonha e humilhação eram suas companhias constantes e, agora que ele estava morto, ela só queria estar livre daquele lugar.

Mas para onde iria?

Para onde iria de fato?

Ela fechou os olhos, querendo que seu coração ansioso parasse de se apertar contra seu peito. O desânimo a estava deixando sem ar, e ela sabia que já estava tomando tempo emprestado. Seu destino e julgamento a esperavam.

A porta para a pequena prisão que servia como seu quarto se abriu, e Taliesan mancava pesadamente em sua direção, com o rosto mostrando uma expressão de dor e medo.

– O que faremos? – sussurrou Taliesan. – Certamente, estamos amaldiçoados. O Laird Montgomery nunca terá piedade de nós. Não depois do que Ian e seu pai fizeram para a garota Montgomery.

Taliesan era a prima da falecida esposa do Laird McHugh. O clã McHugh inteiro consistia de relações distantes e um bando de desajustados que haviam sido trazidos para o clã depois de terem se afastado sozinhos. Ela era o único rosto amigável em um mar de animosidade que emanava dos outros integrantes do clã.

Genevieve nunca compreendeu o que havia feito para encorajar tanto ódio contra ela. Certamente, ela não estava ali por vontade própria. E o resto do clã sabia muito bem disso. Ela não prejudicara um único McHugh, apesar de o mesmo não poder ser dito sobre ela.

Ela se contraía quando as palavras *prostituta* e *meretriz* ecoavam em seus ouvidos. Os insultos eram disparados contra ela regularmente, e ela tinha se calejado para a dor e humilhação que aquelas palavras causavam.

Ela era o que Ian McHugh fazia dela. Nada de mais. Não carregaria a culpa pelas ações de outros. Também não podia passar o resto da vida sofrendo com o arrependimento do que não foi sua escolha.

– Você ouviu falar sobre a abordagem deles? – ela perguntou a Taliesan.

Taliesan fez que sim com a cabeça, seus olhos se escurecendo ainda mais pelo desânimo.

– Já ouvi. Os vigias falaram sobre isso cinco minutos atrás. O exército Montgomery se aproxima, mas é pior do que nós poderíamos ter imaginado, porque o exército Armstrong os acompanha. Eles vieram *unidos*.

– Senhor Jesus – Genevieve sussurrou horrorizada. – Eles querem matar todos nós.

Era a última coisa que Genevieve queria. Ela havia sonhado com a morte de Ian. Uma morte longa e horrível, e se esquivara disso quando Graeme Montgomery atravessou Ian com sua espada. Sua morte havia sido rápida demais e piedosa para o tipo de homem que ele era.

Ela sussurrou uma oração emocionada para que seus pecados não fossem a morte de todos eles. Tudo que ela queria era uma chance, uma oportunidade de ser livre. Queria viver ao invés de existir em um estado constante de medo e humilhação. Não era muito a pedir, era?

– O que faremos, Genevieve? – Taliesan perguntou com uma voz rouca de medo.

Genevieve alinhou os ombros, sua coluna se enrijecendo de decisão. E orgulho.

– Devemos cuidar das mulheres e crianças. Os homens terão que encarar as consequências da tolice do laird. Não há muito o que fazer sobre isso a não ser nos jogar à piedade dos Montgomery e Armstrong e rezar para que realmente sejam piedosos.

Genevieve passou por Taliesan e, quando parou do lado de fora da porta, virou-se e sua voz se quebrou como um chicote.

– Vamos, agora. Vamos juntar os outros. Se tivermos que encarar nossa condenação, que seja com orgulho. O orgulho que Ian e seu pai falharam em demonstrar. Se os homens desse clã não fizerem justiça a seu nome, então resta às mulheres se defender.

O rosto de Taliesan se contraiu e seu queixo apontou para cima.

– Você está certa.

Genevieve desacelerou o passo para se sincronizar com o andar estranho de Taliesan e colocou o capuz de sua capa por cima da cabeça para esconder seu rosto.

Ela juntaria as mulheres e crianças do clã em um só quarto, então apelaria para as sensibilidades do Laird Montgomery.

Ocorreu a ela que não devia nada a esse clã. Que mesmo agora, fugiria e tiraria vantagem de sua única chance para a única coisa que havia sido negada a ela.

Liberdade.

Mas não tinha aonde ir. Nenhum santuário. Nenhuma moeda ou comida para se sustentar.

Talvez... Talvez o Laird Montgomery tivesse piedade e pudesse colocá-la em uma abadia onde poderia viver seus dias pacificamente, livre do comando de um homem que estava determinado a destruí-la.

Capítulo 2

Bowen Montgomery fez seu cavalo galopar enquanto percorria a última colina que escondia a vista do castelo McHugh. Logo atrás, estava seu irmão, Teague, e os dois estavam ladeados, surpreendente o bastante, por Aiden e Brodie Armstrong.

Muitos Montgomery e Armstrong estavam se revirando em suas covas pela ideia de dois clãs se aliando um com o outro para defender a causa. Contudo, não era qualquer causa. Envolvia uma mulher que era querida nos dois lados.

Eveline Montgomery. Esposa de Graeme Montgomery, mas filha de Tavis Armstrong, laird do clã Armstrong, até dias atrás, inimigo sanguinário dos Montgomery.

Bowen ainda não sabia o que fazer com isso tudo. Ele teria se ocupado com o assunto do próprio Patrick McHugh e se apropriado da propriedade até que Graeme determinasse seu destino. Era uma missão que ele e Teague poderiam ter resolvido facilmente, sem interferência dos Armstrong, mas a última coisa que Bowen queria era começar uma guerra quando Eveline estava em um estado tão frágil depois de sua provação.

Sua irmã por casamento estava resoluta, porém, até mesmo a mais feroz das mulheres ficaria arrasada pelo seu tratamento nas mãos de um monstro.

– Tem um plano? – Teague gritou acima do barulho dos cascos.

Bowen fez um curto gesto, mas manteve seu olhar para frente enquanto chegavam ao topo da montanha com vista para a propriedade de McHugh. Era um plano bem fácil. Matar Patrick, vingar Eveline, tomar conta da propriedade e eliminar aqueles que se rebelaram sob o comando de Bowen.

– E você se importa de explicar seu plano? – Teague perguntou exasperado.

Bowen parou, seu cavalo dançava de lado à beira do morro. Ao seu lado, Teague, Aiden e Brodie puxavam a rédea dos cavalos e observavam a propriedade lá embaixo.

– Planejo atravessar Patrick com a minha espada – Bowen disse calmamente. – É ofensivo que ele ainda respire nosso ar. É mentiroso e covarde.

– É – Brodie disse com uma expressão obscura. – Ele me encarou e disse que não tinha conhecimento de minha irmã, apesar de saber que ela estava no calabouço, sendo abusada pelo bastardo de seu filho.

Aiden franziu a testa e fez um gesto para baixo enquanto o resto dos soldados Montgomery e Armstrong chegava ao topo e formava uma fila impressionante em cima do morro.

Suas armaduras brilhavam ao sol e refletiam uma gama encantadora de luzes que piscavam. Para quem estava lá embaixo, devia estar parecendo que o inferno estava prestes a descer. O exército Montgomery era impressionante o bastante para fazer o guerreiro mais calejado fugir de terror. Adicionando a força dos soldados Armstrong, era uma força de guerra sem comparação até com o exército do rei.

Nunca dois clãs tão poderosos haviam se aliado. Provavelmente isso nunca mais aconteceria.

– Aquilo é uma bandeira branca pendurada na torre do guarda? – Aiden perguntou incrédulo.

O olhar de Bowen se afinou e se concentrou na bandeira tremulando ao vento.

– Parece um lençol – ele murmurou.

– Sim – Teague concordou.

– Há duas delas! – Brodie exclamou, apontando a torre gêmea do outro lado do portão.

Realmente outro pano foi desenrolado, pegando a brisa e tremulando de forma selvagem da larga janela cortada na mesma torre de pedra.

– Eles estão desistindo sem lutar? – Aiden perguntou sem acreditar.

Bowen franziu a testa.

– Talvez seja um truque.

– Se for, é um truque estúpido – Brodie grunhiu. – Eles estão em menor número e, mesmo que estivessem a nosso par, não seriam páreo para nós. Mesmo se pudessem pegar alguns de nós de surpresa, eles seriam aniquilados rapidamente.

– Há somente um jeito de descobrir – disse Teague, encolhendo os ombros.

Ele pegou a espada e fez com que seu cavalo começasse a andar.

Bowen apertou os calcanhares contra o cavalo e se apressou para alcançar seu irmão.

Logo atrás, Brodie e Aiden deram um grito que atingiu e ecoou pelo grupo de homens, até que a montanha inteira rugiu com seu grito de guerra.

Quando chegaram mais perto do portão aberto para o terreno, um jovem andava do lado de fora do muro, segurando uma espada que era muito grande para sua pequena estatura, e anexa à extremidade estava uma bandeira branca malfeita.

Não havia necessidade de abanar a bandeira, porque suas mãos tremiam tanto que o material tremulava loucamente ao vento.

Bowen puxou as rédeas de seu cavalo em desgosto e encarou o jovem de maneira incrédula, que não devia ter nem 6 ou 7 anos de idade.

– Eles enviaram uma criança para confrontar um exército? – ele rugiu.

Teague não tinha palavras enquanto encarava, impressionado, o que via. Aiden e Brodie olharam para Bowen, chacoalhando a cabeça o tempo todo.

– Covardes – cuspiu Brodie. – Não há nada que eu despreze mais do que um covarde.

– Por favor, não nos machuque – disse a criança com os dentes batendo, como se estivessem em pleno inverno. – É uma bandeira de rendição que nós estamos colocando ao vento. Não temos armas contra vocês.

– Onde está seu laird? – Bowen demandou friamente.

– Foi e-e-embora. – O jovem tremeu.

– Embora? – Aiden ecoou.

O menino concordou vigorosamente.

– Sim, esta manhã. Minha mãe disse que ele fugiu porque sabia que iria morrer por seus pecados.

– Sua mãe estava certa – Teague murmurou.

O medo piscava nos olhos do garoto.

– Muitos foram embora. Não restaram muitos de nós. Não queremos guerra e rezamos para que vocês sejam piedosos em suas ações.

Ele mantinha seu olhar afastado, com a cabeça baixa, subserviente, mas Bowen podia ver as mãos do garoto tremendo e ficou com raiva que essa criança tenha sido enviada no caminho da dor.

– Ansel! Ansel!

A voz de uma mulher soou fortemente pelo terreno. Ela ressoava com raiva e medo. Então, uma figura adornada em uma capa que escondia completamente seu rosto apareceu pelos portões.

Ela correu em direção à criança e pegou seu braço, rapidamente o trazendo para debaixo de sua capa até que ficasse escondido. Somente seus pés ficaram para fora.

– Quem o enviou para essa missão de um tolo? – ela demandou, olhando para baixo na direção da cabeça do garoto.

Era uma pergunta para a qual Bowen também adoraria saber a resposta.

– Corwen – disse a criança com a voz abafada pela capa.

A única coisa visível na mulher eram suas mãos saindo das longas mangas da capa. Bowen estudou as mãos com interesse enquanto seguravam a criança tão forte que estavam brancas nas pontas.

Mãos jovens. Suaves. Quase nenhuma ruga à vista. As unhas estavam feitas elegantemente e arredondadas nas pontas, e os dedos eram longos e finos, pálidos, como se nunca tivessem sido beijados pelo sol.

Era evidente que não era alguém que trabalhava no campo. Ou na limpeza da propriedade.

– Bastardo covarde – ela cuspiu, assustando os quatro homens com sua veemência, e a linguagem primitiva.

Não que alguém discordasse de sua afirmação.

– É a mulher que nos direcionou ao calabouço onde Eveline estava presa – Brodie disse em voz baixa para não ser ouvido.

Os pelos na nuca de Bowen se arrepiaram e ficaram em pé. Era ela mesma. Quando Graeme se desesperou em descobrir o paradeiro de sua esposa, a figura sombria vestida com uma capa havia aparecido nas escadas e os guiou para baixo, onde eles realmente descobriram o lugar em que Eveline estava sendo mantida como prisioneira.

– O que o rapaz está dizendo é verdade? – Bowen se dirigiu à mulher. – Patrick McHugh fugiu, deixando seu clã e sua propriedade para se desmancharem como quiserem?

A mulher ficou em silêncio, suas mãos deixaram o menino para se contrair uma de cada lado. Se sua linguagem corporal era alguma indicação, ela estava furiosa.

– Sim – disse ela friamente. – Tudo o que restou são mulheres e crianças, aqueles que são velhos e não podem viajar, e os guerreiros que têm esposas e filhos se recusaram a fugir. Os outros saíram ao amanhecer.

– E onde estão aqueles que permaneceram? – Brodie persistiu.

– Dentro da propriedade. Amontoados no grande saguão, pensando se cada respiração deles será a última – disse ela com voz de desdém.

Algo no tom de voz da mulher mexeu com Brodie de maneira errada, e o fato de estar escondendo o rosto irritava-o completamente.

– Remova o capuz, garota – ele ordenou. – Gostaria de saber com quem estou falando.

Ela congelou, suas mãos baixaram para os lados até que pressionaram a saia de seu vestido. Ela estava ousando desafiá-lo na frente de seus homens e dos Armstrong?

Sua expressão escureceu e seus lábios afinaram.

– Faça o que ordenei – ele surtou.

Com as mãos trêmulas, ela empurrou o garoto para trás dela e, então, levantou os dedos devagar para a beirada do capuz. Virou-se para que o lado direito de seu rosto fosse apresentado para ele e seus homens. Quando baixou o capuz, um suspiro foi ouvido atrás de Brodie.

Senhor, a mulher era linda. Talvez a mulher mais linda que ele havia visto na vida. Seu rosto era desenhado com perfeição.

Seus cabelos longos e castanhos caíam em ondas sobre os ombros. Havia tons variados e misturados e, com a luz do sol batendo, as cores diferentes eram destacadas em uma gama encantadora. Ele achava que a mulher tinha cabelos negros na primeira vez que a vira. Ela estava na escuridão da propriedade e apenas algumas mechas eram visíveis por dentro de sua capa. Mas aqui, na completa glória do sol, era evidente que seus cabelos não eram simplesmente pretos. Não, eram cabelos magníficos que pareciam mudar de cor, dependendo do jeito que ela se movia e de onde a luz estava vindo.

Sua estrutura óssea era pequena e delicada, sua bochecha era alta e sua mandíbula firme, levando à curvatura perfeita de sua boca. Sobrancelhas escuras se arqueavam e cílios longos cobriam pesadamente o vívido verde.

Parecia que alguém o havia socado nas entranhas, porque ele não conseguia respirar. Seus homens não foram menos afetados, enquanto se impressionavam com a plena perfeição diante deles.

Por que ela estava passando por tanta coisa para esconder sua beleza?

Então, ela se virou para encará-lo, sua boca em uma linha fina, seus olhos feridos e guardados, como se estivesse se preparando para mais uma reação.

Outra arfada, dessa vez de terror, ecoou duramente pelo ar. Bowen se recolheu, como se tivesse sido atingido e não estivesse preparado para o golpe.

O outro lado do rosto da mulher estava... *arruinado.*

Uma cicatriz torta atravessava seu rosto, começando em sua têmpora e terminando no canto da boca. Era óbvio que nenhum cuidado fora tomado ao costurá-la. Não havia suavidade na cicatriz, e era igualmente óbvio que a ferida não tinha sido feita há tanto tempo.

Ele a viu se esquivar diante da reação de seus homens, e sua própria reação, e isso o envergonhou. Mas próximo aos calcanhares do arrependimento veio... A raiva. Já furioso pela virada dos eventos, e tudo que ele veio a saber desde sua chegada, ficou ainda mais furioso enquanto olhava para a mulher.

– Que diabos aconteceu com seu rosto?

Capítulo 3

Cores difundiam o lado de seu rosto que não estava machucado. A humilhação tomou conta de seu olhar, e Bowen sentiu uma pontada de arrependimento por afirmar tão cruamente sua demanda por informação.

Talvez fosse a mulher mais fascinante que Bowen já tinha visto. Um lado de seu rosto era impossivelmente perfeito. O outro era uma completa tragédia.

A curiosidade queimou suas veias, tornando-o impaciente e ansioso. Ele queria saber a história inteira. Se havia sido um acidente ou de propósito. A vergonha em seus olhos mostrava algo assombroso e sinistro quanto a própria cicatriz e fez com que ficasse ainda mais determinado em descobrir a verdade.

– Você é chamada por qual nome? – Bowen perguntou, mudando de tática, quando ficou claro que nenhuma resposta estava vindo.

Era óbvio que ela não estava confortável sobre o assunto da cicatriz, e havia mais informação de que ele precisava em relação ao clã McHugh.

– Genevieve – disse ela suavemente.

Era um nome lindo como um dos lados de seu rosto. Um nome para combinar com a mulher que certamente teria sido antes do outro lado de seu rosto ser aberto por uma lâmina.

– Genevieve McHugh?

Seu queixo se levantou, seus olhos o encararam, tornando-se indecifráveis.

– Somente Genevieve. Quem eu era não é de importância, porque não sou mais aquela mulher.

As sobrancelhas de Teague se ergueram com aquela afirmação misteriosa. Brodie e Aiden ficaram igualmente arredios.

– Então, Genevieve, parece que você está agindo como a porta-voz de seu clã. Leve-nos para dentro para nos encontrar com o resto do clã McHugh para que eu possa decidir o que fazer com eles.

Os lábios de Genevieve se torceram em escárnio, seus olhos brilhando de raiva.

– Sua arrogância está sendo colocada no lugar errado, bom senhor. Essas pessoas não tiveram nada a ver com os maus-tratos de Eveline Montgomery. Elas são vítimas da covardia de Ian e Patrick, assim como Eveline.

Brodie deu um passo à frente, com seus lábios curvados.

– Duvido que eles tenham sido aprisionados em um calabouço e torturados com seu destino. Minha irmã foi maltratada por Ian McHugh por anos. Ele agia como seu torturador.

Genevieve olhou para Brodie à mesma altura.

– Há muitos tipos de tormento, senhor. Não, os homens do clã não foram aprisionados em um calabouço. Não, não foram ameaçados ou sujeitos ao tipo de abuso que Eveline foi. Sinto pena dela. Eu não desejo a presença de Ian McHugh ao meu pior inimigo.

Seu rosto brilhou com dor e pesar tão profundos e dolorosos que Bowen foi banhado pelo desconforto. Seu incômodo radiava como um feixe de luz, e era instintivo que a confortasse de alguma maneira.

Ele estendeu a mão, com a intenção de tocar seu braço, mas ela se afastou instantaneamente e o encarou desconfiada enquanto estabelecia uma distância segura entre ela e ele.

– Porém, nunca pense que não sofreram – continuou Genevieve. – Eles sobrevivem há bastante tempo sem um laird forte. Patrick era laird somente no nome. Ian era um atormentador que se satisfazia com o medo que colocava nos outros. Seu próprio pai tinha medo dele. Qualquer um que ousasse se expressar ou discordar de Ian sofria grandemente pelo deslize.

– Sim, eu acredito – disse Teague assustado. – A imagem que foi pintada nos últimos tempos não é bonita. Nós soubemos de seu caráter por Eveline. Qualquer um que atormentaria uma doce e jovem mulher em idade tão tenra é um monstro que deveria ser enviado para o inferno.

– Tenho toda a confiança de que é lá que ele reside agora – disse Genevieve com discreta convicção.

– Leve-nos até os outros – Bowen cortou impaciente para encerrar o assunto. – Depois de encontrar com seus familiares, decidirei o que deverá ser feito.

– Eles não são meus familiares – disse ela suavemente. – Mas eu gostaria de vê-los sendo tratados da mesma maneira.

Perplexo pelo mistério de Genevieve – *simplesmente Genevieve* –, Bowen faz um gesto para o terreno, indicando que Genevieve deveria proceder.

Ansel fugiu de debaixo da saia de Genevieve e não parou, desaparecendo na propriedade pelos degraus do terreno.

Genevieve entrou em um passo comedido e sem pressa, com a cabeça alta, sua dignidade reunida ao seu redor como uma capa no inverno. Havia uma serenidade em sua postura que parecia longe de ter sido ensaiada, como se fosse um mecanismo de defesa que ela conhecia muito bem.

Estava calma demais, considerando que encarava um exército inimigo vingativo e com sede de sangue em sua mente. A maioria das mulheres, e homens, estaria aterrorizada e provavelmente implorando por piedade.

Não aquela mulher.

Ela era elegante e tinha boa postura, como se estivesse lhes fazendo um favor ao escoltá-los para dentro. Bowen não conseguia detectar nenhuma hesitação. Será que ela estava realmente tranquila ou era meramente uma mestra em esconder suas emoções? Será que seu machucado havia anestesiado tanto o julgamento e reações dos outros que ela simplesmente não registrava o que acontecia ao seu redor?

Não, ele viu sua resposta quando ele e seus homens reagiram ao choque com a cicatriz em seu rosto. Apesar de ela ter escondido rapidamente, havia sido magoada e constrangida pelo horror coletivo que tomou conta do grupo de homens.

Ele se envergonhou com o fato de ele e seus homens demonstrarem tanto desrespeito por uma mulher que fora, obviamente, nascida e criada com gentileza. Mas o estrago havia sido feito, e ele não podia retirar as reações dele mesmo ou de Teague e os irmãos de Eveline.

O pátio estava vazio. Nenhum som podia ser ouvido, nem mesmo a distância. O vento ficou mais forte, soprando uma brisa fria onde o som havia batido sobre suas cabeças.

Quando subiram os degraus da propriedade, um barulho nervoso podia ser escutado lá de dentro. Havia um choro quieto e o murmúrio baixo de vozes masculinas oferecendo palavras de conforto. Porém, havia uma ansiedade, até nas palavras dos homens, que não podia ser equivocada.

Todos eles aguardavam seu destino.

Bowen entrou no saguão atrás de Genevieve, com sua expressão sombria e uma sensação de tristeza tomando conta dele. Ele não tinha desejo de visitar a morte e a destruição dos inocentes. Pela primeira vez em uma história repleta de violência, o futuro parecia pacífico.

Os Montgomery conquistaram ao menos uma trégua temporária com os Armstrong, uma trégua genuína selada pelo casamento de Graeme, e seu amor por Eveline Armstrong.

E a verdade era que Bowen não podia achar uma falha nos Armstrong por somente querer proteger Eveline. Tavis Armstrong parecia um homem justo, mesmo que fosse doloroso para Bowen admitir.

Quando o clã de McHugh viu Genevieve, e então os quatro homens que chegavam logo atrás, houve uma barreira de barulho instantânea. As conversas e o choro se intensificaram. Expressões sombrias estampavam o rosto dos homens, e havia olhares acusadores de algumas das mulheres.

Todos direcionados a... Genevieve?

Bowen franziu a testa, confuso, mas, antes que pudesse dizer qualquer coisa, duas mulheres lançaram uma acusação dura na direção de Genevieve.

– Você deve estar orgulhosa agora... – uma murmurou. – Está aqui para testemunhar nosso assassinato? Ofereceu seu corpo para o inimigo para que sua posição estivesse segura?

– Como pôde? – outra demandou. – Há crianças aqui. Sim, na maioria mulheres e crianças e nossos maridos que ficaram para trás, sabendo que suas vidas seriam sacrificadas.

Mais pessoas se aproximaram como se estivessem adicionando as próprias condenações, mas Bowen os encarou, plantando-se entre Genevieve e os outros.

As sobrancelhas de Teague se aproximaram e ele se moveu para o lado de Genevieve, porém ela parecia não se afetar pela animosidade direcionada. Sua expressão era indecifrável e de passividade. Nenhuma emoção brilhava em seus olhos, e ela olhava para frente, com o rosto cravado em uma pedra.

Será que essa mulher não era humana? Nenhum homem ou mulher que estivesse vivo poderia aguentar e sofrer os insultos jogados para cima dela sem qualquer reação. Ainda assim, Genevieve parecia inatingível a tudo aquilo.

– Tenham cuidado ao maldizer sua defensora – Bowen disse com a voz quebrando como um chicote pelo saguão.

A multidão ficou em completo silêncio.

Aiden e Brodie caminharam à frente, com seus olhares analisando os McHugh unidos ali. Eles pareciam impressionados. Bowen não podia culpá-los. Um grupo mais cotado de desajustados jamais fora visto antes.

– Defensora? – uma mulher perguntou, finalmente interrompendo o silêncio.

Ela parecia aterrorizada, mas deu um passo à frente, com seu olhar duvidoso em direção a Genevieve.

– É verdade que nos defendeu, Genevieve?

Genevieve não respondeu. Seu olhar encontrou o da mulher sem piscar, mas ela não disse que sim ou não.

– Ninguém podia culpá-la se tivesse somente salvado a si mesma – a mulher adicionou suavemente.

Então, seu olhar encontrou o de Bowen e, apesar de ela ter tremido, escondendo as mãos rapidamente em sua saia para disfarçar, olhou para ele com coragem.

– Não sei quais são seus planos, senhor, mas eu lhe pediria duas coisas.

Bowen analisou a jovem com interesse. Ela era uma pequena corajosa, quase não chegava ao seu ombro. Ele não conseguia discernir sua idade, apesar de ela parecer ter acabado de chegar à idade adulta. Sem dúvida, com o tempo, seria uma mulher impressionante, mais ainda por sua coragem e fogo.

Seus cabelos eram da cor do trigo banhado pelo luar. E seus olhos eram de um tom de verde-azulado encantador que o lembrava do mar em um dia claro e ensolarado.

Ela deu outro passo à frente, e foi então que ele notou que ela mancava. Um sorriso torceu seus lábios, antes de ela forçá-lo a ir embora. Levou a mão a um dos homens de seu clã, e ele foi rápido para apoiá-la para que não caísse.

– Qual o seu nome? – Bowen perguntou gentilmente, sem querer recompensar sua coragem assustando-a.

– Taliesan – ela murmurou, fazendo uma reverência que fez com que Bowen sentisse medo de que ela fosse cair.

Ele teria ficado de prontidão no caso de ela realmente tropeçar, mas os homens de seu clã seguraram-na mais uma vez com seu forte apoio. Bowen gesticulou sua aprovação para o homem mais velho, tomando nota mentalmente de sua aparência. Bowen nunca esqueceu uma boa ação e, mais tarde, se certificaria de que ele e o homem conversassem em particular.

Muito podia ser conhecido de um homem ao observar seu tratamento em relação aos outros. Era algo que o pai de Bowen o havia ensinado desde muito cedo. Robert Montgomery sempre disse que as palavras de um homem não significavam nada. Mas ações diziam muito, e era sempre por meio delas que a verdadeira medida de um homem podia ser avaliada.

– E o que são as duas coisas que você perguntaria a mim, Taliesan? – Bowen perguntou.

As bochechas de Taliesan se coraram, e Bowen podia perceber que ela lutou para não se esquivar. Sua mão pegava forte o braço do homem de seu clã, mas ela firmou os lábios e começou a falar qual era seu pedido.

– Eu lhe pediria que tivesse piedade dos homens de meu clã. É verdade que Ian e seu pai, o laird, agiram sem honra. Também é verdade que uma mulher inocente sofreu muito nas mãos deles. Ian está morto, pelas próprias mãos de Graeme Montgomery, e agora Patrick fugiu, deixando seu clã para o destino que deveria ser dele.

Taliesan virou a cabeça, passando o olhar sobre os homens, mulheres e crianças que preenchiam o grande saguão.

– Não temos para onde ir. Não temos outro lar além daqui. Serviríamos a vocês e a seu laird também.

Teague, Aiden e Brodie não foram menos afetados pelo seu pedido eloquente do que o próprio Bowen. Porém, o deixava com raiva que, até agora, as únicas pessoas que haviam tido coragem o bastante para confrontá-lo tivessem sido um mero rapaz e duas frágeis mulheres. Que tipo de clã era aquele para permitir que suas mulheres e crianças lutassem as batalhas por ele? As mulheres e crianças deveriam ser levadas em alta estima, acima de todo o resto, e protegidas ferozmente. Ele ficou impressionado com o fato de que pouquíssimo valor era colocado em suas posições dentro do clã.

– E o que mais você pediria, mulher? – Bowen perguntou, esperando dar a si mesmo algum tempo para as chamas de raiva se apagarem. Ele queria encarar os homens no pátio e bater em todos com gosto.

Taliesan lambeu os lábios e, depois de um olhar nervoso para os homens do clã, direcionou os olhos para Genevieve.

– Eu pediria que Genevieve não sofresse maus-tratos nas suas mãos. Ela já sofreu bastante.

O rosto de Genevieve se contraiu com horror, o primeiro sinal de emoção que mostrara desde que entraram no saguão.

– Talie, não! – Genevieve sussurrou duramente. – Por favor, não! Eu lhe imploro!

As sobrancelhas de Bowen se levantaram, surpresas de que essa mulher orgulhosa implorasse qualquer coisa depois da coragem e ousadia que havia demonstrado. O que será que ela não estava querendo que Taliesan dissesse?

Taliesan lançou um olhar de infelicidade para Genevieve, mas ela fez o que Genevieve pediu e ficou em silêncio.

Olhares de desapontamento foram direcionados a Taliesan. Lábios se curvaram. Narinas se abriram. Expressões hostis se dirigiram a Genevieve.

Bowen nem sabia como responder a tal deslize, apesar de ter certeza de que Taliesan não queria ofender ninguém. Não somente sua honra fora questionada, mas ele estava extremamente curioso em relação ao que Taliesan queria dizer com sua afirmação misteriosa. Genevieve parecia tão mortificada, contudo, que ele não conseguia exigir uma explicação, mesmo que estivesse com vontade de fazê-lo. Haveria tempo o bastante para desvendar esse mistério. Primeiro, ele tinha que deixar claro que não era um tipo de monstro atrás do sangue de inocentes.

– Certifico a você, não tenho intenção alguma de maltratar Genevieve ou alguém que estiver sob meus cuidados – disse Bowen, a repreensão clara em sua voz.

Taliesan corou e baixou o olhar, mas não ofereceu desculpa alguma e, estranhamente, Bowen a respeitou ainda mais por isso.

– Então, o que o senhor quer fazer conosco?

A sobrancelha de Bowen se arqueou em surpresa, enquanto, finalmente, um dos homens McHugh tomou coragem e começou a falar.

– E eu estava pensando que o clã dos McHugh dependia de suas mulheres e crianças para batalharem por eles – disse Bowen, o desgosto evidente em suas palavras.

Os homens no saguão se mexiam e se revoltavam. Alguns de seus rostos ficaram vermelhos de raiva, mas outros se escondiam de vergonha, desviando os olhares. Eles bem sabiam o que Bowen estava querendo dizer.

– É uma desgraça mandar um jovem abanar uma bandeira de rendição – Teague rugiu, falando pela primeira vez.

Ele estava positivamente espumando de raiva e desgosto e, agora que Bowen tocara no assunto, Teague estava sedento por demonstrar sua insatisfação também.

Aiden e Brodie concordaram, com os braços cruzados ameaçadoramente em frente ao peito. Brodie, especialmente, parecia furioso. Por um momento, Bowen realmente ficou preocupado que ele e Teague iriam ter que intervir, porque Brodie parecia querer cada um dos homens McHugh reunidos no saguão e se banhar em seu sangue.

– E suas mulheres fazem todo o discurso no lugar de vocês – Brodie adicionou. – Por que elas não são melhor protegidas? Por que as deixam para confrontar seu inimigo? É uma desgraça. Que tipo de homem não somente permite tal coisa, mas a *encoraja?*

O homem que colocou a questão sobre o destino deles deu um passo à frente, sua expressão sombria e envergonhada. Entretanto, encontrou o olhar de Bowen, Teague, Aiden e Brodie sem piscar, seu queixo levantado para mostrar que encararia sua censura e qualquer retaliação que eles quisessem expressar.

– Nós estávamos preocupados que, se um guerreiro os encontrasse nos portões, isso seria visto como um desafio, e não temos desejo algum de começar uma guerra contra vocês. Sabemos que estamos em menor número e temos menos homens. Patrick McHugh não era um homem que entendia muito de treinamento. E Ian...

Sua voz se quebrou, limpando a garganta em óbvio desconforto.

– Falarei livremente se puder, bom senhor. Não é respeitoso, o que tenho a dizer, mas é a verdade.

Bowen fez que sim com a cabeça.

– Fique à vontade. Aceitarei sua honestidade. Qual o seu nome?

– Tearlach McHugh.

– Continue, então, Tearlach.

– Ian era um homem sem honra. Não somente por seu tratamento daqueles mais fracos que ele mesmo, mas por suas táticas na guerra. Ele esfaquearia um homem por trás ao invés de encará-lo em uma luta justa. Nós não somos treinados, Montgomery. É óbvio. Não temos chance alguma contra vocês, então, aqueles que ficaram para trás decidiram colocar nosso destino em suas mãos e nas mãos de seu laird. Foi nossa única chance. Temos mulheres e crianças e não desejamos morrer e deixá-los sem cuidado e sem proteção, apesar de vocês acharem que sim.

Foi um discurso sincero, o qual impressionou Bowen por sua honestidade. Era aparente que ele não gostava de falar mal do filho morto do laird, mas disse a verdade sem pestanejar.

– Aprecio sua espontaneidade e retribuirei o favor ao ser justo e direto – disse Bowen, passando o olhar sobre a multidão ali reunida.

Genevieve não se moveu, ficou parada com as mãos cruzadas à sua frente. E seus olhos estavam tão distantes que Bowen duvidou que ela tivesse alguma ideia do que estava acontecendo ao seu redor. Era como se, por um tempo, ela estivesse em outro lugar.

Sua face machucada estava fora de seu alcance, e ele se encantou com sua beleza e seu perfil. Nunca tinha visto uma mulher que competisse com ela e, ainda assim, quando os dois lados de seu rosto estavam visíveis, era impressionante como aquela beleza era transformada em algo digno de pena.

Havia tantas perguntas que ele queria fazer, mas nenhuma era apropriada para a ocasião. Ele não podia ser distraído de seu objetivo. Seu irmão havia lhe dado a missão, e Bowen a completaria a todo custo.

– Meu irmão, o Laird Montgomery, está com sua esposa, Eveline, de quem Ian capturou e abusou pesadamente. Ele irá permanecer ao seu lado até que esteja satisfeito com sua total recuperação e esteja a salvo de toda e qualquer ameaça. Patrick McHugh é uma ameaça a Eveline e a ambos os clãs Montgomery e Armstrong. E nós não toleramos qualquer ameaça.

As pessoas reunidas apertadas no saguão começaram a ficar nervosas. Sua agitação era evidente enquanto começaram a ficar irritadiças e trocar olhares de medo.

– Tomarei conta desta propriedade e de tudo o que pertence a Patrick McHugh pelo meu laird até a hora em que ele decida o que deverá ser feito com a terra, a propriedade... E com as pessoas.

Bowen levantou a mão quando todos começaram a falar ao mesmo tempo.

– Meu irmão é um homem justo. Não deem a mim ou a ele razão alguma para chamá-los de inimigos e vocês ficarão bem. Durante esse tempo, agirei como o laird e meu irmão irá me dar assistência para compilar um relatório completo sobre os trabalhos desta propriedade e terreno para que eu possa passá-lo para o Laird Montgomery e ele possa determinar o que deve ser feito. Se trabalharem duro e não me derem motivo para duvidar de sua lealdade, não haverá problemas. Se traírem minha confiança, serão tratados com severidade. Não haverá segundas chances. Estamos entendidos?

Houve murmúrios de "sim" e expressões sombrias em todo lugar. Alguns estavam com medo. Alguns ressentidos. Outros tinham raiva. Mas nenhum McHugh expressou discordância.

Bowen olhou para Taliesan, assim como Genevieve, para analisar sua reação diante de suas palavras fortes, mas nenhuma das mulheres esquivou o olhar dele.

Taliesan havia se escondido atrás do homem mais velho que a apoiara quando quase caiu, e Genevieve se manteve firme a uma pequena distância. Parecia uma estátua. Fria e imponente, como se não sentisse nada. Mas Bowen sabia que isso não era verdade. Notara o lapso de emoção em seus olhos naquele momento em que baixou a guarda. Ele tinha a sensação de que, por trás daquela fachada gelada, estava uma mulher ousada e apaixonada que lutava com a emoção duramente reprimida.

Chacoalhando seus pensamentos e a distração colocada por Genevieve, ele se virou para Teague, Aiden e Brodie.

– Devemos controlar a situação logo. Não gosto de deixar meu irmão e sua esposa, nem sua família – disse ele para Brodie e Aiden – sem proteção adequada, e nós temos a força dos nossos exércitos combinados aqui. Não precisamos de tanto.

Teague fez que sim com a cabeça. Então ele olhou para os McHugh, que ainda estavam assistindo, com medo, aos quatro homens.

– Vamos voltar para nossos homens e discutir o que faremos – disse Teague. – Não quero todos os McHugh escutando nossa conversa.

Capítulo 4

Assim que o guerreiro Montgomery saiu do saguão, os ombros de Genevieve caíram e, pela primeira vez, ela deixou seu olhar ser direcionado para os McHugh reunidos ali.

Se esperava encontrar remorso em seus olhos pelo mau julgamento dela, estava duramente enganada. Havia a mistura incomum de desgosto, desaprovação, olhares ferozes, pena – sim, pena de alguns – e confusão, porque muitos dos McHugh ainda tinham que entender por que ela não tentara assassiná-los em seu sono.

Havia apenas um McHugh que ela sonhava em fazer sofrer uma morte lenta e arrastada. Na verdade, ela se desapontara quando Graeme Montgomery finalizou a vida de Ian McHugh tão rapidamente. Não havia sido sanguinário o bastante. Ou doloroso suficiente. Ian merecia sofrer porque era um ser humano horrível que não merecia piedade nem rendição.

Era uma pena que Graeme havia se preocupado somente em salvar sua esposa e, então, tenha despachado Ian com precisão impiedosa para que ele não fosse mais um fardo à existência de ninguém.

Um dia, Genevieve gostaria de agradecê-lo pessoalmente, mas haveria muitas perguntas que ela não tinha intenção de responder se fizesse algo que não fosse agir como uma dama ou como uma mulher gentil, oferecendo seu agradecimento sombrio por ter assassinado outro homem.

– Genevieve?

Genevieve interrompeu seus pensamentos sedentos de sangue e piscou rapidamente para voltar para o presente. Taliesan ficou em pé à sua frente, seu rosto delicado contraído de preocupação.

Genevieve suspirou. Taliesan era o mais perto de uma amiga que ela tinha, mas não era por falta de Genevieve tentar se manter ausente e distante. A última coisa que Genevieve queria era algum tipo de amizade com essas pessoas.

Não, eles não seriam culpados pelas ações de Ian McHugh, mas Genevieve estava ressentida com a situação que havia sido forçada sobre ela, e tudo que ela sofreu nas mãos dos McHugh apenas fortalecia a determinação de não criar laços. Queria ir embora daquele lugar. Um lugar onde pudesse ficar sozinha e, então, talvez esquecer o último ano de sua existência e poder encontrar a paz.

Uma criatura tão ardilosa. Paz e felicidade eram coisas para as quais há muito tempo ela não dava valor, abrigada no seio amado de sua família.

Mesmo agora, só de se lembrar deles seu peito ficava ferozmente dolorido. A tristeza pesava sobre ela, como se carregasse pedras nas costas.

Um ano atrás, ela estava muito feliz. Tão ingênua, convencida de que nada de mal poderia acometê-la. Ian McHugh havia provado que ela estava errada, e a transformara, irremediavelmente, de uma jovem com brilho nos olhos, pronta para encarar os desafios da vida com um sorriso e uma risada, para uma mera casca da pessoa que era. Uma pessoa que não tinha a esperança de ser novamente.

– O que foi, Taliesan? – Genevieve perguntou gentilmente, sem deixar que sua raiva vazasse para sua voz.

Taliesan era uma garota doce que lidara com a adversidade e se manteve tão boa quanto um anjo, apesar de sua morosidade.

– Estou preocupada com você, Genevieve – Taliesan disse em voz baixa. – Nós não temos ideia de que tipo de homem Bowen Montgomery é. É dito que o Laird Montgomery é um homem justo. É óbvio que tem grande afeição por sua esposa. Também dizem que ele a trata com grande respeito e demanda o mesmo de todos ao seu redor. Em suas mãos, eu não me preocuparia com seu destino.

Genevieve estendeu o braço para tocar o braço da outra mulher.

– Não é problema seu, Talie.

– É, sim – Taliesan disse ferozmente. – Meu clã errou muito com você. O que sofreu nas mãos de Ian me faz querer chorar. Acha que eu não sei todas as coisas que ele fez com você? Tudo que te fez sofrer? E meu clã não é melhor, porque eles sabem. Eles *sabem* e, ainda assim, viram as costas porque sabem que não fizeram nada para impedir Ian. Assim como Patrick não fez nada parar seu filho. Então eles a tratam mal, porque reconhecer que você é uma vítima seria reconhecer que eles permitiram que fosse uma.

As bochechas de Genevieve ficaram coradas de calor, e ela se sentiu mal ouvindo aquilo tão claramente expressado, como era evidente tudo pelo que Ian a havia sujeitado. Ela achava que sua humilhação não podia ser mais profunda, mas estava errada.

O fato de todo mundo saber a deixava doente. O fato de Taliesan ter mostrado sua pena tão claramente era mais do que Genevieve poderia aguentar. Ela queria estar longe. Onde pudesse ser outra pessoa, para que Genevieve McInnis pudesse morrer silenciosamente, como acreditavam que havia acontecido um ano atrás.

– Não interfira – disse Genevieve firmemente. – É melhor que se concentre em você e seus familiares. Não se preocupe comigo. Sobrevivi ao pior. Nada pior do que o que aguentei nas mãos de Ian pode ser feito.

– Não posso abandonar você – disse Taliesan, sua voz pesada com emoção. – Não irei ignorar seu pedido como os outros fizeram.

– Talie, por favor – Genevieve implorou suavemente. – Rezo para que Bowen Montgomery seja tão justo quanto é dito que seu irmão é, e que ele me permita viajar para uma abadia onde eu possa procurar refúgio e reclusão.

– Oh, Genevieve, não! – Taliesan disse em um sussurro chocado. – E sua família? Você é jovem e tem a vida inteira pela frente.

Genevieve chacoalhou a cabeça, com a tristeza apertando seu coração sem descansar.

– É melhor que minha família acredite que eu esteja morta, como foi reportado um ano atrás. Eu nunca poderia encará-los. Nunca poderia envergonhá-los mais ainda. Nenhum homem iria querer a meretriz de Ian McHugh. Eu nunca ganharia um casamento vantajoso. Seria um fardo para meu pai e minha mãe pelo resto da vida. O coração de minha mãe estaria partido, e eles nunca poderiam manter a cabeça erguida no julgamento. Não, é melhor assim, porque já passaram pelo luto por mim, e eu morri com honra. Prefiro isso a viver constrangida e trazer desonra para minha família.

Lágrimas tomaram conta dos olhos de Taliesan.

– Eu o odeio por causa do que fez com você.

As narinas de Genevieve se alargaram.

– Eu também o odeio, mas é uma emoção desperdiçada, porque agora ele está morto e não pode mais machucar alguém mais fraco novamente. É hora de juntar os pedaços que faltam e, quem sabe, encontrar... A paz.

– Não descansarei até que você esteja feliz e a salvo – Taliesan afirmou.

Genevieve sorriu e entrelaçou os dedos com os de Taliesan, apertando a mão da outra mulher.

– Acho que seríamos grandes amigas – Genevieve disse com tristeza. – Sim, eu seria uma pessoa de sorte por ter uma amiga como você.

Os lábios de Taliesan formaram uma linha reta e apertada.

– Eu *sou* sua amiga.

Genevieve balançou a cabeça.

– Não, é melhor assim. Não quero que sofra a condenação de seu clã porque está associada comigo. Você não sabe a importância de certas coisas. São necessárias apenas poucas palavras para destruir a reputação de uma mulher e arruinar suas chances de casamento, filhos ou qualquer tipo de futuro. Grave minhas palavras, Talie. Tenha cuidado com quem você se alia.

– Você fala de desonra e de morrer com honra ao invés de viver em constrangimento. Não há desonra maior do que escolher a lealdade baseada no que ela me tira ou me dá. Se casamento, um marido, filhos, um futuro seguro são meus sacrifícios por escolher uma amizade com uma mulher com mais honra em sua alma do que o mais bravo dos guerreiros, então não tenho desejo algum por essas coisas.

Os olhos de Genevieve se alargaram com a determinação e pura sinceridade do discurso apaixonado de Taliesan. Ela não tinha resposta. O que poderia dizer?

– Eu lhe agradeço, então – Genevieve disse suavemente, a emoção tomando conta de suas palavras. – Ficaria honrada em chamá-la de amiga pelo tempo que eu permanecer nessas terras.

Taliesan sorriu e chacoalhou a cabeça.

– Não, Genevieve. Nós somos amigas, não importa aonde você vá. É assim que a amizade funciona.

Impulsivamente, Genevieve puxou Taliesan para um abraço feroz. Ela fechou os olhos, desfrutando do contato com a outra mulher. Fazia tempo desde que sentira o toque de outra pessoa. Algo simples como um abraço. O apoio de uma amizade. Apoio incondicional e lealdade.

Tudo que ela achava ter perdido há muito tempo.

Por um ano inteiro, Genevieve só conhecia a brutalidade no toque de outra pessoa. Ian não permitia que ninguém além dele mesmo a tocasse, a não ser que fosse para causar dor e humilhação. Guardava--a com ciúme, como um prêmio do qual só ele tinha permissão de desfrutar. Havia sido o ano mais solitário na vida de Genevieve. Ele a mudara, e ela não gostava da pessoa na qual ele a havia transformado.

Genevieve se afastou de Taliesan devagar, relutante em estreitar os laços, não importa o quanto aquilo tenha sido momentâneo. Ela estava faminta pelas coisas mais simples. Toque humano. Risada. Um sorriso. O menor momento de felicidade. Afeição. Camaradagem. Todas as coisas que aproveitara ao crescer nos braços de sua família amorosa.

Taliesan pegou as mãos de Genevieve e as apertou.

– O que acha que acontecerá conosco?

– Não sei – Genevieve disse honestamente. – A raiva deles está direcionada a Ian e ao laird de vocês. Ian agora está morto, e o laird está longe deste lugar. Duvido que ele retornará. Não serviria propósito algum ventilar a ira deles nos homens do clã McHugh. Eles bem sabem quem foi o responsável pela injustiça causada a Eveline Montgomery.

Muitos McHugh haviam parado de escutar a explicação cuidadosa de Genevieve e, apesar de nunca a reconhecerem, ela poderia ver o alívio em seus olhos enquanto chegavam à conclusão de que suas palavras faziam sentido. A esperança tomou o lugar do medo.

Havia alguns mais falantes, determinados que Genevieve não devia se safar de um momento sequer de humilhação.

– O que uma prostituta sabe sobre como um homem pensa? – Claudia McHugh se intrometeu.

Um dos homens McHugh que estava perto de Claudia começou a rir.

– Ela sabe o que eles pensam sobre determinado assunto. Todos sabem que ela abriu as pernas para Ian e para quem mais estivesse presente.

Claudia e outras duas mulheres alfinetavam-na.

– Sim, você tem razão, mas se prostituir é tudo que essa mulher sabe fazer. Se os irmãos de Graeme Montgomery quiserem ter prazer, essa mulher abrirá as pernas rapidamente. Para os Armstrong também, eu presumo.

– Com um rosto desse, uma mulher tem que compensar em outras áreas. Não importa sua aparência se for boa a bastante deitada de costas. Um homem pode fechar os olhos.

Mais risadas soaram, e Genevieve morreu um pouco mais. Pouco a pouco, eles a atacavam até que logo não sobrasse mais nada.

Então, um som atrás de Genevieve a fez se virar, e seu rosto ficou vermelho quando viu que Bowen Montgomery estava a uma pequena distância, acompanhado por seu irmão e os dois irmãos Armstrong.

Era igualmente óbvio que os quatro homens haviam escutado a afirmação de Claudia, assim como as palavras do homem McHugh.

O desespero encheu o coração dela e ameaçou explodir para fora de seu peito. Ela queria chorar, mas suas lágrimas tinham sido gastas há muito tempo, e não faziam bem. Nunca fizeram.

Ela nunca desejou tanto que o chão se abrisse e a engolisse inteira. Nunca desejou tanto ter sido assassinada na invasão que havia tirado a vida de seu grupo.

Para o mundo, Genevieve McInnis estava morta há muito tempo, e agora ela desejava, com todo seu coração, que fosse verdade. Somente então conseguiria escapar do inferno que era sua existência diária.

Capítulo 5

As narinas de Bowen se alargaram e seus lábios se contraíram enquanto olhava para Genevieve, observando enquanto a vida partia de seu corpo, seus olhos, sua alma.

Nunca antes ele vira a morte no olhar de alguém que não estava mortalmente ferida. Porém, seus olhos *estavam* feridos. O sopro da morte era figurativo ao invés de literal, mas havia infligido dano igual.

Toda a cor tinha sumido de seu rosto. Ela estava perigosamente pálida e balançava como uma árvore ao vento.

As lágrimas encheram seus olhos, e ele podia vê-la morder a parte de dentro da bochecha em um esforço para chamá-las de volta. Ela levou a mão ao rosto, cobrindo a cicatriz, como se estivesse tentando se esconder da vista e do julgamento dos outros.

Ali estava uma mulher que detestava se sentir fraca perante os outros e, ainda assim, um limite havia sido ultrapassado ao qual até mesmo ela não podia fingir indiferença.

A mandíbula de Teague se moveu, e ele lançou um olhar ameaçador para os McHugh que estavam se mostrando com as línguas tão soltas.

Bowen esperou, na completa expectativa de que Genevieve fosse se defender, e talvez ele quisesse saber o que ela diria. Para ele, ela não parecia uma mulher que tivesse problema algum em dizer o que pensa. Ela certamente havia feito isso com ele.

Ao invés disso, ela passou duramente por ele, com seu passo devagar e doloroso, como se fosse necessário tudo que ela possuía somente para se manter em pé. Era o movimento de uma mulher muito mais velha, que ficou mais sábia com a idade, o peso de uma vida inteira sobre ela.

Teague olhou incrédulo para os McHugh ofensivos. Brodie e Aiden franziram as testas, então Brodie fez um gesto em direção a Genevieve, mas ela olhou para cima e, quando viu Brodie dar aquele passo à frente, ficou ainda mais firme e apressou o passo para sair do saguão.

Bowen chacoalhou a cabeça, ainda incapaz de acreditar na animosidade exagerada direcionada a uma mulher que deveria inspirar pena nos outros. Não tamanho ódio.

A cicatriz estava tão vívida contra a pele pálida que, na verdade, ela parecia mais morta do que viva.

– Que diabos foi isso? – Brodie demandou, com sua mandíbula dura de raiva.

Ele avançou em direção a Taliesan, e ela se afastou tão rapidamente que sua perna manca vacilou. Seus braços se entrelaçaram e ela caiu forte no chão.

– Brodie – Bowen disse duramente. – Você está assustando essa mulher.

Brodie demonstrou irritação, mas parou de avançar e, então, para a óbvia surpresa de Taliesan, ele estendeu o braço e a ajudou, colocando-a em pé mais uma vez.

– Você se machucou? – Brodie perguntou. – Me desculpe. Não foi minha intenção assustá-la. Estou com raiva do que acabei de testemunhar, e estou confuso pelo fato de que ninguém fez nada para impedir.

Taliesan engoliu a seco com um esforço visível, seus olhos brilhando nervosamente entre os quatro homens em pé diante dela.

Atrás de Taliesan, os torturadores de Genevieve fugiam discretamente na direção oposta, porém Bowen os chamou de volta.

– Vocês não sairão deste saguão sem minha permissão – disse ele em um tom de voz frio. – E não darei minha permissão até que eu receba uma explicação dos maus-tratos àquela mulher.

Os lábios do McHugh se curvaram, e a raiva acendeu a luz dos olhos da mulher. Ela se enfezou e levou as mãos ao quadril.

– Não é maltrato se é a verdade – disse a mulher em tom ousado.

– E, ainda assim, ela defendeu vocês – Bowen disse suavemente. – Não sei por que se deu ao trabalho.

A mulher ficou corada, suas bochechas ficando mais vermelhas. Seus olhos baixaram em constrangimento, e o homem se movia desconfortavelmente ao seu lado.

– Ela não é nada além da prostituta de Ian – murmurou o homem.

Bowen trocou olhares com Teague, Brodie e Aiden. Então, este olhar chegou em Taliesan. Era óbvio que ele não iria encontrar respostas aqui. Nenhuma que o satisfizesse.

– Aonde Genevieve pode ter ido? – Bowen perguntou.

Seu irmão pareceu surpreso. Brodie parecia confuso com a pergunta de Bowen, e Bowen supôs que ele pudesse compreender a confusão deles. Ele havia mudado de repente o tópico da conversa. Entretanto, a verdade era que não tinha estômago para encarar os torturadores de Genevieve. Que tipo de pessoa procuraria humilhar outra de tal maneira?

Eles tinham a questão da propriedade de McHugh para determinar, assim como o destino dos homens do clã e ainda assim estava questionando a localização da mulher. Ele mesmo não tinha certeza do porquê havia perguntado, mas a expressão nos olhos dela e a desolação absoluta que havia tirado a cor de seu rosto ainda o assombravam.

– Ela frequentemente passa o tempo sozinha – Taliesan sussurrou. – Geralmente em seu quarto.

– E onde fica o quarto dela? – Bowen perguntou pacientemente.

– Fica lá em cima – Taliesan respondeu. – Bem no final do saguão. Na torre. Ao lado do quarto de Ian.

Bowen notou a hesitação na voz dela, viu o jeito que o olhar se desviou para o lado quando mencionou a proximidade do quarto de Ian.

Ele ficou imaginando quanta verdade existia nas provocações dos outros. A ideia de que essa mulher fora a meretriz de Ian fazia seu estômago se revirar. Como ela pôde se entregar deliberadamente a um abusador de mulheres? Ela bem sabia o que havia acontecido com Eveline. Apontara Graeme para o calabouço. Mesmo assim, entregou seu corpo deliberadamente para um monstro daquele?

Seu desgosto quase o sufocou.

Ele olhou para Teague.

– Peça para Taliesan lhe proporcionar um passeio pela propriedade. Certifique-se de que ela não sofra nenhuma dor ou lesão.

Taliesan ficou corada, seus olhos nebulosos de constrangimento com a referência impassível de Bowen a sua perna danificada.

Para Bowen e Aiden, ele disse:

– É uma boa ideia que você acompanhe Teague. Nós nos encontraremos no pátio depois de você ver tudo que tem para ver. Chame os homens do clã juntos para que possamos listar todos que estão aqui.

– E aonde você vai? – Teague perguntou, suas sobrancelhas se unindo enquanto observava o irmão mais velho.

– Eu tenho assuntos para discutir com Genevieve – Bowen disse.

Genevieve sentava-se rigidamente em um pequeno tapete que servia como sua cama. Ela não tinha se preocupado em acender uma vela ou puxar as peles longe o bastante da janela para banhar completamente o quarto com luz.

Finalmente, estava baixando a guarda, e ela ficou impressionada com o fato de isso não ter acontecido antes. O horror do último ano teria quebrado a pessoa mais forte, ainda assim ela estava determinada a nunca desmoronar na frente de Ian.

Isso o enfurecia. Ele queria que ela se desfizesse, e havia se tornado obcecado em criar novas maneiras de humilhá-la, machucá-la, desmerecê-la e acabar com ela.

Ela se tornara imune às afirmações dos outros, e Ian havia lhes dado permissão para falar com ela e *sobre* ela como quisessem. Eles podiam olhar, mas não tocar. Podiam torturá-la, mas ela era posse de Ian, obsessivamente cobiçada ao ponto da loucura.

Ela existia em um mundo que tinha se tornado seu inferno público e particular. Nos primeiros meses, ela passou uma quantidade de tempo anormal se questionando. Por quê? Por que isso estava acontecendo com ela? Ela era obcecada em saber qual pecado havia cometido para merecer tal tratamento. Animais eram tratados com mais respeito do que ela.

Cada palavra, cada comentário, cada ação, tomara para seu coração. Até o dia em que ficou anestesiada a tudo. Ela ficava preocupada com o fato de que, em um nível distante, ela havia se tornado tão... desumana. Como uma coisa. Um fantasma sem sentimentos, sem emoções. Seu corpo permanecia, mas seu espírito havia partido há muito tempo.

Mas como iria sobreviver? Além do mais, por que estava tão determinada *em* sobreviver? Parecia tão tolo que seu orgulho não permitia a Ian quebrá-la completamente. Ela não daria a ele ou ao seu clã a satisfação de saber que eles a destruíram completamente. Não, sobreviveria a isso, e depois de deixar este lugar? Então, ela poderia ou não morrer. Sobreviver ou não sobreviver. Isso não importava, porque ninguém saberia.

Ela prendeu muita respiração enquanto eles deixavam seu corpo brutalmente em frangalhos. Ela havia praticamente perdido o controle de suas emoções ali no saguão, na frente de todo mundo.

Sua humilhação tinha sido tão grande que estava tentada às lágrimas. Deixar que tudo desenrolasse ali e finalmente baixasse a guarda.

Graças a Deus não fez isso. Graças a Deus ela havia se controlado tempo o bastante para procurar abrigo no pequeno quarto que era seu único santuário. Se, ao menos, pudesse trancar sua porta contra o mundo, mas Ian não havia permitido que ela criasse nenhum mecanismo, nenhuma trava, nenhuma entrada para colocar um pedaço de madeira e manter a porta fechada.

Ela não tinha privacidade alguma, a não ser aquela estabelecida pelos outros. Não tinha direitos, privilégios, nem mesmo as coisas mais básicas e inconsequentes a que os outros nem davam o devido valor.

O tapete era duro e desconfortável. Sua perna ficava incômoda e anestesiada devido à posição esquisita em que se sentava, então ela colocou os joelhos para cima até que os abraçou contra o peito e se curvou para descansar o rosto neles.

Ela fechou os olhos e imaginou qual barganha poderia conseguir com Bowen Montgomery que lhe desse a liberdade que ela queria mais do que tudo.

Havia somente uma habilidade que possuía pela qual um homem como Bowen Montgomery pudesse se interessar. Se é que alguém chamaria aquilo de habilidade. E a ideia de se prostituir *deliberadamente* a fazia ficar doente ao ponto de seu estômago se rebelar veementemente.

Mas o que mais poderia fazer? O que mais ela poderia oferecer?

Nada.

O que era mais propício comparado a ganhar sua liberdade? Certamente, Bowen não poderia ser tão brutal como Ian. Havia gentileza em seus olhos. Ela não conseguia imaginar isso. Talvez ele pudesse ser gentil com ela, ou ao menos não tão sádico como Ian.

Era a esperança à qual ela se agarrava quando não havia mais nada em que se agarrar.

O medo tomava conta dela enquanto se lembrava do irmão de Bowen e os dois guerreiros Armstrong que haviam acompanhado Bowen em sua busca. E se eles demandassem os serviços dela também? E se Bowen quisesse compartilhá-la com eles?

Um gemido baixo escapou dela. Era um som digno de pena que saiu mais como um uivo sem alma. Ela fechou bem a boca, recusando-se a se render ao puro desespero que tomava conta dela.

Ela não desistiria. Não agora. Não quando havia sobrevivido a tantas coisas.

Ela tinha esperança, não importava quanto fosse improvável. Era mais do que ela havia suportado no passado. Ian estava morto. Ele não podia machucá-la, não podia mais controlá-la. Agora, ela simplesmente tinha que confiar que nem todos os homens fossem maus como Ian. E rezar para Deus que eles não provassem o contrário.

Capítulo 6

Bowen ficou em pé na passagem para o quarto de Genevieve, observando, através da abertura de cinco centímetros, onde ela se sentava em um tapete de dormir gasto.

Suas pernas estavam recolhidas e protegidas contra seu peito, e ele imaginava se ela tinha ideia do quanto aquela posição a fazia parecer vulnerável.

Então, ela soltou um gemido baixo que era tão cheio de desespero que ele sentiu sua garganta apertar até que se tornasse difícil de respirar.

Ele hesitou, e a determinação de falar com ela que tinha antes estava sumindo. Ela estava sofrendo. Sozinha. Longe dos olhos bisbilhoteiros e dos maus-tratos dos outros. Ele deveria ir embora e não a deixar que percebesse que ele estava ali.

Mas não conseguia. Não fazia sentido algum para ele, que estava fascinado por essa mulher em particular. Ela o intrigava. Era um mistério que ele estava determinado a resolver.

E ele lhe devia pela ajuda que ela havia dado a seu irmão em encontrar Eveline. Sim, ele devia, e não deixava nenhuma dívida sem pagamento.

Empurrou a porta para abrir mais e deu um passo à frente. Quando ela não se moveu, ele limpou a garganta, alertando-a de sua presença.

Ela levantou a cabeça rapidamente, e seus olhos piscaram como um alarme. Sua postura se tornou imediatamente defensiva, e tão automática que parecia que ela tinha muita prática em defender-se. Esse pensamento o fez franzir a testa.

– Por que aguenta isso deles? – ele perguntou diretamente, porque não havia um jeito sutil de perguntar o que ele queria saber.

Seus olhos se arregalaram, como se ela não conseguisse acreditar que ele havia sido tão direto.

– Por que sofre o abuso deles e permite que suas palavras lhe atinjam? Você não me parece uma garota muito ingênua.

Ela levantou um ombro em um gesto delicado que a cobria em uma expressão de pura derrota. A exaustão nadava em seus olhos e havia tanta resignação que a fazia se contrair.

Ele nunca tinha testemunhado olhos tão expressivos, e não tinha certeza se gostava daquilo. Cada emoção estava lá para ser vista em piscinas verde-azuladas. A apatia que mostrara mais cedo havia desaparecido, e agora ele percebeu o quanto ela teve que se esforçar para manter o rosto sem expressão. Sua fachada havia desmoronado. Era necessário olhar de perto para saber o que ela estava sentindo exatamente. Nunca seria uma guerreira. Ela entregava muito.

– Eles só dizem a verdade – disse ela em uma voz trêmula. – Eu devo encará-los por ousarem dizer a verdade?

Bowen franziu a testa, e seu estômago se revoltava com o pensamento. E, ainda assim, ele não conseguia aceitar.

– Você era a prostituta de Ian McHugh?

Ela se esquivou com a objetividade da pergunta, mas Bowen nunca foi alguém que media as palavras. Graeme era muito superior com palavras mais brandas. Bowen tinha o hábito desconcertante de falar o que pensava.

Então, ela levantou o olhar para encontrar o dele, e ele piscou com a apatia que havia substituído a onda de emoção. Era como se alguém tivesse apagado uma vela, mergulhando o quarto em escuridão.

– Sim, eu era a prostituta de Ian McHugh – disse ela amargamente. – É conhecimento de todos. Pergunte para qualquer um na propriedade. Eles contarão o que acontecia.

Ele não podia evitar sua expressão ou o desgosto que chegava em sua boca. Chacoalhou a cabeça, incapaz de compreender o motivo.

Ela saiu do tapete e deu alguns passos à frente e se virou, com os braços seguramente cruzados em frente ao peito. Novamente, ele notou a proteção de sua postura. Era como se cada movimento tivesse o único propósito de autopreservação.

– Eu gostaria de falar com você sobre um assunto pessoal – disse ela em um tom cuidadoso.

Perplexo pela mudança abrupta de assunto, ele concordou meramente, curioso sobre o que a mulher falaria para ele.

– Não pretendo mais ficar aqui – ela disse. – Eu não tenho para onde ir. Nenhuma família para me ajudar. Os McHugh não são meus amigos e não se importarão com o que acontecer comigo. Eu não posso depender da generosidade deles para me ajudar.

Bowen começou a interrompê-la para dizer que os McHugh não tinham escolha sobre o que aconteceria naquela propriedade, mas Genevieve continuou em uma voz trêmula, a única dica do quanto ela estava desconfortável.

– Por favor, bom senhor, deixe-me continuar antes que minha coragem se vá.

Bowen concordou, e Genevieve respirou profundamente. Ela virou o rosto para que a cicatriz em sua face ficasse escondida. Ele não sabia se ela fazia aquilo de propósito ou se era puro instinto esconder aquela parte dela.

– Eu gostaria de procurar abrigo na abadia, mas eu precisaria de transporte e... Dinheiro... E não possuo nenhum deles – ela sussurrou. – Ajudei seu irmão e, apesar de não ter sido por isso que o fiz, eu apreciaria se auxiliasse minha entrada na abadia.

Ele uniu as sobrancelhas enquanto observava a mulher, incrédulo. Era a última coisa que imaginava que ela pediria.

Suas mãos se moviam nervosamente e ela esfregava a cicatriz, antes de puxar os cabelos para frente para esconder a deformidade.

– Eu estaria disposta a ficar o tempo que precisar, para ajudá-lo a assumir a liderança do clã dos McHugh. Posso lhe dar informações. Também posso lhe dar... Conforto.

Suas bochechas se coraram e seu olhar baixou. Ela limpou as mãos na saia do vestido repetidamente enquanto esperava.

– Conforto? – ele ecoou, incerto do que ela havia acabado de oferecer. Ele suspeitava, mas não tinha certeza.

– Eu agiria como sua meretriz – ela soltou. – Durante o tempo que quiser ou precisar, de modo que, no final de nossa... Relação... O senhor me escoltasse para uma abadia para que eu possa procurar abrigo.

Ele arfou incrédulo. E então deu risada, porque o que mais ele faria? Ela falou sobre entrar em uma abadia e, no próximo momento, se ofereceu para agir como sua prostituta.

Talvez ele não acreditasse completamente na verdade do que ela era para Ian até agora. Ela barganhava seu corpo como uma prostituta experiente, e ele sentiu desgosto pela ideia de ela estar se vendendo para ele, negociando como se isso fosse uma troca comum de bens e serviços.

Mais cor chegou às bochechas dela, e seus olhos brilhavam com... Dor? Como ela podia estar se sentindo magoada? Nada nessa mulher fazia sentido para ele, e ele não tinha ideia se um dia a conheceria completamente. Isso o deixaria furioso, caso tentasse compreender o que acontecia dentro da mente dela.

– Eu sei que não sou nada agradável de olhar – disse ela discretamente. – Não o culpo pelo seu desgosto. Dizem que tenho habilidades... na cama.

Ela engasgou na última palavra como se estivesse sufocando-a. A cor havia fugido de seu rosto, e ela parecia doente.

Jesus, isso ficava cada vez mais confuso. Agora a mulher estava convencida de que o desgosto dele era pela cicatriz em seu rosto.

Ele suspirou, com raiva de tudo aquilo. E mais do que assustado com o fato de ela ter se oferecido sem cuidado. Ela não demonstrava uma dose de amor-próprio.

Sim, isso não o deixava apenas bravo. Isso o deixava extremamente furioso.

– Você não tem mais orgulho? – ele perguntou. – Você se oferece para todo homem que cruza seu caminho, ou é porque se vê sem um protetor agora que seu amante está morto? Qualquer homem serviria?

Ela ficou puramente branca.

– Protetor?

Uma risada rouca e seca escapou dela, e o som era gutural e feio no silêncio. Ele pensou que ela diria mais coisas, mas ela fechou sua boca e somente o encarou.

Seus olhos eram frios, sem sentimentos. A fachada estava de volta. Nenhuma emoção era refletida. Era como olhar para as águas de um lago no inverno.

– O que me diz, Bowen Montgomery? Aceitará minha proposta? Nós temos um acordo ou não?

Ele chacoalhou a cabeça, com o desgosto tomando conta de sua boca.

– Não tenho desejo pelo que Ian McHugh deixou para trás.

Ele se virou e saiu do quarto, mas não antes de ver um lapso de angústia substituir a frieza nos olhos dela.

Capítulo 7

Bowen caminhou pela propriedade até o pátio. O saguão estava vazio e estranhamente silencioso. Todos tinham sido levados por Teague para ouvirem qual seria seu destino.

Estava uma bagunça maldita. Não havia nenhum pertence. Patrick havia fugido e levado tudo, deixando seus homens do clã se virarem.

O ato covarde era incompreensível, porque, quando um homem tomava a posição de um laird de seu clã, ele fazia uma promessa de prover e proteger cada pessoa sob sua liderança.

O que Bowen faria com as pessoas de McHugh e o que sobrara da propriedade? Ele teria que pedir a Graeme suprimentos e dinheiro para conseguir cuidar daqueles que restaram.

Ele saiu à luz do sol e procurou os homens do clã reunidos. Assim que sua presença foi detectada, todos os olhos se viraram para ele. Havia mais McHugh do que Bowen pensara inicialmente. Nem tantos fugiram com Patrick como era presumido, e talvez eles fossem mais espertos.

Mas sua riqueza não estava mais lá. A maioria dos cavalos e outros animais foram levados. E agora havia a bagunça para Bowen limpar.

Ele encontrou Teague, Aiden e Brodie, que estavam ao lado das escadas que levavam à propriedade. Colocou a mão no ombro de Teague para que ele pudesse falar com o irmão.

– Eu gostaria de enviar você a Graeme para contar o que aconteceu. Nós necessitamos de suprimentos, dinheiro, comida. Graeme precisa saber exatamente o que aconteceu aqui e tomar uma decisão sobre esse assunto. Expressarei minha recomendação através de você, mas a escolha será dele em última instância. O rei também terá que saber o que ocorreu. Os boatos circularão rapidamente pelas Terras Altas, e eu prefiro que Graeme e nosso rei saibam sobre a verdade em primeira mão.

Teague concordou, mas então franziu a testa e se virou para Aiden e Brodie.

– Nós discutimos que você retornaria para as terras de seu pai e pegaria de volta seus soldados. Eu devolverei parte de nosso exército para o meu irmão para que nosso clã não fique desprotegido.

Brodie concordou.

Teague olhou de volta para Bowen, e novamente para os irmãos Armstrong.

– É algo que eu nunca imaginava que fosse acontecer, mas tenho que pedir.

As sobrancelhas de Brodie se levantaram, e ele e seu irmão trocaram olhares rápidos de surpresa.

– Se eu for viajar de volta para a propriedade Montgomery com a maioria de nossos homens, e você retornar para a propriedade de seu pai com o seu exército inteiro, Bowen será deixado em uma posição vulnerável aqui.

Bowen franziu a testa e começou a negar tal coisa, mas Teague levantou a mão para silenciar seu irmão mais velho.

– Antes, o plano era simples. Patrick deveria ter sido eliminado e, com ele, uma possível ameaça. Não é o caso agora. Nós não fazemos ideia de onde Patrick esteja e com quem ele pode ter se aliado, se existir essa pessoa, e ele poderia muito bem ser um problema.

Aiden e Brodie concordaram.

– É verdade – disse Aiden. – Nós não contávamos com a fuga de Patrick. Pretendíamos lidar com o assunto de maneira concisa e então tomar nosso rumo, deixando poucos homens para trás para tomarem conta da propriedade e cuidarem dos membros sobreviventes do clã.

– O que peço é que um de vocês fique para trás com Bowen enquanto viajo de volta para nossas terras para consultar Graeme e deixá-lo a par da situação – disse Teague.

– Eu fico – disse Brodie. – Deixarei uma dúzia de nossos homens e mandarei o resto para Aiden. Combinados com os guerreiros Montgomery que ficarão para trás, é mais força do que suficiente para defender o território.

– Você tem meus agradecimentos – disse Bowen em uma voz sincera.

Não, não era necessário que um dos Armstrong ficasse para trás, mas Bowen apreciava que Brodie estivesse disponível para fazer aquilo quando suas famílias estiveram em guerra por tantos anos.

– Você tem meus agradecimentos também – disse Teague. – Eu não gosto de deixar meu irmão quando não estou certo de sua proteção.

Brodie concordou.

– Você cuidou muito bem de minha irmã. Ofereceu proteção a ela e... Aceitação. Minha família tem uma dívida de gratidão com você por isso. Muitos iriam falar mal dela e para sempre rotulá-la como a filha do inimigo. É algo pequeno, o que você está pedindo, e estou feliz em fazê-lo.

Bowen ofereceu o braço para Brodie e Aiden em troca, cumprimentando com um aperto de mão de guerreiro e com respeito. Então, ele fez um gesto para Teague.

– Vamos falar agora com o povo McHugh para que eles saibam de seu destino.

Os quatro homens se viraram para encarar os homens do clã reunidos ali, e Bowen absorveu a corrente tensa que pairava pelo ar.

– Patrick McHugh agora tem uma recompensa por sua cabeça – disse Bowen em voz alta, incitando uma cascata de arfadas em choque e uma corrente de sussurros.

– Qualquer um que esteja junto ou se alie com Patrick McHugh também tem uma recompensa. Ele cometeu um enorme pecado contra os clãs Montgomery e Armstrong. E não ficará impune.

– O que acontecerá conosco, senhor? – um jovem gritou no meio da multidão.

Bowen soltou o ar vagarosamente.

– Desde hoje, esta propriedade e tudo que está contido aqui pertence ao clã Montgomery.

Houve murmúrios, protestos, expressões raivosas e reações surpreendentes de alguns.

– Não há o que tomar conta! – um dos homens gritou. – O laird levou tudo de valor, exceto algumas cabeças de ovelhas e os cavalos de força mais antigos que não podem andar longas distâncias.

Bowen levantou as mãos.

– Fiquem em silêncio até que eu termine.

O falatório raivoso se aquietou.

– Agora, como eu disse, a propriedade, as terras, as ovelhas e os cavalos... Todos eles pertencem a Graeme Montgomery e eu, como seu irmão, sou seu administrador e coordenarei o funcionamento desta propriedade até a hora em que ele tomar uma decisão sobre o assunto.

Ele fez uma pausa por um momento e passou o olhar pela multidão.

– Podem aceitar isso ou não. Vocês que sabem. Podem ficar ou não. É sua decisão. Mas saibam que, se decidirem ficar, sob nenhuma circunstância rebeliões e desrespeitos serão tolerados. Continuarão a trabalhar nesta propriedade e a fazer suas tarefas como antes. Meu irmão irá viajar para a propriedade Montgomery para arranjar suprimentos e comida para que possamos nos cuidar adequadamente.

Houve murmúrios instantâneos de surpresa e choque. Muitos chacoalharam as cabeças, incrédulos e indignados. Será que estavam esperando que fossem deixados para trás ou assassinados na hora? Talvez isso teria acontecido se Ian ou Patrick estivessem nessa situação. Talvez fosse o que o povo McHugh estava esperando dos homens que os lideravam.

– Mas quem nós somos, senhor? – gritou uma mulher com expressão solene.

Bowen franziu a testa.

– Não entendi sua pergunta, senhorita.

– Somos McHugh, liderados pelo Laird McHugh. Se é uma liderança orgulhosa ou não, não é o que está em questão. Não importam as circunstâncias que nos trouxeram aonde estamos hoje, somos todos McHugh. Agora nos dizem que pertencemos ao clã Montgomery e que um Laird Montgomery irá assumir a liderança. O que isso faz de nós? Ainda somos McHugh ou somos forçados a ser Montgomery?

Outras pessoas começaram a se unir, levantando a questão até que um furor tomou conta do pátio. Novamente, Bowen levantou as mãos e, dessa vez, Brodie deu um passo à frente com um rugido que silenciou a todos na hora.

– Obrigado – disse Bowen secamente, enquanto o homem grande dava um passo para trás, com uma expressão feroz e intimidadora.

Ter Brodie Armstrong ali com ele talvez não fosse ruim, afinal. O homem podia intimidar até o guerreiro mais feroz com sua voz forte e o rosto sombrio.

– Não me diz respeito como vocês se chamam – disse Bowen, quando a calma retornou. – Se têm orgulho de vestir o nome McHugh e é algo que querem preservar para seus filhos, então é o certo a se fazer.

– Em tempo, Graeme Montgomery permitirá que elejamos nosso próprio laird? Um que carregue nosso nome? – um dos homens McHugh mais velhos perguntou.

– Não posso falar sobre o que meu irmão decidirá – disse Bowen. – Neste momento, eu sou seu laird e terão de me obedecer ou sofrerão as consequências. Mais tarde, Graeme pode bem decidir por um McHugh para ser o laird desse clã, mas é cedo demais para pensar em tais coisas.

Houve alguns murmúrios na multidão, mas a maioria dos homens do clã concordou e Bowen ouviu sussurros que diziam "é justo".

Bowen alinhou os ombros em preparação para uma tarde movimentada.

– Eu me reencontrarei com cada um de vocês para discutir suas tarefas atuais e seu papel neste clã. Não tenho desejo de atrapalhar suas vidas mais do que o necessário. Minha missão é vingar a esposa de meu laird e, agora que Patrick McHugh se removeu dessa propriedade, não vejo razão para este clã sofrer pelos pecados dele.

Novamente, houve olhares de surpresa e apreciação no rosto dos McHugh. Era óbvio que esperavam coisas muito piores e, na verdade, se Patrick tivesse ficado para trás, as coisas *provavelmente* seriam muito piores.

Patrick era um covarde do pior tipo, mas, neste caso, ele livrara seu clã de muito sofrimento ao fugir como um cachorro com o rabo entre as pernas.

Quando Bowen acertou os assuntos com o clã McHugh, ainda havia a questão de Patrick para ser resolvida. Graeme não ficaria satisfeito em permitir que o homem simplesmente escapasse. Bowen teria que consultar o irmão e determinar seu curso. Patrick teria que ser caçado e responsabilizado por suas ações. E pelo roubo das riquezas de seu clã.

Ele ficou surpreendido com o fato de que não havia mais animosidade no clã McHugh em relação à falha do laird. Em seu lugar, Bowen teria liderado a caça para trazer Patrick de volta para encarar a punição de seu próprio clã.

– Estão dispensados para fazer suas coisas – Bowen disse, acenando a mão. – Voltarei para encontrar com vocês individualmente assim que os assuntos forem resolvidos com meu irmão e nossos homens.

Bowen, Teague, Brodie e Aiden ficaram para trás enquanto o povo McHugh vagarosamente se retirava do pátio, suas expressões duvidosas enquanto pensavam sobre seu destino.

– É mais do que poderíamos pedir – Teague disse em voz baixa.

Bowen concordou.

– Sim. Mas não podemos deixá-los cuidarem de si mesmos. Seria um convite para o ataque de outro clã procurando adicionar às suas terras e poder. Assim que a novidade circular, que Patrick fugiu deste clã, os vultos começarão a surgir. É importante que estabeleçamos uma presença forte aqui.

– Eu ficarei feliz em ficar para trás com você e ajudá-lo com esse assunto – disse Brodie, a ansiedade brilhando nos olhos.

O filho Armstrong mais velho parecia saborear o desafio e, se Bowen fosse honesto, também estava a fim de exercer sua autoridade e liderança aqui, longe de sua própria propriedade, onde servia ao irmão.

Não que ele não estivesse trabalhando para seu irmão ao servi-lo nesta capacidade. Graeme era seu laird, e Bowen devia a ambos Graeme e Eveline sua absoluta lealdade. Mas essa era uma oportunidade pela qual ele ansiava. Nenhuma situação aqui era além de suas habilidades ou daquelas de seus homens.

– Ficarei feliz em ter sua ajuda – Bowen disse genuinamente caloroso.

Era um renascimento na história de ambos os clãs Montgomery e Armstrong. Um renascimento possibilitado pelo casamento de Graeme e Eveline, um casamento que uma vez foi visto com hostilidade e ressentimento em ambos os lados.

Nunca antes os clãs haviam trabalhado juntos, nem mesmo tolerado a presença um do outro. Ainda assim, agora estavam aliados com o objetivo comum de eliminar a ameaça a ambos os clãs.

Capítulo 8

Bowen escutava pacientemente, com Brodie ao seu lado, enquanto dois homens McHugh mais velhos explicavam suas tarefas e os buracos que tinham sido deixados por aqueles que escolheram partir, com Patrick ou depois de sua saída, para procurar seu próprio caminho.

Era claro nas vozes deles o desânimo sentido por seu antigo laird e pelos homens do clã que partiram deliberadamente.

Bowen havia andado pela propriedade, conversado com homens e mulheres enquanto analisava suas necessidades, assim como quais tarefas deveriam ser realizadas.

Poucas mulheres tinham partido. Algumas haviam ido embora com seus maridos e filhos, talvez para procurar refúgio com amigos em outros clãs. Mas a maioria permaneceu ali, e não haveria problema algum em terem tarefas adequadas, como limpar, lavar roupas e cozinhar para o clã.

Também havia muitos homens mais jovens que ainda não tinha atingido o *status* de guerreiros dentro do clã para caçar e cuidar dos animais que restaram. Cavalos seriam necessários, porque não havia transporte o suficiente para trabalhar e viajar.

– É óbvio que vocês têm conhecimento vasto sobre os trabalhos da propriedade – disse Bowen para os dois homens mais velhos.

Peter McHugh estufava o peito, orgulhoso com o elogio. Hiram concordou.

– Sim, nós temos, laird.

Ainda assim, Bowen ficava surpreso em ser referido como laird. Ele não tinha certeza de como se sentia, embora, para ser sincero, aquilo lhe dava grande satisfação.

– Eu preciso de homens bons que saibam dos trabalhos da propriedade. Preciso de homens que sejam leais a mim enquanto trabalham para o bem do clã.

Peter concordou solenemente.

– O senhor não encontrará homens mais leais do que nós. Nossa preocupação é com o clã, não um único homem. Patrick McHugh virou as costas para o clã. Por isso, ele não merece nossa lealdade ou consideração.

Bowen trocou olhares com Brodie, que reafirmou seu acordo com a sugestão de Bowen.

– Então, vocês dois ficarão responsáveis pelo seu clã e agirão como minha ponte com seus parceiros. É importante que eles tenham um rosto com o qual estejam familiarizados e no qual confiem. Eles não me aceitarão ou me abraçarão prontamente. Vocês levarão minhas ordens para seu clã e se certificarão de que sejam colocadas em prática, além de trazer preocupações ou problemas que possam surgir diretamente para mim.

Ambos assentiram.

– Será nossa honra e prazer, laird – Hiram disse gravemente.

– Laird! Laird!

Bowen e Brodie franziram a testa quando um grito feminino de apuros chegou até eles.

Taliesan estava se esforçando para se apressar em direção a eles, mas ela foi impedida por sua perna manca e quase tropeçou.

Bowen e Brodie correram para impedir que ela se machucasse. Era óbvio que estava altamente agitada.

Brodie pegou-a pelo braço bem a tempo de prevenir sua queda.

– Você precisa tomar cuidado – disse Brodie com uma expressão que escurecia seu rosto.

Ignorando a repreensão de Brodie, Taliesan virou seu olhar implorador para Bowen.

– Você tem que a impedir, laird. Por favor, ela está desamparada. Não tem para onde ir. Não imagino que destino cairá sobre ela se estiver sozinha.

Ela contraiu as mãos, lágrimas tomavam conta de seus olhos azuis.

Bowen levantou a mão para interromper o fluxo interminável de suas palavras.

– Do que está falando, Taliesan? – ele perguntou. – Sobre quem está falando, e o que aconteceu?

– Genevieve – Taliesan explodiu.

Os lábios de Bowen formaram uma linha fina, então ele soltou um suspiro.

– O que ela fez?

– Ela deixou a propriedade. A pé. Ela não tem nada. Nenhum lugar para ir. Ninguém para cuidar dela.

Bowen soltou o ar, irritado.

– Eu não tenho tempo para truques femininos e manipulações.

Os olhos de Taliesan queimaram com raiva repentina.

– Pensa que ela está fazendo isso para ganhar atenção? Para mexer com seu coração ou ganhar um benefício? Senhor, não conhece Genevieve. Não pode esperar saber tudo que ela sofreu. Ela não contou o plano dela para ninguém. Mas eu a vi e ela estava partindo. Não havia vida em seus olhos. Nenhuma esperança. Nada além de morte e desespero, e é uma visão que espero nunca ver novamente. Não há nada para ela aqui e ela sabe disso, e ainda assim não há nada para ela fora desta propriedade também.

– Acho que é hora de falarmos francamente – Bowen disse em uma voz sombria. – Devo saber tudo o que há para saber sobre a situação de Genevieve antes de me afastar de minhas tarefas para ir atrás de uma mulher tola o bastante para fugir sozinha a pé.

Taliesan lançou um olhar infeliz para Bowen e Brodie, e a indecisão claramente refletia nos olhos dela.

– Venha e sente-se antes que você caia – disse Brodie, gentilmente guiando-a em direção aos bancos fora da casa de banhos.

Bowen esperou pacientemente enquanto Brodie ajudava Taliesan a se sentar, então ficou em pé perante a mulher e fixou-lhe um olhar determinado.

– Você não está traindo Genevieve ao me contar sobre a situação dela. Eu não posso ajudá-la sem saber a história completa. Minha conversa com ela não a deixou com uma luz positiva. Gostaria de saber se formei uma impressão errada sobre ela.

A raiva contraía o rosto de Taliesan.

– Posso lhe assegurar de que qualquer impressão que possa ter formado sobre Genevieve está realmente muito errada.

– Então, corrija minha impressão – disse Bowen pacientemente.

Taliesan inspirou profundamente, com o pesar novamente tomando conta de seus olhos.

– Não conheço outra mulher que tenha sofrido como Genevieve sofreu – disse ela discretamente. – O nome de seu clã é McInnis e ela vem das Terras Baixas, perto da fronteira da Inglaterra.

Os olhos de Brodie se arregalaram e ele arqueou uma sobrancelha na direção de Bowen.

Bowen chacoalhou a cabeça.

– Espere um momento. Ela é uma McInnis?

Taliesan fez que sim com a cabeça.

– Sim, ela é... Ou melhor, ela era.

– O clã McInnis tem laços fortes com a Coroa – Brodie murmurou. – O laird é um amigo de longa data, e o clã McInnis carrega muita influência e poder. O rei é frequentemente um convidado na propriedade do Laird McInnis.

– Ela é a filha do laird – Taliesan interviu suavemente.

– Isso não faz sentido algum! – Bowen exclamou. – A filha do Laird McInnis não é nada mais do que a prostituta de Ian McHugh?

Taliesan se esquivou com o insulto e seus olhos queimaram de fúria.

– Não foi culpa dela!

Taliesan gritou as palavras, assustando Bowen com sua veemência.

– Conte-nos tudo, Taliesan – Brodie a apressava.

– Eu não sei tudo – disse ela em frustração. – Genevieve nunca contou os segredos para mim. Não é algo que faria, porque ela é intensamente discreta e tem pouco orgulho restando, então guarda o que pode.

– O que você *realmente* sabe? – Bowen perguntou. – Ela era mesmo a prostituta de Ian?

Taliesan se esquivou novamente, com a cor saltando em suas bochechas. Brodie lhe lançou um ar repreensivo por ofender a mulher mais uma vez, mas Bowen estava somente ficando mais impaciente.

– Ian a trouxe aqui. Ela não veio por vontade própria. É isso que sei. Eu vi em primeira mão a maneira com que ele a tratou. Era pior para ela porque resistia... Ou tentava resistir.

– Jesus – Bowen murmurou. – Ainda assim, nada me surpreende quando estamos falando de Ian.

– Ele agia como uma criança petulante quando tinha seu brinquedo favorito negado – disse Taliesan. – Ele trouxe Genevieve aqui e jurou que nenhum homem olharia para ela com desejo novamente.

Ele... Ele cortou o rosto dela – Taliesan engasgou. – De propósito. Ele a machucou para que não atraísse a atenção de outros homens. Jurou que ninguém além dele a possuiria novamente.

– Ele fez aquilo com o rosto dela? – Bowen perguntou com a voz rouca.

Taliesan assentiu.

– Sim, mas isso não foi o pior da história.

– Não foi o pior? – Brodie perguntou incrédulo.

– Não – Taliesan sussurrou. – Ele a transformou em sua prostituta, contra sua vontade. Estava obcecado por ela e era possessivo e ciumento. Ninguém podia tocá-la ou olhar para ela ou ela seria punida severamente. Ele a *despedaçou*, Laird. Sua família pensa que ela está morta e, de certa maneira, ela está, porque não é mais a Genevieve McInnis que um dia fora.

O desgosto revirava o estômago de Bowen como cerveja amarga. A conversa no quarto de Genevieve era repetida diversas vezes em sua mente, e ele estava decepcionado por seu próprio desdém pela mulher. Ele a havia julgado e subestimado. Agiu como se ela estivesse abaixo dele e ignorou seu pedido de ajuda.

– Santa mãe de Deus – ele murmurou.

– Não tem ideia da profundidade da depravação dele – Taliesan finalizou em um sussurro.

Bowen estava sem palavras enquanto absorvia tudo que ela tinha a dizer. Brodie tinha uma expressão sombria e seus olhos brilhavam com uma luz assassina.

– A morte dele foi muito rápida – Brodie soltou. – Graeme teve piedade demais. Ele deveria tê-lo feito sofrer por tudo que infligiu em mulheres inocentes.

– Por quanto tempo? – Bowen perguntou com a voz rouca. – Por quanto tempo ele manteve Genevieve presa?

– Durante um ano inteiro, laird – Taliesan disse baixinho. – Se acha que Genevieve está sendo dramática ou que ela procura manipular o senhor ou os outros por fugir a pé, está *errado*. Ela não tem expectativa alguma de alguém ir atrás dela ou se importar bastante para se preocupar com seu destino. Simplesmente não se importa com o que acontecerá com ela. Só quer ser livre e desfrutar de um momento de paz. Ela se sentiria profundamente traída por tudo que contei a vocês. Isso não me traz orgulho algum. Mas eu não gostaria mais que ela fosse maltratada.

Bowen estendeu o braço e pegou a mão de Taliesan.

– Você fez a coisa certa. E não precisa se preocupar. Genevieve não será mais maltratada.

O olhar de Taliesan era esperançoso, enquanto ela encarava Bowen de volta.

– Então, irá atrás dela?

Os lábios de Bowen formaram uma linha sombria de determinação quando ele ficou em pé.

– Não voltarei sem ela.

Capítulo 9

Genevieve olhou para a montanha repleta de rochas pontiagudas que iam até onde seu olhar podia chegar. Um sentimento de desesperança a deixou fraca com sua intensidade, e ela tentava bravamente se desfazer dele.

Não importava nada onde ela estava. Fugir da propriedade havia sido libertador de uma maneira que ela não esperava. Assim que saiu dos muros, o peso opressivo que a forçava para baixo havia se levantado.

Não importava o que acontecesse com ela agora, não era mais uma vítima indefesa. Ian McHugh não podia usar ou intimidá-la novamente. O clã McHugh não poderia mais magoá-la ou repreendê-la.

Ela puxou a capa mais para perto de seu rosto, apesar de não ter ninguém ali para vê-la. Não havia uma única pessoa ou animal em qualquer direção que ela olhasse.

A propriedade havia desaparecido atrás de um monte enquanto ela adicionava mais distância entre ela e sua prisão por um ano.

Alguém a ajudaria. Alguém a levaria para uma abadia. Ela tinha que ter fé, porque, a esse ponto, não podia pensar em mais crueldade no mundo ao seu redor.

Havia boas pessoas neste mundo. Ela sabia em primeira mão. Sua família era o melhor tipo de pessoas. Eles morreriam se soubessem de suas circunstâncias, e é por isso que *ela havia* morrido antes mesmo de saber seu destino. Era mais bondoso deixá-los pensar que fora assassinada do que deixá-los saber a verdade.

Seus amigos eram leais até os ossos e protegiam ferozmente todos a quem chamavam de amigos ou homens do clã. Apesar de a corte ser repleta de decepção e ambição, Genevieve nunca havia experimentado essas coisas. Todos eram bons e corteses com ela. Todos exceto Ian McHugh.

Ela congelou quando um som distante chegou aos seus ouvidos. Vibrações abafadas arrepiavam seus pés. Um cavalo relinchou. Alguém estava por perto e chegando mais próximo.

Ela correu para uma pequena área com árvores aninhadas no vale de duas montanhas. Um rio corria no centro, e reunidas perto das beiradas estavam árvores e outras vegetações. Ela mergulhou para dentro dos arbustos, rezando para que não tivesse sido vista.

O som chegava mais perto e então parou. Ela prendeu a respiração e olhou entre os galhos para ver o corpo de um cavalo no caminho por onde ela havia andado. Genevieve não conseguia ver quem estava montado no cavalo porque a folhagem obstruía sua visão.

Então, o cavalo recomeçou a andar, e Genevieve suspirou aliviada. Ainda assim, ela esperou bastante tempo para sair do meio dos arbustos e voltar ao seu caminho.

A subida na montanha seguinte foi mais difícil do que as outras. Era mais inclinada e maior. Quando ela chegou ao topo e começou a descer, parou tão repentinamente que quase tropeçou e caiu.

Em cima do cavalo a uma pequena distância estava Bowen Montgomery. Ele estava virado em sua direção, calmamente procurando-a, quase como se a estivesse esperando.

Ela não tinha ideia do que fazer. Não imaginava por que ele estava lá. Seu primeiro instinto era fugir, mas ela não havia feito nada de errado. Quaisquer pecados que Ian cometeu não tinham nada a ver com ela, e ela estaria amaldiçoada se tivesse que pagar por eles.

Voltando à calma, como se criasse uma armadura de guerreiro, ela continuou caminhando de cabeça erguida. Havia passado Bowen quando ouviu-o suspirar. Então, o suave toque de seu pé chegando ao chão quando desceu do cavalo.

Ela precisou se esforçar ao máximo para não entrar em pânico e começar a correr.

– Maldição, Genevieve.

O xingamento suave de Bowen chegou aos ouvidos dela meros segundos antes de a mão dele agarrar seu braço e a puxar de supetão, virando-a para que o encarasse.

Era tão instintivo afastá-lo com as mãos para colocar uma barreira protetora entre ela e o guerreiro muito maior que ela.

Mas a ação fez brilhar a raiva em seus olhos. A mandíbula dele estava tensa de fúria, e o medo subia pela espinha dela.

– Não olhe para mim dessa maneira – ele rugiu. – Não machucarei você. Nunca machucaria você. Estou com raiva porque você achava que tinha que se defender de *mim*. Ninguém irá machucá-la, Genevieve. Se não acredita em mais nada, acredite nisso.

Ela olhou para ele impressionada, imaginando de onde tinha vindo essa explosão. Falando nisso, o que ele estava fazendo ali e por que a interrompeu?

Ela finalmente encontrou sua voz. E sua coragem.

– O que está fazendo aqui? – perguntou ela. – Por que veio atrás de mim?

Ele xingou novamente, fazendo-a se esquivar com a veemência de suas blasfêmias.

– Acha que eu iria deixá-la sair daquela propriedade sozinha, sem proteção, sem roupas, dinheiro ou comida? Como esperava durar sequer um dia? Uma mulher sozinha sem nenhum protetor? Você seria presa fácil para qualquer homem que aparecesse, e ninguém ficaria sabendo.

O sangue chegava ao seu rosto, porque era precisamente isso que havia acontecido com Ian. Ele assassinou toda a coorte dela e a obrigou a uma vida de prisão e depravação. E ninguém ficou sabendo. Até hoje, ninguém sabia.

Genevieve McInnis estava morta.

– Não ficarei mais aqui – disse ela com a voz mais firme que conseguia.

Mas faltava convicção. Ela estava com medo, e era óbvio para Bowen. Qualquer tolo poderia ouvir sua voz vacilando e ver que suas mãos tremiam.

– Já me humilhei quando jurei nunca me permitir esse tipo de humilhação novamente. Não me resta nada além de ir embora antes que eu sacrifique a pouca dignidade que me resta.

Bowen colocou a mão em seu braço. Ela tentou se afastar, mas ele persistiu, trazendo-a para mais perto com mãos firmes, porém gentis. Era óbvio que ele fez um esforço concentrado em não a machucar de maneira alguma. Suas palmas das mãos subiram pelos braços dela para descansarem em seus ombros, e ele apertou-os, como se estivesse assegurando-a de algo.

– Não deixarei que vá embora.

Ela não podia evitar o desânimo que tomou conta dela. O desapontamento, o medo que mexia com suas entranhas, a sufocava, roubando sua respiração. Quão cruel era a promessa de liberdade apenas para vê-la sendo arrancada.

Ele suspirou, e seu rosto suavizou. Havia uma ponta de tristeza e arrependimento em seus olhos, e isso deixou-a confusa.

– Você não será mantida como prisioneira, Genevieve. Nunca. Será cuidada e tratada como uma convidada especial. Ninguém irá machucá-la. Não responderá a ninguém a não ser a mim. Eu mandarei notícias para sua família, mas, até que eles cheguem, você será respeitada ao máximo. Eu pedirei a cabeça de qualquer um que interfira nesse assunto.

– Não! – ela gritou com voz rouca, tirando os braços da pegada dele. – Não, não faça isso!

Ele franziu a testa e olhou para ela em clara confusão.

– Eu não entendo.

A respiração dela passava ansiosa por seus lábios congelados. Ela estava tão aterrorizada que mal conseguia forçar as palavras para fora de sua garganta.

– Não mandará notícias para minha família.

Havia uma nota de histeria em sua voz que até mesmo ela não conhecia.

– Por que não? – Bowen demandou. – Eles devem estar loucos de preocupação.

Genevieve chacoalhou a cabeça e as lágrimas enchiam seus olhos. Um choro chegou a sua garganta, e ela não podia trazer de volta as lágrimas que desciam por suas bochechas. Estava furiosa com o fato de este homem conseguir fazê-la chorar quando Ian McHugh nunca havia feito isso. Ela nunca permitiu. Não daria essa satisfação a ele.

– Eles acreditam que estou morta. Que sofri com o resto de minha coorte um ano atrás.

Bowen encarou-a com um olhar intimidador.

– Então, certamente, você gostaria de mandar notícias a eles para que não continuem a sofrer com esse mal-entendido.

Ela chacoalhou a cabeça com ainda mais veemência e sentiu os frágeis fios que a seguravam começarem a quebrar. Talvez finalmente estivesse ficando louca.

– É melhor que achem que estou morta. Se souberem de tudo...

Ela parou de falar, sacudindo a cabeça e se virando, não mais capaz de olhar nos olhos de Bowen.

Ela não ousaria admitir tudo para ele. Achava que não conseguiria suportar ver a pena e o desgosto em seus olhos. Também não suportaria ouvir a recitação fria dos fatos através de seus próprios lábios.

– É melhor assim – disse ela novamente. – Eu nunca contaria a eles sobre tudo. Meu constrangimento é muito grande para eles aguentarem. Eu seria um fardo eterno. Não haveria nada para eu fazer a não ser voltar para casa e viver reclusa sob os cuidados de meu pai pelo resto dos meus dias, e minha família aguentaria minha vergonha pelo resto dos tempos.

Os lábios de Bowen se contraíram. Ela sabia que ele a achava tola. Ou extremamente egoísta. Não era seu orgulho que a prevenia de mandar notícias para a família. Ela não tinha mais nenhum orgulho. O conhecimento sobre o que havia acontecido com Genevieve destruiria sua mãe e o resto de sua família. Ela nunca poderia viver consigo mesma por causar tanta dor a eles. Morreria antes de trazer desonra para o nome de seu pai.

– Eu já trouxe desonra para meu clã – disse ela em uma voz baixa e dolorida. – Eu me desprezo por tê-lo abordado daquela maneira mais cedo. Somente uma pessoa sem esperança ou honra faria tal coisa, e é claro que não tenho nenhuma das duas. Como meu clã me receberia de braços abertos quando fiz tanto para trazer vergonha para as pessoas que mais me amaram?

Bowen deu um passo à frente, sua mão empurrando o capuz da capa para tocar a face machucada dela. A ação a surpreendeu tanto que ela ficou parada, encarando-o com os olhos arregalados.

Ele acariciou a pele retorcida, seu desconforto aumentava a cada segundo que seus dedos a tocavam com tanta gentileza.

– Proponho que ambos esqueçamos o que aconteceu em seu quarto mais cedo. Agi de forma repreensiva.

Ela chacoalhou a cabeça, tentando livrar o rosto da mão dele, mas ele colocou a palma da mão em seu queixo, segurando-a firmemente.

– Você reagiu com desgosto, como deveria ter feito. Quem poderia culpá-lo? O que uma mulher como eu tem a oferecer para um homem como você? Você é lindo – ela disse. – Poderia ter qualquer mulher que quisesse.

Sim, era verdade. O homem era simplesmente divino. Nenhuma única imperfeição marcava seu corpo. Ou ao menos que ela pudesse ver. Ele era tão bonito de se olhar que ela tinha certeza de que muitas mulheres suspiravam ao olhar para ele.

– Já fui bonita – ela sussurrou. – Agora estou arruinada.

Ela tocou o rosto em cima de onde os dedos dele estavam e ofereceu uma risada rouca que era abrasiva no ar estável.

– Arruinada de muitas maneiras. Nenhuma parte de mim sobreviveu à possessão de Ian McHugh. Nunca serei completa novamente.

Havia escuridão na expressão de Bowen que deveria tê-la assustado. Talvez se ela tivesse algo a perder, estivesse com mais medo. Assim, olhava para ele com uma expressão desconfiada, com a resignação sussurrando por suas veias.

– Você não deve sentir desonra – disse ele sombriamente. – Não é vergonha carregar o que é feito com você e trabalhar para preservar sua dignidade.

Ela deu risada novamente, o som duro e abrasivo.

– Dignidade? Eu não tenho nenhuma. Não me permitiram ter. Provei que nenhuma dignidade me resta quando me ofereci a você.

Ela fechou os olhos contra uma nova torrente de lágrimas, a humilhação cantando uma ladainha horrorosa em sua cabeça.

– Não pode imaginar como me sinto em não ter outra escolha a não ser acreditar que tudo o que você tem de valor é o que pode oferecer a um homem com seu corpo. Eu costumava pensar que havia chegado ao meu ponto mais baixo, e que não poderia me rebaixar ainda mais do que já havia feito. Eu estava errada. Foi quando deliberadamente ofereci meus... s-s-serviços... para você que percebi que me rebaixei ao máximo. E ainda assim eu estava tão desesperada pela liberdade que estava disposta a me rebaixar, encará-lo sem vergonha ou orgulho. Eu me odeio por isso.

Ela engasgou com as palavras, sua raiva e pesar aumentando a cada segundo que passava. Ela queria se revoltar contra o mundo. Queria gritar toda a desesperança de sua situação e a injustiça de tudo aquilo.

Os olhos de Bowen brilhavam. Ele estava furioso. Ela não podia culpá-lo.

– Desejo com todo meu coração e minha alma que meu irmão não tivesse matado Ian McHugh – Bowen grunhiu.

Os olhos de Genevieve se arregalaram e seus lábios tremeram.

– Por que gostaria que ele estivesse vivo?

Ele puxou-a para perto até que estivesse pressionada contra seu corpo, seu calor envolvendo-a como a pele mais quente no inverno. Ele acariciou sua bochecha desfigurada com um toque tão tenro que era uma dor física em sua alma.

Sua cabeça baixou até que sua boca estava a meros centímetros da boca dela. Seus olhos eram ferozes, mas, quando ele falava, sua voz era baixa e resoluta.

– Para que eu pudesse matá-lo agora por tudo que ele fez a você.

Outra lágrima apareceu em seu olho e escorregou sem pudor por sua bochecha. Ele a limpou com o polegar.

– Não chore, Genevieve. Ver suas lágrimas é mais do que posso suportar.

Ela baixou a cabeça, olhando para baixo, mas ele levantou a palma da mão para pegar seu queixo e erguê-lo a fim de ela ser forçada a encontrar seu olhar novamente.

– Levarei você de volta para a propriedade – disse ele, com uma voz firme, não aceitando discussão. – Você ganhará um novo quarto. Quero que prometa que não sairá sozinha novamente. Não permitirei que seja maltratada nunca mais, Genevieve. Essa é a promessa que faço para você.

Ela não conseguia respirar. Olhava para os olhos de Bowen Montgomery, procurando qualquer sinal de enganação ou traição. Tudo o que via era pura sinceridade. E raiva. Raiva *por* ela. Não *dela*, mas *por causa* dela. Aquilo a deixava confusa. Ele era um completo estranho, não devia nada a ela e tinha toda razão para desprezar Ian McHugh e sua prostituta. Seria muito fácil tomar conta da propriedade e usá-la de qualquer jeito que ele preferisse. Mas ele a tratava com gentileza.

O mais improvável dos defensores, a mais improvável das mulheres para inspirar um homem que abrace sua causa. Ela não era nada além de uma prostituta com uma cicatriz, e ele era tão bonito que fazia cabeças virarem aonde quer que fosse. Ele era o irmão de um dos lairds mais poderosos das Terras Altas, e dono de muita riqueza e poder.

Era absolutamente verdade o que ela havia dito antes. Esse era um homem que podia ter qualquer mulher que desejasse em toda a Escócia.

Mesmo assim, ele parecia determinado, quer ela quisesse ou não, a satisfazer suas necessidades... e... protegê-la.

Ninguém a havia protegido ou lhe dado abrigo desde seu pai e seus irmãos. Ninguém a protegera contra Ian, e Ian não a defendera das palavras e ações de seu próprio clã.

Ela estava tão atordoada que não podia colocar em palavras tudo o que estava pensando.

– E quando você for embora? – ela perguntou com medo já tomando conta de sua garganta. – Quando for embora deste lugar e eu não for nada além de uma memória, o que acontecerá comigo?

– Não deixarei você para esse destino – ele disse em uma voz quieta e firme. – Se você não tiver mudado de ideia em relação a mandar notícias para sua família, então será inserida em meu clã e oferecida a proteção que se estende a todos os Montgomery, ou eu farei o que pediu e a levarei a uma abadia.

O alívio era doce e bem-vindo. Ela relaxou os ombros e fechou os olhos para saborear a promessa de um santuário.

Uma coisa tão maravilhosa. Esperança. Algo sem o qual ela havia ficado tanto tempo. E agora ela nasceu, como os primeiros botões a florescerem na primavera, estendendo suas pétalas para procurar o sol.

Era arrebatador em sua intensidade, e ela a recebeu, saboreando-a como uma amiga desaparecida.

A esperança era o presente mais doce, fazia com que ela pensasse no futuro, não em desânimo e no desespero, mas com um novo olhar.

– Obrigada – ela engasgou.

Seus dedos pressionavam os braços musculosos dele, apertando-os fortemente. Ela tinha medo de que, se o deixasse ir, acordaria de um sonho e descobriria que nada disso era verdade.

– Não há nada para me agradecer. Agora venha. Vamos voltar para a propriedade para que possamos participar da refeição da noite. Você deve estar exausta com todos seus pensamentos e a caminhada.

– Você é um anjo enviado por Deus finalmente – ela sussurrou. – Eu rezei por isso por tanto tempo. Achei que Ele tivesse certamente me esquecido.

As feições de Bowen se contraíram e ficaram mais sombrias.

– Eu cheguei tarde demais. Não a salvei de nenhuma das suas misérias. Gostaria de ter sabido de seu pedido de luta antes. Eu teria vindo, Genevieve. Eu a teria salvado.

Ela colocou a mão em seu antebraço, notando a palidez de sua pele contra a pele muito mais escura dele.

– Não é verdade. Sua bondade é uma luz na noite mais escura. Eu tinha me esquecido de que a bondade existe.

Ele parecia desconfortável com seu elogio, mas ela encontrou seu olhar, sem se afastar, para que sua sinceridade não pudesse ser questionada.

Então, ele deslizou um braço pela sua cintura e a guiou-a para seu cavalo que estava a alguns metros de distância.

– Venha comigo. Vamos voltar antes que os outros comecem a ficar preocupados.

Genevieve foi feliz, maravilhada com o fato de que estava feliz ao retornar para a propriedade dos McHugh, um lugar que havia sido seu inferno por um ano inteiro.

E ela manteve sua promessa perto do coração, abraçando-a com cada fibra de seu ser.

Capítulo 10

Quando Bowen chegou ao quintal com Genevieve, foi tratado com alguns olhares desconfiados, o que o irritou. Havia sorrisos dos homens do clã McHugh, expressões diretas de desdém das mulheres McHugh, e até seu irmão e os dois irmãos Armstrong levantaram as sobrancelhas.

Ainda assim, Teague, sempre o cavalheiro, chegou para ajudar Genevieve a descer do cavalo de Bowen para que ele pudesse desmontar. Genevieve estava desconfiada de Teague e, imediatamente, se colocou a uma certa distância. Teague franziu a testa como se ela o tivesse insultado por ter medo de que ele a machucasse.

Taliesan mancou pesadamente até o pátio, seu passo rápido demais para uma mulher com uma perna manca. Ele começou a gritar um alerta para ela, quando tropeçou.

Agindo rapidamente, Brodie apanhou-a antes que ela caísse. Ela se levantou com o rosto vermelho de constrangimento, mas não permitiu que isso a detesse de seu objetivo.

Depois de murmurar um rápido agradecimento e uma cortesia a Brodie, ela continuou em seu caminho, em um passo mais devagar, mas não menos determinado em direção a Genevieve.

– Eu gostaria de falar com você antes de partir pela manhã – Teague sussurrou para que somente Bowen pudesse escutar.

Bowen assentiu.

– Depois da refeição da noite.

Teague se afastou e fez um gesto para um dos homens Montgomery para cuidar do cavalo de Bowen.

Taliesan finalmente alcançou Genevieve e pegou suas mãos, seu rosto refletindo seu óbvio alívio.

– Graças a Deus você voltou – disse Taliesan.

Então, como se percebesse o absurdo do que ela havia dito, seu rosto ficou vermelho e ela apertou ainda mais forte as mãos de Genevieve.

– Enviei Bowen até você. Por favor, não fique com raiva de mim. Lá fora não é lugar para uma mulher ficar sozinha, sem proteção. Sei que está infeliz aqui, mas espero que isso mude sob a direção dos Montgomery.

Bowen observava Genevieve de perto, esperando que ela não fosse machucar os sentimentos da mulher, particularmente quando Taliesan havia se preocupado tanto com ela. Seu coração estava no lugar certo, e ela estava genuinamente preocupada com o destino de Genevieve.

Ele não precisava ter se preocupado. Genevieve conseguiu abrir a metade de um sorriso e devolveu o aperto de mão em Taliesan.

– Agradeço-a pela preocupação, Talie. É verdade que Bowen me pegou de volta, e agora estou feliz por estar aqui.

Mas Bowen viu a incerteza e o medo em seu olhar enquanto ela olhava os McHugh que estavam no pátio e em outros lugares, observando das escadas até a porta. Havia escárnio e irrisão no olhar deles os quais Genevieve teria que se esforçar muito para não perceber.

Ela ergueu o queixo, deixando o rosto impassível e indecifrável. Era sua máscara, uma que ela havia rapidamente identificado como um jeito de bloquear a vergonha e a humilhação que experimentou nas mãos dos outros.

A mulher pode ter dito que não tinha mais orgulho, mas ela estava completamente errada. Possuía mais determinação do que a maioria dos guerreiros que ele conhecia. Ela havia aperfeiçoado tanto o escudo que dizia "você não pode me machucar" que parecia uma princesa do gelo, cujas feições eram implacáveis.

Depois de escutar tudo o que Ian McHugh fizera para ela, e ele tinha certeza de que não havia escutado tudo, ele não podia culpar a mulher se ela não tinha mais espírito ou vontade. Mas ela tinha, e ele não conseguia compreender agora.

Ele podia manter sua promessa para vê-la protegida por seu clã ou bem-colocada na abadia de sua escolha. Mas, primeiro, tentaria mudar sua ideia sobre sua família, porque uma mulher precisava de sua família mais do que tudo. Ele não podia imaginar Eveline sem o apoio da família, assim como do clã dentro do qual ela se casou.

E ele percebeu que queria que Genevieve fosse feliz, porque, quando olhou para ela, viu a tristeza e a resignação tão profundas que aquilo pesava em seu peito. Não era uma sensação confortável.

Seu destino poderia ter sido o de Eveline. Ele começou a apreciar bastante sua cunhada. Ela ganhara seu respeito e afeição. Se não fosse por seus recursos, ela estaria até agora casada com Ian McHugh.

Ele percebeu que, se Eveline tivesse se casado com Ian alguns anos atrás, como estava prestes a fazer, Ian provavelmente nunca teria conhecido Genevieve. E nunca teria se tornado obcecado por ela. Nunca a teria abduzido e abusado dela por um ano inteiro.

Era uma constatação muito séria, e ele se sentia culpado por estar aliviado por conta de Eveline ter escapado ilesa.

– Já passou da hora de comermos – Bowen anunciou em voz alta.

Genevieve o observava com hesitação e resistência, vendo-o olhar para a entrada da propriedade. Mas ele parou ao lado dela e estendeu o braço, esperando pacientemente enquanto ela o observava nervosamente.

Finalmente, ela deslizou a mão pelo topo de seu braço, descansando-a delicadamente, como era apropriado, então ele começou a caminhar, acompanhando-a para dentro do saguão.

Quando ele olhou para trás, ficou satisfeito em ver que Brodie esperava Taliesan pacientemente para entrar e acompanhou cada passo dela, observando com cuidado para que ela não caísse.

Taliesan era uma boa mulher, confiável e talvez gentil demais, com um bom coração. O tempo havia tornado Bowen um homem cínico, e ele sabia que não era uma falsidade que Taliesan eventualmente se endureceria com suas experiências com os outros.

Ele suspirou, porque realmente seria um dia triste para uma mulher como Taliesan aprender uma lição tão dura. Era uma lição que Eveline havia aprendido em primeira mão em seu próprio clã. Era constrangedor admitir, mas seu clã fora horrível com ela quando chegou até eles pela primeira vez.

Bowen se sentou à mesa alta e colocou Genevieve à sua direita, enquanto Teague tomou o assento à sua esquerda. Aiden e Brodie sentaram-se em lados opostos, e Brodie posicionou Taliesan ao lado de Genevieve. Bowen assentiu com a cabeça em aprovação, pelo fato de Brodie ter colocado uma aliada amigável ao lado de Genevieve.

As mulheres que serviam começaram a trazer a comida, e Bowen franziu a testa quando experimentou a refeição. Estava fria. Não estava nada apetitosa, e parecia velha. Um olhar pelo saguão sinalizou que ninguém parecia estar com problemas, mas uma análise por sua própria mesa contava uma história diferente.

Teague quase engasgou com a primeira mordida. Aiden nem fez questão de disfarçar sua reação e prontamente cuspiu a comida no chão. Brodie engoliu com muita dificuldade, enquanto Taliesan empurrou a comida pelo prato com a colher.

Genevieve simplesmente olhou para seu prato, com o rosto pálido e a boca fechada em linhas firmes. Ela levou a mão até o copo e tomou diversos goles de água, a qual pediu em vez de cerveja.

Ela engasgou instantaneamente e cuspiu, a água quase vazando de sua boca. Baixou a cabeça e tossiu fortemente sobre sua saia. Seus olhos se encheram de água e ela parecia não conseguir respirar.

– Genevieve, há algo errado? – Bowen perguntou. – A água está ruim?

– Só engoli errado – disse ela com os olhos ainda lacrimejando. – Nada com que precise se preocupar.

Suspeitando de algo, Bowen pegou o copo antes que ela pudesse movê-lo e tomou um gole cuidadoso. Ele fez uma careta imediatamente, e havia levado o mínimo a sua boca. Estava tão pesadamente salgado que ninguém poderia tomar aquilo.

Seu sangue ferveu com o insulto provocado contra Genevieve, e seu punho bateu na mesa, fazendo diversas das mulheres que serviam saltarem e olharem nervosamente para ele.

– Traga-me água fresca – ele rugiu.

Uma mulher se apressou para obedecê-lo, e ele foi cuidadoso para experimentar a água antes de entregá-la a Genevieve. Ela parecia estar em choque e, devagar, pegou o copo de suas mãos, levando-o aos lábios.

Ela engoliu algumas vezes e então devolveu o copo à mesa.

Sal era uma mercadoria preciosa e cara, e desperdiçá-lo em um truque malicioso quando o clã tinha tão pouco deixou Bowen com tanta raiva quanto o próprio deslize.

– A comida é sempre assim? – Bowen perguntou a Genevieve e Taliesan.

O rosto de Genevieve se corou e ela olhou para baixo, recusando-se a encontrar o olhar de Bowen.

– É normal – Taliesan disse, aparentemente confusa com a pergunta de Bowen.

– Genevieve? Você não tem uma opinião sobre o assunto?

– Eu não sabia, laird – ela disse baixinho. – Não me permitiam comer no salão. Essa é a primeira vez que estou fazendo isso desde que cheguei aqui. Sempre me traziam pão ou queijo no quarto. Às vezes traziam sopa ou bolo de aveia. A melhor parte era reservada para o clã.

Ele se arrependeu muito por ter perguntado, porque agora espumava de raiva. Genevieve estava sendo tratada como um *animal*, uma fera aprisionada pela qual não demonstravam respeito ou cuidado algum. Isso o enfurecia, que qualquer mulher fosse tratada desse jeito.

– A melhor parte? – Teague pigarreou. – Provavelmente você ficou com a melhor parte.

O desdém estava claro em sua voz.

– Eu me certificarei de trazer mantimentos – Teague murmurou. – Talvez seja uma boa ideia que lidere uma caçada enquanto eu estiver fora. Essa carne parece ter sido arranjada meses atrás.

Bowen assentiu. Uma de suas primeiras prioridades deveria ser o estoque de alimentos.

– É melhor mesmo – Taliesan soltou.

Seu rosto ficou vermelho e ela baixou a cabeça.

– O que você quer dizer? – Brodie perguntou em uma voz gentil.

– É desleal da minha parte dizer – ela murmurou.

– Fale livremente. Não há ninguém para tirar vantagem de você aqui – Bowen apontou.

Ainda assim, ela estava relutando em levantar a cabeça.

– O laird pegou a maior parte do estoque fresco, deixando a carne mais antiga para trás. Carregou dois cavalos com carne de caças recentes. Havia veado, javali e carneiro. Ele levou tudo.

Teague rugiu.

– Assim que eu informar Graeme sobre a situação, nós lideraremos uma caça a Patrick McHugh. Ele tem muito a que responder.

Bowen concordou novamente.

– É verdade que ele é uma prioridade, mas nossa principal preocupação é o cuidado com as pessoas desse clã. Não podemos permitir que fiquem famintos ou sem proteção adequada enquanto buscamos a vingança por um covarde que fugiu.

Aiden inclinou a cabeça.

– Isso é verdade o suficiente e você tem esse direito, Bowen. É um bom laird que pensa primeiro no clã.

– Só faço o que sei que Graeme faria se estivesse presente – Bowen disse com naturalidade.

Virou-se para Genevieve, que ainda tinha que tocar a comida. Ela parecia ter medo de experimentá-la depois do embate sobre a água. Ele não podia dizer que a culpava.

– Do que você gostaria, moça? – ele perguntou em voz baixa. – A comida que serviram para o resto de nós não é boa. Posso pedir pão e queijo, se é o que prefere.

– Eu gostaria disso – disse ela discretamente. – Se não for muito trabalho. Não quero causar conflitos.

– E eu não me importo – Bowen disse calmamente. – Eles obedecerão sem dúvida ou sofrerão as consequências. Elas irão oferecer-lhe seu respeito e deixar as brincadeiras infantis contra você. Não serei desrespeitado desta maneira.

Seus olhos ficaram brandos e a sugestão de um sorriso curvou seus lábios para cima até que ele ficasse fascinado pelo brilho em seu olhar. Naquele momento, ela era linda. Era fácil esquecer a cicatriz que marcou o outro lado de seu rosto, porque o restante dele era suave e sedoso, e tão bonito que fazia doer.

Sua coragem e resiliência lhe davam a beleza que seus atributos físicos, ou a falta deles, nunca poderiam tocar. Ela fazia tal esforço para esconder sua deformidade dele e do mundo que era fácil esquecê-la inteiramente, e era sempre um choque quando ele era confrontado com ela.

Mais mulheres vinham até a mesa, sorrindo timidamente, algumas corajosamente em sua direção, quando lhes serviam mais cerveja e completavam o prato com comida mais quente. Não que ele pensou que fosse ajudar.

Ficou surpreso com a ousadia de algumas. Elas sorrateiramente lhe faziam propostas com sugestões sutis, algumas menos do que as outras. Não que ele não estivesse acostumado a mulheres fazendo propostas. Graeme brincava com ele sobre ter mais do que sua justa parte de mulheres, e Graeme e Teague brincavam que Bowen jogaria para cima a saia de qualquer mulher que estivesse disponível.

Não era inteiramente verdade, embora ele não discutisse com suas suposições. Era inútil, quando suas ideias estavam feitas, e suas visões tinham sido seladas.

Mas ele realmente tinha um monte de atenção feminina aonde quer que fosse e, enquanto alguns homens gostariam de recebê-la, ele via aquilo como uma inconveniência. Particularmente quando as mulheres eram casadas e ele tinha que se preocupar com maridos irados.

Os lábios de Genevieve ficavam ainda mais apertados à medida que a comida ia acabando. Ela estava pálida, como se estivesse pronta para se retirar antes de cair no chão.

– Há alguma coisa errada? – Bowen sussurrou, inclinando-se para que pudesse conversar calmamente com Genevieve.

– Elas são tão hipócritas – ela cuspiu cada palavra atada com fúria.

Surpreendido por sua veemência, ele levantou uma sobrancelha em questão, enquanto olhava para ela.

– Não finja que não sabe exatamente o que elas querem de você – ela sibilou. – E ainda assim julgaram-me e acharam que eu estava à procura daquilo que não era minha escolha, enquanto oferecem seus corpos para você *livremente*. É ridículo.

Seu ponto foi bem colocado, mas Bowen também sabia que nada iria mudar suas opiniões. Apontar a hipocrisia descarada só iria enfurecê-las ainda mais e deixá-las firmemente contra Genevieve. Se é que era possível.

Genevieve deu um suspiro audível de alívio quando as mulheres que serviam começaram a recolher a louça, sinalizando o final da refeição da noite.

– Eu gostaria de ir até a minha câmara, laird – ela disse em uma voz recatada que não combinava muito com Genevieve.

– Você foi movida para o quarto ao lado do meu – Bowen disse firmemente.

Os homens poderiam pensar o que fosse, mas não se atreveriam a falar algo contra Bowen, se ele pudesse escutar, ou sofreriam as consequências.

– Pode subir quando Taliesan puder acompanhá-la. Eu a troquei de quarto também, para a câmara ao seu outro lado.

Taliesan olhou surpresa.

– Mas, laird, sempre residi em um chalé do lado de fora do castelo. Eu nunca tinha sido concedida ao privilégio de permanecer na parte de dentro.

– Agora está sendo – Brodie disse com uma carranca. – Você e Genevieve residirão em quartos contíguos.

Taliesan bateu palmas com emoção.

– Isso é maravilhoso, Genevieve! Já não vai ter que se preocupar com visitas indesejáveis. Você terá Bowen em um lado e eu no outro.

Brodie não sorria quando disse as palavras seguintes, e ainda havia algo estranho em sua voz.

– Eu estarei do outro lado do corredor, em frente ao quarto de vocês duas. Se precisarem de qualquer coisa, espero que venham até mim.

– Ou a mim – disse Bowen.

Taliesan sorriu, suas bochechas ficando rosa e seus olhos brilhando com calor.

– Nós o faremos.

Capítulo 11

Genevieve caiu na cama e colocou a palma das mãos sobre o colchão macio, acariciando as roupas de maneira distraída. A cama era um luxo do qual ela não havia desfrutado em um ano. Não desde que deixou o próprio aposento no castelo de seu pai.

Ela tinha sido mimada. Descaradamente. Cada necessidade sua fora atendida. Tinha sido amada, mimada e adorada.

O pesar a atormentava, e ela tentava o seu melhor para tirá-lo de seu peito e coração.

A única vez que tinha sido autorizada a uma cama de verdade foi quando Ian a estava usando. Ela passou a temer tal coisa como um colchão, porque, enquanto estivesse no chão duro com o tapete fino no qual dormia, ela estaria a salvo de suas atenções.

Bowen tinha cuidado de seu conforto ao enviar alguém para acender o fogo na lareira e deixar um jarro de água ao lado do lavatório perto da janela. As peles tinham sido firmemente fechadas e protegidas, e as velas estrategicamente colocadas e acesas ao redor do quarto, de modo que fosse suavemente iluminado pelo brilho quente das pequenas chamas.

Ela ansiava pelo isolamento. Deveria se sentir aliviada e grata pelo fato de que ninguém iria incomodá-la. Mesmo assim, ela se sentiu irremediavelmente sozinha. Cheia de medo e nervosa.

Se fosse para ser sincera, não tinha ideia do que fazer consigo mesma.

Ela se sentou completamente imóvel e absorveu a mudança na direção de seus pensamentos. Seus planos. Tudo havia sido resolvido em sua mente e, então, Bowen Montgomery mudou tudo com seu comando ousado.

Ela deveria estar irritada por ele ter ordenado que ficasse dentro do castelo. Durante um ano inteiro, fora submetida à autoridade e ao domínio de um homem que não tinha cuidado com ela, além da miséria que ele poderia lhe causar. No entanto, algo sobre Bowen Montgomery tornava-a estupidamente... esperançosa.

Ah, essa palavra novamente. *Esperança*. Como era doce.

Uma batida soou na porta, e ela franziu a testa. Mas antes que pudesse se levantar para atender ao chamado, a porta abriu e Taliesan enfiou a cabeça.

– Posso entrar?

Genevieve relaxou e fez sinal para que Taliesan entrasse.

A outra mulher navegou com cuidado seu caminho para dentro do quarto e mancava fortemente para a cama onde Genevieve se sentava.

– Há alguma coisa errada? – Genevieve perguntou com preocupação.

Taliesan afundou pesadamente na beirada da cama, esfregando sua coxa através de suas saias.

– Não. Eu estava tão animada para dormir, e o quarto é muito bonito. É quase tão grande quanto o chalé inteiro onde eu morava com minha família.

Genevieve percebeu os lábios apertados de Taliesan, apesar do fato de que nada mais em seu comportamento sugeria algo errado.

– Sua perna está doendo?

Taliesan fez uma careta e olhou para baixo, onde a palma da mão estava firme em sua coxa.

– Sim, mas não é nada com que eu não tenha lidado antes. As coisas são assim e não há nada a se fazer em relação a isso.

– Sinto muito – Genevieve disse suavemente.

Taliesan lançou-lhe um olhar assustado.

– Por quê?

– Por você sentir dor. Eu não desejaria tal coisa para alguém.

– Você tem bom coração, Genevieve McInnis – Taliesan disse. – Estou contente por sermos amigas.

Ainda era uma sensação estranha pensar em ter uma verdadeira amiga entre os McHugh. Não fazia sentido. O clã McHugh representava tudo o que era mau no mundo. Era verdade que Ian era um só homem e que ela não podia responsabilizar o resto de seu clã por suas ações, mas ninguém tinha se prontificado a ajudá-la. Ninguém dissera que aquilo não estava certo.

Era uma tolice dela guardar qualquer raiva ou ressentimento sobre o assunto. O que os homens do clã poderiam realmente ter feito?

Mas, fervendo no fundo de sua mente, estava a memória de como eles a tinham tratado. Com tal desprezo e veneno quando sabiam muito bem que ela era uma vítima. E era isso que não conseguia perdoar.

Eles poderiam ter mostrado compaixão. Mesmo se não pudessem ter ido contra seu laird e seu filho, poderiam, pelo menos, ter olhado gentilmente para ela.

Ela queria odiá-los e sair logo daquele lugar, mas não podia invocar qualquer antipatia de Taliesan, nem ignorar o desejo de Bowen para que ela permanecesse.

Assim, lá estava ela, sendo tratada como convidada de honra no mesmo castelo que havia sido seu inferno.

Taliesan tocou timidamente no braço de Genevieve, e foi então que Genevieve percebeu que Taliesan estava falando com ela enquanto estava perdida em seus pensamentos. Ela piscou rapidamente e voltou a atenção para a outra mulher.

– O que vai fazer agora, Genevieve? – perguntou Taliesan suavemente. – Sinto muito por ter enviado Bowen até você.

Ela balançou a cabeça e retirou a mão do braço de Genevieve para entrelaçá-la com a outra mão em seu colo. Sua voz era tão baixa que Genevieve quase não podia ouvi-la.

– Não, isso não é verdade. Eu não sinto, porque me preocupei muito com você quando partiu sozinha e a pé. Sei que não era meu direito intervir, mas eu não podia deixar algo acontecer com você como o que aconteceu um ano atrás.

Taliesan olhou para cima com os olhos inundados de seriedade.

– Por favor, me perdoe, Genevieve, pois, na verdade, eu tinha a melhor das intenções.

Genevieve suspirou.

– Foi uma tentativa tola a minha. Eu não estava pensando claramente e não tinha plano ou meios de viajar para o meu destino. Só queria distância.

– Eu sei que tem sido horrível para você aqui – disse Taliesan em voz baixa. – Mas você não tem que sofrer mais. Bowen a tem defendido. Ele e seus parentes parecem ser bons homens. Nada como Ian.

Genevieve estremeceu de repulsa.

– Não, não são como Ian. Pelo menos, ainda não.

O olhar de Taliesan era afiado, estreitando os olhos enquanto olhava fixamente para Genevieve.

– Acha que é um truque?

– Não sei o que pensar – Genevieve disse verdadeiramente. – Mas seria imprudente da minha parte colocar cegamente minha fé em Bowen Montgomery ou qualquer outro homem. Ele parece ser genuíno e justo, mas, ainda assim, Ian podia ser charmoso e convincente quando queria.

A dor em sua voz não podia ser disfarçada e ela desviou o olhar, com medo de que sua compostura se quebrasse e a humilhasse na frente da outra mulher.

Inesperadamente, ela se viu puxada para dentro dos braços de Taliesan, e abraçou-a com força. Era uma sensação surpreendente. Por muito tempo, ela tinha sido desprovida de toque, carinho... Afeição. Quanto tempo passara sem as mais básicas das necessidades emocionais?

Ela ficou rígida no começo, sem saber o que fazer. Mas Taliesan continuou, envolvendo Genevieve com seus braços firmemente. Gradualmente, os braços da própria Genevieve circularam a cintura fina de Taliesan e as duas mulheres se abraçaram ferozmente sentadas na cama de Genevieve.

– Juro que serei uma amiga boa e fiel a você, Genevieve – Taliesan sussurrou.

As palavras chegaram ao coração de Genevieve como uma suave chuva de primavera. Ela foi aquecida por meio da bondade estendida por Taliesan e pela oferta genuína de amizade.

– Serei uma boa amiga para você também – Genevieve prometeu.

Taliesan se afastou e abriu um largo sorriso

– Que bom. Resolvido, então.

Com seu futuro tão incerto, Genevieve não tinha certeza de que algo estivesse resolvido, mas não iria criar problemas ao pensar sobre o que o amanhã poderia trazer. Por enquanto, estava contente por ter um rosto amigável em meio a um mar de animosidade, e um guerreiro como seu defensor e protetor.

Com ambos, Bowen e Taliesan ao seu lado, os dias vindouros não poderiam ser tão difíceis, afinal.

Capítulo 12

Bowen respondeu à batida na porta do quarto e admitiu seu irmão, fechando a porta.

– Você está se adaptando bem – observou Teague.

Bowen inspecionou o aposento escassamente mobiliado e encolheu os ombros. Recusou-se a assumir o quarto de Patrick ou Ian e, ao invés disso, relegou-os para seu irmão, Brodie, e Aiden.

– Precisa falar comigo? – perguntou Bowen, indo direto ao assunto.

Teague assentiu sombriamente antes de se sentar em uma das cadeiras perto da janela aberta.

– Não é assunto fácil que trago a você. Pode não ser nada, mas eu seria negligente se não o trouxesse para sua atenção.

Bowen franziu a testa e se sentou em frente ao irmão.

– Diga o que está em sua mente.

Teague tomou uma respiração profunda.

– A história, como ouvi, é de que Genevieve convenceu Ian a raptar Eveline.

As sobrancelhas de Bowen se juntaram e ele jogou a cabeça para trás em surpresa.

– Isso não faz muito sentido. Raios, o que ela teria a ganhar e, além disso, Ian não me parece o tipo que obedece a uma mulher.

Teague levantou a mão.

– Tem mais. Deixe-me explicar tudo o que ouvi.

Os lábios de Bowen se uniram em desgosto.

– Fofoca. É óbvio que ninguém aqui tem amor algum por Genevieve. Eles não são muito objetivos quando se trata da moça.

– Isso pode muito bem ser o caso – Teague disse calmamente. – Mas é uma história que ouvi de diversas fontes, e os fatos não mudam na narração.

A boca de Bowen desenhou uma linha fina, porém ele assentiu com a cabeça para seu irmão continuar.

– Dizem que, quando Ian teve conhecimento do casamento de Eveline com Graeme e quando ouviu que a moça tinha perpetuado uma grande decepção para impedi-la de se casar com Ian, sua ira foi elevada, e Genevieve o cutucou, atiçando as chamas de sua ira, dizendo-lhe que não deveria permitir que uma simples moça fizesse dele um tolo. Também disseram que ela foi o cérebro por trás de seu plano para encontrar aqueles em nosso clã que seriam aliados de Ian e brincarem de espiões, e foi ideia dela que Eveline fosse sequestrada e trazida de volta como prisioneira.

– Como está certo desta informação? – Bowen perguntou.

– Não estou dizendo que estou certo ou não – Teague admitiu. – Não fiz qualquer julgamento. Estou apenas relatando tudo o que ouvi.

– Mas acha que há credibilidade nessa história? – Bowen pressionou.

Teague hesitou por um momento e, então, finalmente, concordou.

– Sim, a história tem sido convincente. Não partiu das pessoas que são abertamente hostis com Genevieve. Eles não confiam nela e, enquanto ninguém nega que Ian tenha sequestrado Genevieve e mantido-a presa aqui, é amplamente pensado que ela exercia muita influência sobre ele e que usou dessa influência para seu próprio ganho.

Bowen sacudiu a cabeça.

– Não faz sentido. Que ganho ela teria ao ter Eveline sequestrada? Inveja? Ressentimento? As coisas não estão batendo.

– Talvez ela seja uma atriz consumada – disse Teague em uma voz sombria. – Ela desempenha facilmente o papel de vítima. Quem, de fato, atribuiria qualquer culpa a uma mulher que supostamente sofreu tanto?

A boca de Bowen abriu sem palavras.

– Você acha que é tudo um ardil? Que ela está nos manipulando?

Teague deu de ombros.

– Não está ao meu alcance dizer. Mas eu não deixaria este lugar sem dar-lhe a informação que descobri. É sua escolha para fazer com ela o que quiser, mas não deixaria você de fora do que está sendo dito ou da possibilidade de ela o estar enganando, e os outros também.

Bowen recostou-se, a raiva e o desgosto atacando seu peito. Ele não gostava de pensar que a moça poderia ser tão calculista. Mas não podia descartar a possibilidade. Isso o tornaria ineficaz como laird daquele clã.

Agora, ele se perguntava qual era a verdade. Não havia dúvida de que a moça fora sequestrada e dolorosamente abusada. Pelo menos, no início. Mas a questão era se o captor tinha se transformado em cativo e se ela tinha sido capaz de exercer influência em Ian à medida que o tempo passou.

E poderia ele culpá-la se ela tivesse conseguido reivindicar a vantagem com um homem como Ian? Se tivesse apenas feito o que era necessário para sobreviver? Outros condenariam uma moça por utilizar quaisquer meios que fossem necessários para sobreviver, mas Bowen podia admirar tal força. Exceto por ela ter colocado sua cunhada em um perigo terrível.

Por que ela plantaria tal ideia na cabeça de Ian? A que propósito isso poderia servir para Eveline, ser ameaçada de tal forma?

– Apenas tenha cuidado, Bowen – disse Teague em voz baixa. – Há víboras em todos os lugares. Você não sabe onde Patrick está ou que ameaça ele pode representar. Mantenha seus olhos abertos e não confie em ninguém. Vou voltar com suprimentos assim que deixar Graeme a par da situação. Talvez a melhor coisa seja cuidar das necessidades dos McHugh o mais rápido possível e tratar a liderança de seu clã para que possamos lavar nossas mãos de toda a sangrenta confusão.

Porém, Bowen prometera proteção a Genevieve. Ele tinha oferecido seu santuário. Jesus, ele mesmo ofereceu-lhe um lugar no clã Montgomery.

Como poderia ir até seu irmão com a mulher responsável por colocar sua esposa em perigo?

– Vou verificar esse assunto – Bowen disse bruscamente. – Não formarei opinião até ouvir tudo o que há sobre o assunto.

Teague assentiu.

– Sim, é melhor fazer exatamente isso. Se precisar de mim antes de eu voltar, basta enviar notícias. Virei imediatamente.

– É estranho – Bowen murmurou.

Teague levantou uma sobrancelha.

– O que é estranho?

– Nos separarmos... Sempre trabalhamos juntos. Nós três. Graeme como laird. Nós sempre à sua volta. É estranho agora estar longe de casa. Em um clã que não é nosso.

– Não tenho dúvidas de suas habilidades de liderança – disse Teague. – Os McHugh irão prosperar com você como seu laird, não importa que seja temporário.

Bowen levantou-se.

– Eu o agradeço por isso. Vá e retorne rapidamente. Prefiro a sua companhia e fico muito mais confortável com você como meu braço direito.

Teague cruzou os braços com Bowen.

– Cuide-se, Bowen.

– Você também – Bowen respondeu.

Teague deixou o quarto de Bowen, que se voltou para a janela, olhando pensativamente para a noite.

Genevieve McInnis estava provando ser um verdadeiro enigma. Bowen sabia que não tinha o direito de ficar com raiva até que descobrisse se o relatório de Teague era verdade. Mas não conseguia evitar a sensação oprimida de raiva pela ideia de que ela, de alguma maneira, possa ter sido responsável pelo ataque a Eveline.

Ele balançou a cabeça. Não. Não era certo dar esse salto antes que tivesse alguma prova. Iria descobrir a verdade em breve. E sabia exatamente a pessoa que procuraria para obter respostas.

Capítulo 13

Bowen acordara de madrugada para ver seu irmão e Aiden partirem em viagem para voltar aos seus respectivos castelos. Era estranho ter Brodie Armstrong ficando para trás como uma fonte de apoio, mas Bowen estava contente com sua presença. Os McHugh eram um grupo hostil e teimoso, e a tarefa diante dele não era fácil.

Quando os guerreiros Montgomery e Armstrong saíram do pátio em direção ao sol que nascia, Bowen foi em busca de Taliesan.

Para sua consternação, ela não estava sendo encontrada. Era provável que estivesse com Genevieve e, se fosse esse o caso, ele não queria interrogá-la na sua presença. Ele simplesmente teria que esperar pela oportunidade certa.

Fez o desjejum com Brodie no grande salão, e ambos os homens fizeram uma careta por causa da comida, o que não havia melhorado desde a noite anterior. Seria um milagre se qualquer homem sobrevivesse tempo suficiente para que Teague retornasse com alimentos e mercadorias.

– Já viu Taliesan esta manhã? – Bowen perguntou.

Brodie franziu a testa.

– Não. Por que a está procurando?

– Preciso discutir um assunto com ela.

– É cedo. Talvez ela ainda esteja na cama.

Um olhar ao redor lhe dizia que não era provável, já que o resto do clã estava acordado e trabalhando. Mas também ainda não havia visto Genevieve.

Ele se forçou a engolir o resto de sua comida e, imediatamente, decidiu formar um grupo de caça. A ideia de carne assada fresca lhe deu água na boca e fez seu estômago roncar.

Ao caminhar pelo pátio, viu Taliesan andando pela fileira de chalés ao lado da montanha, próximo ao muro de pedras que rodeava o castelo. Ele parou e esperou enquanto ela estalou fora da sua vista, apenas para reaparecer na porta de entrada que conduzia ao castelo.

– Taliesan, gostaria de falar com você – Bowen chamou enquanto ela se aproximava.

Ela parecia instantaneamente nervosa e balbuciou um pouco enquanto recuperava o equilíbrio.

– Claro, laird. Há alguma coisa errada?

– Gostaria de falar com você em particular – disse Bowen, lançando um olhar em volta para os outros que estavam passando por ali.

A preocupação em seus olhos se aprofundou, mas ela assentiu com a cabeça, hesitante, e aguardou os comandos de Bowen.

Ele a levou através do grande salão, o aborrecimento mordendo-o quando não encontrou nenhum lugar em que as pessoas não estivessem reunidas. Ele foi até a parte de trás do castelo, quando, finalmente, avistou uma área perto das casas de banho, onde era calmo e privado.

– Há algo incomodando o senhor, laird? – perguntou Taliesan com tremor na voz.

– Sim – ele disse sem rodeios. – Eu procuro informações, Taliesan, e exijo honestidade de você.

Ela ficou pálida e seus olhos se arregalaram, mas assentiu com a cabeça vigorosamente.

– Claro, laird. Eu não minto. Não é de minha natureza.

– Sabe alguma coisa sobre Genevieve influenciar o plano de Ian para raptar Eveline Montgomery de seu clã?

Como se não fosse possível, a moça ficou ainda mais branca. Cada gota de sangue era drenada de seu rosto, deixando-a parecer como se estivesse prestes a desmaiar.

A expressão de aflição em seus olhos lhe dizia mais do que ela poderia falar. Estava tudo lá para ele ver. Inferno, isso não era o que ele queria ouvir. Ou ver, na verdade.

– Taliesan? – ele perguntou.

Ele precisava, queria, saber toda a história. Queria que não houvesse adivinhação. Sem especulação.

– Não me faça dizer o que sei – ela implorou. – Eu não trairia Genevieve de tal forma.

– Mas trairia a mim e a minha família – ele falou duramente. – Uma mulher indefesa e inocente que nunca fez mal a ninguém.

– Ela não é a única a ter sofrido – Taliesan retrucou.

Os lábios de Bowen se apertaram.

– Não, não é. Mas também não foi a responsável pelo sofrimento dos outros. Poderia Genevieve dizer o mesmo? Poderia, Taliesan? Você disse que não mente. Então, me diga a verdade. O que sabe?

Lágrimas brilharam nos olhos de Taliesan, e ele se sentia como um bastardo completo por ser tão duro com a moça. Mas tinha que saber se poderia confiar em Genevieve. Se ela tivesse injustiçado seus parentes, Graeme nunca iria aceitá-la em seu clã.

– Eu a ouvi dizer a Ian que ele não deveria aceitar tal humilhação de Eveline – Taliesan sussurrou, lágrimas escorregando por suas bochechas. – Ela disse a ele que só um tolo fraco ficaria para trás e não retaliaria.

A mandíbula de Bowen cerrou. A cadela mentirosa tinha virado a ira de Ian McHugh contra Eveline. Fora a causa da prisão de Eveline e seu terror. Ele *nunca* a perdoaria por isso. Graeme também não.

Ele virou-se para ir embora, mas o apelo suave de Taliesan o deteve.

– *Por favor*, laird, não a puna. Ela já foi punida o suficiente.

Bowen ficou em pé por um longo momento, de costas para Taliesan. Então, virou-se lentamente, odiando a angústia nos olhos da mulher.

– Onde ela está agora? – perguntou ele.

O pânico passava pelo rosto de Taliesan.

– Não a machuque!

A raiva impregnava seu rosto, e ela realmente deu um passo em direção a Bowen, como se para ameaçá-lo.

– Você não é melhor que ele se abusar dela – ela cuspiu.

Bowen piscou em surpresa com sua veemência. Depois franziu a testa, porque ele tinha acabado de ser insultado gravemente.

– Acha que eu *abusaria* dela?

Ela ficou corada por um vermelho-escuro, mas seus olhos ainda disparavam faíscas de raiva.

– Eu não sei o que pensa em fazer, laird. Você está irritado. Sente que você e seus parentes foram injustiçados. Eu *juro* que você não foi tão injustiçado quanto Genevieve McInnis.

Bowen respirou profundamente e, em seguida, suspirou.

– Não vou explicar-me a você ou qualquer outra pessoa. Sou laird de terras. Contudo, se acha que eu abusaria dela ou de qualquer moça, você não poderia estar mais enganada. Não aprecio o insulto, Taliesan. Não tolerarei tal coisa de você novamente.

Seus lábios tremiam e as lágrimas frescas brilhavam em seus olhos.

– Que diabos está acontecendo aqui, Bowen? – Brodie exigiu.

Bowen voltou-se para ver um carrancudo Brodie avançar em sua direção e Taliesan, a boca desenhada em uma ameaçadora linha.

– Taliesan e eu estávamos chegando a um acordo sobre algumas coisas – disse Bowen em tom suave.

– Então, por que ela está chorando?

Brodie soou tão horrorizado que quase divertia a Bowen.

– Porque ele é um bruto e me assusta – Taliesan soltou. – E irá machucar Genevieve. Sei disso. Não confio em tais palavras suaves e promessas. Ian ofereceu-lhes uma e outra vez. Palavras bonitas de homens formosos. Não, obrigada.

Ela terminou em um tremor que fez tanto Bowen quanto Brodie franzirem a testa com perplexidade. Uma sensação de desconforto agarrou o estômago de Bowen e, a julgar pela expressão sombria no rosto de Brodie, ele provavelmente estava pensando na mesma linha.

– O que ele fez com você, moça? – Bowen perguntou em voz baixa.

Ela se esquivou como se ele a tivesse esbofeteado. Era uma ação involuntária provocada pelo choque de sua pergunta. Ficou claro que ela não esperava que tal assunto fosse levantado, e ela parecia em dúvida quanto à forma de responder.

– N-nada – ela gaguejou.

– Você disse que nunca mente – ele repreendeu suavemente.

– Esse desgraçado fez alguma coisa para você? – Brodie rugiu.

Ela encolheu-se, e ficou claro que queria ficar o mais longe possível dos dois. Ele não podia culpá-la. Eles eram presenças esmagadoras. Um só deles já assustaria uma moça. Mas os dois juntos?

– Não é nada que eu não possa suportar – disse ela em tom régio atado com força e aceitação.

Isso fez Bowen admirar seu espírito e ferocidade ainda mais. Ele poderia respeitar sua lealdade e sua proteção a Genevieve. Mesmo se não estivesse totalmente certo de que a moça merecia tal devoção de Taliesan.

– Onde está Genevieve? – Bowen perguntou uma última vez, seu olhar nivelado diretamente com o de Taliesan.

Ele a prendeu com seu olhar mais forte e recusou-se a desviar até que ela tremesse diante de sua expressão.

– Ela não gosta de tomar banho em frente às outras mulheres – Taliesan disse em voz baixa. – Elas a ridicularizam e tiram sarro. Prefere tomar banho sozinha, no riacho perto das casas de banho. É o mesmo fluxo que alimenta os balneários. Quando Ian estava vivo, ele forçava seus homens a irem com ela, e eles eram autorizados a olhar. Às vezes, ela ficava dias sem tomar banho, porque não podia suportar a crueldade.

Bowen viu-se suavizando em direção à moça quando era a última coisa que ele podia se dar ao luxo de fazer. Havia muito sobre ela que ele não entendia e sabia. Pouco fazia sentido para ele e, quanto mais ele sabia, mais intrigado ficava.

– Leve Taliesan para fazer o desjejum – Bowen ordenou. – Eu preciso falar com Genevieve.

Os olhos de Taliesan foram atingidos.

– Eu imploro, laird. Seja misericordioso com ela. Ela é tão frágil que poderia quebrar a qualquer momento. Não sei como ela conseguiu manter-se tão vigorosa por tanto tempo.

– Vou fazer o meu melhor, mas, Taliesan, o que você deve perceber é que, se ela for uma traidora ao meu povo, terá que ser tratada em conformidade.

O rosto de Taliesan desmoronou e ela desviou o olhar, suas mãos torcendo em óbvia angústia. Brodie tocou-lhe o braço e conduziu-a de volta para o castelo.

Bowen respirou fundo e se virou na direção do riacho que serpenteava através da parte de trás do castelo, além dos muros de pedra de proteção. Era temerário para uma mulher sozinha aventurar-se para banhar-se no riacho. Qualquer um poderia encontrá-la e abusar dela na hora ou levá-la e nunca mais dar notícias.

Mas, então, se ela teve de suportar a escolta constante dos homens de Ian, ele poderia muito bem entender por que ela buscava privacidade para tomar banho. Ele fez uma pausa, a culpa tomando conta dele pela ideia de se intrometer. Poderia esperar que ela terminasse, não poderia?

Então, ele caminhou novamente, irritado com o fato de que estava permitindo que essa simples mulher dominasse seus pensamentos e ações. Ela era uma enganadora e manipuladora e ele não queria mais ser levado por seus olhos tristes.

Quando chegou ao topo do pequeno monte do qual avistava o riacho, ele não estava preparado para aquela visão, mesmo que soubesse muito bem o que poderia encontrar.

Genevieve estava enxaguando o sabão de seu cabelo e, Jesus, ela parecia uma deusa. Seu lado direito estava direcionado para ele, e sua cabeça estava arqueada para o sol enquanto derramava água sobre ela com um jarro de barro.

Houve tal contentamento, um visível suspiro saindo de seus lábios, e o sol brilhou sobre suas feições, iluminando cada linha bonita de seu rosto e de seu corpo.

Ela era pequena e delicada, suas feições minúsculas, mas exuberantes. Uma cintura suavemente curva, as nádegas rechonchudas, quadril arredondado e os seios... Uma onda de calor percorreu o corpo de Bowen e sua respiração veio em jorros ásperos enquanto ele absorvia a visão diante dele.

Ela era impressionante. Tão linda que ele sentia dor. Suas mãos coçavam para tocá-la, acariciar sua pele estonteante e incitar sons de prazer a saírem de seus lábios.

No momento em que ela virou o rosto e ele viu os estragos de tudo o que tinha sido feito com ela, ficou frio e a culpa surgiu em suas veias.

Ele não estava agindo melhor do que Ian McHugh, encarando-a com luxúria em seus olhos e coração. Pensando que ela não era melhor do que um recipiente para seu prazer. Ele não deveria estar ali, invadindo sua privacidade. Não havia honra em fazer uma mulher se sentir insegura.

Antes que ele pudesse recuar, ela olhou para cima, como se estivesse sentindo o olhar dele em seu corpo. Seus olhos estavam assustados e, ainda assim, ela não se mexeu. Talvez tenha visto a tolice de tentar se esconder agora, quando estava completamente à vista.

O calor rastejou sobre as bochechas dele. Ele sentiu vergonha por ter ficado observando-a até mesmo quando sua presença foi descoberta. Mesmo assim, ele absorveu parte da visão diante de si. Sim, seu rosto estava marcado, mas, de alguma forma, isso não importava. A beleza da moça não podia ser negada.

Ou talvez tenha sido sua coragem calma. A forma como ela o enfrentou, sem querer se esquivar ou fazer o papel de donzela tímida. Ela o fascinava completamente, e isso era problemático dadas as suas dúvidas em relação a ela.

Era verdade que as moças sempre lhe davam atenção extra. Seus irmãos brincavam com ele sobre sua aparência e seu charme. Ele sabia que as mulheres achavam-no atraente e ficavam ansiosas para convidá-lo para suas camas.

Estava acostumado com a atenção e podia deixá-las de lado quando havia assuntos mais sérios para atender. Mas apreciava uma moça quente e disposta em sua cama, e ele nunca passava vontade.

Porém, Genevieve não olhava para ele com desejo ou provocação nos olhos. Não havia maneirismos tímidos ou olhares intimidantes.

Ela simplesmente olhou para ele, como se não quisesse ser a primeira a piscar em sua disputa silenciosa. Havia uma falsa bravata em sua expressão, como se esperasse dor e humilhação vindas dele.

Isso fazia com que o assunto pelo qual ele veio confrontá-la se tornasse ainda mais de mau gosto, e uma pontada de culpa indesejada importunou-o. Não tinha percebido até agora o quanto queria estar errado...

Finalmente, ele começou a descer a ladeira, quebrando a visível tensão entre eles. A moça provavelmente estava congelando ali de pé com água até o quadril.

Ele se esforçou muito para desviar o olhar, mas estava inexoravelmente atraído por seus seios e pela linha reta de sua barriga, onde os cachos escuros de sua feminilidade eram pouco visíveis acima da linha da água.

Jesus, ele estava começando a suar e o ar da manhã ainda soprava frio.

Seu corpo era perfeito e simplesmente feito para as mãos de um homem apreciarem. Seus seios eram macios, mas não demais. Apenas o suficiente para encher a palma da mão... E sua boca.

Ah, ele poderia muito bem imaginar embalar seu traseiro enquanto a penetrasse.

Ao se aproximar da beirada da água, Genevieve abaixou-se na água, seus olhos encapuzados e cautelosos.

– Gostaria de falar com você, Genevieve – Bowen disse, sua voz mais grave do que ele pretendia.

– Eu preferiria que conversássemos quando, ao menos, estiver coberta – ela disse com uma voz ácida que lhe dava esperança.

Ele podia aceitar uma Genevieve picante. Uma Genevieve arrasada e assustada dava um nó em seu estômago.

– Vou virar de costas e permitir-lhe que saia da água para que não fique com frio – ele ofereceu.

Quando ele não se virou imediatamente, ela franziu a testa e fez um movimento circular com a mão.

Contendo um sorriso que o surpreendeu por contrair os lábios, ele rapidamente se virou e olhou para o castelo ao longe.

Maldição, ele não queria ser flexível com ela. Não queria fazê-la sorrir ou nada do tipo. Mas estaria mentindo se sugerisse algo assim. Podia dizer a si mesmo tudo o que queria, mas havia algo na mulher que era encantador.

Seu corpo e sua mente não estavam de acordo sobre esse assunto, e seu corpo estava ganhando rapidamente a batalha.

Sons suaves de água chegavam aos seus ouvidos, e um arrepio percorreu sua espinha com a ideia de que ela estava saindo da água. A água estaria deslizando pelo seu elegante corpo e, mesmo agora, arrepios tomariam conta de seu torso, endurecendo seus mamilos, e a água estaria agarrando os cachos úmidos entre suas pernas. Escondendo toda aquela pele úmida e feminina a qual ele ansiava por explorar.

Um xingamento queimava seus lábios. Era absurdo continuar como um adolescente. Ficou ali tremendo como um garoto nervoso que, pela primeira vez, colocara os olhos em uma mulher nua.

– Pode se virar agora.

A voz de Genevieve era suave e doce, e ele girou imediatamente, ansioso para absorver sua aparência novamente.

Ela estava enrolada em um cobertor de secagem, que cobria cada centímetro de sua pele. Apenas sua cabeça estava para fora. Seu cabelo molhado descansava grudado na cabeça e estava arranjado para cobrir suas cicatrizes.

Ele queria dizer a ela que não precisava esconder seu desfiguramento. Certamente, não fazia com que ele a quisesse menos. Havia sido a intenção de Ian arruiná-la para qualquer outro homem, mas

Ian era um completo tolo por pensar que a cicatriz no rosto da moça a tornaria menos desejável.

Seus dedos se curvaram em raiva ao pensar em Ian segurando-a e cortando sua bochecha com uma faca.

Ela limpou a garganta de maneira esquisita por causa de seu silêncio prolongado.

– Laird? Queria falar comigo?

Ele soltou a respiração enquanto ela se acomodava em uma das grandes pedras que acompanhavam o rio. Seu cobertor estava puxado ainda mais apertado em torno dela enquanto se acomodava por trás de sua proteção.

A coisa certa a fazer seria permitir que ela se vestisse e retornasse ao castelo, mas ele não queria que ninguém ouvisse a conversa deles.

Decidindo se sentar em frente a ela nas margens do rio, em vez de continuar pairando sobre ela, acomodou-se e, em seguida, encontrou seu olhar.

– Gostaria de lhe fazer uma pergunta, e gostaria de uma resposta honesta.

Seus olhos se estreitaram levemente e ela contraiu os lábios, mas permaneceu em silêncio. Em seguida, apenas assentiu.

– Você teve alguma coisa a ver com o sequestro de Eveline Montgomery? – ele perguntou sem rodeios.

Ela congelou. Ficou completamente imóvel. Onde antes se mexia nervosamente nas dobras do cobertor, agora não movia um só músculo. Sua mandíbula apertou e o medo rastreava, feio e sombrio, em seus olhos.

Ela agarrou o cobertor tão forte que a ponta de seus dedos ficou branca e o sangue foi drenado de seu rosto.

Não, a moça nunca poderia ser uma guerreira, como ele tinha observado antes. Não havia jeito de ela disfarçar suas ações. Estava tudo ali para ser visto em seus olhos.

Por mais que ele tentasse controlar a raiva, ela se arrastava sobre ele, causando-lhe coceira e deixando-o quente, até que não fosse capaz de permanecer ali sentado.

Assim que ele ficou em pé, ela se esquivou para trás, tornando-se um alvo muito menor. Havia tanta desolação em seus olhos que ele se congelou de dentro para fora. Era como olhar para a paisagem mais estéril do inverno. Fria e assombrada.

– Diga-me que não fez tal coisa – ele sussurrou.

– Não posso fazer isso – ela disse, com voz embargada, como madeira seca.

– Meu Jesus, *por quê*? – ele trovejou. – Como pôde fazer tal coisa, *especialmente* sabendo o tipo de homem que Ian McHugh era?

Ele estava soando mais exigente do que queria, mas estava perto de explodir.

– Genevieve? Estou esperando uma resposta.

Ela parecia tão aflita, com os olhos arregalados. A boca dela se abriu, mas ela engoliu em seco e, em seguida, fechou-a novamente.

Ambos saltaram e viraram-se para o castelo quando ouviram gritos. Bowen se esforçou para ouvir o que era o ruído e, quando finalmente ouviu o chamado distinto, seu sangue gelou.

– Às armas! Nós estamos sendo atacados!

Capítulo 14

Bowen estendeu o braço para Genevieve, puxando-a para cima ao lado dele, em seguida, apressando-a de volta para o castelo.

– Corra! – ele insistiu. – Se apresse.

Genevieve tropeçava sobre o terreno rochoso com os pés descalços, o cobertor ainda enrolado no corpo. A roupa dela ainda estava na margem do rio, e Bowen não lhe deu tempo para recuperá-la.

Ele correu o mais rápido que pôde com Genevieve no reboque, até chegarem à entrada dos fundos pelo muro. Ele abaixou-se para entrar, com as mãos ainda firmemente enroladas no braço de Genevieve.

– Vá para dentro – ele ordenou. – Esconda-se em seu quarto.

Ele empurrou-a para frente e, em seguida, começou a correr, desembainhando a espada no caminho. Quando chegou ao pátio, era caótico.

Os guerreiros McHugh pareciam confusos, enquanto os poucos soldados Montgomery e Armstrong remanescentes estavam se preparando para a batalha.

Bowen encontrou Brodie no meio da multidão e gritou para ele. Brodie olhou para cima e, em seguida, perseguiu uma linha determinada até onde Bowen estava.

– O que está acontecendo? Quem chamou os homens às armas?

– Eu o fiz – disse Brodie, seus traços sombrios e seus olhos escuros com a promessa de batalha. – Os idiotas McHugh estavam se preparando para dar as boas-vindas ao seu laird em casa. Não são boas-vindas que ele está procurando!

– Patrick McHugh está vindo? – Bowen perguntou incrédulo.

Poderiam ter a sorte de ter o chacal chegando a eles?

– Ele certamente vai ajudar a economizarmos o tempo de caçá-lo.

– Ele não está sozinho – Brodie mordeu. – Encontrou um aliado nos McGrieve. Andam lado a lado com ele, e trazem seu exército.

Bowen xingou.

– Quantos?

– Não sei. Estão a quinze minutos do castelo. Os vigias McHugh vieram trazer a notícia de que seu senhor voltou. Tive que dizer aos tolos para prepararem-se para a guerra.

Bowen rangeu os dentes até que quase se despedaçaram sob a pressão.

– Espalhe que McHugh está vindo para combater os seus próprios parentes. Lembre-os de tudo o que ele roubou deles, e da desonra que concedeu em seu nome. Diga-lhes que ele tem uma recompensa, e que qualquer um que se aliar a ele é um inimigo, não só para os Montgomery e Armstrong, mas para a Coroa também. Tenha cuidado com os traidores, e fique de olho à sua volta, meu amigo.

Brodie pegou seu braço e apertaram as mãos em um cumprimento de guerra.

– Sim, você também.

Bowen se afastou e gritou asperamente para que seus homens se aprontassem. Então, chamou o vigia da torre.

– Você ainda os está vendo?

– Sim, laird! – o homem respondeu. – Estão subindo no topo do último monte antes do castelo, vindo do Norte.

Bowen virou-se com a espada na mão, levantando-a acima da cabeça enquanto olhava para as tropas montadas.

– Sem piedade!

– Sem piedade! – eles rugiram de volta.

Genevieve freneticamente vestiu um simples vestido de dia, não se incomodando em colocar roupas de baixo. Suas mãos e joelhos tremiam até que fosse uma bagunça desajeitada e quisesse gritar de frustração.

– Genevieve, estamos sob ataque!

O grito de medo de Taliesan da porta do quarto de Genevieve assustou-a. Ela virou-se, quase tropeçando enquanto tentava fechar o vestido.

– Sim, eu sei disso. Me ajude – ela disse severamente, oferecendo as costas para Taliesan.

Os dedos de Taliesan tremiam ao fechar o vestido. Assim que terminou, Genevieve se afastou e foi diretamente até o pequeno baú posicionado próximo ao seu armário. Ela havia conseguido manter tão poucas de suas coisas. Ian retirara os presentes de seus pais. Poucos haviam ficado, mas ela guardava com muito carinho os que restaram. Ele tinha grande prazer em quebrar ou estragar um objeto quando achava que ela precisava de punição.

Ela abriu o baú e tirou o arco e o conjunto de flechas produzido por seu pai especialmente para sua pequena estatura. Pendurou a aljava sobre o ombro enquanto Taliesan olhava, boquiaberta.

Quando começou a passar por Taliesan, a outra mulher estendeu a mão, agarrando o braço de Genevieve.

– Aonde você vai? O que acha que irá fazer?

Genevieve alinhou os ombros e olhou diretamente nos olhos de Taliesan.

– Escute-me. Vá buscar refúgio em um dos quartos da torre. Certifique-se de que seja um quarto sem janelas, e tranque a porta. Procure o maior número de mulheres e crianças que for possível e incentive-as a fazerem o mesmo. Não permita que ninguém entre que não seja conhecido por você.

– E você? – Taliesan perguntou com medo. – E quanto a você, Genevieve?

– Não vou ser presa novamente – disse Genevieve ferozmente. – Os homens Montgomery são todos os que estão entre mim e o Laird McHugh, procurando ter de volta sua propriedade. Ou ajudarei os Montgomery a defenderem a sua posição ou vou morrer tentando. Nunca mais serei sujeita aos caprichos de um McHugh.

– Tenha cuidado, Genevieve. Eu lhe imploro. Não faça nada insensato.

Genevieve bufou.

– Eu não diria que matar alguns McHugh seria insensatez.

– Deus esteja com você – disse Taliesan, puxando Genevieve para um abraço feroz.

– E com você – Genevieve voltou. – Agora vá procurar abrigo na torre.

Ela passou por Taliesan e correu pelo corredor até as escadas. Enquanto descia, os sons da batalha poderiam ser ouvidos ecoando pelo pátio. O confronto de espadas e escudos. Os rugidos de raiva e gritos de dor.

Quando ela passou pela porta, o cheiro de suor e sangue contaminava o ar e era opressivo às narinas.

O pátio era um mar de caos. Era difícil discernir quem lutou com quem. Seu olhar procurava os familiares guerreiros Montgomery e

Armstrong, embora seus números fossem menores do que apenas um dia antes.

Patrick, sendo o covarde que era, provavelmente havia estabelecido um vigia no castelo e atacou no momento em que o grosso das forças de Montgomery e Armstrong partiu.

O olhar dela parou quando descobriu Bowen no meio de uma batalha feroz com dois dos McHugh que haviam partido com Patrick. No entanto, ele estava se garantindo, e não precisava de sua ajuda.

Ela observou mais longe, procurando Patrick, embora não esperasse que ele estivesse à frente liderando o ataque. Não, ele estaria à margem, evitando o confronto.

Finalmente, encontrou-o e, como suspeitava, ele estava à espreita no perímetro, com a espada na mão, mas não estava lutando, e dois de seus guerreiros estavam solidamente em frente a ele.

A raiva impregnou-a quando ela olhou para a fonte de seu tormento durante o ano anterior. Não, ele pode não ter tido um papel ativo em seu abuso, mas ignorava o que Ian fazia. Nunca chamou a atenção de seu filho por suas ações. Nunca lhe disse que estava sendo desonroso.

Apenas o apoiava enquanto ela era usada repetidamente, um meio de Ian saciar seus desejos tortos. Ele não se importava por ela ter sido quebrada diversas vezes. Que, às vezes, quisesse morrer. Ou que sua alma tivesse sido perdida para os demônios dos quais ela não tinha a esperança de escapar.

Ela passou a mão por cima do ombro para agarrar uma das flechas e a engatilhou rapidamente. Levantou o arco e ajustou sua visão sobre o homem que estava na frente de Patrick. Ela teria que agir rapidamente. Uma vez que Patrick sentisse perigo, iria escapulir como um rato na escuridão.

Rapidamente tomando o alvo, ela deixou a primeira flecha voar.

Uma selvagem satisfação corria em suas veias quando o guerreiro bem à frente de Patrick apertou o peito e caiu para a frente, com a flecha embutida profundamente na área logo acima de onde sua cota de malha protegia suas áreas vulneráveis.

Patrick enviou um olhar de pânico, procurando desesperadamente a origem do ataque. Ele imediatamente se esquivou para baixo, encolhido atrás de seu escudo, o tempo todo com a voz rouca, gritando para que alguém viesse em seu auxílio.

Com os lábios curvados, ela entalhou outra flecha e mirou, esperando pacientemente pela oportunidade certa.

O suor escorria e rolava pelas costas. Seu foco inteiro estava em seu alvo. Seu braço doía da tensão de ter que segurar o arco na posição de ataque, mas ela iria esperar para sempre se fosse necessário.

A vingança era doce em sua língua. Ela não teve um momento de arrependimento por matar outra pessoa a sangue frio. Não era nada menos do que tinha feito em seus sonhos diversas vezes. Era tudo o que a tinha sustentado nos últimos meses. Sonhar com vingança.

Seu braço estava começando a tremer quando Patrick começou a se mover. Ele, evidentemente, tinha decidido que estava em uma posição muito vulnerável e deu um disparo para cima, segurando o escudo para proteger a parte superior do corpo. Ele fugiu em direção à parte de trás do castelo, onde estavam ocorrendo menos brigas.

Calmamente, ela mirou na perna dele, sabendo que isso iria atrasá-lo e também permitiria a ela que desse um tiro mortal quando ele fosse obrigado a abandonar o escudo.

Ela atirou a flecha e foi recompensada pela visão de Patrick tropeçando e caindo de joelhos, seu grito de agonia elevando-se acima do barulho da batalha. Foi atingido logo acima do tornozelo e isso o impossibilitou de andar. Ela engatilhou outra flecha, sem remover o olhar da figura caída. Puxou a flecha e aguardou e, como esperava, o escudo dele caiu. Apenas o suficiente...

Ela deixou a flecha voar.

Atingiu a lateral de seu pescoço, a flecha entrando até o fim. Seus olhos estavam arregalados e vidrados com a morte, e ele armou para o lado, caindo lamentavelmente, murchando como uma flor que ficou muito tempo exposta ao sol.

Por um longo momento, ela ficou em pé com o arco levantado, olhando fixamente enquanto a vida desaparecia de seu corpo. Então, lentamente, baixou o arco, com a calma permeando sua mente.

Feito. Ela pode não ter sido a pessoa que deu a Ian seu golpe de morte, mas havia exigido a vingança contra seu fraco pai. Se deveria sentir culpa por ter tirado uma vida, era uma pena. Ela não iria passar um único momento arrependida pelo fato de Patrick McHugh ter encontrado um fim tão violento.

Os sons contínuos de batalha penetravam em sua consciência, e ela virou-se, ansiosamente, buscando o destino das forças de Montgomery e Armstrong.

Brodie estava liderando um grupo de guerreiros Armstrong, e eles estavam constantemente cortando um caminho sangrento através dos combatentes McHugh e McGrieve.

Seu olhar girou rapidamente em torno do pátio para determinar o destino de Bowen. Seu coração deu uma guinada quando ela o viu, envolvido em uma batalha feroz de espada com um enorme guerreiro que só poderia ser do clã McGrieve. Ela não o reconhecia.

Mas o que fez seu peito apertar foi o homem McHugh atrás de Bowen. Ele não era um dos que haviam deixado o clã com Patrick. Tinha ficado para trás e jurado lealdade a Bowen e aos Montgomery.

Ele era um traidor.

Agarrado firmemente em sua mão havia um punhal, e ele estava avançando cautelosamente em direção às costas de Bowen. O repugnante covarde ia mergulhar a faca nas costas de Bowen, atacando-o da forma mais desonrosa.

Era um tiro distante, que ela não podia assegurar com perfeita precisão. Isso era muito importante para perder ou ficar aquém.

Chutando suas saias, ela engatilhou uma flecha e correu através do pátio, rezando para que conseguisse soltá-la a tempo de salvar Bowen.

Capítulo 15

Bowen ignorou a dor que irradiava na lateral e em seu ombro e lutou com mais selvageria. Esse era seu adversário mais difícil até agora, e o homem não mostrava sinais de cansaço. Bowen teria que terminar rapidamente ou todas suas reservas seriam usadas, e ele já estava ferido de suas batalhas anteriores.

Suas espadas assobiavam e tilintavam, o sol ricocheteando nas lâminas em uma dança rápida. Bowen o trouxe para trás, mas então o maior homem atacava, balançando como uma pessoa louca, berrando por todo o caminho.

Bowen recuou, mas conseguiu cortar o braço de seu oponente, tirando sangue e, momentaneamente, interrompendo seu progresso. Enquanto o outro homem deu um passo para trás com cautela, girando para garantir que Bowen não ganhasse posição, um movimento chamou a atenção de Bowen e ele olhou para além do seu oponente para ver Genevieve a uma curta distância, segurando, quem diria, um arco com uma flecha engatilhada. E ela estava apontando-o diretamente para ele!

Antes que ele pudesse reagir ou pensar para evitar a vinda da flecha, ela deixou-a voar. O grunhido de fúria dele com a traição rugiu de sua garganta assim que a flecha passou por ele. Um grito de dor soou às suas costas.

Empurrando a espada para cima para afastar o ataque, ele se dirigiu para a frente, determinado em acabar com a briga ali e agora. Sua mente estava em chamas, e ele estava infernalmente confuso com o que Genevieve tinha feito.

Ele não teve tempo. Antes que ele pudesse lidar com o ataque matador, Genevieve engatilhou outra flecha e enviou-a ao pescoço de seu oponente. A flecha mergulhou diretamente através de seu pomo de adão, revestida em sangue vermelho brilhante.

Um ruído estranho borbulhava do guerreiro McGrieve, e o sangue escoava de sua boca antes de ele cair para a frente como uma árvore abatida.

Bowen, instantaneamente, virou para ver que um homem do clã McHugh, que não tinha fugido do castelo com Patrick, segurava um punhal, e era óbvio que tinha planejado mergulhá-lo nas costas de Bowen.

A flecha de Genevieve o atingiu na testa, um alvo impossível e, ainda assim, ela não fez somente um, mas dois tiros letais com seu arco.

O traidor McHugh foi suspenso no ar pelo tempo mais longo, com os olhos vidrados e cinza, até que, finalmente, caiu e se dobrou como um cobertor, o punhal deslizando de sua mão pouco antes de ele bater no chão.

A terra se moveu sob os pés de Bowen e ele oscilou precariamente, com a cabeça girando. Então Genevieve estava ao seu lado, gritando por ajuda.

Ela levou seu ombro com força sob o dele, encaixando-o em sua axila enquanto valentemente o impedia de cair para o chão. Jesus, mas ele deve ter perdido mais sangue do que tinha imaginado.

Ele quase derrubou os dois, mas a teimosia dela prevaleceu. Ele ouviu seus xingamentos murmurados e sorriu para o linguajar vulgar da moça. Ela tinha uma boca bastante provocante.

– Ofereça apoio ao seu laird! – ela gritou com uma voz que atravessava o pátio.

Uma de suas sobrancelhas se levantou pelo seu comando forte. A mulher faria um bom trabalho em liderar tropas na batalha. Um homem teria que ser idiota para contradizer uma mulher com um grunhido como o dela.

– Ah inferno, Bowen, você sumiu e conseguiu se ferir.

A voz prejudicada de Brodie ecoou perto dos ouvidos de Bowen, mas faltava-lhe a energia para olhar para cima e encontrar sua posição.

– A moça me salvou – disse ele fracamente, pensando que, se morresse, Genevieve devia pelo menos ser creditada por prolongar sua vida por mais alguns minutos.

– Você não vai morrer – Genevieve exclamou. – É uma reles ferida, na melhor das hipóteses.

– Agora ela zomba de minha dor – Bowen disse suavemente.

O rosto de Brodie apareceu na frente de Bowen, preocupado, com os olhos semicerrados com preocupação.

– Você não está fazendo nenhum sentido. Tagarelando como um bêbado. E está sangrando como um porco abatido.

– Estou?

Ele olhou para baixo, surpreso ao ver toda a frente de sua túnica ficando escarlate. Em seguida, apertou a mandíbula, preparando-se para a dor.

– Não vou descansar até que o último McHugh seja conduzido deste lugar – Bowen prometeu.

– Eles estão recuando – Brodie assegurou. – Sofremos perdas mínimas. Quando ficou óbvio que fomos muito bem representados, apesar dos nossos números menores, os McHugh e McGrieve bateram em retirada. Nossos homens os estão empurrando para as fronteiras agora.

A objetiva contabilização acalmou a agitação e a dor de Bowen. O mundo estava girando cada vez mais, e ele temia perder a consciência antes de poder fazer a pergunta mais premente.

Ele abriu a boca, mas estava seca. Lambeu os lábios rachados, a súbita sede agarrando-o.

– Patrick – disse ele com voz rouca. – O que aconteceu com Patrick?

Antes que houvesse qualquer resposta, seus joelhos se dobraram e ele ouviu o grito de alarme de Genevieve pouco antes de o mundo inteiro ficar escuro.

Genevieve tentou agarrar Bowen, mas agora ele estava muito pesado para impedi-lo de cair no chão. Brodie saltou e conseguiu salvar Bowen de comer poeira, transportando-o para pendurar o braço de Bowen sobre seu ombro.

– Leve-o para dentro do castelo em seu quarto – Genevieve ordenou bruscamente. – Coloque um homem de sua confiança para proteger a porta em todos os momentos. Há víboras em nosso meio. Um McHugh tentou matar Bowen depois de jurar fidelidade a ele.

Brodie se impressionou com Genevieve, estreitando os olhos.

– Vá! – ela exigiu. – Ele está perdendo mais sangue e suas feridas devem ser cuidadas. Enviarei notícias ao irmão dele. Estamos em uma posição perigosa e, agora, com ele ferido, estamos ainda mais enfraquecidos.

Brodie assentiu com força. Era evidente que ele não tinha amor por receber ordens de uma mulher, mas seus comandos eram lógicos. Isso ela sabia. Ele mal podia argumentar com ela quando o sangue vital de Bowen estava vazando.

Transportando Bowen sobre os ombros largos, Brodie cambaleou levemente antes de ganhar o equilíbrio e acelerar para a entrada do castelo. Genevieve olhou com cautela ao redor, garantindo que não havia perigo representando uma ameaça e, em seguida, foi buscar um dos soldados sênior dos Montgomery que ela sabia ser confiável por ambos Bowen e Teague.

– Senhor, qual é seu nome? – Genevieve exigiu enquanto subia.

O homem corpulento franziu a testa para ela, aparentemente intrigado com o fato de que carregava um arco e uma aljava com metade das flechas.

– Me chamo Adwen – disse ele surpreso.

– Deve cavalgar para interceptar Teague Montgomery com toda a pressa. Se não o ultrapassar antes que ele chegue na terra dos Montgomery, deve ir ao castelo deles e informar a Graeme e Teague Montgomery de tudo o que ocorreu. Estamos vulneráveis a ataques contínuos dos McGrieve e os McHugh restantes. Pode também dizer aos Montgomery que Patrick McHugh está morto – disse ela bruscamente. – Precisamos de reforços tanto quanto precisamos de alimentos e suprimentos. Bowen foi ferido em batalha e sua condição é desconhecida. Dê a seus irmãos um relatório completo.

Adwen endireitou-se e, em seguida, fez sinal para dois outros acompanhá-lo. Então, olhou para Genevieve com algo que se assemelhava a respeito brilhando nos olhos.

Quase tarde demais, ela percebeu que estava desencoberta. Não tinha dado atenção a qualquer coisa a não ser sair de seu quarto o mais rápido possível. Não havia como esconder seu desfiguramento.

Virou-se rapidamente, apresentando sua face que não era marcada enquanto o calor subia por seu pescoço e impregnava sua mandíbula. O desejo de esfregar a mão sobre a pele áspera e enrugada era forte, mas, em vez, disso ela apertou o punho com os dedos, determinada a não ceder.

Não importava o que esses guerreiros pensassem sobre ela. Ela não queria homem algum, de qualquer maneira. O que importava se ninguém a desejasse ou olhasse gentilmente para ela?

A desolação a assaltou, porque, embora não devesse importar, qual moça não queria ser olhada com favor? Que moça não queria se sentir bonita?

– Eu partirei agora, senhorita – disse Adwen, com seu tom ainda respeitoso. – Darei o relatório da mesma forma que o esboçou para mim.

– Então, vá com Deus, e tenha um retorno seguro para você e seus homens – disse ela.

Ele inclinou a cabeça e, em seguida, virou-se bruscamente, berrando uma ordem para os dois homens que o acompanhavam. Eles estavam sangrando e pareciam cansados pela batalha, mas se esquivaram em seu dever e Genevieve os respeitava por isso. Não questionaram sua palavra.

Ela correu em direção à entrada do castelo, ansiosa para ver como Bowen estava. O sangue a preocupava, mas ela sabia onde ele tinha sido ferido.

Ela parou primeiro em seu quarto para guardar o arco e flecha. Deslizou um dedo carinhosamente pelas curvas da madeira gasta e, em seguida, fechou o baú solenemente, empurrando-se para cima para ficar em pé mais uma vez.

Balançando precariamente, ela fechou os olhos por um instante e preparou-se contra a reação inevitável que tomava conta dela. Ela não havia gastado um único momento lamentando suas ações. Nem permitiria que Patrick McHugh a assombrasse. Ele estava morto. Não era mais uma ameaça. A vingança foi *finalmente* dela.

Seus olhos se abriram enquanto ela se lembrava de Taliesan, trancada na torre, provavelmente aterrorizada e imaginando o destino do castelo e do clã.

Reunindo sua compostura e respirando profundamente para revigorar a si mesma, ela correu para fora do quarto e foi até o fim do corredor, onde uma vez tinha estado presa, e onde ela existiu por um ano inteiro.

Ela bateu calmamente na porta, chamando para que Taliesan a abrisse. Alguns momentos depois, houve muitos movimentos ouvidos e, em seguida, a porta se abriu, apenas o diminuto brilho de algumas velas emanava de dentro.

– Genevieve! – gritou Taliesan.

Ela foi envolvida no abraço de Taliesan. Além de Taliesan, muitas das mulheres e crianças se amontoavam dentro do pequeno cômodo, seus olhares ansiosos observavam as duas mulheres se abraçando.

Contra sua vontade, o coração de Genevieve suavizou um pouco pelo medo tão claramente escrito no rosto das mulheres do clã. E as crianças. Olhos tão grandes e amplos. A vida delas tinha sido virada de cabeça para baixo pelas ações egoístas de seu laird inepto.

Ela não queria sentir nada por essas pessoas. Tinham sido parte de seu sofrimento e humilhação. Não mereciam nada dela e, ainda assim, ela não conseguia virar as costas para eles, embora desejasse fazê-lo.

– O que aconteceu? – perguntou Taliesan, afastando-se. – Estamos seguros?

As outras mulheres se inclinaram para frente, ansiosas para ouvir. Pela primeira vez, não houve olhares depreciativos, nenhum insulto lançado, sem xingamentos. Todas elas pareciam... vulneráveis.

Era uma sensação que Genevieve conhecia bem.

– Patrick atacou o castelo com o auxílio dos McGrieve – ela disse sem emoção.

Houve suspiros chocados pelo aposento.

– Será que ele queria matar todos nós? – uma das mulheres reclamou.

Seu tom era irritado, e uma rápida olhada ao redor mostrou a Genevieve que havia raiva em mais de um rosto.

Genevieve encolheu os ombros.

– Ele não se importa com seus familiares ou seu trabalho como laird. É difícil dizer como a mente de um covarde funciona. Ele está morto agora – ela disse em uma voz sem paixão. – Não é mais uma ameaça, mas eu enviei alerta para os Montgomery, porque, mesmo com Patrick morto, nós sofremos um ataque e nossos números são menores do que o necessário para defender o castelo de um ataque maior. Os McGrieve podem muito bem decidir aliar-se a outro clã, a fim de assumir o castelo McHugh.

Houve gritos de angústia, uma série de murmúrios, sussurros e objeções mais altas ecoando pelo corredor.

– Você fez bem, Genevieve – Taliesan disse, apertando a mão de Genevieve com a sua. – Tem meu agradecimento por cuidar tão bem de nossos interesses.

Nenhuma das outras mulheres se esforçou para expressar gratidão. Várias delas ainda olharam para Genevieve com consternação nos olhos, como se fossem relutantes até mesmo para considerar a possibilidade de que ela era a única que tinha sido injustiçada.

– Onde está o novo laird em meio a tudo isso? – uma das mulheres perguntou com suspeita pesando em sua voz.

– Ele encontra-se ferido no quarto, sob guarda estrita. Um dos homens McHugh que jurou fidelidade ao novo laird tentou atacá-lo covardemente por trás. Ele também está morto, e o laird permanecerá sob guarda por aqueles que confia até que esteja bem o suficiente para se recompor por conta própria.

– Não – várias das mulheres sussurraram. – Quem está morto? Quem o matou? Quem foi, Genevieve? Você deve nos dizer se foi um dos nossos maridos.

As perguntas salpicavam de todas as direções. Genevieve sabia que não havia nenhuma maneira fácil de contar. Ela levantou seu olhar, procurando a mulher que sabia ser a esposa do homem McHugh que traiu Bowen.

– Foi seu marido, Maggie – Genevieve disse calmamente.

– Você mente! – Maggie assobiou. – Ele nunca faria algo tão desonroso.

Genevieve se preparou para tal resposta. Não era inesperado. Quem, afinal, queria acreditar em algo assim sobre o marido?

– Eu o vi com meus próprios olhos – acrescentou Genevieve suavemente.

Maggie olhou para ela com desdém óbvio.

– E nós devemos acreditar na palavra de uma prostituta?

Genevieve se esquivou e deu um passo para trás imediatamente.

Taliesan virou para a mulher com o rosto corado de fúria.

– Você interromperá seus insultos! Genevieve fez tanto para nós, e eu me esforço para entender o porquê. Ela deveria ter lavado as mãos de nós. Deveria ter dado as boas-vindas para nossa morte e, ainda assim, assegurou nosso bem-estar. Mesmo agora, ela veio nos dar notícias porque estamos em perigo de sofrer outro ataque, e tudo o que pode pensar em fazer é insultá-la infantilmente com mesquinharias. Digo que já chega! Aja como a mulher adulta que diz ser e pare de agir como uma criança. Os filhos do castelo se comportam melhor do que as mulheres do clã.

Várias das mulheres tiveram a graça de parecer envergonhadas, mas outras consideravam Genevieve com hostilidade. Ela sabia que havia feito inimigas instantâneas no momento em que deu nome ao traidor. Mas não iria mentir. Não para poupar sentimentos. Não quando a pessoa desonrosa não merecia respeito ou boa vontade alguma.

– Tenho que ir agora – disse Genevieve em voz baixa para Taliesan. – Preciso ver o laird. Não sei o quanto foi ferido. Há muito a ser feito lá embaixo. Os homens estarão famintos por causa das batalhas, e eles devem enterrar os mortos. Nós vamos chorar nossas perdas nesta tarde, quando um relatório for dado.

– Você é corajosa e generosa – disse Taliesan com um fantasma de sorriso nos lábios. – Não sei como consegue, depois de Ian ter tentado esmagar seu espírito de todas as maneiras imagináveis. Sua resiliência é inspiradora. Espero um dia ser como você.

A resposta de Genevieve saiu mais como um soluço.

– Não, Taliesan. Nunca ore por meu destino. Eu não desejaria isso ao meu pior inimigo.

Capítulo 16

Genevieve hesitou à porta do quarto de Bowen. Estava fechada, e ela se perguntou se sua entrada iria mesmo ser permitida. Brodie tinha olhado para ela com desconfiança, mas certamente não acreditava que ela tivesse relação com as lesões de Bowen.

Erguendo o queixo e repreendendo-se por ser tão covarde como o rótulo que havia dado a Patrick, ela bateu de leve na porta. Houve um longo momento de espera, e ela estava pensando se deveria bater de novo quando a porta abriu uma fresta e Brodie apareceu, franzindo a testa para ela.

Ela pensou em explicar sua presença, quando ele abriu mais a porta e fez um gesto para que entrasse.

– Tem alguma habilidade para cura? – Brodie perguntou enquanto ela passava pela porta.

Ela fez uma pausa, soltando a respiração.

– Depende do que ele precisa. Nunca fiz qualquer costura assim, e não tenho conhecimento de cataplasmas ou remédios.

Os lábios de Brodie se pressionaram em consternação.

– Ele precisa de pontos em uma das feridas, certamente, e eu gostaria de dar-lhe algo para torná-lo menos inquieto, para aliviar sua dor, para a costura poder ser feita, mas não confio em um curador McHugh com sua vida.

Ela esfregou automaticamente a cicatriz irregular em seu rosto.

– Não – ela concordou em silêncio. – Eu não deixaria o curandeiro McHugh dar pontos nele também.

Enquanto ela falava, foi até a cama, onde outro soldado Montgomery montava guarda. Bowen estava deitado ali, com os olhos fechados, mas se mexia sem parar mesmo na inconsciência.

Sua túnica tinha sido removida, e ela podia ver um corte desigual no peito. A pele estava aberta e ainda sangrava, embora o soldado a tivesse limpado com panos.

– Você acha que está à altura da tarefa? – perguntou Brodie. – Suas mãos são menores e você talvez seria mais adepta com uma agulha e linha do que eu ou um dos outros homens.

Ela engoliu em seco, ainda olhando para a ferida aberta. Então, endireitou os ombros.

– Sim, tenho habilidade com agulha e linha. Certamente, não é mais difícil do que costurar um material. Consigo fazer uma costura apertada. Mas não me atrevo a afundar uma agulha em sua pele se ele não tomou nada para se acalmar.

– Terei os materiais que você precisa entregues aqui no quarto. Se lhe dermos cerveja o suficiente, irá amortecer seus sentidos para executar a tarefa.

Genevieve não estava tão convencida quanto Brodie, mas não discutiu. Ela não queria irritar o guerreiro e, se ele não visse utilidade alguma nela, era provável que a barrasse do quarto de Bowen.

Brodie puxou uma cadeira da janela e a posicionou diretamente ao lado da cama antes de apontar para Genevieve se sentar. Ele deu instruções concisas para o guerreiro que dava assistência a Bowen e então saiu da sala abruptamente.

Genevieve se inclinou para frente, sua mão indo para a testa de Bowen em um gesto automático de conforto. Ele mudou de posição sob seu toque e depois se acalmou, esfregando-se contra a palma da mão dela.

– Bowen, está sentindo alguma dor? – perguntou ela.

– Ele tem permanecido inconsciente, senhora – o guerreiro explicou.

Genevieve voltou o olhar sobre o guerreiro.

– Sim, eu sei. Estou tentando determinar se ele está ciente de qualquer coisa acontecendo ao seu redor.

O guerreiro ficou em silêncio, envergonhado por sua resposta.

Ela pegou o pano que estava no peito de Bowen e, gentilmente, limpou o sangue que ainda escorria da ferida.

Após nova inspeção, ela encontrou um longo corte em seu braço, embora não fosse tão profundo ou aberto como o do peito.

Lembrando-se da cota de malha que cobria o peito de Bowen, ela percebeu que a espada deve ter cortado através das armaduras e pele. Graças a Deus, ele estava um pouco protegido.

Com um corte tão profundo, o golpe teria certamente sido fatal se não fosse a proteção.

– A ferida foi lavada? – ela perguntou, percebendo o pano seco manchado apenas com sangue.

O guerreiro parecia desconfortável.

– Não, senhora. Estávamos preocupados apenas em parar a hemorragia.

Ela assentiu.

– Isso é bom. Mas traga-me água da bacia para que eu possa purificá-la antes que coloquemos a agulha em sua carne. Vai ajudar a remover qualquer sujeira ou parte da armadura que esteja incorporada.

Parecendo aliviado ao ser atribuído a uma tarefa diferente de ficar em pé sob a visão de Genevieve, o guerreiro se apressou para buscar o jarro perto da janela.

Um momento depois, voltou com um pano fresco. Mergulhou-o no jarro de barro e torceu-o para fora, estendendo-o para Genevieve.

– Por qual nome você atende, guerreiro? – ela perguntou enquanto começou a limpar o interior da ferida com cuidado.

– Geoffrey, senhorita.

– Meus agradecimentos por sua ajuda, Geoffrey.

Ele pareceu surpreso por seu agradecimento e assentiu solenemente.

Em pouco tempo, Brodie voltou com um dos guerreiros Armstrong. Ambos carregavam suprimentos, e Geoffrey se moveu para abrir caminho para eles.

– Trouxe agulha e linha forte, adequada para dar pontos. Deaglan preparou um remédio para Brodie, de modo que ele não fique agressivo quando você aplicar a agulha.

Genevieve lançou a Brodie um olhar agradecido. Ela conhecia bem a ameaça que um homem poderia representar quando estava com a cabeça fora do lugar. Um delirante de dor e apenas metade consciente não era alguém cujo caminho ela queria correr o risco de cruzar.

Levantou-se para permitir o acesso dos dois homens a Bowen e parou no perímetro enquanto eles derramavam o líquido na garganta de Bowen.

Quando Brodie ficou satisfeito com a quantidade que Bowen havia tomado, deu um passo para trás e dirigiu a atenção para Genevieve.

– Dê-lhe alguns momentos para entrar em vigor antes de começar sua tarefa. Geoffrey, Deaglan e eu nos certificaremos de que Bowen esteja imóvel durante todo o tempo em que estiver cuidando da ferida.

– Você é gentil – Genevieve disse calmamente.

Brodie olhou para ela por um longo momento.

– E você não está acostumada com isso, não é?

Ela corou e se afastou, recusando-se a expressar seu acordo, embora ele soubesse muito bem a resposta para sua própria questão.

– Eu sei que Bowen protege você – Brodie continuou. – Não precisa se preocupar. Enquanto ele estiver se recuperando, não vou permitir que qualquer perigo chegue até você.

A culpa agarrou seu peito, apertando até que fosse difícil de respirar. Bowen não deve ter discutido suas preocupações com Brodie, ou o guerreiro Armstrong não seria tão galante em sua direção. O que ele faria uma vez que soubesse da terrível verdade que Bowen tinha descoberto há apenas poucos minutos antes do ataque?

– Obrigada – ela conseguiu dizer, rezando para que a culpa não estivesse claramente escrita em seu rosto.

Ele gesticulou para ela tomar seu assento ao lado de Bowen, mas advertiu-lhe para esperar mais um pouco, até que ele estivesse certo de que Bowen sucumbira aos efeitos do remédio.

Ela se instalou, perguntando-se como controlaria o tremor de suas mãos. Medo, um companheiro tão constante, havia aumentado acentuadamente com o pensamento da descoberta. Brodie Armstrong iria detestar a própria visão dela. Provavelmente pensaria que ela merecia qualquer que fosse o destino que a houvesse abatido nas mãos dos McHugh, se não decidisse exigir justiça por sua irmã por conta própria.

Ela apertou as mãos firmemente no colo, concentrando toda a vontade em acalmar seus nervos dispersos.

Depois de um tempo, Bowen acalmou e parou seus movimentos inquietos. Sua respiração tornou-se superficial e sua cabeça pendeu para o lado, seu corpo se afrouxando.

Brodie inclinou-se, empurrando Bowen, tentando despertar uma resposta e, quando Bowen permaneceu imóvel e quieto, ele acenou para Genevieve.

Ela respirou fundo e pegou a agulha e a linha estendidas a ela por Deaglan. Depois de se certificar de que um determinado nó resistente estava no final da linha, tentou colocar a agulha no meio da ferida e beliscou a carne junto com sua mão livre.

Cautelosamente, observava qualquer reação de Bowen e, em seguida, rendendo à respiração, ela mergulhou a agulha em sua carne, empurrando-a para o outro lado da ferida.

Ela suspirou de alívio quando ele não fez tanto quanto se esquivar um pouco.

Inclinando-se para a frente, ela se concentrou intensamente em sua tarefa, estabelecendo pontos próximos em conjunto para selar a ferida de maneira eficaz. Quase não respirava o tempo todo que costurava. Quando chegou ao fim, o suor escorria por suas têmporas e umedecia as mechas de cabelo em sua nuca.

Fez o nó no final, dando várias voltas para que segurasse, então passou a agulha para começar de novo no centro.

Foi um trabalho longo e minucioso. Nem uma palavra foi dita enquanto ela concentrava-se diligentemente em cada ponto. Sangue escorria da extremidade enquanto se aproximava da outra ponta, e Brodie estendeu a mão para secá-lo para que ela pudesse selar o resto.

Quando ela terminou, acomodou-se na cadeira com um profundo suspiro. Seus ombros doíam pelo esforço e seu pescoço estava rígido. Seus dedos tremiam enquanto ela terminava de amarrar o último nó.

Então, cortou o fio, e a tarefa árdua estava finalmente concluída.

– Fez um belo trabalho, senhorita – Deaglan elogiou.

Ela assentiu, cansada demais para falar. Por um longo momento, olhou para os olhos ainda fechados de Bowen, então finalmente virou-se para Brodie.

– Precisarei de tecido para embrulhar seu braço. Não é profundo o suficiente para exigir costura, mas, se não for amarrado firme o bastante, a carne não vai curar da forma correta.

Brodie entregou a ela, com rapidez, várias tiras longas de linho, e Geoffrey ergueu o braço de Bowen para que ela pudesse enrolá-las em torno da ferida.

Quando a bandagem foi concluída, Genevieve sentou-se com um suspiro de satisfação.

– Pronto. Agora a cura cabe a ele. Talvez seja melhor preparar mais do remédio para que ele possa descansar confortavelmente nas próximas horas.

– Sim, vou cuidar para que isso seja feito – disse Deaglan.

– Agora, é hora de você descansar, Genevieve – Brodie disse. – Vou levá-la até seu quarto e deixar um homem a postos lá fora, se isso a faz se sentir mais segura.

Ela hesitou, olhando para Bowen. Não tinha direito de fazer esse pedido, mas isso não a impediu.

– Eu preferiria permanecer aqui, se for permitido. Cuidaria dele durante a noite e garantiria que não fizesse nada para rasgar a costura. Se ele tiver febre, vai precisar de cuidados constantes.

Brodie franziu a testa por um momento, enquanto ele e os outros guerreiros trocavam olhares. Então, como se tivesse chegado a uma decisão, ele assentiu.

– Sim, se esse for seu desejo, então pode permanecer no quarto de Bowen. Deaglan e Geoffrey permanecerão por perto, caso você precise de alguma coisa. Só tem que chamar. Vou checar o progresso dele com frequência, mas agora tenho assuntos do clã para resolver. Há mortos para enterrar e traidores para trazer à tona.

Ela olhou para cima alarmada.

– Mais?

– Não sei – Brodie disse severamente. – Você falou de um que tentou mergulhar o punhal nas costas de Bowen. Se havia um, pode muito bem haver outros.

Ela assentiu apesar de o medo ter agarrado seu coração. O castelo McHugh já era hostil o suficiente para ela. Ela tinha dado nome ao traidor de Bowen e, se houvesse mais, ela provavelmente receberia a culpa pelas consequências.

Capítulo 17

Era tarde da noite e Genevieve sentou-se desajeitada ao lado da cama de Bowen. Havia se arrumado incontáveis vezes na cadeira de madeira onde ficara durante as últimas horas, e seus músculos ainda doíam e a rigidez havia chegado em suas costas e pescoço até eles começarem a gritar em protesto.

Ainda assim, ela não se moveu. Continuava a observar enquanto Bowen dormia, silenciosamente transfixado pela imagem que ele representava na cama. Ela absorveu a visão dele, permitindo que seu olhar corajosamente vagueasse sobre seu torso e até suas perfeitas e indefectíveis feições.

Ali estava um homem, embora com cicatrizes no corpo, cuja face era totalmente sem mácula de qualquer marca. Nenhum nariz torto. Nenhuma colisão para significar uma pausa durante a batalha. O resto de seu corpo foi danificado, mas ainda era belo em sua imperfeição, seu rosto era simplesmente perfeito.

Ela nunca havia conhecido um homem que rivalizasse com Bowen Montgomery na aparência, e vira muito rosto bonito na corte. Conhecera homens que nunca tinham visto a luz da batalha e nunca tinha manchado as mãos de tal maneira.

As mãos e os dedos de Bowen eram ásperos e calejados. Ele estava bastante acostumado com trabalho duro e brigas. Era um homem que não tinha medo de trabalhar e, ainda, de relance, parecia superior àqueles homens que nunca tinham pisado em um campo de batalha.

Mas não era sua aparência que a encantava. Não era o rosto dele que a fascinava. Talvez fosse sua gentileza desde o início. Antes de ele tomar conhecimento de seu ato pecaminoso. Ela não esperava que ele, algum dia, entendesse sua motivação.

Como poderia? Ela tinha sido responsável por grande malfeito a sua família e ao seu clã. Ele sempre foi leal ao seu irmão. Isso era evidente em cada palavra e ação sua, e tão evidente era o fato de que a mesma lealdade se estendia a sua cunhada.

Ele se mexeu pela primeira vez desde que recebera a primeira agulhada. Virou o rosto, um gemido baixo escapando de seus lábios secos. Instintivamente, ela deitou a mão em seu rosto de maneira calmante e, enquanto acariciava, murmurou em voz baixa que estava tudo bem e que ele descansasse.

Ela não tinha ideia se ele estava consciente de suas palavras ou se elas tinham algum impacto, mas ele se deteve, no entanto, e se estabeleceu de volta para o sono, sua respiração desacelerando à medida que seu corpo ia relaxando.

Inclinada para a frente na cadeira, ela ficou mais ousada, deslizando os dedos em direção ao cabelo grosso e longo que ultrapassava seus ombros. Ele era tão bonito que era difícil não o tocar, e que mal faria isso? Ninguém estava lá para olhar. Bowen nunca iria se lembrar de que ela tinha lhe oferecido conforto enquanto ele descansava.

Isso lhe trazia um consolo que ela não podia explicar. Simplesmente ser capaz de tocar em alguém sem ser forçada para oferecer algo de si mesma que não lhe havia sido exigido. Ter um contato mais profundo com outro ser humano depois de ter sido tratada pouco melhor do que um animal por tantos meses.

Assim que sua mão esquerda tocou o rosto dele, ele se mexeu de novo, uma careta marcava seu rosto. Sua testa desenhou uma linha enrugada e ele murmurou algo indecifrável. Ela hesitou, a mão ainda no ar, e ele virou a cabeça para um lado e depois para o outro. Sua respiração acelerou, e ele pareceu ficar mais agitado a cada segundo.

Tendo uma chance, ela colocou a mão em sua testa novamente, alisando as linhas com dedos suaves para afastá-las. Ele relaxou instantaneamente, e sua respiração desacelerou.

Era como acalmar um animal selvagem. Ele parecia gostar de seu toque, mas ela tinha certeza de que qualquer um que o tocasse receberia a mesma resposta. Era fantasioso de sua parte pensar, mesmo por um instante, que ele iria receber bem sua mão se soubesse quem estava lhe oferecendo consolo.

Mas, por ora, ela podia fingir e desfrutar de um breve momento de paz.

Ela se inclinou para frente, procurando aliviar o constrangimento de sua posição. Seus membros doíam e os músculos de suas costas protestavam a cada movimento.

Deixando a mão no lugar, levantou-se com cuidado, engolindo o gemido que ameaçava escapar quando seu corpo rangia e era tomado por espasmos. Tantas horas em uma posição sobre uma cadeira dura tinham lhe dado efeitos colaterais.

Ela olhou ao redor, mas, quando não viu nenhum remédio, pegou-se pensando sobre a possibilidade de ser tão presunçosa a ponto de se deitar ao lado de Bowen. E se ele despertasse e a encontrasse ali? Qual seria sua reação? Será que ainda lembraria que ela o salvou ou sua única memória seria seu confronto com ela nas margens do rio?

Ela se sentou na ponta da cama, de frente para Bowen e deslizando seu quadril somente para que pudesse sentir a maciez da cama. Ela esbarrou nele e prendeu a respiração, rezando para que não acordasse de seu sono.

Quando ele não se moveu, ela relaxou e se movimentou até encontrar uma posição confortável. Em seguida, retomou as carícias na testa dele, de vez em quando levando as mãos para seu cabelo para mergulhar em sua espessura.

Ele deu um suspiro profundo e murmurou mais uma vez antes de se virar na palma da mão dela, acomodando-se contra a parte de dentro de sua mão.

A simples ação invocava uma resposta poderosa dentro dela, uma resposta que ela não tinha pensado que fosse capaz após um ano nas mãos de Ian McHugh.

Começou a imaginar como seria ter um guerreiro tal como Bowen Montgomery tocando-a como ela o estava tocando. Com tanta gentileza dolorida. Com respeito por seu prazer e desejo. Será que ele se contentaria em simplesmente segurá-la e acariciá-la de forma confortável ou estaria atento exclusivamente a seu próprio prazer?

Sem ter experiência para saber a diferença entre Ian McHugh e qualquer outro homem, ela não poderia dizer. Ela simplesmente não conseguia entender essa bondade de um homem, porque ela não a tinha experimentado em muito tempo.

Mas era um pensamento agradável. Um que trouxe imenso prazer. Mais do que ela jamais teria sonhado. E era melhor que deixasse precisamente ali, dentro de seus sonhos. Deixar-se vulnerável e aberta ao tipo de tratamento ao qual ela tinha sido submetida a tornaria o pior tipo de tola. Um homem não poderia abusar dela se ela nunca lhe desse a chance.

Ela se rebelou ao pensar que Bowen poderia ser como Ian. Não havia como dizer que ela tivesse algum conhecimento verdadeiro do homem que Bowen era, mas consternava-a pensar que pudesse estar tão errada. Ela certamente não tinha errado sobre Ian. Soube desde seu primeiro encontro que ele era um homem para evitar, e ela tinha feito isso até que ele forçou a mão, invadindo a escolta para seu futuro marido.

Com o choque, ela percebeu que não havia pensado em seu noivo há muitos meses. Não tinha torturado a si mesma ao pensar em questões que não podiam mudar. Mesmo tentar imaginar como sua vida teria sido casada com um chefe das Terras Altas seria abrir-se para mais mágoa.

Ele era casado com outra, mesmo agora? Era provável que sim. O casamento dela tinha sido arranjado. Não houve afeto envolvido. Ela só havia encontrado com o homem uma vez, quando veio oferecer formalmente sua mão sobre as terras de seu pai. O acordo tinha sido alcançado entre ele e o pai dela. Sua apresentação a ele tinha sido mera formalidade e uma reflexão, tardia uma vez que o acordo fora selado.

Àquela altura, ela poderia ter tido um filho seu. Um pequeno bebê com quem se preocupar e a quem mimar. A mãe dela a teria visitado muitas vezes e, talvez, seu marido teria concordado em visitar o castelo de seu pai na ocasião.

O pesar a oprimia, e ela rapidamente fechou a porta de memórias antigas enquanto elas corriam para a superfície. Era verdade que pensar em coisas que ela não podia mudar era a maneira mais rápida de ter o coração partido.

Mas ela ainda sofria com o que poderia ter sido, e talvez tenha sido por isso que tinha essa fascinação por Bowen Montgomery. Ele lembrou-a de como as coisas poderiam ter sido, possivelmente. O casamento com um homem como ele, um com honra e lealdade, teria sido atraente.

Ela, distraidamente, acariciou o rosto dele, a tristeza agarrando-se a ela como a videira mais teimosa. Não, aqueles sonhos tinham desaparecido. Sua vida seria muito diferente agora. Era duvidoso que a oferta de um lugar no clã de Bowen, firmemente sob a proteção dos Montgomery, ainda estivesse em vigor, mas talvez tentaria colocá-la em uma abadia como havia solicitado.

Fazer o melhor de circunstâncias menos desejáveis tornou-se um modo de vida para ela. Tinha sido forçada a fazer isso nesse último ano, e poderia fazê-lo novamente.

Capítulo 18

Genevieve acordou de um sono profundo com um sobressalto. Seus olhos se abriram para a escuridão e, por um momento, ela estava completamente desorientada. Tudo que ela sabia era que não estava em seu quarto, e ela levou vários minutos para se organizar enquanto os acontecimentos do dia voltavam à tona.

Arrastou-se para fora da cama, horrorizada por ter caído no sono e, pior, por estar enrolada junto a Bowen no pequeno espaço entre ele e a beirada da cama. Ela sentou-se, esfregando os olhos e empurrando os cabelos para trás de seu rosto. Os fios estavam bagunçados, ondulando descontroladamente sobre sua cabeça.

E se alguém tivesse entrado? E se alguém tivesse descoberto sua coragem de dormir ao lado do laird? Ela tinha tomado grandes liberdades, e fora um risco estúpido.

Saiu da cama, desesperada para se afastar de Bowen. Tropeçando na escuridão, ela alcançou cegamente a vela que tinha sido queimada ao lado da cama apenas para encontrá-la quase queimando no pavio.

Na lareira, havia brasas brilhando fracamente, não muito à esquerda do fogo que tinha queimado horas mais cedo quando ela costurou as feridas de Bowen.

Com sono e desorientação ainda agarrados ferozmente, ela

começou a acender algumas das velas extintas e, em seguida, acendeu o fogo novamente, de modo que uma chama respeitável queimasse. Então virou-se para Bowen, esperando que ele não tivesse sido perturbado por suas atividades.

Para seu alívio, ele ainda estava dormindo.

Ela quase caiu para trás na cadeira, repreendendo-se profundamente pelo desejo que tomara conta dela para se aproximar do laird. Se ela tinha aprendido alguma coisa, era ser cautelosa em tudo, e ainda o laird inspirava nela a idiotice.

Seus olhos queimavam com a necessidade de voltar a dormir, mas Genevieve não se atrevia a se permitir. Quem sabia em que outra loucura ela poderia embarcar?

Bocejou amplamente, sua mandíbula quase rachando com o esforço. Olhos lacrimejando, ela concentrou a atenção em Bowen, seu rosto suavemente iluminado por luzes de velas.

Ele se mexeu e, novamente, ela suspirou de alívio por ter despertado naquela hora. Não queria que o laird acordasse com ela enrolada ao seu lado como uma gatinha satisfeita.

Ele começou a se debater, com a cabeça girando de um lado para o outro, até que ela temeu que ele fosse se jogar da cama. Ela se levantou, instantaneamente inclinando-se sobre ele, tentando o método de tocar seu rosto, mas, desta vez, ele não seria acalmado.

Um gemido áspero escapou de sua garganta, e ela percebeu que ele deveria estar com dor novamente. Tinha passado bastante tempo desde que tomou o remédio mais cedo, porém, ela havia exigido a ajuda de um dos homens para forçar outro na garganta dele.

Apressando-se para a porta, esperava que Geoffrey ou Deaglan estivesse lá fora, como Brodie tinha assegurado. Quando a abriu, ela deu um suspiro de alívio ao ver que, na verdade, os dois homens estavam em seus postos. Um ao lado da porta e o outro do outro lado do corredor, sentado no chão, encostado na parede.

Quando a viram, eles se levantaram, e qualquer sinal de fadiga foi rapidamente apagado.

– Eu preciso de sua ajuda – ela sussurrou. – O laird está com dor e é hora de tomar outra dose. Não consigo fazer isso sozinha.

– É claro, senhorita – disse Geoffrey. – Deaglan e eu cuidaremos disso.

Os homens seguiram-na para dentro, e Deaglan recolheu o pequeno copo que continha a mistura que inventara. Com a ajuda de Geoffrey, eles seguraram a cabeça e os ombros de Bowen alto o suficiente para que pudessem inclinar o copo em sua boca.

Bowen tossiu e cuspiu, mas a maioria do líquido foi abaixo.

Colocaram Bowen de volta na cama e, em seguida, viraram-se para Genevieve.

– Ele deve descansar nas próximas horas – Deaglan disse. – Se precisa voltar para seu quarto, nós ficaremos vigiando até que retorne.

Ela não sabia o que fazer. Se era uma oferta para ela para descansar ou uma sugestão, porque ela fedia a sangue e suor da batalha anterior. De qualquer jeito, devia estar desajeitada e, verdade seja dita, apreciaria a oportunidade de se lavar.

– Eu gostaria de ter um momento para trocar minha roupa e me livrar do cheiro de sangue – disse ela com um leve sorriso. – Devo retornar em pouco tempo.

Ambos os homens assentiram, e ela rapidamente retirou-se para ir ao seu quarto, que ficava ao lado.

Despindo-se, ela foi para o pequeno lavatório ao longo da parede e derramou a água do jarro na bacia. Ela adoraria um banho completo. Talvez fossem necessárias duas pessoas para esfregar o sangue, sujeira e cheiro de morte de seu corpo, mas ela não se atreveria a arriscar se aventurar para fora do castelo, não somente por causa dos perigos apresentados por um possível ataque, mas dos próprios McHugh.

Ela não tinha nenhuma forma de medir o humor atual do clã, ou de saber se Brodie tinha realmente descoberto mais traidores do que aquele que tentara assassinar Bowen. Era certo que, a essa altura, boatos sobre sua participação na morte do marido de Megan e que ela o havia nomeado como traidor teriam se espalhado.

Ter inteligência não significava ser covarde. Uma moça inteligente sabia quando ficar fora do fogo direto, e ela não tinha intenção de enfrentar o clã McHugh até que tivesse certeza do que havia ocorrido após o ataque ao castelo.

Ela escovou os cabelos e levou um pano para as longas mechas, esfregando a sujeira e o sangue de suas tranças o melhor que pôde. Quando estava razoavelmente satisfeita com o resultado, colocou um vestido limpo e afundou-se em sua cama. Uma cama pela qual ainda se maravilhava por ser sua. Que não tinha que compartilhar com alguém ou ter medo de que teria corpos indesejados ali.

Ela deitou a cabeça e fechou os olhos, apreciando o conforto de seu travesseiro. Era o paraíso. E, ainda assim, ela tinha dormido profundamente ao lado de Bowen. Era uma raridade que ela não tinha certeza de que entendera.

Nunca tinha dormido tão profundamente. Muitas vezes, ela tinha despertado com o abuso de Ian, e aprendera a estar sempre preparada para o pior, mesmo durante o sono. Mas o castelo inteiro poderia ter sido sitiado durante a última hora e ela não teria sabido.

Certamente era porque ela estava exausta do estresse do dia, bem como a tarefa entorpecente de costurar as feridas de Bowen.

Não tinha sido nada fácil, e houvera uma pressão extraordinária para ela selar a ferida corretamente. Um passo em falso poderia ter lhe rendido uma séria reprimenda e censura. Ela estremeceu ao pensar no que poderia ter sido sua punição.

Um dos laços que prendiam as peles sobre a janela afrouxou, e uma brisa leve levantou a extremidade, permitindo que os primeiros tons tênues do amanhecer entrassem no quarto. Logo, o castelo estaria vivo com a atividade, embora ela estivesse inquieta sobre os tipos de acontecimentos que seriam iniciados.

Seria melhor se ela permanecesse ali ou no quarto de Bowen até o momento em que ela fosse forçada a sair. Não tinha desejo algum de enfrentar o que a esperava. Ela estava adiando o inevitável, mas, no momento, não se importava. Estava mais preocupada com sua autopreservação do que qualquer outra coisa.

Quando bateram à sua porta, seu medo se intensificou imediatamente. Ela se repreendeu por ser tão rápida para tirar conclusões. Poderia ser simplesmente um dos homens de Bowen em busca de um relatório sobre sua condição. Ou Brodie vindo perguntar como Bowen tinha passado a noite.

Enquanto ela estava tentando se endireitar o suficiente para que pudesse levantar-se da cama, a porta se abriu e ela franziu a testa pela violação de sua privacidade. Não que tenha garantido tal coisa. Mas havia assumido, e Genevieve deveria ter aprendido melhor a essa altura.

O alívio foi instantâneo quando ela viu que era Taliesan enfiando a cabeça pela porta. Genevieve imediatamente sorriu, feliz por ver um rosto amigável.

– Oh, que bom que está acordada. Eu queria muito falar com você sobre a condição do laird e o que está acontecendo dentro do clã – disse Taliesan. – Posso entrar?

– Claro – disse Genevieve, apontando para a frente.

Ela deu um tapinha na beirada da cama encorajadamente, consciente de que ela nunca tinha sido tão convidativa com outra pessoa em todo o seu tempo ali.

Taliesan pareceu encantada com a abertura e mancou, seu andar muito mais rápido e mais suave essa manhã. Genevieve esperava que isso significasse que a perna de Taliesan não estava doendo tanto como de costume.

Taliesan se acomodou na cama ao lado de Genevieve e, impulsivamente, estendeu a mão para abraçá-la.

– O que foi isso? – Genevieve perguntou impressionada.

Mas viu que não se importava com o carinhoso gesto. Ele a fez sentir-se... Procurada. *Apreciada.*

– Você apenas parecia estar precisando – Taliesan disse gentilmente.

– Eu precisava, e obrigada – disse Genevieve com um sorriso.

A expressão de Taliesan ficou séria.

– O que se passa, Genevieve? Os Armstrong e Montgomery estão silenciosos sobre a condição do laird, o que tem alimentado fofoca de que ele esteja morrendo no quarto. Há muita preocupação quanto a qual será nosso destino se isso acontecer. É amplamente conhecido que Patrick instigou o ataque, e que alguns dos homens que juraram lealdade ao laird viraram traidores.

– Quantos? – Genevieve perguntou abruptamente.

Os olhos de Taliesan se arregalaram.

– Você não sabe?

Genevieve fez careta.

– Não sei de nada. Passei a noite cuidando das feridas do laird e na observação de qualquer sinal de febre. Acabei de sair para meu quarto pouco tempo atrás.

– Então, lamento perturbá-la. Você deveria estar descansando.

Genevieve sacudiu a cabeça.

– Eu estou bem descansada – ela mentiu. – Gostaria de saber o que está ocorrendo dentro do clã. Brodie deixou o quarto de Bowen na última tarde para determinar se havia mais traidores em nosso meio.

Taliesan suspirou, sua boca virando para baixo em uma careta infeliz.

– É um conto triste e vergonhoso que trago a você. Havia três outros guerreiros McHugh que ficaram para trás e fizeram um voto para apoiar Bowen Montgomery. Foi descoberto que eles desempenharam um papel na morte de dois homens. Um Montgomery e um Armstrong. Eles serão executados, e o clã está em alvoroço com isso.

– Não é menos do que eles merecem – Genevieve cuspiu. – Eles seguem os passos do velho laird. Um caminho tomado por traição e desonra. Trazem vergonha para o nome de seu clã. O clã deveria ser o primeiro a querer justiça para ser servido.

– Mas são maridos e pais para as mulheres e crianças de nosso clã – Taliesan disse calmamente. – Não é um assunto tão simples quando esposas e filhos serão deixados sem marido e pai.

– Sim, eu sei disso, mas eles devem ter dado ao assunto devida consideração. As consequências de suas ações foram enunciadas muito antes de escolherem viajar pelo caminho que trilharam.

– Quando isso vai acabar? – Taliesan perguntou suavemente. – Nosso clã está cheio de sangue, traição e perfídia. Tudo por causa de Ian McHugh.

– Não – Genevieve disse ferozmente. – Ele não carrega toda a culpa. Patrick McHugh permitiu que seu filho reinasse livremente. Patrick era o laird, não Ian. Ele estava muito fraco e desonroso para encarar seu filho e corrigir os erros que rebaixaram o clã. É para ele *e* Ian que o clã deve voltar sua ira. Não para mim. Nem para os Montgomery ou os Armstrong. Eles colocaram em movimento tudo o que tem ocorrido quando fizeram as escolhas que fizeram.

– Você está certa, é claro – Taliesan murmurou. – Mas ainda é triste que o irmão seja utilizado contra irmão. Pai contra o filho. Esposa contra o marido. Não é uma posição para qualquer membro do clã estar. Nós somos uma família. Se não ficarmos juntos, como podemos nos unir para qualquer outra coisa?

Genevieve agarrou a mão de Taliesan.

– Sim, isso é triste, de fato, mas não há nada que você e eu possamos fazer para mudar. As decisões são deles. As escolhas deles. Eles devem viver com as consequências.

Taliesan suspirou.

– Sei que tem razão, mas eu ainda não tenho amor algum por toda a confusão sórdida. Isso me faz temer pelo futuro do nosso clã, nossa linhagem. Já temos um Laird Montgomery. Quanto tempo levará até que não sobre mais nenhum de nós e sejamos dizimados pela guerra, espalhados pelo vento, nosso nome nada mais do que uma memória carregada por gerações depois de nós.

– Você carrega peso demais em seus ombros, Taliesan – Genevieve disse gentilmente. – É sábia para alguém tão jovem, e pensa mais profundamente sobre as questões que seus parentes. Você só pode assumir a responsabilidade por suas próprias ações e agir com honra em cada encontro.

– Sei que está certa. Não sou eu que sou sábia, Genevieve, mas você.

– Se eu fosse sábia, teria encontrado uma maneira de matar Ian McHugh há muito tempo e nos poupado de toda a miséria de suas ações – disse Genevieve, sua voz tão fria que enviava um arrepio por toda sua coluna.

E era verdade. Matar Ian certamente teria significado sua própria sentença de morte e, no entanto, teria sido preferível à vida que ela tinha sofrido. Mas, teimosamente, agarrou-se à sua existência, recusando-se a se manter para baixo. Seu orgulho condenável não permitiria que ela admitisse a derrota para Ian ou qualquer outro McHugh, mas especialmente Patrick McHugh. Ela não teria lhe dado a satisfação de ordenar sua morte. E isso, supondo que ela teria sido morta. Com a mesma facilidade que poderia ter sido expedida a um destino tão ruim quanto o que Ian tinha pesado sobre ela. Teria sido dada aos homens McHugh para fazer o papel de prostituta contra sua vontade. Passada de um para outro e, talvez, dada como recompensa para outro clã.

Não, desde que ela tinha esperança de um dia recuperar o controle sobre seu destino, suportou em silêncio, sabendo que, um dia... Um dia, estaria em posição para buscar justiça. Que o tempo havia chegado no dia anterior, quando Patrick estava em sua mira e ela deixou a flecha voar.

– Como o clã tomou a notícia da morte de Patrick? Sabem quem o matou?

Genevieve prendeu a respiração, sentindo-se culpada por enganar Taliesan. Mas se soubessem que tinha matado Patrick, o clã só iria abrigar mais animosidade em relação a ela. Não se importava se ninguém descobrisse a verdade.

– O clã está dividido. Há aqueles que estão com raiva por causa da traição de Patrick e acreditam que os Montgomery e Armstrong agiram em conformidade. Ele foi enterrado esta manhã, mas os homens Montgomery e Armstrong levaram o corpo para além das nossas fronteiras, não lhe dando a honra de ser colocado para descansar em terra McHugh. Há outros que, ao mesmo tempo em que estão confusos e amargos com a deserção de Patrick, ainda acreditam que a ele deveria ter sido dada a honra de ser enterrado em suas terras.

O fato de Taliesan não ter dado voz ao fato de que Genevieve derrubara Patrick reforçava seus espíritos. Era uma coisa a menos da qual o clã a culparia. Não que precisassem de outras razões. Genevieve estendeu a mão para apertar a mão de Taliesan.

– Verei como está o laird. Seus ferimentos necessitavam de pontos, e fui eu quem passou a agulha por sua carne. Só Deus sabe que minha mão nunca tremeu tanto como ontem à noite. Agora devo prestar atenção em sinais de febre e rezar para que ele se recupere rapidamente.

– Se precisar de qualquer coisa, me chame imediatamente – Taliesan disse, sua voz sincera. – Ficarei feliz em ajudá-la.

– Obrigada, Taliesan. Nunca imaginei encontrar uma verdadeira amiga entre tanto rosto hostil, mas estou feliz em ter você.

Taliesan sorriu, seu rosto inteiro iluminando tão docemente que fez Genevieve se sentir instantaneamente quente. Ela se levantou, empurrando-se desajeitadamente para sair da cama, e alisou suas saias.

– Deve estar morrendo de fome. Vou enviar a comida a você para o quarto do laird de modo que possa comer enquanto observa sua recuperação.

O estômago de Genevieve se apertou, e ela percebeu que havia passado um longo tempo desde que tinha se alimentado. Ela sorriu com gratidão para Taliesan.

– Meus agradecimentos. Se puder, traga água aquecida em uma bacia para que eu possa lavar as feridas do laird e fazer os curativos.

– Eu o farei.

Taliesan se dirigiu para a saída, mas, em seguida, hesitou e se virou, seus dedos segurando a porta.

– As coisas vão melhorar agora, Genevieve. Você verá. Não será mais forçada a sofrer tal injustiça. Bowen Montgomery parece ser um homem bom e justo. Ele vai fazer o que é certo.

Genevieve assentiu levemente, seu estômago atado, não pela fome, mas pelo conhecimento de que, quando o laird despertasse, iria exigir um relato. E o que ela disse a ele pode muito bem significar que os Montgomery e Armstrong não seriam um refúgio seguro para ela.

Capítulo 19

Genevieve bateu à porta de Bowen e, enquanto esperava, quase deu meia-volta e fugiu para seu quarto. Apenas o pensamento de que Geoffrey e Deaglan pudessem ter dado ao laird outro remédio e ele estaria insensível por mais algum tempo lhe deu a coragem para defender sua posição.

A porta abriu e Deaglan ficou ali, grande e imponente. Deu um passo para trás e fez um gesto para que Genevieve entrasse.

– Ele bebeu quase todo o remédio que lhe demos – relatou Deaglan. – Está descansando mais confortavelmente agora. Não vejo nenhum sinal de febre. É graças à sua velocidade em costurá-lo que ele parece estar se saindo tão bem.

Um calor impregnou as bochechas de Genevieve com o elogio inesperado. Palavras amáveis eram estranhas para ela nos últimos tempos.

– É bom que ele esteja descansando – disse ela enquanto caminhou para a cadeira ainda posicionada ao lado da cama de Bowen.

Ela olhou para o laird dormindo e, de fato, parecia estar em paz. Sua testa não estava enrugada de dor, e ele parecia completamente relaxado.

Outra batida soou, e Deaglan franziu a testa enquanto apressou-

-se a responder. Um momento depois, voltou carregando comida. Taliesan apareceu atrás dele, seus olhos arregalados. Ela parecia intimidada pela presença de dois guardas.

Genevieve se levantou, oferecendo um sorriso de boas-vindas para Taliesan. Então, virou-se para Geoffrey e Deaglan.

– Taliesan trouxe comida. Algum de vocês comeu desde que o laird foi atacado?

Geoffrey franziu a testa, sua sobrancelha contraída em concentração.

– Não, senhora... A verdade é que não.

– Então, comam o que é oferecido – disse Genevieve, acenando em direção à comida.

– Não – Deaglan se opôs. – Comeremos sua refeição, senhorita. Você estava ao lado do laird desde ontem e tem mais necessidade de sustento do que nós.

Genevieve revirou os olhos e olhou para o monte de alimentos carregado por Deaglan e Taliesan.

– Há mais do que suficiente para que todos possam compartilhar. Vai se concentrar em sua tarefa de proteger o laird se sua barriga estiver cheia. Agora coma. Seria uma vergonha se tudo fosse desperdiçado. Não vou comer tudo isso, com certeza.

– Os nossos agradecimentos, senhorita – Deaglan disse gravemente. – É mais do que apreciado. Não deixaríamos a porta da câmara do laird mesmo para descer e fazer o desjejum.

– Cuidarei para que o alimento seja trazido em todas as refeições – Taliesan disse em voz suave e tímida.

Ambos os homens sorriram para Taliesan, mas quem não gostaria? A moça era doce e tinha bom coração. Tinha um efeito positivo em todos que entravam em contato com ela.

– Obrigado – Deaglan ofereceu solenemente. – Aprecio sua generosidade.

Taliesan ficou corada, mergulhou em uma reverência e, em seguida, mancou para fora do quarto, fechando a porta.

Genevieve colocou em um prato uma pequena porção do alimento que Taliesan levara. Mesmo que estivesse com fome, ela sabia que não iria comer muito. Seu estômago estava muito instável. Ela estava muito preocupada e com medo do que viria.

Os dois homens se colocaram sobre o resto da comida, e era evidente que estavam com fome conforme mergulhavam em suas ofertas.

Ela retornou para a cadeira ao lado da cama de Bowen e pegou a comida de maneira nervosa. Não tinha gosto, provavelmente uma bênção, mas se obrigou a engolir cada mordida, engolindo-a com água.

Estava quase terminando sua parte quando a porta abriu. Ela virou-se para ver quem tinha entrado sem pedir licença, só para ver Brodie aparecendo na porta.

Ele acenou para Geoffrey e Deaglan, trocando algumas palavras em voz baixa que ela não conseguiu ouvir, embora Brodie permanecesse lançando-lhe olhares estranhos.

Quando ele terminou sua breve conversa, caminhou em direção à cama. Havia um brilho peculiar em seus olhos, sobre o qual ela queria interrogá-lo, mas reprimiu o impulso. Havia algumas coisas que preferia não saber.

– Como ele está se saindo? – Brodie perguntou em voz baixa.

Genevieve colocou seu prato sobre a mesinha ao lado da cama de Bowen.

– Ele está estável. Geoffrey e Deaglan deram-lhe outra dose depois que ele ficou agitado. Era óbvio que estava com dor.

– E febre?

Ela balançou a cabeça.

– Não, ele ainda está frio ao toque. Minha esperança é de que, na próxima vez que despertar, a dor terá diminuído o suficiente para que ele não necessite de mais sedação. Se Deus quiser, sairá dessa e estará de volta em um curto espaço de tempo.

Brodie balançou a cabeça, com as feições mais relaxadas. Ele parecia cansado. Como se não tivesse dormido na noite anterior, e era provável que não, dado tudo o que ouvira de Taliesan. Ela mordeu o lábio para evitar que perguntas explodissem. Queria perguntar sobre os traidores McHugh. Qual era o estado de espírito do clã McHugh, e se ele temia outro ataque. E, o mais importante, será que ele e os guerreiros restantes dos clãs Montgomery e Armstrong seriam capazes de realizar outra tentativa de tomar conta do castelo?

– Fez um bom trabalho, Genevieve. Bowen terá uma dívida de gratidão com a senhorita.

– Não – ela refutou suavemente.

Ela sabia mais do que isso.

– Eu tenho assuntos a tratar, e é importante continuarmos a cuidadosa vigilância das fronteiras – disse Brodie. – Me chame quando ele acordar e alerte-me se sua condição piorar.

– Sim, eu o farei.

Ele tocou o ombro dela rapidamente e, então, se foi antes que ela pudesse reagir ao gesto.

Ela relaxou quando Brodie saiu do quarto. Que fraude ela era, brincando de salvadora, fazendo-se importante.

Embora ninguém provavelmente acreditasse, ela não tinha motivo oculto para ajudar Bowen Montgomery. Sabia que iria responder por suas ações, independentemente de seu papel em mantê-lo vivo.

Apesar de todo o mal que tinha sido feito para ela, ainda havia um sentimento ardente de certo e errado. Talvez a visão dela não fosse compartilhada pelos outros, mas era o que ela pensava que lhe importava. Ela só podia controlar suas próprias ações e, se ela pudesse ajudar, não agiria com desonra, pois fazer isso não a tornaria melhor do que

Ian ou Patrick, ou os inúmeros outros que tinham feito a opção de vender sua lealdade.

Deaglan e Geoffrey se levantaram de seus lugares ao lado do fogo. Deaglan ficou em pé ao lado da cama de Bowen tempo suficiente para oferecer os serviços dele e de Geoffrey se fossem necessários, e os dois saíram do quarto para retomar seus postos.

O quarto foi novamente coberto pelo silêncio, Genevieve ficou olhando para Bowen enquanto ele descansava com facilidade.

Timidamente, ela deslizou os dedos sobre a mão quente de Bowen, cuja palma estava para baixo no colchão.

– Eu sei que está dormindo, laird – ela sussurrou. – Mas é meu desejo que se recupere, embora eu deva responder por minhas ações quando você acordar. É a única esperança para este clã. Para mim. Quero que viva de modo que possa ver este clã durante os próximos dias. Não quero que Ian e Patrick vençam, apesar de estarem ambos mortos, deitando em covas frias.

Ela deixou a mão cobrindo a dele, apreciando algo tão simples como um toque inocente. Completamente inofensivo. O calor dele passava para sua mão fria, aquecendo todo o caminho em seu braço.

Ele mexia com ela de uma forma com a qual ela não estava familiarizada. Ela não sentiu ódio algum, medo ou repulsa como sentia com Ian ou os outros com quem ele a torturava.

Ele a deixava com fome, do que ela não podia ter certeza, mas incutia nela uma dor profunda dentro da alma, pois não importa o que ela decidisse que fosse seu destino, ela sabia que ele era um homem honrado.

Sim, ela estaria em paz com qualquer que fosse sua decisão. Merecia sua raiva e censura. Fizera a coisa terrível da qual ele havia lhe acusado e, ainda assim, ele não a abordara com raiva, fazendo ameaças, nem abusara dela.

Ele simplesmente perguntou-lhe se era verdade o que ficara sabendo. E quando alguém a questionou antes de fazer um julgamento?

Ele ganhara seu respeito por isso. Ela só odiava não poder negar suas reivindicações.

Ela havia se esquecido da água quente que pediu, e correu para o fogo, onde o jarro tinha sido colocado, esperando que não tivesse esfriado muito.

Mergulhou um dedo para verificar e viu que ainda estava quente, então umedeceu vários panos e, em seguida, aqueceu-os no fogo para que ficassem confortáveis na pele de Bowen.

Quando ela voltou para perto da cama de Bowen, desenrolou, com cuidado, as tiras de linho de seu braço e examinou o corte. Então, limpou-o com os panos quentes, olhando o tempo todo para observar se ele despertaria.

Depois de limpar a ferida, para sua satisfação, ela o envolveu em curativos limpos e dirigiu sua atenção para os pontos em seu peito.

Limpou as crostas de sangue e fez uma compressa aquecida ao longo do comprimento do corte.

Tranquilizada por ter feito tudo que podia para garantir o conforto dele, acomodou-se na cadeira, e o cansaço a atacou.

Ela iria fazer guarda ao lado da cama, com suas orações se elevando para o céu por sua rápida recuperação. Até ser forçada a ir embora, ela permaneceria ali, como a própria guardiã de Bowen.

Rezou com frequência para um protetor e, até agora, suas orações tinham permanecido sem resposta. Embora fosse provável que Bowen não mais defenderia sua causa, ela se lembraria bem do guerreiro gentil e de seu tratamento cuidadoso para com ela para o resto de seus dias.

Capítulo 20

Era tarde da noite quando Bowen começou a se mexer. Genevieve sentou-se ereta, o olhar ansioso foi imediatamente para o rosto de Bowen enquanto suas pálpebras se mexiam e lutavam para abrir.

Seu primeiro instinto foi sair correndo da sala, mas ela tinha de se certificar de sua saúde física. Durante todo o dia, ela fizera vigília ao lado da cama, assistindo de perto para qualquer sinal de febre.

Mesmo agora, sua mão foi automaticamente para a testa e para sua bochecha, verificando se havia algum calor anormal.

Ele soltou um suspiro enquanto sua mão deslizava sobre seu rosto e, como seu rosto continuava frio ao toque dela, as palavras dele fizeram-na se perguntar se ele tinha realmente sido tomado por alguma doença.

– Uma moça tão bela – ele murmurou.

Ela puxou a mão, recuando para as sombras das velas acesas.

Embora ele não tivesse febre aparente, era óbvio que não estava completamente acordado, porque certamente não estava se referindo a ela com sua observação.

Ela aproveitou a oportunidade para escapar, indo para a porta para alertar os outros. Era hora de ir para o próprio quarto. O laird estava despertando e, por todas as contas, ele estava bem e, aparentemente, livre de dor.

Sem ouvir protestos da cama, ela abriu a porta com calma, saindo para o corredor, onde Geoffrey e Deaglan estavam de guarda.

– O laird está despertando – disse ela.

Ela oscilou precariamente, a fadiga minando o pouco de força que lhe restava. Deaglan colocou uma mão para estabilizá-la, mas ela rapidamente deu um passo para o lado.

– Ele não tem febre e não está se debatendo de dor. Talvez ficará lúcido agora e consciente de seu entorno.

– Vamos vê-lo imediatamente e enviar notícias para Brodie – disse Deaglan. – Agora, vá para seu quarto, senhorita, e vá para a cama. Permaneceu ao seu lado por dois dias inteiros. Precisa descansar.

Ela assentiu, muito disposta a retirar-se do quarto de Bowen antes de ele despertar totalmente. Oh, sim, mais cedo ou mais tarde, ela iria receber seu acerto de contas, mas seria depois de desfrutar do descanso de uma noite inteira e poder melhor enfrentar seu julgamento.

Ela entrou em seu quarto, mas, apesar de estar cansada até os ossos, não conseguia dormir. Estava muito agitada e passeou pelo quarto ansiosamente.

Precisando do frescor do ar da noite, puxou as peles de sua janela e inclinou-se no peitoril, respirando profundamente.

Era uma bela noite, estrelas espalhadas como joias pelo céu. Estava limpo, sem nuvens à vista e nada a esconder a Lua quase cheia.

Ela refletia no rio, que serpenteava em torno do castelo e suavemente iluminava a paisagem, fazendo-a brilhar com uma luz estranha.

Genevieve descansou os braços sobre a borda estreita e olhou ansiosamente em direção ao horizonte. Abaixo, o pátio estava quase em silêncio. Tochas brilhavam ao longo do topo da parede de pedra, e ela podia ver o movimento dos guardas noturnos enquanto tripulavam seus postos.

Porém, a terra estava coberta por silêncio. Enganosamente pacífica. Não havia sinal de que, apenas dois dias antes, uma sangrenta batalha fora travada. Vidas foram perdidas. Mulheres e crianças lamentavam maridos e pais. Vidas foram transformadas irrevogavelmente.

A tristeza a agarrou. Era uma coisa tão inútil. E desnecessária. Muitos tinham sofrido pelas ações de poucos. Não havia sido sempre assim? O coletivo sofrido pelas ações de um laird inepto e ineficaz.

Fechou os olhos e permitiu que o vento fresco explodisse sobre o rosto, bagunçando seu cabelo até que, finalmente, um frio patinou por sua espinha.

Um grito tirou-a de seu devaneio e ela rapidamente olhou para baixo para ver vários homens lutando para abrir o portão para o pátio. Quando olhou para além dele, ela viu dezenas de homens montados a cavalo em direção ao castelo, duas tochas na frente do laird.

Seu coração saltou em sua garganta até que ouviu alguém gritar.

– Os Montgomery voltaram!

O alívio tomou conta dela. Teague estava de volta. O mensageiro tinha sido bem-sucedido. Os reforços chegaram, e eles estariam a salvo de ataque.

Entretanto, com a chegada do irmão de Bowen, veio o medo de que, com certeza, uma vez que Bowen explicasse tudo, ela seria um pária. A bondade e compreensão que eles tinham lhe mostrado seriam substituídas pela raiva e pelos pensamentos de vingança.

Ela se afastou da janela, a agitação tomando conta mais uma vez. Pela primeira vez, não queria estar sozinha. O isolamento de seu quarto, algo que uma vez ansiou por mais do que tudo, era sufocante e esmagador. Mas ela não tinha desejo de voltar ao quarto de Bowen, onde mesmo agora seu destino poderia estar sendo discutido.

Em um impulso, ela abriu uma fresta na porta do quarto, olhando para fora para ver se Geoffrey e Deaglan estavam fora do quarto de Bowen. Mas, não, eles *ainda devem estar lá dentro.*

Rapidamente, ela correu para a porta de Taliesan e bateu. O tempo todo que ela esperou, se agitou da cabeça aos pés, não querendo ser descoberta escondida nos corredores quando deveria estar no próprio quarto, descansando.

Finalmente, Taliesan abriu a porta e, quando viu Genevieve, imediatamente abriu caminho para ela entrar.

– Há alguma coisa errada, Genevieve?

A preocupação irradiava de Taliesan, e Genevieve se apressou para tranquilizá-la.

– Não. Eu não conseguia dormir e estava... Me sentindo sozinha. E inquieta. Vi pela janela que as forças Montgomery tinham chegado e sabia que não iria descansar pelo resto da noite.

Taliesan fechou a porta e virou-se, com os olhos arregalados. Alívio brilhou em suas profundezas.

– Oh, é uma boa notícia que você traz. Não precisamos mais nos preocupar em ter que nos defendermos de um ataque quando estamos dolorosamente em menor número.

Genevieve desejou que ela pudesse estar tão aliviada com a notícia. A preocupação estava prestes a abrir um buraco em seu estômago.

– Sente-se, Genevieve. Você precisa de alguma coisa?

Genevieve se acomodou na beirada da cama de Taliesan e sacudiu a cabeça.

– Não, apenas sua companhia.

Taliesan, vestida apenas com camisola, sentou-se na cama, arrastando a perna manca para que não escapasse para o lado.

– Estou feliz com sua companhia. As coisas estão tão tensas dentro do clã. Finalmente busquei refúgio em meu quarto, porque, em toda parte que virava, não havia nada a não ser preocupação, raiva, medo e estresse. O clã não faz ideia do que pensar ou como deve se sentir. Muitos estão ressentidos com a intrusão dos Montgomery e Armstrong, mesmo quando percebem os pecados cometidos por Ian e Patrick e pesam isso contra a lealdade, eles sentem que devem tê-la em relação a sua própria família, independentemente de suas transgressões.

– Suponho que vamos esperar juntas no seu quarto – Genevieve ofereceu fracamente.

– Por que não tenta dormir, Genevieve? Você parece exausta. Pode compartilhar a cama comigo. Ninguém irá incomodá-la aqui.

Genevieve olhou para o travesseiro e, em seguida, abafou um bocejo.

– Venha. Eu tenho uma camisola para você vestir. Não precisa voltar para o seu quarto. Vou ajudá-la a tirar o vestido, então nós duas teremos uma longa noite de sono.

Capítulo 21

Bowen deixou escapar um gemido, depois se levantou da cama, surpreendido quando a dor queimou seu peito. Ele caiu para trás, sem conseguir respirar, com uma sensação de adrenalina excruciante. Que diabos?

Sua cabeça bateu no travesseiro e ele reabriu os olhos para ver Brodie Armstrong pairando sobre sua cama.

– O que está fazendo aqui? – Bowen resmungou.

– Vendo como você está. Como está se sentindo?

Era uma pergunta estranha, mas ele lhe deu uma pausa, porque sua mente estava começando a ficar clara e, quanto mais a névoa desaparecia, mais a dor em seu crânio aumentava.

Sentiu como se tivesse sido atirado de seu cavalo, arrastado pela lama, depois pisado repetidamente.

– Já estive pior.

E era verdade.

Ele lutava para entender por que estava deitado na cama com Brodie em seu quarto. Além de Brodie, viu Geoffrey e um dos homens de Brodie, Deaglan, em pé, à extremidade da cama.

Era uma reunião regular em seu quarto, aparentemente.

Quando ele tentou virar para o lado, seu peito protestou e sentiu como se alguém tivesse conduzido mil agulhas minúsculas em sua carne. Olhou para baixo para ver uma nova ferida, irregularmente atravessando seu peito.

Foi costurado com força e parecia limpa. Os pontos eram próximos e tinham selado a carne completamente. Quem quer que tivesse realizado a tarefa, tinha feito um excelente trabalho.

– O que aconteceu? – Bowen perguntou ainda esfregando os olhos embaçados.

Sua cabeça era um vazio, e tentar pensar só fazia doer mais vilmente. Sua boca estava exageradamente seca, e sua língua parecia grande e grossa. Quase como se tivesse bebido muita cerveja e sofrido no rescaldo. Só que ele sabia que não tinha feito tal coisa. Brodie fez uma careta.

– Fomos atacados. Você não se lembra?

Imagens rápidas brilharam na mente de Bowen. Tudo veio em um bombardeio gigante até que ele ficou tonto.

– Conte-me tudo – Bowen disse secamente. – Quero um relatório completo. Quanto tempo estive na cama? E o resto do clã? Nós sofremos perdas?

Brodie levantou a mão.

– Seu irmão chegou. Seria muito mais simples se eu desse o relato somente uma vez, e ele irá querer ouvir toda a história.

– Teague? O que diabos ele está fazendo aqui?

– Genevieve enviou uma mensagem para ele – Brodie disse uniformemente. – A moça rugiu a ordem, na verdade. Enviou três de seus homens para interceptar seu irmão. Mas vou explicar tudo quando Teague chegar. Espero que ele chegue logo. Estava desmontando poucos momentos atrás.

Bowen fervia com impaciência, mas ficou em silêncio, acenando sua concordância de que eles iriam discutir tudo quando Teague estivesse presente.

Lembrou-se de seu confronto com Genevieve à margem do rio. Certamente se recordava de tê-la visto tomando banho, e do quanto ela era incrivelmente excitante.

Também se lembrou bem de como ficou pálida quando ele perguntou-lhe se tudo o que tinha ouvido falar sobre seu envolvimento no sequestro de Eveline era verdade. A moça não precisou dizer uma palavra para confirmar suas suspeitas. Tudo estava ali para ser visto, em seu rosto e em seus olhos.

Mas então se lembrou de olhar para ela no calor da batalha e ser convencido de que ela estava a ponto de derrubá-lo com uma flecha, apenas para atingir um guerreiro McHugh atrás dele que se preparava para mergulhar um punhal em suas costas. Depois ela correu para o lado dele, evitando que caísse no chão.

Depois disso, tudo ficava branco. Não tinha nenhuma lembrança de qualquer um dos eventos que se seguiram. E ainda não sabia o quanto ficara na cama inconsciente.

– Quanto tempo se passou desde que a batalha aconteceu? – Bowen perguntou.

– Dois dias inteiros – disse Brodie.

Bowen xingou. Era certamente tempo suficiente para estar na cama com uma lesão tão insignificante quanto a sua.

Os cantos da boca de Brodie se curvaram formando um discreto sorriso.

– Se isso faz você se sentir melhor, esteve na cama por tanto tempo porque nós o seguramos e forçamos um sonífero em sua garganta.

Apenas um pouco sonolento, Bowen se inclinou para trás e, em seguida, empurrou-se para cima, para uma posição sentada.

Eles não tinham muito tempo, como Brodie suspeitara. Só momentos depois, a porta do quarto de Bowen abriu e Teague entrou, seu rosto desenhado em linhas sombrias e preocupadas.

Sua expressão ficou mais leve quando ele viu Bowen, e correu para a cabeceira da cama de seu irmão.

– Você está bem? – Teague exigiu. – Vim o mais rápido que pude. Estávamos quase no castelo de Montgomery quando seus homens me interceptaram.

– Sim, estou bem. É uma ferida insignificante. Não é digna de dois dias na cama. Levantarei amanhã.

Teague virou-se para Brodie.

– O que, em nome de Deus, aconteceu?

Brodie puxou uma cadeira, virou-a para trás e, em seguida, sentou-se, descansando os braços ao longo do encosto.

– Patrick McHugh atacou, juntamente a McGrieve. Nós revidamos, mas não antes de Bowen se ferir. Houve uma tentativa de assassinato por um McHugh que tinha permanecido para trás e jurado fidelidade aos Montgomery. Esgueirou-se sobre ele e quase o esfaqueou nas costas enquanto batalhava com outro guerreiro.

Teague levantou uma sobrancelha.

– E ainda assim ele não o fez.

Brodie balançou a cabeça.

– Não. Genevieve derrubou-o com uma flecha.

Teague olhou duas vezes para ele.

– Espere. Genevieve fez *o quê*?

– Ela atirou uma flecha em linha reta na testa do homem, então ela executou o soldado com o qual Bowen estava batalhando. A moça foi feroz na batalha. E tem boa pontaria.

Teague olhou para Bowen, suas sobrancelhas se unindo.

– O que diria sobre isso, Bowen? E o que dizer sobre a questão que discutimos antes de eu sair?

Bowen enviou a Teague um olhar que, imediatamente, silenciou o irmão mais novo.

– Estou mais interessado no destino de Patrick McHugh. Eu não o vi no calor da batalha. Ele ainda está à espreita lá fora, escondido em algum buraco negro? E os outros membros do clã McHugh. Havia um traidor. Havia outros?

Brodie fez careta.

– Sim. Encontramos pelo menos três. Eles foram executados ao amanhecer. Auxiliaram Patrick e os McGrieve, bem como seus parentes que andavam com Patrick.

– E Patrick? – perguntou Teague. – O que aconteceu com ele?

Brodie respirou fundo.

– Este é bastante interessante. Patrick está morto.

– Morto? Como? E quem o matou? Encontre-me o nome do soldado que acabou com a vida de Patrick para que ele possa ser generosamente recompensado – disse Bowen.

– Bem, esse é o problema – Brodie disse. – Nós achamos duas flechas em Patrick McHugh. Uma na perna e outra bem através de seu pescoço. Ambas pertencem a Genevieve.

Bowen e Teague ficaram boquiabertos com a informação de Brodie e olharam um para o outro com espanto.

– Tem certeza de que foi a moça que o matou? – Teague perguntou cético.

– Eu a vi atirar nos dois homens em defesa de Bowen. Não é difícil acreditar que tenha derrubado Patrick também. A moça é calma sob pressão. E é letal com aquele arco dela.

– O que aconteceu depois que eu apaguei? – perguntou Bowen.

Ele queria saber tudo, porque estava assombrado por sensações estranhas. Podia jurar que Genevieve estava ao seu lado, sua mão tocando seu rosto. Foi um bálsamo calmante para a dor, e não queria que ela saísse. Só que, quando ele despertou, Geoffrey e Deaglan estavam presentes e não havia sinal algum de Genevieve.

– Genevieve o segurou para que não caísse de cara no chão – disse Brodie com velada diversão. – Então, ela começou a dar ordens como um comandante experiente. Foi ela quem enviou cavaleiros para buscar Teague. Estava preocupada que pudéssemos sofrer outro ataque e, com Bowen ferido e com as perdas durante a batalha, estávamos consideravelmente enfraquecidos.

Bowen sacudiu a cabeça, totalmente perplexo com a moça. Ele deveria estar com raiva, ou melhor, furioso, com ela por sua participação no rapto de Eveline e, ainda assim, não conseguia sentir qualquer entusiasmo para administrar algum tipo de punição por seu crime.

Pelo menos, não até que ouvisse sua explicação.

– Ela guardava-lhe tão ferozmente como uma loba com seus filhotes – Brodie disse com clara admiração em na voz. – Costurou sua ferida e ficou em vigília ao lado de sua cama por dois dias. Eu entrei e a encontrei dormindo ao seu lado durante a noite. A moça tinha esgotado a si mesma e adormecido. Saí antes que eu pudesse perturbá-la, mas ela manteve-se na cadeira ao lado da cama por dois dias seguidos, mal comendo ou dormindo todo esse tempo.

Teague estava franzindo a testa mais duramente a cada momento, e Bowen podia ver que ele lutava para permanecer em silêncio. Bowen lançou-lhe um olhar de advertência antes de voltar sua atenção para Brodie.

– Quantas perdas sofremos?

– Não muitas, mas, com uma força tão pequena quanto a que tínhamos após a saída de Aiden e Teague, com a maior parte dos nossos soldados, mesmo um pouco é demais. Perdi um dos meus homens, e dois guerreiros Montgomery foram mortos no campo de batalha.

Bowen xingou.

– Eu não deveria ter enviado Teague para longe.

Brodie deu de ombros.

– Era necessário. Nós precisávamos de suprimentos. Comida. Este clã tem pouco, e se eles vão sobreviver, precisam de ajuda. Mesmo com menos homens, fomos superiores no campo de batalha. Os homens com Patrick e os McGrieve nos deixaram em desvantagem, mas suas perdas são muito maiores do que as nossas.

Bowen olhou para o irmão.

– Você chegou ao castelo, e conseguiu dizer a Graeme tudo antes de ter recebido a intimação?

– Não – respondeu Teague. – Não estávamos muito longe das nossas fronteiras. Mandei metade dos homens para relatar a Graeme e dizer-lhe tudo o que tinha ocorrido. Eu trouxe o restante comigo como reforço em caso de outro ataque ser lançado.

– Ele estava assistindo – Bowen murmurou. – Estava se escondendo como um ladrão e esperando sua oportunidade para atacar em um esforço de recuperar o castelo.

– Ele era tolo – Brodie disse sem rodeios. – E pagou por isso com a vida.

– Acha que os McGrieve irão conseguir apoio e procurar tomar o castelo McHugh a força? – perguntou Teague.

Os lábios de Bowen se curvaram.

– Em primeiro lugar, só um tolo teria atacado. Então, sim, assumo que os McGrieve sejam tolos, e acho que eles veem uma oportunidade de aumentar as terras.

– Gostaria de mandar uma mensagem para meu pai – Brodie falou. – Informar-lhe dos eventos para que ele também possa prestar ajuda para nós. Precisarei informá-lo do homem que perdemos, e ele provavelmente enviará reforços e também alimentos e bens.

Estava na ponta da língua de Bowen refutar que ele não precisava de coisa alguma dos Armstrong, mas deveria se lembrar agora de que os dois clãs estavam aliados, unidos pelo casamento.

Teague não parecia mais feliz sobre isso, mas também permaneceu em silêncio. Ele já tinha se humilhado o suficiente pedindo que Brodie ficasse para trás para ajudar Bowen.

– Vou ficar até o apoio de Graeme chegar e receber a sua ordem. Ele não iria querer que eu o deixasse quando está ferido e em perigo de outro ataque.

Bowen assentiu com a cabeça para seu irmão. Então, virou-se para Brodie.

– Seu pai, bem como Graeme, provavelmente vai enviar uma mensagem diretamente para o rei. Tal reviravolta, certamente, alcançará seus ouvidos, e ele não vai gostar dos clãs em guerra quando foi tão longe para acabar com os combates entre os Montgomery e Armstrong. Ele está determinado a trazer a paz para as Terras Altas agora que sua trégua com a Inglaterra foi alcançada.

Brodie fez careta.

– Desde que nosso rei não interfira. Sua intromissão tornou-se um incômodo.

Era óbvio que Brodie ainda não tinha perdoado o rei por encomendar o casamento entre Graeme e Eveline, mesmo que o resultado final tivesse conseguido precisamente o que o rei queria, e que o casamento houvesse resultado em uma união feliz para ambos, Graeme e Eveline.

Bowen não podia dizer que o culpava. Ele não gostara da ordem mais do que o clã Armstrong quando foi proferida pela primeira vez.

Brodie levantou da cadeira, passando a perna por cima, antes de empurrar a cadeira para trás contra a parede.

– É hora de procurar minha cama. Descanse bem e cure-se, Bowen. Ainda há muito a fazer.

Bowen acenou para Brodie. Teague deu boa-noite e, em seguida, os dois irmãos foram deixados sozinhos.

Assim que a porta se fechou, Teague virou-se para Bowen, a testa enrugada, consternado.

– O que aconteceu com Genevieve? Você não a confrontou? Qual foi sua parte no sequestro de Eveline?

– Eu não tive a oportunidade de discutir o assunto com ela – disse Bowen em voz baixa.

Era mentira, e ele não gostava de enganar seu irmão. Mas sabia que, se dissesse a verdade a Teague, a moça estaria condenada aos seus olhos, e Bowen não estava pronto para ter uma sentença proferida sobre Genevieve. Ainda não. Não quando ainda tinha que descobrir por que ela faria tal coisa.

Ele ainda estava ponderando sobre tudo o que Brodie relatara. E, se Brodie estava falando a verdade, Genevieve tinha salvado a vida de Bowen. E matou Patrick McHugh, um feito que nem ele nem seus guerreiros tinham conseguido em meio ao caos.

Ela era um enigma intrigante, o qual ele tinha toda a intenção de decifrar. Queria tempo para fazê-lo antes de tomar uma decisão súbita e precipitada sobre seu destino. Se confidenciasse o que sabia para Teague, Graeme, com certeza, descobriria, assim como Brodie e o resto dos Armstrong. Eles queriam se vingar, e a ideia de mais dor ser empilhada sobre Genevieve revirava seu estômago.

– Eu pensei que estivesse indo procurá-la – Teague disse, ainda não satisfeito com as palavras de Bowen.

– Sim, e a procurei. Encontrei-a tomando banho no rio. Eu estava decidido a discutir o assunto, mas o chamado às armas soou. Levei Genevieve ao castelo e ordenei que procurasse refúgio lá dentro.

– Uma ordem que ela claramente obedeceu – Teague disse ironicamente.

– Estou feliz que não tenha obedecido, caso contrário, talvez eu não estivesse vivo.

Teague ficou em silêncio. Então mudou de posição na cadeira, seus lábios pressionados em uma linha apertada.

– Sim, se devemos acreditar em Brodie, você de fato deve sua vida à moça. Se ela matou Patrick McHugh, ambos os Montgomery e Armstrong têm uma dívida com ela.

Bowen poderia dizer que Teague não tinha amor por essa admissão.

Ele estava decidido a ficar contra a moça, e Bowen não podia culpá-lo inteiramente. Ela tinha traído Eveline. Havia posto em perigo os Montgomery e os Armstrong com sua traição.

Ainda assim, Bowen não podia deixar de pensar que ele não sabia de toda a história e, até que soubesse, ele se recusou a condená-la para o resto de seu clã. Ou do clã de Brodie.

O olhar afiado de Teague encontrou o de Bowen. Havia algo semelhante ao medo nos olhos de seu irmão, e Bowen tinha a testa franzida enquanto olhava para ele.

– O quanto é sério realmente, Bowen? – Teague perguntou suavemente.

Perplexo, ele respondeu:

– Sobre o que você está falando?

– Seu ferimento. É verdade que meu coração quase parou quando fomos alcançados pelos batedores e eles disseram que a fortaleza tinha sido atacada e que você havia sido ferido. Eles não sabiam nada sobre sua condição, e eu fiquei com medo de encontrá-lo morto quando cheguei.

– Não é nada além de um arranhão – disse Bowen.

Teague soltou um *hunnnf.*

– Um arranhão que exigiu extensiva costura, pelo que posso ver. Você me assustou, Bowen. Eu não gostaria de perdê-lo. Especialmente não em uma causa como esta. Prefiro dizimar todo o clã e aqueles que se opõem a nós do que você ser derrubado por um ato covarde.

Bowen sorriu.

– Fique tranquilo, irmão. Sou mais difícil de matar do que isso. Parece que a moça estava determinada para que eu não fosse derrubado naquele dia. Embora, mesmo que eu tivesse sofrido com um punhal nas costas, é provável que tivesse sobrevivido.

– Eu prefiro não arriscar, se é tudo a mesma coisa para você.

Bowen assentiu, cansado.

– Sim, eu também. Esse corte insignificante realmente dói muito, mas não vou reclamar a não ser que eu tenha outra dose de remédio derramada pela garganta. Fiquei insensível por dois dias com esse veneno com o qual continuam me alimentando.

– Vou deixar você descansar – disse Teague, levantando-se. – De manhã, eu me encontrarei com Brodie para determinar se mais coisas precisam ser feitas para garantir a segurança do castelo. E, se não for muito ruim, talvez você pudesse permanecer na cama e longe de confusão.

Bowen sorriu e levantou o braço para apertar o de seu irmão.

– Estou feliz por você ter retornado, mesmo que eu não tenha nenhuma simpatia pela circunstância que o levou a isso.

Teague agarrou o braço de Bowen em seu aperto firme.

– Bem, não se surpreenda se o próprio Graeme fizer uma aparição depois de ouvir tudo o que ele tem para ouvir.

Bowen gemeu.

– Deus nos ajude.

Capítulo 22

Na manhã seguinte, Bowen tentou sair da cama lentamente. O movimento estendeu sua carne costurada, e ele estremeceu quando se endireitou.

Levou a mão ao peito, sentindo a ferida, e testou para ver o quanto estava sensível.

Enquanto ele, certamente, ainda não estaria de volta no campo de batalha, poderia pelo menos sair da cama antes que se tornasse uma parte permanente dela.

Ele cambaleou até a pia e lavou o rosto. Precisava de um bom banho, pois ainda cheirava a suor e sangue. Havia nele uma camada de sujeira que apenas uma boa lavada tiraria.

Jogando uma túnica na cabeça, procurou um par limpo de calças e decidiu não se preocupar com botas. Ele as recuperaria depois de ter se banhado. Geoffrey estava sozinho no corredor, e ele ficou atento no momento em que Bowen colocou a cabeça para fora.

– Você precisa de ajuda, laird?

Bowen sacudiu a cabeça.

– Não, vou tomar banho.

Geoffrey se apressou atrás dele, e os dois desceram as escadas e chegaram ao salão vazio, ainda sem as atividades do dia.

Bowen continuou até o fundo do castelo, decidindo que iria fazer uso do riacho de Genevieve.

O frio com certeza lavaria os resíduos do sono, e sua cabeça precisava de uma boa esclarecida.

O ar fresco da manhã o atingiu assim que ele pisou do lado de fora. Respirou fundo, apreciando o céu tingido de lavanda que anunciava a vinda do sol.

Ele quase tinha se esquecido de que Geoffrey estava a apenas alguns passos atrás, quando chegou ao topo da pequena colina com vista para o riacho. A visão que o saudou o deteve em seu lugar.

Genevieve estava no riacho, com seus cabelos puxados para frente enquanto lavava os fios.

Ele virou-se bruscamente para Geoffrey.

– Volte para o castelo agora.

Geoffrey olhou assustado, mas Bowen soube o momento em que ele viu além de onde Genevieve foi tomar banho. As bochechas do jovem ficaram avermelhadas e ele se apressou para ir embora.

– Claro, laird – ele murmurou, mesmo quando recuava tão rápido quanto podia.

Satisfeito por Geoffrey não poder mais ver Genevieve, Bowen voltou-se para o rio e ponderou se deveria se intrometer mais uma vez em seu banho.

Ela era uma atração muito forte para se ignorar. Ele deveria ser galante e se afastar silenciosamente, mas, ao invés disso, caminhou adiante, seu olhar nunca a deixando.

– Parece ser um hábito eu encontrá-la aqui – disse ele suavemente quando chegou a um lugar do qual ela pudesse ouvi-lo.

O olhar assustado de Genevieve disparou para cima, e ela imediatamente cobriu a parte superior do corpo com os braços. A ação fez os montes suaves se virarem para cima, de modo que os globos pálidos ficassem facilmente visíveis.

– O que está fazendo fora da cama? – ela perguntou. – É muito cedo para se movimentar. E se soltar os pontos?

– Tenho confiança de que a pessoa que costurou os pontos fez um excelente trabalho.

Ela olhou cautelosamente para ele, seus olhos escuros e feridos. Ela esperava o pior e, de certa forma, ele não poderia culpá-la por isso. À Genevieve só foi dado o pior até agora. Ian McHugh certamente não lhe tinha mostrado qualquer bondade e, pelo que ele testemunhara, nem o fez a maior parte do clã McHugh.

– O frio está congelante, mulher. O que está fazendo no rio a esta hora?

– Eu precisava limpar a sujeira de sangue do cabelo – ela disse em voz baixa. – Gostaria de fazê-lo em privacidade, se me der licença.

– Bem, parece que temos um probleminha, porque vim aqui para me lavar também.

– Então, vire de costas, por favor, para que eu possa sair da água e me vestir, depois vou deixá-lo com a *sua* privacidade.

Ele fez o que ela pediu e lhe deu as costas. Conseguia ouvir o esguicho de água, e a imaginou nua, com a água brilhando em sua pele. Seu corpo endureceu enquanto o desejo o atravessou como um fogo rápido. Ele foi pego completamente de surpresa.

Esforçava-se para recuperar o controle, mas seu corpo claramente tinha outras ideias. Sua mente estava se enchendo de imagens criadas por sua imaginação. E ele tinha uma imaginação bastante vívida em relação a Genevieve.

Ainda assim, não fazia sentido que tivesse uma reação tão forte a ela. Ela tinha a marca de outro homem, um homem que a fizera de prostituta. Havia muito para ela responder no que dizia respeito ao seu clã e, ainda assim, ele se viu dando desculpas a ela. Sua mente procurava uma explicação razoável para suas ações, quando não havia nada, por ela ter colocado Eveline em tão grave perigo.

Sim, ela era toda errada para ele, mesmo assim, ele era atraído por ela como uma mariposa para a chama.

– Pode olhar agora – disse ela, com aborrecimento ainda evidente em seu tom.

Ele se virou para vê-la em cima de um dos rochedos com vista para a água. Ela tinha um cobertor envolto totalmente ao seu redor, e ele se perguntou se ela havia se preocupado em se vestir ou se estava sem roupa por baixo.

Seu cabelo estava jogado sobre os ombros, ainda molhado da lavagem e ainda despenteado. Parecia uma ninfa do mar. Uma ninfa cicatrizada, com segredos girando nos olhos.

Bowen se moveu na direção da beirada da água, puxando sua túnica sobre a cabeça enquanto andava. Do canto do olho, viu Genevieve desviar o olhar apressadamente. Ele tinha planejado banhar-se vestido, mas, se ela fosse lhe dar privacidade, ele se despiria totalmente e desfrutaria de uma boa esfregada.

Quando ela começou a se mover, o protesto saíra de sua boca antes que ele pudesse se conter.

– Não – disse ele. – Não vá.

Ela olhou para trás, com uma expressão de espanto, que rapidamente se tornou cautela enquanto o estudava.

– Eu iria deixá-lo para tomar banho, laird. Não parece ser conveniente que eu esteja presente.

– Sim, é verdade. Provavelmente não é. Mas eu gostaria de falar com você aqui, longe de todos os outros.

Suas mãos fizeram uma pausa antes de tirar as calças, e ele olhou em sua direção.

– Olhe para longe, se ficar ofendida com a minha nudez.

Ela quase caiu da pedra de tão rápido que se virou. No entanto, enquanto a observava ao remover a última peça de sua roupa, ela virou-se discretamente para vê-lo por cima do ombro.

Ele sorriu, absorvendo o olhar furtivo. Ela parecia tímida, e ele achou estranhamente cativante. Certamente, ele queimaria no inferno por ser tão ousado, convidando a moça a olhar para ele dessa maneira. Um homem melhor teria saído no momento em que a viu tomando banho. Mas ele não era um homem melhor, porque não queria nada mais do que passar alguns momentos com Genevieve, longe dos olhos curiosos dos outros.

Longe do julgamento que o aguardava e longe de seu dever, não só para com esse novo clã, mas para si mesmo. Sempre para si mesmo.

Ele devia lealdade absoluta para Graeme como laird do clã Montgomery. Era o representante de Graeme e não poderia deixar de buscar a justiça para os erros cometidos contra o seu clã.

Mas quem já tinha se oferecido para proteger Genevieve? Quem tinha procurado vingança por todos os erros cometidos contra ela?

Ele não conseguia entender por que a moça não queria que a família soubesse que ela estava viva, mas, em seguida, mal podia compreender as profundezas de tudo o que ela sofrera. Ele entendia o orgulho. Entendia muito bem. Toda vez que olhava para ela, era atingido pelo orgulho diminuto e quase estoico com o qual ela se comportava. Como se fosse tudo o que tinha e se recusasse se despir daquilo.

Por mais que ele achasse que ela devesse mandar uma mensagem para sua família, como poderia tirar essa escolha dela quando, no ano passado, todas as suas escolhas tinham sido levadas?

A água estava fria, e ele sentiu um calafrio quando entrou e se arrastou até suas regiões mais sensíveis. Não havia nada como água fria para acalmar um ardor. Ele estremeceu e, em seguida, mergulhou, a fim de entrar de uma vez.

Quando ele se agachou, chamou Genevieve.

– Pode olhar agora, moça.

Ela virou-se com cuidado, buscando-o com o olhar. Puxou o cobertor apertado em torno de si mesma, e ele estava impressionado com a imagem que ela apresentava, empoleirada no pedregulho, cabelos longos e úmidos escorrendo pelo corpo. Uma sereia. Ela lembrou-lhe o ser mítico do mar.

– Esta água é gelada. O que deu em você para banhar-se assim no início da manhã quando está tão frio?

Ela encolheu um ombro.

– Não achei que alguém estaria por aqui tão cedo.

Seu afastamento dos outros fazia sentido. Ele não podia culpá-la por querer a única coisa a que tinha sido negada no ano anterior. Privacidade e um momento de paz. Mesmo assim, ele não sentia culpa por se intrometer nessa privacidade. De fato, seu sangue se acelerou no momento em que percebeu que ela estava no riacho e obteve a oportunidade perfeita para falar com ela longe de seus parentes ou dos Armstrong.

– Parece que estou em débito com você – Bowen disse.

Ela inclinou a cabeça para o lado, com uma expressão de perplexidade.

– Pelo quê, laird?

– Pelo quê... – disse ele com um suspiro. – Parece que você estava ocupada enquanto eu estava na batalha. Suas flechas foram encontradas em quatro homens diferentes. Um deles foi Patrick McHugh.

Ela ficou branca como se todo o sangue tivesse sido sugado de seu rosto. Seus dedos agarravam as extremidades do cobertor e ela se encolheu ainda mais, como se fosse possível.

– Foi corajoso o que você fez – Bowen continuou. – Podem se perguntar por que se incomodou em fazê-lo. Colocou-se em grande risco por não buscar refúgio, como lhe foi dito.

O choque do frio estava começando a se desgastar. Ele olhou para ver que a barra de sabão que tinha trazido ainda estava sobre o banco com sua roupa.

Ele não queria chocar a moça caminhando para fora da água para buscá-lo.

– Pode jogar o sabão para mim? – perguntou.

Genevieve olhou para baixo e franziu a testa, em seguida, olhou de volta para ele. Cuidando para manter o cobertor firmemente envolvido em torno dela, ergueu-se da rocha e abaixou-se para pegar o sabonete. Jogou para ele, que o pegou no ar.

Quando ele começou a limpar-se, encontrou seu olhar mais uma vez.

– Então, por que fez aquilo?

Seus ombros caíram quando soltou o ar.

– Porque eu odiava Patrick McHugh tanto quanto odiava seu filho. Era meu direito matá-lo. O prazer de matar Ian me foi negado, mas estou contente, mesmo assim, por ele ter encontrado seu fim.

Bowen fez uma pausa para enxaguar o sabão de seus braços. Ela estava calma e sem emoção sobre a morte e sobre matar, algo do qual a maioria das moças nunca teve a oportunidade de discutir e, muito menos, participar

– E por que escolheu intervir na minha batalha?

Seus olhos se estreitaram.

– Isso é uma repreensão?

Ele riu do fogo instantâneo em seus olhos. A moça ainda tinha espírito.

– Não. Não posso repreendê-la quando estou aqui completo e saudável, em vez de deitado em uma sepultura superficial e fria, posso?

– Foi a coisa certa a fazer – ela murmurou. – Foi um ato covarde atacar por trás.

– Você tem a minha gratidão e do meu clã.

Ela engoliu em seco e seus lábios tremiam enquanto falava as próximas palavras.

– Não podemos fingir que nossa última conversa aqui, neste mesmo lugar, não aconteceu.

Bowen suspirou.

– Não, não podemos.

Ela ergueu queixo, e ele viu novamente o orgulho diminuto, a determinação para não se deixar abater.

– Diga-me o meu destino, laird. Não é reconfortante não saber.

Bowen afundou na água e inclinou a cabeça para trás para molhar o cabelo. Por um momento, ele se perdeu na tarefa de banhar-se, porque a simples verdade era que ele não tinha decidido seu destino. Não fazia ideia do que lhe dizer. Ainda não. Quando ele se endireitou, viu Genevieve se virar e ficar em pé abruptamente.

Ela começou a caminhar para o castelo, seu ritmo determinado, e ele gritou para ela parar.

Ela congelou, ainda de costas e, em seguida, virou-se lentamente, seus olhos em chamas.

– Não vou jogar este jogo – disse ela ferozmente. – Não vou ser insultada. Não vou esperar o destino pender sobre minha cabeça como um machado prestes a cair. Se tivesse alguma decência, não iria me fazer sofrer assim.

Havia tanta mágoa em sua voz que o fazia se esquivar. E seus olhos. Piscinas de verde tão triste que ele poderia se afogar nelas. Ah, mas ele estava fazendo uma confusão com isso.

– Não vá, moça. É verdade que não tenho falado de seu destino, porque ainda não decidi.

– Isso deveria me fazer sentir melhor? – perguntou ela incrédula.

– Sente-se, por favor. Provavelmente, é o único lugar onde podemos ter um momento privado para conversar.

– Este dificilmente é um lugar apropriado – disse ela. – Eu não deveria estar aqui vendo você se banhar. Se outros soubessem disso, eu seria vista como prostituta mais uma vez. Porém, dessa vez, eu seria uma prostituta do Laird Montgomery.

Estava certa, é claro, e ainda assim ele não queria que ela fosse embora. Ele tinha uma necessidade premente de chegar ao ponto principal do assunto, para sua própria paz de espírito. Não queria condená-la. Ele queria... Não tinha certeza do que queria. Não queria que ela fosse culpada do que era acusada, mas ela não negara com o que ele a confrontara.

– Vire-se para que eu possa me enxaguar e vestir completamente. Então, vamos discutir o assunto.

Por um momento, ele pensou que ela poderia recusá-lo, mas, em seguida, Genevieve se virou e ficou em pé rigidamente, esperando que ele terminasse.

Ele se enxaguou rapidamente, depois saiu da água. Pelo amor de Deus, estava frio. Mais frio do que o normal para uma manhã de verão.

O sol estava apenas rastejando pelo horizonte, uma bola laranja distante pintando o céu em tons de ouro e âmbar.

Ele agarrou o cobertor de secagem e rapidamente se secou antes de vestir de volta suas calças e túnica. Ao menos seu corpo estava se comportando normalmente agora. Seu pênis tinha se enrugado logo que ele entrou na água.

– Pode se virar agora – disse ele.

Ela olhou cautelosa por sobre o ombro e, vendo-o completamente vestido, virou-se e voltou para sua pedra.

Ele sentou-se em uma pedra em frente a ela e a olhou com intenção.

– Diga-me por quê – ele disse simplesmente.

Seus olhos baixaram, e ela apertava as extremidades do cobertor firmemente.

– Será que importa por quê? Eu fiz uma coisa terrível. Você e seu clã realmente merecem justiça por meus pecados.

– Sim, é importante – disse ele em voz baixa. – É importante para *mim*, Genevieve. Gostaria de saber o que a levou a fazer tal coisa.

Ela ergueu o olhar e olhou diretamente em seus olhos, sua voz fervorosa e apaixonada, quase como se ela estivesse suplicando para que ele entendesse.

– Porque você era minha única esperança.

O sussurro fraco soou alto na calma da manhã. Ele não sabia o que dizer. Como responder. O que ela poderia dizer? Ele balançou a cabeça em confusão.

– Não entendo.

Lágrimas encheram os olhos dela, e ela agarrou a manta ainda mais apertado ao seu redor, como se fosse tudo o que a protegesse de um grave dano.

– Eu sabia que, se Ian pegasse Eveline, sua ação não ficaria impune. Os Montgomery e Armstrong são dois clãs muito poderosos. Eles nunca iriam deixar passar tal erro sendo feito para um dos seus próprios, e Eveline era Montgomery *e* Armstrong.

Bowen continuou a encará-la enquanto, lentamente, entendia. Suspirou profundamente quando finalmente percebeu o esquema dela.

– Você *queria* que nós viéssemos.

– Sim – ela sussurrou. – Eu não sabia se o meu destino seria melhor nas suas mãos, mas não poderia ser pior do que o que suportei com Ian. Era uma chance que eu tinha que arriscar.

A cabeça de Bowen estava enevoada com tudo o que ela havia relatado.

– Não sei se aplaudo seu gênio ou condeno um plano tão cheio de perigos para uma mulher inocente.

Genevieve mordeu o lábio como se estivesse contendo-se de dizer algo. Em seguida, ela apenas olhou para longe, recusando-se a encontrar seu olhar por mais tempo.

– O que será feito comigo? – ela finalmente perguntou, seu olhar ainda afastado.

Seus ombros caíram em uma postura que gritava derrota. Resignação. Doía-lhe vê-la tão sem vida quando sabia que, no fundo, existia uma mulher cheia de paixão e vibrante.

Ele respirou fundo, sabendo que sua decisão seria recebida com argumentos de ambos os seus parentes e os Armstrong, se a participação de Genevieve no sequestro de Eveline fosse trazida à luz.

– Eu lhe fiz uma promessa, moça. Uma que pretendo manter. Disse que eu queria vê-la bem colocada dentro meu próprio clã ou eu iria colocá-la em uma abadia, como era seu desejo. É mais provável que, dado o que fez, a abadia seja a melhor escolha. Não sei se meus familiares perdoariam o mal que fez para Eveline.

Uma lágrima deslizou por sua perfeita e imaculada bochecha. A face com as cicatrizes estava virada para o outro lado, como era seu hábito, e ela apresentava uma imagem com tanta beleza e tragédia que a respiração dele ficou presa na garganta.

Ele tinha a vontade mais feroz de puxá-la nos braços e oferecer-lhe conforto. Duvidava que a moça tinha experimentado qualquer coisa parecida em todo o tempo que estivera em cativeiro.

– Não mereço que cumpra sua promessa, laird. Isso foi quando não sabia o que eu tinha feito. É perfeitamente compreensível se quiser voltar atrás com sua palavra. Não o culpo.

– Mas eu me culparia – disse Bowen. – Não estou sem simpatia por sua situação. Não posso mesmo dizer que seu plano não tinha mérito. Se fosse qualquer outra mulher que não a mulher do meu irmão sobre quem estivéssemos falando, eu não sentiria a raiva que tomou conta de mim quando descobri o que tinha feito. É difícil, para mim, ser objetivo quando conheço Eveline e a suavidade do seu espírito. E ainda não posso descontar o desespero e a necessidade de suas ações. Não posso achar a falha em uma moça por ela apenas querer ser livre.

Um choro sufocado irrompeu de sua garganta. Ela levou a mão até a boca, em uma tentativa sutil de abafar o som de sua angústia. Quando falou, sua voz estava quebrada pela tensão de reter seus soluços, no entanto, suas palavras foram sérias e sinceras.

– Não desejo mal a outra pessoa, mesmo para me salvar. Precisa acreditar nisso.

Bowen estudou-a por um longo momento, seu coração doendo com a necessidade de tocá-la.

– Sim, moça – disse ele. – Acho que acredito nisso.

– Eu deveria ir agora – disse ela, levantando-se com pressa, as pontas do cobertor flamulando na brisa. – Os outros devem ter acordado, e eu não gostaria que me encontrassem em um estado de nudez em sua presença.

– Não – ele murmurou. – Você já sofreu demais com a opinião dos outros.

Ele observou enquanto ela voltava ao castelo. Ela representava um retrato desolado, descalço, o cabelo molhado de seu banho e o cobertor envolvido ao seu redor. Quando ela chegou ao topo, parou por um breve momento e olhou para ele, seus olhares se conectaram. Então ela se virou em direção ao castelo e, lentamente, desapareceu sobre o cume.

Capítulo 23

– Onde, por de Deus, você estava?

Bowen foi recebido assim quando entrou no salão e encontrou Brodie e Teague prestes a fazer o desjejum.

Bowen sentou-se ao lado de Teague e em frente a Brodie.

– Bom dia para você também – Bowen disse secamente.

Teague franziu a testa.

– Você não deveria estar fora da cama, e o que estava fazendo fora do castelo? Não tinha ninguém com você?

Bowen riu.

– Quando eu precisar de um guarda, irei procurar você, com certeza, irmãozinho.

– Você perdeu seus sapatos aonde quer que tenha ido? – Brodie perguntou suavemente.

Bowen olhou para seus pés com uma careta.

– Eu não precisava deles para tomar banho.

– Por que está tão alegre esta manhã, afinal? – Teague perguntou desconfiado. – Para um homem que foi ferido em batalha, você não parece muito preocupado com essa questão.

Bowen revirou os olhos.

– Prefere que eu marche por aí e grite "arranquem-lhe as cabeças"?

– Depende de quais cabeças esteja pedindo para serem arrancadas – Brodie ofereceu.

– Não consigo pensar em uma – disse Bowen, olhando incisivamente para Teague.

– Vou te contar, se os Montgomery não chegarem em breve com alimentos diferentes para comermos, meu estômago poderá começar a comer a si mesmo de dentro para fora – Brodie reclamou. – É impossível coordenar uma caçada quando estamos presos no castelo por medo de um ataque.

Teague olhou para a refeição da manhã e cutucou-a com a faca.

– Eu nem imagino o que seja isto. Nem mesmo está quente, e o gosto não é algo que eu possa identificar.

Brodie se inclinou e cheirou, azedando sua expressão prontamente.

– É uma maravilha que os McHugh tenham sobrevivido tanto tempo se isso é o que eles comem diariamente.

– Talvez devêssemos inspecionar a despensa – disse Bowen. – Ou talvez seja melhor que nunca descubramos o que tem dentro.

Teague assentiu com a cabeça e, em seguida, empurrou a comida de lado.

– Não tenho estômago para isso hoje. Eu estava sonhando com alimentos saborosos no castelo Montgomery quando fomos surpreendidos pelos soldados que nos levaram notícias de que você estava sob ataque.

Os olhos de Brodie brilharam com luz repentina.

– O que me diz de fazermos uma ronda das fronteiras? Pode se tornar um tipo de caça e, se Deus quiser, vamos trazer de volta algo realmente adequado à mesa.

Teague se iluminou, seu estômago já de acordo, se os roncos eram qualquer indicação.

– Vão se ferrar, vocês dois – Bowen disse acidamente.

Teague sorriu.

– E não, você não tem permissão para vir conosco. Voltaremos antes do jantar. Vou deixar Geoffrey e Deaglan com você para garantir que não se sobrecarregue enquanto estamos longe patrulhando nossas fronteiras.

– Patrulhando, uma ova – Bowen resmungou.

Ainda assim, inquieto como ele se sentia, e tanto quanto se ressentia estar confinado ao castelo e incapaz de participar da patrulha ou da caça, ele estava ansioso por uma oportunidade para passar mais tempo com Genevieve sem ter que dar explicações para Teague ou Brodie.

Teague se levantou e colocou a mão no ombro de Bowen.

– Estamos indo. Ore para que sejamos bem-sucedidos. Não sabemos dizer quanto tempo teremos de esperar por uma refeição decente.

Bowen observou enquanto os dois homens saíam do salão. Teague e Brodie pareciam ter desenvolvido um gosto um pelo outro que ia além da mera tolerância. Era um pensamento estranho, a ideia de um Montgomery sempre de bom grado a abraçar a amizade com um Armstrong, mas parece que Teague e Brodie tinham feito exatamente isso.

A comida fria na frente dele não tinha nenhum atrativo, mas ele estava morrendo de fome por não ter comido em dois dias. Fazendo careta, ele se forçou a engolir uma quantidade generosa da comida e a engoliu com muita água.

Quando terminou, ele se levantou, sentindo como se seu estômago tivesse se enchido com pedras. Talvez tivesse sido melhor ter ficado com fome em vez de realmente comer o que estava disfarçado de alimento.

Ele se dirigiu até seu quarto, embora não tivesse nenhum desejo de permanecer lá. Seu peito o incomodava, sim, mas ele não tinha a intenção de passar mais um dia na cama.

Uma vez dentro do quarto, colocou as botas e, em seguida, penteou os cabelos compridos. Ele os amarrou na nuca com um laço de couro, embora ainda estivessem úmidos do banho.

Seus dedos coçavam por uma espada. Uma atividade para remover a lentidão de seu sangue. Tudo parecia se mover em câmera lenta. Ele estava mais lento para processar e reagir. Uma boa batalha serviria para acordá-lo. Depois de examinar sua costura para garantir que não havia sangramento, ele ajustou a túnica e deixou o quarto mais uma vez. Certamente, alguém poderia sanar sua necessidade por exercício aquela manhã. Ele estava a fim de bater em alguém até virar purê.

Genevieve tinha feito um excelente trabalho de evitar situações onde os membros do clã McHugh estivessem presentes. Não lhe dava orgulho admitir que a maior parte de seu tempo havia sido gasta por trás da porta fechada de seu quarto.

Só ao ir para o riacho nas primeiras horas do dia que ela teve privacidade para se banhar, embora as duas últimas vezes que ela tinha ido, Bowen Montgomery aparecera.

Era óbvio que essa era uma prática que ela teria que largar. Ela andava pelo quarto, parando às vezes para olhar pela janela. Tinha visto Teague Montgomery e Brodie Armstrong partirem com alguns homens que os acompanhavam há muitas horas. Já era bem tarde agora, e ela não havia comido desde que Taliesan trouxera queijo e pão para seu quarto naquela manhã.

Ela aguardava ansiosamente os sinais de que o resto do castelo tivesse feito sua pausa à tarde. Depois da refeição do meio-dia e das tarefas do dia serem concluídas, era permitido ao clã um tempo para descansar e fazer o que quiser.

Até agora, Bowen não tinha mudado a prática, embora ela nunca tenha visto ele, seu irmão ou seus homens participarem de um período de descanso. Eles pareciam estar sempre muito focados.

Finalmente, o pátio esvaziou e os homens do clã voltaram ao castelo, bem como às suas casas. Genevieve observava de sua janela enquanto caminhavam para suas respectivas posições.

Este era um momento em que ela poderia se aventurar para respirar ar fresco. Ficar presa em seu quarto foi o suficiente para levá-la à loucura. Até mesmo uma curta caminhada até o rio seria muito bem-vinda, mas o tédio de estar isolada não fora o bastante para arriscar um confronto com os McHugh. Qualquer um deles. Principalmente já que era provável que a notícia de ela ter matado Patrick ter sido espalhada.

Pegando sua capa com capuz e, em seguida, segurando a capa firmemente no queixo para que seu rosto ficasse escondido, ela saiu do quarto e desceu correndo as escadas.

Sem querer arriscar passar pelo corredor, ela foi para o pátio. Ficou perto do castelo ao virar a esquina dos muros para ir em direção ao rio.

Talvez ela simplesmente fosse sentar-se na colina com vista para o campo onde as ovelhas costumavam pastar. Havia apenas uma ovelha e seu cordeiro, deixados somente porque Patrick não deve ter conseguido pegá-los. Mas o gramado era agradável de se observar, e lhe trazia paz para aproveitar a beleza ao seu redor.

Ela sentou-se com as costas pressionadas contra um enorme afloramento de rocha para que ela a protegesse da visão de alguém que estivesse olhando do castelo. Puxando as pernas para o peito, apoiou o queixo sobre os joelhos e suspirou.

Foi uma bela tarde. O sol ainda estava alto e inclinando-se em direção ao horizonte. O céu estava pintado de um azul intenso, com apenas um sussurro de nuvens marcando a tela perfeita.

Ela respirou profundamente, saboreando o aroma doce. Os raios do sol banhavam-na, acariciando sua pele e incutindo uma letargia confortável. Um cochilo seria o paraíso. Era somente ela esticada sob o céu das Terras Altas, com o sol dançando em sua pele enquanto o vento sussurrava uma melodia suave em seus ouvidos.

Seus olhos estavam se fechando, seus músculos afrouxavam enquanto a tensão escoava de seu corpo. Ela estava quase adormecendo, com pensamentos e sonhos de lugares esquecidos, quando um som rudemente empurrou-a de volta à consciência.

Seus olhos se abriram e ela virou a cabeça para ver um intruso em sua solidão.

Medo e consternação agarraram sua garganta e apertaram-lhe o estômago quando ela viu que Corwen McHugh estava a uma pequena distância, um olhar beligerante em suas arrogantes características.

O gelo se propagava através de suas veias, até que ela se tornou dormente. O que ele estava fazendo ali? Sua presença não poderia significar nada bom. Não para ela.

Instintivamente, ela ficou de pé, girando na direção do castelo, à procura de algo... Qualquer coisa.

– Está feliz agora que trouxe destruição a todo o clã McHugh? – Corwen latiu, sua voz irritada e petulante, como uma criança privada de ter as coisas feitas do jeito dele.

Mas ele não era uma criança. Um frio serpenteou por sua espinha, e ela fechou sua mente para as imagens terríveis que suas memórias conjuravam.

Ele havia sido seu algoz, e ela o odiava por isso.

– Não fiz nada que não foi merecido – ela trincou.

Os lábios de Corwen torceram em um sorriso de escárnio.

– Você não é nada além de uma prostituta, e foi tratada como tal. É graças a você que Ian e Patrick estão mortos. Fêmea amaldiçoada. Não traz nada além de morte e má sorte.

O ódio tomou conta e ela olhou ferozmente para ele.

– Sim, é verdade. Sou amaldiçoada. Você faria bem em me evitar para que não sofra a mesma maldição.

Por um momento, ela viu uma centelha de medo nos olhos dele, e pensou que ele poderia muito bem se virar e ir embora rapidamente. Mas, em seguida, seus olhos escureceram e seu rosto se contorceu em algo escuro e mau. *Ameaçador.*

Ele avançou, rápido demais para ela escapar. Ela tentou recuar, mas tropeçou, abrindo os braços em uma tentativa de se equilibrar.

Ele pegou seus punhos e puxou-a contra seu corpo. Ela abriu a boca para gritar, mas ele a virou para que suas costas fossem pressionadas contra o peito dele, então fechou a mão sobre sua boca.

Ela lutou, chutou, bateu, torceu o corpo freneticamente enquanto tentava escapar. Tentou morder a mão dele, mas ele tirou-a a tempo e a golpeou com o punho fechado.

Ela caiu, esparramada no chão, atordoada pelo golpe que ele lhe dera.

– Fique aí, vadia – ele cuspiu. – Você não serve para nada além de abrir as pernas. Me dará alívio ou receberá uma grande surra.

Um grito estrangulado rasgou de sua garganta, passando por lábios já inchados. Ela sentia gosto de sangue, seus lábios separados pelo punho dele.

Ela tentou rolar para longe e se levantar, preparada para correr como nunca tinha corrido antes. Mas ele foi para cima dela, derrubando-a de bruços no chão, sua respiração rasgando seu peito.

Seu peso pressionou-a para baixo, e ela lutou para escapar sem sucesso. De novo, não. Nunca mais. Seu rosto estava queimado em sua memória junto com Ian. Se ao menos ela o tivesse visto na batalha no dia em que enviara uma flecha no pescoço de Patrick McHugh, Genevieve o teria matado, com certeza, e não teria sentido um momento de remorso.

Ele a havia segurado enquanto Ian cortava e abria sua bochecha.

Ele a segurara enquanto Ian a violava, o sangue dela manchando os dois. E então ele tomou a vez, forçando-se sobre ela repetidamente.

Ela fechou os olhos e tentou gritar novamente, mas Corwen a virou e esmagou a boca na dela em um beijo brutal. Não era um beijo. Um beijo era algo maravilhoso. Romântico. Algo trocado por dois amantes. Brincalhão. Apaixonado. Mas não uma punição. Não, não foi um beijo. Foi algo horrível e malvado.

Ela mordeu a língua dele e foi recompensada com outro soco no rosto. Sua visão ficou turva e ela balançou a cabeça, tentando clarear a névoa de sua mente. A dor disparou através dela, e ela estava vagamente consciente dele rasgando o corpete de seu vestido.

O choque deixou-a imóvel. Isso não poderia estar acontecendo.

Será que ela nunca estaria a salvo dos avanços indesejados dos homens? Estaria sempre expedida para estupro e aos homens tirando-lhe o que quisessem, condenando o dano feito com ela no processo?

Quanto mais ela poderia aguentar? Seu rosto, seu corpo, sua alma tinham sido roubados dela. Nada mais era seu. Ela se tornou outra pessoa, Genevieve McInnis morrera, e em seu lugar uma mulher que Genevieve mal conhecia.

Não.

Não!

Ela gritou a palavra em sua mente. Gaguejou rouca, passando por lábios inchados e rachados. Ela ecoou diversas vezes até que a negação de que isso poderia ser acontecendo se tornou uma ladainha.

Mãos ásperas por baixo de suas saias. Doloridas entre suas pernas. Ele grunhiu de satisfação quando conseguiu rasgar a maior parte de seu vestido. Mas a capa permaneceu intacta, espalhada largamente quando ele rasgava seu vestido, expondo seu corpo à sua visão.

A frieza se apossou dela. A dormência assustadora a tomou. A aceitação de que isso estava acontecendo e não havia nada que pudesse fazer para impedi-lo.

Assim como tantas vezes antes. Algo dentro dela se desligou. A escuridão penetrou, um bálsamo para o medo e a raiva que sopravam dela. Ela já não podia sentir as mãos dele. Não conseguia sentir nada.

Ódio e realização sombria eram tudo que ela conhecia.

Um rugido ímpio soou. Era diferente de tudo que Genevieve já tinha ouvido. Um momento depois, Corwen foi arrancado de seu corpo e jogado para longe.

Com indiferença, ela o viu voar e cair no chão com um baque que sentiu tanto quanto ouviu.

E, então, a voz de Bowen, ansioso e preocupado.

– Genevieve! Você está bem?

Capítulo 24

Bowen pairava ansiosamente sobre Genevieve, a raiva e a preocupação ardiam como um incêndio em suas veias. Ela focou o olhar sobre ele, mas era um olhar morto, sem vida, como se não tivesse consciência de seus arredores.

– Fale comigo, Genevieve – insistiu ele.

Ele não queria tocá-la por medo de machucá-la. O sangue escorria de sua boca. Era óbvio que o bastardo havia lhe dado, no mínimo, um golpe, porém quem saberia qual era a extensão dos seus ferimentos?

Ele tinha chegado a tempo de impedi-la de ser estuprada, contudo, a moça ainda estava profundamente traumatizada.

– Eu estou bem – ela disse fracamente.

Foi o suficiente para fazê-lo ficar em pé e voltar sua atenção ao guerreiro McHugh, que estava deitado no chão a poucos metros. A raiva fresca ardia dentro dele. Ele estava fervendo de fúria pelo fato de esse homem se atrever a abusar de Genevieve.

O guerreiro tentou ficar em pé, mas Bowen o nivelou, derrubando-o de costas mais uma vez. O peito de Bowen protestou, sua ferida esquentava de dor, no entanto, ele não prestou atenção nela. Sua única intenção era acabar com aquele homem, uma ameaça à Genevieve.

O guerreiro deu um soco em um esforço para mover Bowen, mas ele estava solidamente preso ao chão. Bowen fechou o punho e acertou bem no rosto do outro e, antes que o guerreiro pudesse reagir, Bowen agarrou a cabeça do McHugh e torceu bruscamente, quebrando o pescoço em um movimento rápido.

Era verdade que ele preferia fazer o idiota sofrer, mas seu foco era terminar as coisas rapidamente para que ele pudesse atender a Genevieve.

Bowen soltou a cabeça do guerreiro e ela pendeu para o lado, com os olhos vidrados na morte. Ele ficou de pé, olhando fixamente para baixo com desgosto, antes de voltar a atenção para Genevieve.

Ele ajoelhou ao seu lado e pegou-a suavemente nos braços.

– Fale comigo, moça. Ele machucou você?

Ela olhou para ele em choque, os olhos arregalados.

– V-v-você o m-matou.

– Sim, matei – disse ele severamente. – Ele mereceu.

O olhar dela se desviou para o lado, boquiaberta, em direção ao guerreiro derrubado. Era muito para absorver.

Bowen dirigiu o olhar dela de volta para ele com delicadeza.

– Não olhe para ele, Genevieve. Não merece seu respeito.

Sua cabeça se inclinou para trás e havia uma luz feroz em seus olhos.

– Não. Ele não merece.

Com a mesma rapidez, ela pareceu perceber que estava nua para o olhar de Bowen. A vergonha encheu seus olhos e ela tentou agarrar sua capa, para proteger sua nudez.

Bowen a ajudou a arrumar a capa com cuidado para cobri-la o melhor que podia, o tempo todo segurando-a firme.

Ele podia sentir o coração dela batendo freneticamente contra seu peito.

Mas o que quase o matou foi quando encontrou o olhar dela de novo, seus olhos brilhando com lágrimas.

– Ah, moça, não chore – disse ele com voz rouca. – Ele não merece suas lágrimas.

Ela enterrou o rosto em seu ombro, e Bowen ficou em pé, carregando seu leve peso. Atento para que ela estivesse devidamente coberta, começou a caminhada de volta ao castelo.

A fúria o abateu. Ele estava com raiva por ela ter sido atacada sob sua vigilância e cuidado. A raiva o preenchia ainda mais pelo fato de ela continuar a sofrer nas mãos dos McHugh.

A moça tinha sofrido o suficiente. Quando isso terminaria?

Seus soluços abafados o rasgavam. Ele não queria nada mais do que carregá-la em segurança de volta para seu quarto, onde ele poderia estar certo de que ninguém a machucaria.

Ele ignorou os olhares e as perguntas dos outros enquanto caminhou pelo corredor até as escadas. Desviou de seus próprios homens, determinado a não parar até que Genevieve estivesse fora da vista dos outros.

Quando Taliesan o encontrou à porta de seu quarto, seu rosto acometido de preocupação, ele secamente disse a ela para ir embora e garantir que ninguém viesse até seu quarto.

Sabia que a moça estava apenas preocupada com Genevieve, mas também sabia que Genevieve iria querer estar longe dos olhos curiosos dos outros, e ele satisfaria esse desejo acima de tudo.

Assim que fechou a porta de seu quarto com um dos ombros, ele colocou Genevieve em sua cama e sentou-se ao seu lado. Tocou seu lábio inferior inchado e limpou uma mancha de sangue.

– O que ele fez com você? – perguntou ele.

A nova onda de lágrimas quase o matou. Era verdade que ele era um desastre em torno de lágrimas femininas. Elas faziam-no se sentir impotente para resolver qualquer que fosse o problema, e só Deus sabia que ele faria qualquer coisa para tranquilizar uma moça em aflição.

Seus lábios tremeram e sua voz era quase um sussurro, de modo que ele tinha que se esforçar para ouvi-la.

– Nada que não tenha sido feito antes.

Como se isso não importasse. Como se ela estivesse renunciando seu destino.

Isso o enfurecia ainda mais. Ele queria matar o bastardo mais uma vez. Sua morte não tinha sido longa ou dolorosa o suficiente.

Seus dedos se fecharam em punhos cerrados enquanto ele procurou controlar a raiva dentro dele.

– Você não vai sofrer assim novamente – disse ele ferozmente. – Eu juro, Genevieve. Nunca será a forçada a fazer nada que não queira.

Ela virou o rosto, mas não antes de ele ver um rastro de lágrimas escorrer de seus olhos.

Ele abaixou a cabeça e pressionou os lábios em sua têmpora.

– Sinto muito por não ter chegado mais cedo.

Ela virou-se, com os olhos em um verde vibrante, brilhantes com a umidade e um apelo silencioso.

– Você pode...

Ela mordeu o lábio e abafou o que quer que fosse que iria perguntar. Ele tocou um dedo em sua face ilesa e deixou-o se arrastar para baixo em uma carícia reconfortante.

– O que ia perguntar, moça? Precisa saber que, se estiver ao meu alcance, eu farei para você.

Uma cor fraca impregnava suas bochechas, e ela parecia nervosa de repente.

– Você pode me abraçar? – ela perguntou delicadamente.

Em vez de responder, ele se inclinou para a frente, ficando de lado próximo a ela. Ele a pegou e a puxou apertado contra o peito. Acariciou-lhe o cabelo e pressionou os lábios contra sua cabeça.

– Na verdade eu gostaria muito disso.

Ela se enterrou ainda mais em seu peito, como se procurasse o calor e o conforto que ele estava oferecendo. Agarrou-se firmemente a ele, e estava tão contente em segurá-la quanto ela o apertava.

Durante muito tempo, ficou lá com ela nos braços, a cabeça enfiada debaixo de seu queixo. Sua respiração desacelerou e ela pareceu relaxar, a tensão e o medo deixando os músculos, antes bastante retraídos.

Ele sabia que ainda havia a questão de seus ferimentos para cuidar, mas estava relutante em quebrar a intimidade que havia florescido entre eles.

Não importava o que a moça tivesse feito no passado, ele não poderia fazer nada contra ela. Ela fizera o que estava ao seu alcance em um esforço para libertar-se da realidade de violação e abuso.

Ele não ordenaria nenhuma moça em tal situação à punição ou retribuição. Doía-lhe imaginar sua própria irmã, Rorie, passando por isso. Ele esperava que qualquer mulher na posição de Genevieve fosse engenhosa o suficiente para pensar em uma maneira de se libertar, assim como ela tinha feito. Mesmo se o resultado tivesse sido o sequestro de Eveline e seu aterrorizamento.

Isso ainda era um problema. Talvez não para ele, já que sua mente estava decidida até onde a moça era culpada. Mas havia o problema de Graeme e os Armstrong, que não teriam qualquer amor por Genevieve quando fosse revelado o que ela tinha feito.

Mas ele não iria deixá-la lutar esta batalha sozinha. Podia causar-lhe muitos problemas com seus familiares e a recém-forjada aliança com os Armstrong, mas ele não deixaria Genevieve sofrer sozinha.

Ela merecia um protetor, o que lhe fora negado há muito tempo. Não havia ninguém que defendesse a moça. Exceto ele.

Acariciou os cabelos macios dela enquanto a ternura tomou conta dele. Doía-lhe imaginar o que a existência dela tinha sido no ano passado, mas, se ele precisasse se pronunciar sobre o assunto, ela nunca sofreria daquela maneira novamente. Independentemente das consequências para ele.

Capítulo 25

Bowen levantou a cabeça quando uma batida forte soou em sua porta. Genevieve endureceu e se afastou, seus olhos estavam cautelosos.

Em um esforço para aliviar o nervosismo, ele colocou um dedo gentil nos lábios dela.

– Não é nada com que tenha que se preocupar – disse Bowen. – Voltarei em um instante.

Ele escorregou da cama, e ela rapidamente puxou a coberta até o queixo. Ele precisava pegar roupas adequadas no quarto dela para que ela não se sentisse vulnerável em seu vestido rasgado e a capa que mal cobria sua nudez.

Ele tirou a barra da porta e abriu uma fresta para ver quem estava lá. Teague e Brodie estavam lado a lado, com as expressões sombrias.

– Temos um problema – Teague disse sem rodeios. – Ao voltar da patrulha, encontramos um homem morto. Seu pescoço estava quebrado. Poderia ser um precursor para um ataque.

Bowen sacudiu a cabeça.

– Eu o matei.

Os olhos de Brodie e Teague se arregalaram.

– Você fez o quê? – Brodie exigiu.

Teague começou a empurrá-lo.

– Você tem muito a explicar, Bowen.

Bowen afastou Teague, e ele deu um passo atrás em surpresa.

– Existe uma razão pela qual não é permitido entrarmos em seu quarto? – Teague perguntou.

Bowen deu um passo para mais longe da porta e, em seguida, fechou-a silenciosamente.

– Genevieve está lá dentro.

Brodie ergueu as sobrancelhas, enquanto Teague franziu a testa.

– O homem que vocês encontraram morto a atacou hoje mais cedo. Foi uma sorte eu tê-los encontrado naquela hora ou ele a teria estuprado.

Brodie fez uma careta e xingou.

– Nenhum deles é melhor do que animais – Teague disse em desgosto. – A moça está bem?

– Ela estava assustada, é claro. Eu a levei para meu quarto para protegê-la dos outros membros do clã. É óbvio que ela não é tida em alta consideração aqui, e eu gostaria de protegê-la do veneno deles, bem como de qualquer possível retaliação.

Teague soltou a respiração.

– Eles não vão gostar de saber que você matou um de seus homens. Vai parecer que estamos procurando destruí-los depois de executar aqueles que nos traíram. Agora isso.

Os lábios de Bowen se curvaram em um rosnado.

– Não ligo para o que eles gostam ou não. Se querem ser tratados de forma justa e decente, então devem agir em conformidade. Eu não toleraria tal tratamento para com uma moça, não importa quem fosse. É uma vergonha.

– O que, então, gostaria que disséssemos a eles? – Brodie perguntou. – O corpo foi levado para o pátio e é amplamente assumido que a matança fez parte de um ataque encenado. Estão todos convencidos de que os McGrieve irão sitiar-nos a qualquer momento.

Bowen teve que tomar fôlego para se estabilizar enquanto a raiva o agarrava mais uma vez. Então, olhou para seu irmão e para Brodie. Sua voz era perigosamente suave e, para aqueles que o conheciam bem, ele deu a entender que estava muito perto de perder o controle que estava conseguindo manter.

– Podem dizer a eles que *eu* matei o homem por seu ataque a Genevieve. Também podem dizer-lhes que a moça está sob minha proteção, e que qualquer ameaça a ela é uma ameaça a mim, pessoalmente. Uma ameaça que vou retaliar. Não vou tolerar qualquer desrespeito em relação a ela. Deixe que o guerreiro McHugh morto sirva como um aviso para os outros.

Teague parecia extremamente perturbado, mas Brodie assentiu o seu acordo. Ele não parecia estar mais feliz do que Bowen que Genevieve tivesse sido maltratada daquela maneira.

Bowen olhou para seu irmão, seus lábios apertados em consternação.

– Diga-me que concorda comigo sobre isso, Teague.

Teague suspirou.

– Não é que eu não concorde. Não toleraria a moça ser abusada de nenhuma forma. Ela está ferida e necessitada de um protetor, e é óbvio que você está tomando as rédeas. Mas acho que você deve ter cuidado em como lida com o problema com o clã McHugh.

– Neste momento, eu não me importaria se todos eles caíssem em um buraco profundo e desaparecessem da face da Terra – Bowen cuspiu.

– Entendo sua raiva – Brodie disse calmamente. – Mas precisamos nos controlar a fim de evitar o caos total. Eles estão com raiva, confusos e amedrontados. Precisam de liderança e uma mão firme.

Bowen assentiu.

– Sim, precisam. Agora eu estou muito furioso para encará-los e tentar qualquer esforço para aplacar alguma coisa. É um pecado como trataram a moça, e eu não vou me esquecer disso.

A porta se abriu no final do corredor e Taliesan espreitou a cabeça para fora, olhando cautelosamente para Bowen, Brodie e Teague. Ela hesitou, como se tivesse medo de expressar suas perguntas.

Bowen suspirou e fez sinal para que ela avançasse.

– Venha, moça. Diga o que quer dizer.

Brodie e Teague se viraram enquanto Taliesan mancava em direção a eles, seu olhar ainda preocupado.

Suas mãos estavam entrelaçadas firmemente, e ela parou a um metro de distância de Brodie e Teague. Brodie franziu a testa e tocou-lhe o braço para puxá-la para mais perto.

– Perdoe minha impertinência, laird, mas gostaria de lhe perguntar sobre Genevieve. Estou muita preocupada. Pode me dizer como ela está? – Taliesan perguntou ansiosa.

Bowen amoleceu com as fervorosas palavras da moça. Era óbvio que Genevieve tinha Taliesan como amiga. Talvez o único rosto gentil em um mar de animosidade e traição.

– Ela está bem – disse ele calmamente. – Sofreu um susto e algumas contusões, mas interferi antes que mais danos pudessem ser feitos.

Taliesan parecia chocada. Lágrimas brilharam em seus olhos acesos e seus lábios tremeram.

– O que aconteceu, laird? Quem fez isso com ela?

Brodie colocou uma mão reconfortante no ombro de Taliesan.

– Está tudo bem, moça. Bowen já resolveu o assunto.

– O homem que atacou Genevieve está morto – Bowen disse sem rodeios.

– Que bom! – ela disse em uma voz feroz. – Espero que o tenha matado.

– Eu o fiz.

– E Genevieve está bem? – perguntou Taliesan com a preocupação ainda brilhante nos olhos.

– Estava assustada e perturbada, mas agora está descansando confortavelmente, e eu assegurei-lhe que não vou permitir que isso aconteça novamente.

– Obrigada, laird – disse Taliesan. – Genevieve precisa de alguém como você para defendê-la. Ninguém jamais o fez.

Bowen gesticulou para Taliesan se afastar com ele, passando por seu irmão e Brodie. Chamou a moça para o quarto dela e disse em voz baixa.

– Você poderia me trazer vestimentas para Genevieve? Seu vestido está rasgado e ela tem apenas a capa para se cobrir.

Taliesan assentiu vigorosamente.

– Sim, laird. Vou trazer-lhe as roupas.

– Dê-me um momento para terminar de conversar com meu irmão e Brodie, depois traga as roupas.

– Como desejar, laird.

Ela virou-se e voltou para o quarto.

Bowen voltou para o seu, ansioso para estar com Genevieve.

– Foram bem-sucedidos na caça? – ele perguntou.

– Sim – disse Brodie. – Uma dúzia ou mais de coelhos e um veado novo. A carne será tenra e suculenta.

A boca de Bowen aguou com o simples pensamento de ter carne fresca cozida.

– Peça para que um de meus homens leve comida para mim e Genevieve. Vamos comer no meu quarto esta noite.

Teague assentiu. Ele começou a recuar, mas, em seguida, hesitou.

– É provável que Graeme esteja aqui em breve.

Bowen entendeu como um aviso.

– Sim, eu sei – ele disse calmamente.

– Pense em suas prioridades entre agora e depois – disse Teague. – Não é um caminho fácil escolher proteger a moça.

– Nada bom costuma ser fácil. Ou que vale a pena.

Brodie assentiu.

– Isso é verdade.

Teague descansou a mão no ombro de Bowen.

– Tem meu apoio, Bowen. Não importa o que aconteça. E meu apoio se estende à moça também. Mesmo que eu não saiba de toda a história.

Bowen estendeu o braço para se sobrepor ao de Teague, apertando o ombro em um gesto semelhante. Ele olhou para seu irmão, grato que Teague tinha escolhido não condená-lo por defender Genevieve.

– Tem minha gratidão, Teague. Você e Brodie.

Brodie torceu o lábio e sorriu de satisfação.

– Você já tinha se imaginado dizer algo do tipo para um Armstrong? Isso deixou um gosto ruim em sua boca?

Bowen sorriu.

– Admito estar me lembrando das refeições que tenho comido ultimamente.

Teague e Brodie riram e, em seguida, retiraram-se com promessas de enviar alimentos para Bowen e Genevieve assim que a carne fosse preparada.

Bowen voltou-se para entrar no quarto, mas foi interrompido pelo chamado suave de Taliesan. Deixando a porta aberta, ele esperou a moça se aproximar e, em seguida, pegou dela o conjunto de roupas.

– Meus agradecimentos, Taliesan. Você é uma boa amiga para Genevieve. Vou me certificar de que ela saiba de sua bondade.

As bochechas de Taliesan se encheram de cor e ela mergulhou em uma reverência.

– Por favor, diga a Genevieve que, se ela precisar de mim, eu estou apenas a algumas portas de distância.

Bowen assentiu e, em seguida, retirou-se para o quarto, fechando a porta.

Genevieve estava sentada na cama, com a roupa de cama puxada para logo abaixo do queixo. O sangue tinha secado no canto de sua boca e ao longo de sua mandíbula, e seu lábio inferior estava inchado.

– Taliesan trouxe roupas – disse Bowen enquanto se aproximava da cama. – Deixe-me acender o fogo e, em seguida, você pode se vestir na frente da lareira. Não vou olhar. Prometo.

Ela sorriu levemente.

– É muito tarde para a modéstia, eu acho. Você já viu tudo.

Ele se sentou na beirada da cama, com a roupa dela no colo.

– Não é tarde demais para ter respeito – disse ele em tom sério. – E é o respeito que eu lhe dou, oferecendo privacidade para se vestir e fazer-se mais confortável.

Os olhos da moça começaram a se encher de lágrimas novamente. Foi como um soco em seu estômago e, de repente, era difícil para ele respirar.

Ele tocou o rosto dela, como para afastar as lágrimas.

– Você não tem tido muitos motivos para sorrir, moça, mas eu planejo remediar isso. Daria qualquer coisa para fazê-la feliz novamente.

– Você é um bom homem, Bowen Montgomery – disse ela rouca. – Eu não estava errada sobre você.

Ele tirou a roupa de seu colo e colocou-a ao lado de Genevieve na cama.

– Deixe-me adicionar lenha para o fogo para que se aqueça. Sua pele está fria. Quando eu terminar, pode se vestir ao lado da lareira.

Ele se levantou e caminhou em direção ao compartimento onde a lenha estava empilhada. Quando olhou para Genevieve, a visão dela o afetou profundamente.

Os cabelos despenteados. A vulnerabilidade refletia em seus olhos. As cobertas recolhidas até o queixo e os joelhos junto ao peito. Mas seu olhar quando olhou para ele... Foi um olhar cheio de admiração. Gratidão. De descoberta. Como se estivesse vendo-o em uma nova luz.

Era um olhar que os homens cobiçavam nas mulheres. Um olhar que dizia que ele era seu protetor e que não havia outro homem no mundo para ela.

Repreendeu a si mesmo por deixar seus pensamentos crescerem tão fantasiosamente. Sim, Genevieve podia estar grata, mas não significava que ela olhava para ele de qualquer outra forma que não a de gratidão. Era um olhar que ela daria a qualquer homem que a tivesse defendido.

Ele ocupou-se acendendo a lareira, de modo que se tornou desconfortavelmente quente.

Mas sabia que ela estava gelada, que o traumático evento tinha lhe dado o tipo de frio até os ossos do qual era difícil de se recuperar. Ele asseguraria seu conforto, mesmo à custa do próprio.

Quando ele estava satisfeito, voltou-se para Genevieve e, delicadamente, arrancou as cobertas de seus punhos firmemente cerrados.

– Vá e aqueça-se perto do fogo, moça – disse ele em uma voz gentil. – Eu estarei de pé ao lado da porta com as costas viradas ou, se preferir, vou esperar no corredor e você pode me chamar quando tiver acabado.

– Você pode ficar – ela murmurou.

Mantendo a capa com força contra seus seios, ela saiu da cama e caminhou em direção ao fogo. Como prometido, Bowen foi até a porta e cruzou os braços à frente do peito ao virar de costas.

Ele podia ouvir os sons claros de Genevieve se vestindo e fechou os olhos, imaginando a visão atrás dele. A figura nua dela delineada pelo brilho da lareira. A respiração dele ficou presa na garganta e seu corpo endureceu instantaneamente.

Ele castigou a si mesmo, censurando-se por não ser melhor do que o bastardo que tinha tentado estuprá-la. Não deveria estar pensando sobre essas coisas quando a moça estava se recuperando do horror de ser atacada.

Mas não estava pensando no que poderia tirar dela. Só pensava no que podia *dar* a ela. Em como poderia cortejá-la com beijos doces. Dizer a ela como era bonita. Esfregar e acariciar seu corpo até que ela suspirasse de satisfação.

Ele queria mostrar a ela como poderia ser entre um homem e uma mulher. Tirar toda dor, humilhação e vergonha e, em seu lugar, dar-lhe algo bonito.

Ah, ele ansiava por ser o único a mostrar-lhe como o amor bom poderia ser. Mas era mais do que isso, pois a queria mais ferozmente do que sempre quis uma moça e ele não conseguia nem explicar o porquê. Não se importava com as cicatrizes dela, que um homem tivesse marcado seu rosto de forma que nenhum homem jamais iria querê-la. Se essa havia sido a meta de Ian, ele falhou miseravelmente, porque Bowen a desejava com uma necessidade que beirava a obsessão.

– Pode olhar agora.

Seu chamado suave arrancou-o de seus pensamentos. Ele piscou e tentou acalmar seu corpo, porque não queria encará-la com a evidência da excitação à plena vista.

Lentamente, ele se virou, posicionando seu corpo para que não estivesse tão óbvio.

Ela parecia ainda mais bonita. Vestida com uma camisola, estava junto ao fogo, os pés descalços espreitando por baixo da bainha.

Seu cabelo caiu sobre os ombros em ondas e sua face cheia de cicatrizes estava virada para o outro lado.

Havia ainda o sangue seco em sua boca, e ele não tinha conferido os outros ferimentos.

Ele caminhou para a frente, tendo um dos panos que usou para limpeza, e mergulhou-o na bacia de água ao lado da janela. Quando se aproximou dela, segurou seu queixo com uma mão e, em seguida, delicadamente, limpou o canto da sua boca com o pano.

Ela se esquivou, mas permaneceu onde estava enquanto ele limpava o sangue de seu lábio inchado.

Ele franziu a testa quando percebeu que um hematoma já estava se formando em seu queixo e na mandíbula, onde ela fora golpeada.

– Onde mais está ferida, Genevieve? – perguntou.

– Em nenhum lugar. Ele me bateu duas vezes, mas foi tudo o que teve tempo de fazer. Você chegou a tempo de evitar mais.

A carranca dele se aprofundou.

– Eu deveria ter estado lá para fazer com que ele não lhe desse nenhum golpe.

Ela colocou a mão sobre o braço dele, segurando-o enquanto ele segurou seu queixo em um aperto firme.

– Você veio. É tudo o que importa. Impediu que acontecesse de novo. Por isso tem minha gratidão.

O coração dele amoleceu, e ele esfregou o polegar sobre o rosto dela em uma carícia suave.

– Gostaria que você nunca tivesse que experimentar algo assim outra vez.

Ela fechou os olhos e voltou-se ainda mais em sua carícia, esfregando seu rosto cheio de cicatrizes sobre a palma da mão. Em seguida, como se tivesse percebido que chamara atenção para seu defeito, ela congelou e tentou se afastar.

– Não – ele protestou. – Não se esconda de mim, Genevieve. Nunca se esconda de mim. Você tem que saber que a cicatriz em seu rosto não importa para mim.

Ela engoliu em seco, e ele podia sentir que ela tremia sob seu toque. Ela olhou para ele com tanta esperança que era doloroso para ele. Era uma mulher que tinha medo de continuar a ter esperança. E, outra vez, suas esperanças foram esmagadas, e agora ela olhou para ele como se lutasse consigo, se deveria permitir que a esperança levantasse voo.

– Venha – ele sussurrou. – É hora de ir para a cama. Irei assegurar que você fique quente e confortável esta noite.

Seus olhos se arregalaram, e ela agarrou-se à mão, cobrindo sua bochecha.

– O que vão falar se eu passar a noite em seu quarto, laird?

Seus lábios se curvaram, e suas palavras foram ferozes.

– Não dou a mínima para o que falam. Essas pessoas não têm nem meu respeito nem a minha lealdade. Não irão depreciá-la, pois, se fizerem isso, vão sofrer minha ira. Fiz com que eles soubessem que não tolerarei nenhum insulto a você. Tem a minha proteção, Genevieve. Não deixarei que saia do meu quarto esta noite.

Embora ele quisesse dizer cada palavra, reconheceu a validade do medo dela. Seria desrespeitoso da parte dele ter o seu nome cogitado como prostituta para ele, agora que Ian tinha ido embora. Ele não daria aos membros do clã mais nenhuma oportunidade de zombar dela ou humilhá-la.

Sua voz suavizou quando ele olhou para ela.

– Ninguém irá saber, moça. Vou falar com Taliesan, que defende você ferozmente, e saberão que você descansou no quarto dela esta noite.

O alívio foi gritante em seus olhos. Seu corpo inteiro pareceu ceder. Ele baixou a mão, com a dela ainda segurando-a, e levou Genevieve em direção à cama para que pudessem descansar.

Outra batida soou, e Bowen queria rosnar sua frustração com as constantes interrupções. Então lembrou-se da promessa de comida de Teague. Sua barriga roncou com a ideia, e ele suspirou.

– Vá para a cama e fique à vontade. São alimentos sendo enviados, frescos da caça.

Genevieve se iluminou e deslizou a mão da dele, colocando-a sobre sua barriga. Então, fez uma careta.

– Eu estou quase morrendo de fome.

– Então vá deitar e trarei comida para você. Não tenha medo. Não vou permitir que alguém entre enquanto estiver presente.

O sorriso com o qual ela o presentou aqueceu-o até os dedos dos pés. Então, ela correu e subiu na cama, a cama *dele*, e puxou as cobertas ao redor dela.

Ele nunca tinha presenciado uma visão mais maravilhosa ou mais bonita do que Genevieve McInnis se aconchegando docemente em sua cama, aguardando sua presença.

Capítulo 26

Genevieve se aconchegou mais apertado no abraço de Bowen e suspirou em contentamento absoluto. Preguiçosamente, ela abriu os olhos apenas para descobrir que já tinha passado da madrugada.

A consternação tomava conta dela pelo fato de que a noite já tinha terminado. Era a noite mais bela que ela já tinha passado. Nunca havia sentido tal paz, nem tão segura como se sentiu envolta nos braços de Bowen Montgomery.

– A moça despertou.

A voz provocante de Bowen deslizou como seda sobre suas orelhas. Ela estava relutante até mesmo para responder por medo de que ele fosse, imediatamente, expulsá-la de seu quarto. Ela queria que aquele momento durasse para sempre.

– Sim – ela finalmente sussurrou, sabendo que não podia atrasar o inevitável.

Mas ele não a apressou, nem lhe disse para voltar para seu quarto. Em vez disso, acariciou a mão para cima e para baixo de suas costas até que ela quase gemeu de prazer.

– Como se sente esta manhã, Genevieve?

Ela esfregou o rosto contra o peito dele, saboreando seu cheiro e seu toque. Parecia tão estranho não sentir medo na presença de

Bowen. Ela aprendeu a temer todos os homens. Não havia um em quem confiasse, e ela tinha sido abusada por muitos.

No entanto, Bowen era... diferente. Desde o início ele era diferente. Ele a tinha tratado com gentileza e delicadeza, e a defendera.

– Estou melhor – disse ela, suas palavras escapando em um suspiro.

– É bom ouvir isso. Espero que sua mandíbula não esteja doendo demais.

Ela tentou sacudir a cabeça, porque estava contente demais para falar.

Sua mão se fechou sobre a nuca dela, massageando e acariciando-a. Então, ajeitou a cabeça dela para cima, usando a outra mão para deslizar sob o queixo e mantendo-a elevada enquanto examinava a boca dela.

Ele franziu a testa um pouco quando inclinou a cabeça para a esquerda e depois à direita.

– Há uma contusão. E seu lábio ainda está inchado.

Sua expressão era assassina no momento em que ele terminou o exame de suas feições. Então, para sua surpresa, ele puxou-a para cima, para que ela se estendesse sobre seu corpo, seu rosto apenas alguns centímetros do dele. Seus braços se fecharam às costas dela para que a abraçasse.

– Bowen, sua ferida! – ela protestou.

– Não é nada além de um arranhão, e você fez um bom trabalho ao costurá-la. Não sinto dor alguma.

Ela não acreditava totalmente nele e sentia constrangimento por ter perguntado só agora sobre o ferimento dele. Ele havia lutado com o homem que a atacara quando tinha apenas um dia de recuperação.

– Eu deveria olhar a sua ferida – disse ela ansiosa. – Você poderia ter rasgado a costura ontem no confronto.

Ele lhe deu um sorriso divertido, seus olhos brilhando de calor.

– Se for se sentir melhor, deixo você examinar.

Ela se afastou de seu abraço e, em seguida, posicionou-se de joelhos ao seu lado.

Ele se sentou e puxou a túnica sobre sua cabeça, expondo seus ombros e peito musculosos. O olhar dela vagou sobre o torso dele, atraída inexoravelmente à extensão da sua pele.

Seus dedos traçaram a linha ferida ainda selada.

– Você sente dor?

– Não, moça. Não quando me toca assim. Eu não sinto nada além do mais doce dos prazeres.

O calor correu para suas bochechas e ela quase afastou a mão, mas ele capturou-a e a segurou firmemente contra seu peito.

– Gosto do seu toque – disse ele com voz rouca. – Eu me lembro de você me tocando quando eu estava sob efeito do remédio que eles me deram.

Mais envergonhada do que nunca, ela baixou a cabeça. Ele devia achar que ela era bastante ousada. Ela não deveria ter tomado tais liberdades com sua pessoa, certamente não quando ele estava quase inconsciente.

– Está satisfeita com os pontos? – ele perguntou.

– Sim – ela sussurrou. – Não vejo nenhum sinal de infecção.

Ele a puxou de volta para seu peito nu. Era como ser tocada por incêndio. Seu calor a cercava e a chamava ainda mais para perto.

A mão dele passou levemente sobre a bochecha dela e, em seguida, mergulhou em seu cabelo, circulando sua nuca e, então, para sua surpresa, ele levantou a cabeça e apertou os lábios gentilmente contra os dela.

Ela engasgou contra a plenitude de seus lábios, mas toda tensão se evaporou enquanto ela relaxou em seus braços.

Ah, sim, *aquilo* era um beijo.

Ele foi extremamente tenro enquanto explorava sua boca, seus lábios deslizando sobre os dela. Sua língua roçou o lábio inferior dela, lambendo o corte no canto da boca.

Foi inebriante, como beber muita cerveja. Ela estava bêbada em seu toque e a sensação dele contra ela. Ela experimentou uma sensação que nunca tinha sentido antes e não queria que acabasse.

A outra mão foi para sua face cheia de cicatrizes e, quando ela teria se afastado, ele acariciou a pele danificada e circundou seu rosto com as mãos para aprofundar o beijo.

Quando ela soltou a respiração ofegante, sua língua deslizou para dentro de sua boca, suave, sensual e persuasiva. Timidamente, ela encontrou sua língua dançando e brincando da mesma maneira que ele estava fazendo.

Ele se afastou, sua respiração ofegante e seus olhos semicerrados. A cor em suas bochechas era vermelha, quase como se ele tivesse realmente tido com febre. Mas aquele olhar... Ele olhou para ela como se fosse a mais bela moça em quem ele já tinha colocado os olhos. Por um momento, ela foi capaz de esquecer que seu rosto estava arruinado e que carregava a marca de ganância e cobiça de outro homem, pois, nos olhos de Bowen, ela se viu uma mulher bonita, desejável.

– Você tem o gosto tão doce como eu sabia que teria – disse ele com uma voz rouca atada com paixão.

– É meu primeiro beijo *verdadeiro* – ela admitiu.

Os olhos dele se suavizaram.

– E o que acha do seu primeiro verdadeiro beijo?

Ele não tinha entendido mal as intenções dela. Sim, ela tinha sido beijada, mas nunca com tanta doçura ou reverência. Isso a fazia querer chorar por tudo o que tinha perdido.

– Foi maravilhoso. Nunca experimentei nada igual – ela disse honestamente.

– Estou feliz em ser o primeiro.

Ele continuou a acariciar seu rosto e manuseou seu lábio inferior, que agora estava inchado por uma razão totalmente diferente.

Então, levantou a cabeça e suavemente capturou seus lábios em outro beijo demorado. Desta vez, quando ele se afastou, não havia arrependimento em seus olhos.

– É hora de acordar. Eu gostaria que não fosse assim. Preferiria nunca deixar este quarto, e eu venderia minha alma para não fazer nada além de beijá-la pelo resto dos meus dias, mas tenho assuntos a tratar e a questão de outro McHugh estar morto. Temos que levá-la para o quarto de Taliesan para que nossa história seja selada.

Mencionar seu atacante foi como ser encharcada com água fria. Ela se retirou imediatamente, com a vergonha aglomerando seu coração.

Ela estava agindo como uma devassa algumas horas após outro homem ter tentado estuprá-la. O que havia de errado com ela?

O clã McHugh não precisava de motivo para chamá-la de vadia, e ali ela estava no quarto do laird. Era um convite aberto para que outros a insultassem ainda mais.

– Não, não fique assim, moça – Bowen disse em tom tranquilo.

Ele se sentou e estendeu a mão para ela, deslizando a mão pelo seu braço em uma carícia que a fez estremecer.

– Mantenha sua cabeça erguida, porque não tem culpa do que aconteceu. O homem que atacou você recebeu o que merecia, assim como qualquer outra pessoa receberá se atreverem-se a tocá-la.

– Não valho tanta veemência – disse ela, recusando a encontrar o olhar dele.

Ele capturou seu queixo e a forçou a olhar para ele. Seus olhos estavam raivosos e seus lábios foram atraídos para uma linha fina.

– Você vale a pena para *mim*.

Ela não sabia o que dizer. Olhou para ele com encantamento.

Inclinando-se para a frente, ele deu um beijo na testa dela e levantou-se da cama.

– Vou levá-la ao quarto de Taliesan e pedirei a ela que cuide de você. Talvez seja melhor se permanecer aqui em cima até eu esclarecer tudo para o resto do clã. Você não vai continuar a ser uma prisioneira em seu próprio quarto, apesar de tudo. Está livre para ir e vir como quiser, e é algo que deve ser capaz de fazer sem medo de ataque. Vou garantir que seja assim.

– Não sei por que faz isso por mim – ela disse com o coração apertando no peito.

Ele estendeu a mão para ajudá-la sair da cama.

– Porque é algo que deveria ter sido feito por você muito tempo atrás.

Capítulo 27

Bowen levou Genevieve até a porta do quarto de Taliesan, mas, quando ela começou a entrar, ele agarrou sua mão e gentilmente a puxou de volta.

A surpresa brilhou nos olhos dela quando ele a puxou e baixou a cabeça para varrer sua boca com outro beijo.

Era como estar sendo incendiado. Ele se sentia mais vivo do que nunca. Por Deus, ele não queria nada mais além de se trancar com ela em um quarto onde poderia abraçá-la e beijá-la pelo resto do dia.

Fogo infernal. Era infinitamente o que mais queria.

Ela deu o mais doce suspiro, e isso deu a ele ainda mais prazer do que era capaz de lhe dar. Era óbvio que a moça nunca tinha conhecido uma mão suave e que não tinha experimentado as alegrias de amar.

O fato de ela ter dito que o beijo dele havia sido seu primeiro o deixava irritado e entristecido. Ah, ele sabia que não tinha sido o primeiro homem a beijá-la, mas o que ela quis dizer foi óbvio.

Ele fora o único homem a cortejá-la gentilmente com beijos tenros e apaixonados.

Ele se arrastou relutantemente para longe e, em seguida, pediu a ela que entrasse no quarto e fechasse a porta. Enquanto estava ali, olhando para a porta fechada, ele foi atingido pelo pensamento de que poderia muito bem estar apaixonado por ela.

Foi uma descoberta tão impressionante que ele não podia fazer nada além de ficar em pé rígido enquanto era tomado por todas as sensações.

Apaixonado.

Quanto mais ele brincava com a ideia, mais percebia que era verdade. Sabia muito bem como um homem se parecia e agia quando estava apaixonado. Graeme certamente tinha se apaixonado fortemente por sua esposa, e agora Bowen fizera o mesmo com uma moça que estava com problemas. Um *monte* de problemas.

Ele estava dividido entre marchar para dentro do quarto de Taliesan e dizer a Genevieve que a amava, e danem-se as consequências, e descer as escadas para resolver a questão de sua segurança dentro dos muros do clã. Então ele precisaria esquematizar um plano para tirá-la de lá o mais rápido possível.

Só que havia muitos problemas com isso.

Primeiro, ele tinha que lidar com muito cuidado com Genevieve. Ela não aceitaria bem sua declaração, e isso poderia afastá-la e desapareceria com qualquer progresso que ele tinha feito em ganhar sua confiança.

A moça tinha sido machucada por tudo o que lhe tinha sido feito. Não era algo que ia desaparecer de sua memória da noite para o dia. Ela exigiria um galanteio cuidadoso e uma quantidade extraordinária de paciência da parte dele.

Segundo, ele não queria se separar dela, então a ideia de retirá-la do castelo McHugh com pressa deixava-o com uma sensação vazia em seu peito. Precisavam dele ali, e não havia prazo. Seu irmão precisava de sua ajuda, e ele iria fornecê-la, não importava o que precisasse. Mas também não queria que Genevieve ficasse exposta a tal veneno diariamente.

Era um enigma desconcertante, certamente. Ele não tinha tanta certeza de que gostava desse assunto de amor.

Confuso e irritado, ele se virou e se afastou da porta, antes que perdesse o controle e explodisse para dentro do quarto como um rapaz declarando seu amor para a primeira mulher pela qual ele se apaixonou.

No momento em que chegou ao corredor, foi envolvido por agitação e ele fez uma careta para todos que cruzaram seu caminho.

Era o suficiente para estabelecer o boato de que tinha a intenção de matar alguém novamente. Seu irmão e Brodie se apressaram até ele no pátio, a sua preocupação aparente enquanto eles se aproximavam.

– O que lhe aflige? – Teague perguntou com cautela. – Ouvi que você está em outra confusão.

Brodie ficou em silêncio, olhando a conversa dos irmãos como se estivesse relutante em intervir de alguma forma.

Bowen arqueou uma sobrancelha.

– O que faz você dizer isso?

– Fomos informados de que você tinha planos de matar outro McHugh. Eu queria ver qual pecado tinha sido cometido agora.

A irritação cutucou Bowen.

– Diz isso como se não houvesse pecado cometido antes.

Os olhos de Teague se estreitaram e, de repente, ele ficou bastante sério. Suas palavras já não eram mais chocantes ou arrastadas para dar um efeito dramático.

– A moça ser atacada dificilmente não constitui em uma transgressão.

Sua testa estava gravada com raiva e seus olhos ardiam.

– Não era minha intenção amenizar o que a moça passou. Já chega. Ela não deve sofrer mais. Não importam os meus sentimentos por ela ou os pecados que *ela* cometeu. Ninguém merece tal tratamento.

Bowen cruzou os braços e acenou sua satisfação.

– Estou feliz em ouvir você dizer isso.

Teague fez uma careta.

– Como pode pensar de outra forma? Acredito que tenha me insultado. Quando condenei os maus-tratos dos mais fracos, especialmente o mero deslize de uma moça?

– Prefiro não ter que impedir uma briga entre vocês dois – disse Brodie em uma voz calma. – O boato de que você entrou no saguão em um ataque assassino e de que certamente outra vida McHugh seria perdida foi espalhado. Teague e eu viemos somente verificar pessoalmente o seu comportamento.

Bowen bufou.

– É verdade que provoquei muitos deles, mas não derramei mais sangue. Ainda não. Mas o dia só começou. Eu posso precisar antes de ele acabar.

Teague ergueu o queixo na direção de Brodie.

– Eu digo que nós não iremos permitir-lhe toda a diversão.

Bowen riu e balançou a cabeça.

– Pretendo atingir meu objetivo em alto e bom som. Consequências serão delineadas por desobedecer minha ordem em relação a Genevieve.

Teague o encarou por um longo momento, depois ergueu o olhar para Brodie.

– Você poderia nos dar licença um momento, Brodie? Eu gostaria de falar a sós com meu irmão.

Brodie balançou a cabeça e saiu, desaparecendo na esquina do castelo.

Bowen levantou uma sobrancelha, inquirindo na direção de Teague.

– Quais são seus planos para a moça? – perguntou Teague sem rodeios. – E não quero dizer o que pretende fazer com ela, quanto a punição ou retaliação. É óbvio que tem grande interesse nela. Estou mais interessado em seus planos pessoais.

Bowen fez uma careta.

– Eu diria que isso não é um assunto de seu interesse.

– Não diga isso – Teague murmurou. – Pense nisso, Bowen. Não faça isso com a moça. Você quer ir para a cama dela. Isso é óbvio, como o nariz em seu rosto. Ela não é uma moça de ser casualmente levada para a cama, e você deve bem saber disso. Posso ter reservas de que lado ela está, mas foi ferida o suficiente. Não tire proveito dela desta maneira.

Bowen olhou em choque para seu irmão mais novo.

– Você me insulta, irmão. Quem diz que tenho qualquer intenção de levar a moça para a cama casualmente? Além disso, não é de seu interesse quais são minhas ações em relação a Genevieve. Você esclareceu seu julgamento em relação a ela.

Teague sacudiu a cabeça.

– Não, eu não o fiz. Tenho olhos. Posso ver o quanto a moça está atormentada. Posso ver o que foi feito com o espírito dela, é o suficiente para revirar o meu estômago. Você faz um jogo para levar moças para a cama. Usa inteligência e charme para atraí-las e, em seguida, se move para outro desafio. Estou apenas dizendo que deve ter mais respeito por Genevieve do que simplesmente torná-la mais uma conquista.

Os lábios de Bowen se apertaram e ele mostrou os dentes. Apertou-os até que sua mandíbula começou a doer. Ele avançou em seu irmão, um rosnado baixo emanava de sua garganta.

– Eu a *amo* – disse ele ferozmente. – Ela não é uma diversão passageira. A última coisa que vou fazer é machucá-la. E vou matar qualquer um que tente.

Ao dizer isso em voz alta, ele pensou que talvez pudesse parecer bobo. Que talvez tivesse sido arrastada para o momento com Genevieve e que talvez não estivesse no ponto do amor ainda.

Mas estava errado. As palavras pareceram certas em seus lábios. Dizê-las em voz alta somente confirmou o que seu coração já sabia. Ele estava bem e verdadeiramente apaixonado pela moça, e não havia nada a não ser o contentamento dentro dele em relação a toda a ideia.

Teague ficou boquiaberto e seus olhos se arregalaram de choque. Continuou a olhar para Bowen em silêncio até que, finalmente, Bowen passou a mão pelos cabelos em desgosto.

– Inferno, Teague. Pare de olhar para mim com a boca aberta como um peixe fora da água.

Teague balançou a cabeça e, em seguida, soltou a respiração.

– Você perdeu a cabeça?

– É claro que perdi – Bowen respondeu ríspido. – Não é minha culpa que me apaixonei pela moça. Você sabe o quanto isso soa ridículo? Eu me apaixonar por uma mulher feita prostituta por outro homem. Por uma mulher cujo rosto foi destruído por uma lâmina. Me apaixonar por uma mulher que traiu minha família. Decida. É óbvio que não estou pensando direito, mas isso não altera o fato.

– O que diabos você vai fazer? – perguntou Teague.

– Não sei – Bowen disse cansado. – É verdade que ela colocou Ian para cima de Eveline.

Ao ver Teague fazendo careta, Bowen se exaltou e levantou a mão.

– A moça tinha uma boa razão – Bowen defendeu.

– Você *perdeu, sim,* a cabeça – disse Teague em desgosto.

– Apenas ouça – Bowen estalou.

Bowen explicou cuidadosamente o raciocínio de Genevieve ao encorajar Ian a raptar Eveline. Ele estava insistindo e sabia disso, mas estava determinado a defender Genevieve de alguma maneira.

Teague suspirou quando Bowen acabou sua explicação.

– Eu deveria aplaudir a ingenuidade da moça em irritar ambos os Montgomery e Armstrong para que atacassem o castelo e ela fosse resgatada? O que teria acontecido se Eveline tivesse sido estuprada ou morta? Você acha que Graeme veria com bons olhos a mulher responsável só porque ela agiu em autopreservação?

Bowen cerrou os dentes ainda mais forte.

– Estou pedindo que considere por um momento se nossa irmã estivesse no lugar de Genevieve. Você a condenaria, então? Se ela consignasse uma mulher que não era de nosso parentesco a um destino semelhante, você a difamaria tão rápido? Ou é por que é Eveline que discutimos e não qualquer mulher sem nome, sem rosto?

Teague hesitou, e Bowen sabia que ele o ganhara. Tudo o que podia fazer era conter o sorriso de satisfação.

– Não é justo fazer-me imaginar Rorie na posição de Genevieve. Não me importo quem Rorie tivesse que condenar para que escapasse da depravação.

– É como eu suspeitava – disse Bowen.

– Maldição, Bowen. Por que não poderia se apaixonar por uma moça menos complicada? Tem alguma ideia dos problemas que ela traz para nós? Supondo que você consiga ganhar Graeme e ele aceite a moça, os Armstrong certamente não serão tão indulgentes e, quando descobrirem tudo que há, teremos sorte se não entrarmos em guerra contra eles.

– Então, talvez seja melhor que nunca descubram – Bowen disse calmamente. – É um assunto privado e que não deve ser discutido abertamente. Graeme terá, sim, que saber tudo sobre o assunto. Mas é o único. Ele é meu laird. Não os Armstrong. Não têm motivo para opinar no destino de Genevieve.

– Suponho que esteja certo – Teague disse cansado. – Mesmo assim, esse caminho que escolheu não será fácil.

– Sim, eu sei disso. Mas também nada que é fácil vale a pena. E Genevieve vai valer a pena todo o esforço que eu fizer em seu nome.

Capítulo 28

Genevieve estava extremamente tímida com Bowen após a noite em que dormiu em seus braços. Ele achou revigorante, e seu coração derretia mais cada vez que ela abaixava a cabeça ou sorria quando achava que ele não estivesse olhando.

Ele estava investindo na moça. Não tinha intenção de sofrer no inferno que era um amor não correspondido. Era um dilema bastante interessante, uma vez que muitas mulheres tinham alegadamente sofrido dessa maneira com ele. Também era verdade que ele nunca havia se importado muito. Agora ele sabia como essas mulheres devem ter se sentido quando, alegadamente, imploravam por sua atenção, porque ele se viu fazendo o papel de tolo doente de amor disputando uma migalha de atenção ou aprovação de Genevieve. Qualquer coisa para fazê-la sorrir. Fazê-la *feliz*. Daria a ela a maldita Lua se fosse necessário.

Ele também percebeu, não que já não soubesse, mas ficava mais impressionado, que ela nunca tinha desfrutado das ações de um homem. Alguém que prestasse cortesia a ela. Ela nunca havia sido cortejada. Seu casamento fora arranjado e, no caminho para quem seria seu futuro marido, Ian a havia levado e transformado sua vida em um inferno.

Bowen estava determinado a lhe dar tudo o que ela nunca tinha tido, assim, começou a cortejá-la.

Teague e Brodie se desesperaram com ele. Teague rotineiramente fazia com que Bowen fosse alvo de suas brincadeiras, e os dois homens ameaçavam jogá-lo no rio se ele continuasse naquele caminho.

Bowen levava tudo na esportiva. Nunca antes havia tolerado provocações e insultos, mas ele descobriu que não se importava. A maneira com que Genevieve se iluminava quando a elogiava fazia todos os insultos valerem a pena.

No entanto, manteve o verso que tinha memorizado em segredo. Ele se sentia desconfortável o bastante sussurrando as palavras para Genevieve sob a suavidade da luz da lua, mas, quando ela olhava para ele, com os olhos brilhando, todo o desconforto desaparecia.

Naquele momento, ele não teria se importado se todo o castelo o ouvisse recitar. O olhar de Genevieve era uma imagem que ele levaria consigo como um tesouro por muito tempo.

Eles caminharam lentamente sob o brilho da lua, os raios saltando da superfície do rio borbulhante. Ele entrelaçou os dedos com os dela, apreciando algo tão simples como segurar sua mão.

Suas associações passadas com mulheres o envergonhavam. Ele não discutia tais coisas com Genevieve. Ambos carregavam vergonha, mas por razões diferentes. A vergonha de Genevieve havia sido forçada, mas a de Bowen tinha sido apenas de sua própria escolha.

Ele se aproveitava da conexão com as mulheres. Desfrutara do amor. E que homem não gosta de um bom caso? Ele e Teague costumavam provocar Graeme por suas maneiras monásticas, mas Bowen pensava agora que Graeme estava certo por ser mais exigente em suas parceiras de cama.

Graeme tinha chegado a Eveline sem ter levado para a cama todas as moças da vizinhança. Bowen certamente não poderia dizer o mesmo e, só de pensar nisso, ele estremecia.

O que Genevieve pensaria se soubesse da maneira ocasional com que ele tinha seduzido moças? Sua opinião sobre ele mudaria? Como não poderia?

Não era que ele não tivesse grande amor pelas mulheres.

Na verdade, era o oposto. Mas agora ele refletia sobre a falta de respeito que lhes tinha mostrado. Doía-lhe ser colocado na mesma categoria que Ian McHugh. Enquanto certamente nunca havia se forçado para cima de qualquer mulher, poderia dizer que nunca tinha feito delas suas prostitutas?

Ele não podia sequer pensar mais nisso, porque não gostava dos resultados potenciais.

Genevieve o tinha transformado profundamente. Talvez a partir do momento em que ele pôs os olhos nela, mas certamente no momento em que ouviu sua história e soube da sua dor e sua bravura.

Ele queria ser um homem melhor para ela. Queria ser alguém digno dela.

Queria que ela o amasse.

– No que está pensando? – ela perguntou suavemente.

Ele piscou em surpresa e baixou o olhar. Muitos dias se passaram desde o ataque e a noite que ela passara em seus braços e, a cada dia, ele a cortejava, ganhando sua confiança. Não tinha sido fácil, porque jurou não torná-la o centro da fofoca do clã, assim, todos os esforços tinham sido feitos em segredo e aquilo estava pesando sobre eles.

O que deveria ser algo maravilhoso era estressante, já que tentavam se esconder dos olhares curiosos. Mas, ainda assim, ele aguardava ansioso por cada momento roubado. Cada oportunidade de passar o tempo na presença de Genevieve.

Ele nunca tinha exibido tanta paciência e prudência com uma mulher. Estava determinado a conquistar o coração de Genevieve, não importava quanto tempo levasse.

– Você parecia tão imerso em pensamentos. Fiquei imaginando o que o levou a ficar tão pensativo.

Bowen sorriu.

– Eu só estava pensando que é uma linda noite, somente mais bonita pela mulher que caminha ao meu lado.

É óbvio que ela corou, mesmo sob a luz da lua. Fazia sempre isso, seu olhar deslizava para o lado e ela baixava a cabeça daquele jeito tímido.

Mas ele também viu seu sorriso. Era uma visão que nunca falhava em apertar seu peito. Ele nunca tinha se dado conta do fato de que ela nunca sorria até que, finalmente, o fez. E agora ele tentava fazê-la sorrir em todas as oportunidades, porque era uma visão que ele saboreava.

– Você tem muita lábia, Bowen Montgomery – ela disse, seus dentes brilhando ao sorrir. – É um diabo com muita lábia nessa língua, sim.

– Prefiro usar minha língua para outras finalidades – ele murmurou.

Ela fez uma pausa, voltando-se para encará-lo enquanto subiam o morro com vista para o rio.

– E quais finalidades seriam essas? – ela perguntou inocentemente.

O diabinho estava brincando com ele. Ele ficava encantado com o fato de ela ser tão livre com ele. Sempre foi reservada e cautelosa. Tinha cuidado para não fazer quaisquer propostas que poderiam ser mal interpretadas.

No entanto, hoje ela estava olhando para ele com um brilho diabólico nos olhos. Ele podia ser eloquente, mas ela estava desenvolvendo malícia e ele adorava.

– Consigo pensar em várias – ele murmurou quando baixou os lábios para capturar os dela.

Ela prendeu a respiração, como se tivesse engolido a dele. Dessa vez, ela corajosamente respondeu ao beijo, quase como se tivesse agarrado sua coragem e colocado tudo à prova.

Ele estava contente em deixá-la ditar o beijo. As mãos dele deslizaram por seu pescoço, para logo abaixo das orelhas, e seus dedos se espalharam, as palmas das mãos deslizando sobre sua mandíbula.

Beijá-la era algo do qual ele nunca se cansava de fazer. Era como tomar sol ou lamber a doçura do mel com uma colher.

Suave, sedosa, delicada e ultrafeminina. Ela inspirava tal possessão que ele quase gritava que ela era sua.

E o pior de tudo era que ela nem mesmo sabia, pois ele não lhe dissera. Nem uma única palavra. Nem "eu te amo". Nenhuma súplica suave para que as palavras fossem oferecidas a ele em troca.

Foi uma promessa que tinha feito diante de Deus e no nome dela. Não a pressionava. Não iria exigir uma única coisa que ela não estivesse disposta a dar.

Ele esperaria para sempre se fosse necessário.

– Beijar é muito bom – disse ela com um suspiro ofegante. – Nunca pensei assim. Sempre achei que fosse horrível.

Fez uma careta, como se ela se arrependesse por ser tão ousada em suas palavras. Era provável que odiasse ter trazido à tona um assunto que era inerentemente vergonhoso. Mas, para Bowen, era um sinal de que ela estava começando a se sentir mais confortável com ele, então ele abraçou sua disposição para discutir as coisas terríveis que aconteceram com ela.

– É porque você não estava me beijando – disse Bowen presunçosamente.

Genevieve riu, e foi o mais requintado som. Ele o cativou e o fez querer tirar aquilo dela mais um monte de vezes.

– Talvez você esteja certo – ela disse em um tom triste. – Você é muito habilidoso nisso.

Ele ficou em silêncio, sem querer aprofundar no tema do porquê de ele ser tão habilidoso em beijar. Era um tópico perigoso. Um tópico do qual queria se livrar.

Então a beijou novamente, porque ele sabia que iria silenciar quaisquer outras perguntas ou comentários. Além disso, beijá-la não era nenhum sacrifício.

Eles estavam concentrados em um beijo sem fôlego, de derreter os ossos, quando Bowen ouviu um grito ao longe. Imediatamente levantou a cabeça, usando uma mão para empurrar Genevieve para trás dele enquanto a outra foi para sua espada.

Ele se esforçou para ouvir as vozes enquanto Genevieve agarrou sua túnica, encolhida contra suas costas.

– Os Montgomery chegaram!

O chamado foi ouvido e ecoou pelas torres de vigia e pelo perímetro do castelo. Bowen relaxou seu controle sobre Genevieve e sua espada, em seguida, puxou Genevieve de volta para seu lado.

– É minha família – explicou Bowen. – Eles trazem suprimentos. Venha. Vamos voltar para o castelo para que eu possa recebê-los.

Capítulo 29

O coração de Genevieve ficou na garganta durante todo o caminho de volta para o castelo. Bowen estava solícito, desacelerando para se igualar ao seu ritmo, embora fosse óbvio que ele fervia com impaciência para saudar seus parentes.

Ela tinha ouvido Teague dizer ao dar risada que ele estava certo e que Graeme chegaria uma vez que soubesse que o castelo tinha sido atacado e Bowen, ferido. Com todo seu coração, ela esperava que ele tivesse ficado para trás e não estivesse acompanhando seus homens até o castelo McHugh.

Seu tempo com Bowen não tinha sido nada menos do que perfeito. Sim, ela estava vivendo em tempo emprestado. Esse tempo não podia durar para sempre. Ela não esperava isso. Se Graeme tinha chegado, tudo estaria terminado muito mais cedo. Ele saberia de tudo e iria querer vingança. Como não poderia?

Ela tinha feito mal a sua esposa. Colocado em perigo seu clã inteiro. Não era algo pelo qual ela esperava ser perdoada, mesmo se Bowen estivesse parecendo disposto a fazer vista grossa em relação a suas transgressões.

Ela agarrou mais apertado a mão de Bowen quando se aproximaram do pátio, onde os soldados Montgomery ainda estavam entrando.

Então, ela soltou sua mão, percebendo a intimidade de segurar a mão de Bowen e o fato de que seu clã estaria olhando.

Foi instintivo alcançar seu capuz e puxá-lo sobre sua cabeça. Ela havia relaxado na presença de Bowen. Havia algo nele que a fazia se sentir confortável. Não tentava se esconder dele.

Sua bochecha coçava, e ela levantou a mão para esfregar a cicatriz antes de pegar a parte do pescoço do capuz e puxá-lo mais para que o tecido fosse pressionado contra seu rosto.

Ela queria fugir, esconder-se na parte de trás do castelo e escapar para o seu quarto. A última coisa que queria era estar diante dos parentes de Bowen, como se tivesse o direito de fazê-lo. Ela não era nada para Bowen e menos ainda para seu clã. Não tinha interesse algum em estar presente quando ela fosse julgada.

– Genevieve, está tudo bem – disse Bowen com uma voz suave enquanto se aproximavam do pátio.

– Posso ser dispensada, laird? – ela perguntou, seus lábios duros de nervoso.

Ele parou, juntou suas mãos às suas, não se importando que os observavam. Ela queria puxar as mãos para longe antes que fossem vistos. O desespero tomou conta dela. A última coisa que ela queria era apresentar um espetáculo.

Por um longo momento, ele olhou nos olhos dela, depois seu olhar se suavizou. Ele tocou a mão no rosto dela e tirou uma mecha de cabelo de seu rosto.

– Então, retorne para o quarto. Vejo você mais tarde.

Ela praticamente correu, certificando-se de que circulava o castelo para que pudesse entrar pela porta de trás a fim de evitar qualquer confronto com os parentes de Bowen.

Seu coração batia tão violentamente que ela temia desmaiar ao ficar tonta. No topo da escada, ela quase trombou com Taliesan, e ficou tão grata ao vê-la que agarrou as mãos de Taliesan.

– As forças de Montgomery chegaram – Taliesan disse. – Eu os ouvi chegando da minha janela. Eles trazem alimentos e suprimentos. Nós estaremos a salvo de ataque agora, certamente!

– Sim – Genevieve disse enquanto tentava respirar direito.

Ela olhou para seu quarto e se virou, arrastando Taliesan junto com ela.

– Me faça companhia – Genevieve pediu. – Não quero ficar sozinha esta noite.

Taliesan concordou bondosamente e, com a porta fechada, Taliesan lançou uma expressão preocupada em direção a Genevieve.

– Você olha como se tivesse sofrido um susto, Genevieve. Está nervosa, e suas mãos estão tremendo! Qual é o problema?

Genevieve procurou acalmar-se enquanto ficou à frente da lareira. Ela pensou em acender o fogo, mas não sabia se suas mãos estavam firmes o suficiente para a tarefa. Ainda assim, seria bom para manter-se ocupada.

– Ouvi Teague dizer que ele não ficaria surpreso se o próprio Graeme Montgomery tivesse chegado com o grupo carregando suprimentos.

Taliesan assentiu.

– Sim, eu o vi. Ele chegou com seus homens. Teague e Brodie saíram para cumprimentá-lo.

Então, ela franziu a testa.

– Eu não vi Bowen. Você estava com ele?

O rosto de Genevieve explodiu com o calor e ela virou as costas para Taliesan enquanto colocava lenha para o fogo. Ela e Bowen tinham passado muito tempo juntos ultimamente, mas não o fizeram de uma maneira óbvia. Bowen tivera o cuidado de manter as aparências, algo pelo qual Genevieve era grata, mesmo que não se importasse com o que os McHugh pensavam.

Não era tanto o que eles pensavam, mas o que fariam. Iriam aproveitar qualquer oportunidade para depreciar Genevieve. Muitos a responsabilizaram pela morte de Ian, e agora Patrick. Com Bowen matando seu agressor e emitindo o aviso a todo o clã que qualquer um que fizesse mal a Genevieve sofreria o mesmo destino, a animosidade em direção a ela tinha apenas se intensificado.

Bowen não havia mencionado a abadia novamente. Ele não tinha mais falado sobre o destino dela, o que a deixava mais desconfortável a cada dia que passava. Ela sabia que era uma tola por permitir-se envolver em uma fantasia no que dizia respeito a Bowen. Ela não era ninguém. Estava morta.

– Genevieve? – Taliesan perguntou em voz baixa. – O que está acontecendo entre você e Bowen? Estou sendo direta, eu sei, mas sinto que ele está apaixonado por você. Corresponde aos sentimentos dele?

Genevieve acendeu o fogo, depois se afastou, olhando fixamente para o crepitar das chamas. Então, virou-se lentamente para olhar para Taliesan.

– Não há nada entre mim e Bowen Montgomery. Ele tem sido bom para mim. Nada mais.

Taliesan suspirou.

– Vejo a maneira como ele olha para você. Ele quase a come com os olhos.

Genevieve sacudiu a cabeça.

– Não há nada para olhar.

– Você ainda é uma bela moça, Genevieve. A marca que Ian colocou em seu rosto não anula isso.

Genevieve lamentou ter sido tão impulsiva em pedir para que Taliesan entrasse no quarto dela. Taliesan era uma moça doce e genuína, mas agora Genevieve queria somente ficar sozinha e longe da curiosidade inocente de Taliesan.

– Eu gostaria de ir para a cama agora, Taliesan – Genevieve disse baixinho.

Taliesan caminhou sem jeito até o lado de Genevieve e, de repente, Genevieve estava envolvida em seus braços.

– Eu não tive a intenção de te machucar.

Genevieve virou-se e abraçou Taliesan.

– Eu sei que não. É minha culpa por ser muito sensível. Estou apenas cansada e nervosa com a chegada dos Montgomery.

– Vou deixar você descansar. Gostaria que eu pedisse que trouxessem comida até seu quarto amanhã de manhã?

– É bondoso da sua parte oferecer, mas vou ficar bem. Não posso me esconder no quarto para sempre.

Taliesan se retirou e, oferecendo a Genevieve um sorriso tranquilizador, ela mancou para fora, fechando a porta.

Genevieve caiu na cama e se jogou para trás, olhando para o teto. Fechou os olhos e deixou seus pensamentos voltarem pelos muitos dias passados na companhia de Bowen.

Tinham sido mágicos. Ela fora preenchida com um desejo que incutia uma dor no fundo de sua alma.

Não compreendia inteiramente. Ela não entendia Bowen ou seu interesse aparente nela. Será que havia imaginado aquilo? Não, ele não podia fingir algo assim, e que finalidade teria servido enganá-la de tal forma?

Ele agiu como se realmente se importasse, o que a intrigava porque, dados os pecados que ela havia cometido contra seu clã, ele deveria estar com raiva. Deveria querer vingança. Ou, pelo menos, que ela pagasse por esses pecados.

E havia o fato de que ela não era uma grande beleza e Bowen era tão bonito de se ver que até doía.

Ela foi marcada. A prostituta de outro. Usava seu selo de posse em sua face, e isso nunca mudaria. Toda vez que Bowen encarasse sua cicatriz, seria lembrado de que outro homem a havia possuído.

Uma sensação de futilidade encheu seu coração até que ela não podia mais suportar o peso.

O que aconteceria com ela agora que o irmão de Bowen tinha chegado? Será que seria punida? Será que seria enviada para longe?

Tantas perguntas para as quais ela não tinha respostas. E não tinha certeza se era corajosa o suficiente para exigi-las de Bowen ou de seu irmão, o laird.

Se fosse sincera, ela admitiria que desejava com todo o seu coração voltar no tempo e reviver os últimos dias.

Ela estava impressionada com o fato de que, pela primeira vez, em um ano, tinha sido... *Feliz*. Era surpreendente, mas era verdade. Havia ficado contente. Sorrido. Dado risada. E tinha sido feliz.

Quanto tempo havia se passado desde que ela desfrutara de um momento? Preciosos minutos repletos de satisfação? Não havia se considerado feliz desde que deixara o seio de sua família.

Uma lágrima quente derramou do canto de seu olho e escorreu por sua bochecha.

A felicidade parecia impossível. Parecia uma eternidade. Pensara que nunca mais sentiria.

Mas, apenas por um momento, Bowen lhe proporcionara felicidade, apenas para ela ser cruelmente arrebatada pela invasão da realidade.

Capítulo 30

– Graeme! – Bowen chamou ao cruzar o pátio para cumprimentar seu irmão.

Graeme se virou onde estava com Teague e Brodie, as sobrancelhas franzidas enquanto absorvia a aparência de Bowen. Enquanto Bowen se aproximava, Graeme puxou-o para um abraço caloroso e lhe deu um tapa nas costas.

– Você parece firme e forte – observou Graeme. – Do relatório que recebi, eu esperava que estivesse convalescente na cama.

Bowen sorriu.

– Que exagero, não foi nada além de um arranhão.

– Esse arranhão exigiu extensa costura – Teague comentou.

O olhar de Graeme se afiou.

– Isso é verdade?

Bowen deu de ombros.

– Eu estou bem. É tudo o que importa.

– Sim – Graeme concordou. – De fato, isso é tudo que importa.

– Como está Eveline? – perguntou Bowen. – E Rorie? Você as deixou no castelo?

Graeme sacudiu a cabeça.

– Rorie ficou para trás. Não queria faltar às aulas de leitura.

Mas levei Eveline para sua família no castelo. Eu me preocupo com o fato de que ela não tenha superado o transtorno causado pelo sequestro.

– Só espero que tenha nos trazido comida – Teague resmungou. – Estou quase morrendo de fome!

– Gostaria de saber sobre tudo que aconteceu aqui – Graeme disse, ignorando a explosão de Teague.

Bowen se esquivou interiormente, sabendo que teria que contar a Graeme sobre Genevieve e o papel que ela teve no sequestro de Eveline. Era uma tarefa da qual ele não gostava. A última coisa que queria era ser o responsável por ter mais raiva dirigida à moça.

Já havia decidido que, mesmo que tivesse que contar tudo a Graeme, convenceria seu irmão sobre Genevieve. Não importava o que fosse necessário.

Não tinha estabelecido em sua mente exatamente quais eram os planos em relação à moça. Ele sabia apenas que não queria ficar sem ela. E, a fim de garantir isso, teria que convencer Graeme a oferecer santuário dentro do próprio clã que Genevieve traíra. Supondo que Genevieve tivesse alguma afeição por ele.

Era uma questão que ele tinha que resolver em sua mente, porque não suportava outra alternativa.

– Vamos para dentro, onde podemos conversar – disse Bowen.

Graeme começou a gesticular em direção a Teague para acompanhá-los quando Bowen estendeu a mão para impedir seu irmão.

– Não – Bowen disse calmamente. – O que tenho a dizer precisa ser em particular.

As sobrancelhas de Teague se levantaram e os olhos de Graeme estreitaram enquanto estudava Bowen. Após um momento de hesitação, ele assentiu.

– Muito bem. Então deixe-nos ir e discutir o que está em sua mente.

Bowen emitiu uma ordem para que o cavalo de Graeme fosse cuidado, então ele e Graeme deixaram Teague e Brodie em pé no pátio.

Renunciando o saguão, onde deveria ter oferecido um refresco ao irmão depois de suas viagens, ele parou uma mulher que servia e ordenou que servisse Graeme e ele em seu quarto.

– Seu mistério está me deixando muito curioso – Graeme disse enquanto subiam as escadas. – Há alguma coisa errada?

Bowen permaneceu em silêncio até que eles chegassem ao quarto. Ele instruiu a Graeme para ficar confortável em uma das cadeiras ao lado da lareira.

Graeme sacudiu a poeira da viagem de sua túnica e se acomodou para esticar as pernas em frente ao fogo.

– Você me preocupou, Bowen – Graeme começou. – Me assustei quando soube que o castelo tinha sido atacado e você se ferido. Eveline ficou perturbada. Foi difícil persuadi-la a ficar para trás sob a proteção de seus parentes.

Bowen fez uma careta.

– Não era sério. Se não fosse pelo fato de Brodie ter continuado a me enfiar remédio goela abaixo, eu teria me levantado da cama em muito menos do que dois dias.

Graeme franziu os lábios e estudou Bowen.

– Como as coisas têm sido com os Armstrong?

– Está tudo bem. Aiden partiu com Teague, mas Brodie ficou para fornecer ajuda. Para minha sorte ele fez isso. Podíamos não ter sobrevivido ao ataque e conseguido fazê-los recuar se os Armstrong não tivessem ficado.

Graeme acenou com a satisfação.

– Essa aliança é boa, então. Talvez este seja um novo amanhecer para os Montgomery e os Armstrong. Eveline nos uniu. É um fato que ainda me admira.

– Patrick McHugh está morto – Bowen disse sem rodeios. – Ele foi morto em batalha.

O rosto de Graeme se torceu em uma expressão selvagem.

– Que bom. Eu não gostaria de sofrer com ele vivendo mais um minuto. Você testemunhou sua morte em primeira mão?

Bowen sacudiu a cabeça.

– Não, não testemunhei.

– É uma pena. Eu saberia a quem agradecer.

– Sabem quem fez a matança – disse Bowen. – Foi uma moça.

A cabeça de Graeme recuou.

– Uma moça? Em batalha? O que está querendo dizer?

– É uma longa história, a qual preciso contar – Bowen disse.

Graeme olhou para ele com os olhos semicerrados. Uma batida na porta interrompeu tudo o que seria dito em seguida. Bowen permitiu que a mulher que serviria entrasse, e ela nervosamente levou a comida para os dois.

Quando terminou de colocar a comida perto da lareira, Bowen levou-a até a porta e, em voz baixa, disse:

– Cuide para que levem comida para Genevieve no quarto esta noite. Ela estará com fome.

A mulher mergulhou em uma reverência, os lábios apertados em uma linha fina.

– Então me conte sobre essa moça que matou Patrick McHugh – Graeme disse enquanto Bowen voltou para perto da lareira.

– Contarei tudo para você – disse Bowen. – É muito importante para não o fazer.

Graeme arqueou uma sobrancelha, mas ficou em silêncio.

– Você se lembra da moça que nos dirigiu para onde Eveline estava sendo mantida no calabouço? Ela usava uma capa com um capuz e seu rosto estava escondido.

Graeme franziu a testa por um momento, sua sobrancelha contraída em concentração.

– Sim, me lembro. Eu estava desesperado para achar Eveline. É uma pena. Nunca tive a oportunidade de agradecer à moça. Tudo aconteceu tão rapidamente depois disso.

– O nome dela é Genevieve. Genevieve McInnis – Bowen disse lentamente.

– Os McInnis das Terras Baixas? – perguntou Graeme.

– Sim.

A carranca de Graeme se aprofundou.

– O que uma McInnis está fazendo no castelo McHugh? Eles são próximos do rei. A filha do laird foi morta em uma emboscada a caminho de se casar com seu noivo.

Bowen sacudiu a cabeça.

– Não. Genevieve ainda vive.

– Espere um momento. Está dizendo que Genevieve é a filha do laird? E que ela não está morta? E ela que nos levou a Eveline?

– Sim, mas isso é apenas parte da história. Tenho muito a dizer, então coma e me ouça.

Graeme ficou em silêncio e, em seguida, fez sinal para Bowen continuar.

– Ian conheceu Genevieve na corte e se apaixonou. Armou para ela e seu acompanhante quando ela estava viajando para conhecer seu noivo e matou todos os membros de seu grupo. Acreditava-se que ela também havia sido morta.

Graeme começou a dizer algo, mas Bowen levantou a mão.

– Ian a levou de volta para seu castelo e, quando ela recusou seus avanços, cortou-lhe o rosto de maneira que ninguém jamais olharia para ela com gosto novamente.

Graeme soltou uma maldição.

– Pobre moça. E ela ainda está aqui?

– Tem mais – Bowen disse calmamente. – Ele a estuprou repetidamente, forçando-a a tornar-se sua meretriz relutante. Ela foi prisioneira aqui durante um ano.

– Você já enviou notícias a sua família? Eles estão vindo buscá-la?

Bowen soltou a respiração.

– Não. Ela não permite que façamos isso.

– Por que não? – Graeme exigiu.

Ele parecia atordoado.

– É melhor se eu lhe contar toda a história. É um assunto complicado, e só piora.

As sobrancelhas de Graeme se uniram, mas ele balançou a cabeça.

– Continue, então.

– Genevieve está profundamente envergonhada por tudo o que foi feito a ela. Ela está permanentemente marcada por cicatrizes. Carrega a vergonha do que Ian forçou para cima dela e está determinada a não trazer desonra para sua família, então não quer que eles saibam o que foi feito com ela.

Bowen podia ver que Graeme queria argumentar, então continuou antes que ele pudesse interromper novamente.

– Como eu disse, foi ela quem nos guiou para Eveline.

Ele se afastou, relutante em continuar. Sabia que Genevieve seria condenada aos olhos de Graeme, e ele faria qualquer coisa para poupar a moça daquela censura. Mas não iria mentir para seu irmão. Graeme precisava saber de tudo para não haver segredos desde o início.

– O que você não sabe é que Genevieve foi responsável, indiretamente, pelo rapto de Eveline.

– O quê?

Graeme explodiu, movendo-se para a frente, derrubando alguns dos alimentos do prato. Sua mandíbula estava apertada, então ele limpou a boca e olhou para Bowen, confuso.

– A moça foi responsável pelo rapto de Eveline? Eu não entendo.

– Não é necessário entrarmos em detalhes – Bowen disse em voz baixa.

– Ah, é necessário, sim – Graeme disse, interrompendo Bowen antes que ele pudesse prosseguir. – É muito necessário. Se essa Genevieve teve algo a ver com o rapto de Eveline, eu quero saber tudo.

Bowen suspirou.

– Ela encorajou Ian em busca de vingança. Ian e Patrick souberam do que Eveline fez a fim de escapar de seu noivado com Ian, que se sentiu um tolo, e Genevieve tirou vantagem de sua raiva e sua fixação com a moça. Ela ajudou a planejar o sequestro de Eveline e incitou Ian a agir.

– Pelo amor de Deus, *por quê*? – Graeme rugiu.

– Porque nós éramos sua única esperança de salvação – Bowen disse entre os dentes.

Graeme piscou e depois sacudiu a cabeça.

– Você não está falando coisa com coisa.

– Eu estou falando perfeitamente. A moça é inteligente. Ela sabia que os Montgomery e os Armstrong não iriam tolerar o sequestro de Eveline. Um ou ambos os clãs seriam forçados a agir. Genevieve sabia que nós viríamos e nos vingaríamos de Ian. E de Patrick. Era sua única esperança de escapar da vida que Ian lhe havia forçado.

A mandíbula de Graeme inchou e ele a cerrou enquanto prendia os dentes. Era óbvio que ele estava lutando contra sua raiva, e Bowen não queria que aquela raiva não fosse filtrada.

– Há mais uma coisa que você deve saber, Graeme.

Graeme olhou para cima, encontrando o olhar determinado de Bowen.

– Estou apaixonado por ela.

Capítulo 31

A expressão de Graeme ficou tempestuosa. Sua boca abria e fechava, mas as palavras não saíam. Depois ele balançou a cabeça.

– Ela traiu nosso clã, traiu Eveline, e você a ama? Já tomou ciência do que está dizendo?

Os lábios de Bowen se apertaram.

– Ela tinha um bom motivo para o que fez. Estou dividido em meus sentimentos, mas ela estava em uma posição desesperada e fez o que precisava a fim de sobreviver. Não posso culpar a moça por isso. E, se Eveline não fosse sua amada esposa, você não veria culpa também.

– Não me diga onde eu encontraria falhas – Graeme disse ferozmente. – Ela colocou outra mulher em perigo de propósito para seu próprio ganho. Tremo só de pensar em tudo que Eveline suportou. É meu maior medo, ainda hoje, que ela não tenha contado toda a história para me poupar da dor de saber. Tem alguma ideia de como é pensar que algo tão horrível assim tenha acontecido com alguém que você ama com todo seu coração e alma?

– Isso e mais um pouco aconteceu com Genevieve. Repetidamente – Bowen disse friamente.

Graeme exalou e sua expressão aliviou. Parecendo cansado, esfregou a testa.

– Não é algo que eu possa perdoar facilmente, Bowen. Você tem que entender isso. Não pode esperar que eu aceite isso.

– Prometi que iríamos dar segurança a ela dentro do clã Montgomery – disse Bowen com a mandíbula cerrada. – Eu daria a ela essa proteção como minha esposa.

Graeme ficou boquiaberto, e seus olhos se escureceram com raiva.

– Você se casaria com uma mulher que tanto injustiçou seu clã? Sua irmã por casamento? Pense no que está fazendo, Bowen. Ela tem você na palma da mão. É claro que o está manipulando.

A fúria soprou sobre Bowen. Ele não esperava que Graeme ficasse feliz com a situação. Esperava sua raiva. Mas não esperava que Graeme levasse as coisas tão longe e o insultasse no processo.

– Não vou conceder minha bênção para isso – Graeme disse, sua voz cheia de raiva. – Não vou recebê-la no clã Montgomery.

O gelo deslizou para dentro de seu coração. Bowen estava entorpecido com a realização da escolha diante dele. Ainda assim, ele sabia, sem hesitação, que era a escolha certa. Não podia deixar Genevieve. Não poderia quebrar a promessa de vê-la protegida. E amada.

Ela tinha passado por tanta coisa em uma idade tão jovem. Era inconcebível jogá-la aos lobos e se afastar. Ele não viveria sem ela. Mesmo que significasse seguir seu próprio caminho.

– Eu ficarei com Genevieve com ou sem a sua bênção – Bowen disse, suas palavras caindo como pedras no silêncio da sala.

Graeme o encarou, boquiaberto.

– Você realmente escolheria essa mulher em vez de sua própria família?

Bowen o encarou de volta por um longo momento, o silêncio cada vez mais desconfortável.

– Me conte algo, Graeme. Você escolheria seus parentes em vez de Eveline?

Graeme parecia atordoado com a pergunta. Suas sobrancelhas franziram e ele não abriu a boca para responder.

O lábio de Bowen se apertou e ele olhou para seu irmão com desgosto.

– Achei que não.

Ele se virou, apenas desejando se afastar para que sua raiva se esvaísse e ele pudesse pensar mais racionalmente. Quando estendeu o braço para abrir a porta, ele fez uma pausa e virou para Graeme, que ainda estava sentado ao lado do fogo.

– Você pode descansar no meu quarto esta noite. Vou procurar outras acomodações.

Calmamente, deixou o quarto e fechou a porta. Foi instintivo ir até a porta de Genevieve. Ele odiava aparecer sem bater, mas também não queria permanecer no corredor tempo suficiente para ser visto.

Ele abriu a porta e entrou. Genevieve estava ao lado da lareira, com seus longos cabelos soltos e escorrendo pelos ombros. Ela estava sentada em uma cadeira, com os joelhos em direção ao queixo e seus calcanhares descansando na borda do assento.

Ele fez um murmúrio para que ela fosse alertada de sua presença, e ela se virou, os olhos arregalados de medo.

– Sou só eu – ele acalmou.

Ela relaxou, mas seus olhos permaneceram penetrantes e em alerta.

Ele andou para a frente, percebendo a presunção de se intrometer em seus aposentos particulares, um lugar onde ele tinha assegurado que ela não seria incomodada. Ficou a alguns metros de distância, sem saber o que fazer agora que estava ali e Genevieve sentava-se diante dele, uma visão de beleza em silhueta em frente ao fogo.

– Você gostaria de se sentar? – ela perguntou suavemente, gesticulando para a cadeira à sua frente. – Você parece estar com a cabeça cheia.

Ele pegou a cadeira e inclinou-se nela, os cotovelos apoiados nos joelhos.

– Eu queria ver você – ele disse simplesmente.

Ele não iria aborrecê-la, contando-lhe da reação de Graeme a sua declaração. Ainda nem tinha lhe dito nada sobre seus sentimentos. Na verdade, ele estava... com medo.

Ele achava engraçado que um homem experiente com as mulheres e confiante em seus próprios poderes de sedução estaria tão incerto sobre uma moça. Mas Genevieve era diferente. Ela era importante. Ele não queria lidar com a situação de maneira errada e arruinar qualquer chance de conseguir que ela fosse dele.

Ela estendeu a mão e segurou-a no ar para ele. Um gesto tão simples, mas que tocou-o profundamente. Ele deslizou os dedos sobre a palma da mão suave e entrelaçou-os nos dela, desfrutando do contato.

– Você recebeu seu irmão? – ela perguntou cautelosamente.

– Sim – disse ele severamente. – Ele ficará em meu quarto esta noite.

Ela franziu a testa, as sobrancelhas se unindo.

– Então, onde você vai ficar?

Ele hesitou, não querendo ser ousado, mas, ainda assim, queria ser honesto com ela.

– Eu gostaria de ficar aqui. Com você.

Os olhos dela se escureceram, então se arregalaram de surpresa. A mão dela tremia dentro da dele, e ele a apertou para tranquilizá-la.

– Não estou esperando nada que você não esteja disposta a dar – disse ele em voz baixa. – Sua companhia é suficiente.

Ela se moveu em seu assento, em seguida, levantou-se, com a mão ainda entrelaçada à dele. Seu cabelo caiu para trás e a simples roupa que usava emaranhou nos joelhos, mostrando seus pés enquanto ela diminuía a distância entre eles.

Ela ficou em pé entre as coxas abertas dele e baixou lentamente a boca para a dele, tocando suavemente e hesitante. Sua respiração estava ofegante sobre os lábios dele enquanto ela aprofundava o beijo de forma tímida.

– Ah, moça, o que você faz comigo – Bowen sussurrou.

Ele a puxou para baixo para sentá-la em seu colo e envolveu os braços ao redor dela, segurando-a contra seu peito enquanto ela acomodava a cabeça sob o queixo dele.

Ele esfregou uma mão para cima e para baixo no braço dela, querendo somente absorver a sensação. Sua mente estava viva com as escolhas diante dele e as repercussões daquelas escolhas. No entanto, a maior consequência de tudo seria não a ter. Todo o resto ele poderia enfrentar, mas não um futuro sem Genevieve.

Ela levantou a cabeça, batendo em seu queixo enquanto se afastava. Ela olhou para ele com tal medo nos olhos que retorceu as entranhas dele.

– Genevieve, o que há de errado? Tem que saber que nunca lhe farei mal.

Ela balançou a cabeça, os olhos preenchendo-se de lágrimas e vergonha.

– Sei que não vai me machucar, Bowen. Há, sim, algo que eu preciso lhe dizer. Se você soubesse... não iria me querer assim. No entanto, devo dizer-lhe, porque não posso permitir que as coisas progridam entre nós se você não souber.

O medo tomou conta dele e não ia embora. Ele não gostava do tom da voz dela. Não gostava da agonia nos olhos dela.

Tocou o rosto dela, seus dedos tremendo enquanto traçava a cicatriz em sua bochecha.

– O que foi, moça?

Ela fechou os olhos e baixou a cabeça para que encontrasse seu olhar. Sua voz era tão baixa que ele tinha de se esforçar para ouvir.

– Eu trouxe Ian para minha cama voluntariamente.

Bowen tinha certeza de que não poderia ter ouvido corretamente.

Ela abriu os olhos e ergueu um pouco o queixo, espreitando-o por debaixo de seus cílios.

– Foi quando Eveline foi trazida. Ian estava decidido a t-t-tê-la. Pretendia estuprá-la, estava nesse estado. Sentia-se triunfante, como um homem drogado. Eufórico por ter conseguido sequestrar Eveline. Ele continuou dizendo que a moça não faria dele um tolo e que ele iria puni-la.

Sua respiração ficou presa e mantida até que, finalmente, saiu soluçando suavemente de sua garganta.

– Eu não podia permitir isso.

Sua voz falhou e um soluço baixo brotou de seu peito.

– Era minha culpa ela estar lá, e eu estava muito envergonhada. Sabia que nunca poderia ser feliz sabendo que a minha liberdade foi comprada pelo sofrimento de outra pessoa. Então... eu o convidei para minha cama. Eu o s-s-seduzi.

Ela parou e virou o rosto, as mãos voando para cobrir o rosto e as lágrimas que caíam.

Bowen olhou para ela em estado de choque, depois a raiva o assaltou. Ela recuou quando olhou para trás e viu sua reação e, imediatamente, tentou levantar-se de seu colo.

Ele a pegou, segurando-a ferozmente. Ele envolveu os braços em torno dela e enterrou o rosto em seu cabelo.

Deus, ele estava furioso. Furioso por ela ter levado tanto nos ombros, por ter carregado tanto peso. Culpa. Vergonha. E ela não merecia *nada* disso.

Ele estava furioso consigo mesmo por ter se zangado com ela. E estava bravo que Graeme tinha rejeitado a relação entre ele e Genevieve por causa de tudo que ela tinha supostamente feito para Eveline.

Não havia mais nada que ele quisesse fazer além de marchar de volta para seu quarto, confrontar Graeme e contar-lhe sobre toda a verdade sórdida, mas não iria deixar Genevieve passar pelo sofrimento sozinha.

Ele iria mostrar-lhe esta noite como poderia ser com um homem que a amava.

– Não estou bravo com você, moça – disse ele, suas palavras abafadas pelos cabelos dela. – Eu estou envergonhado por quanto tempo passei ficando bravo com você antes.

– Eu estava disposta – ela sussurrou. – Fiz o papel de prostituta que ele me deu naquela noite. E na noite seguinte. Oh, Deus, eu me odiava. Só então contemplei o pecado do suicídio. Não antes, quando ele me estuprou. Quando tinha outros para me segurar e testemunhar minha humilhação. Nem mesmo quando ele deixava que os outros me m-machucassem. Mas depois. Oh, Deus, é até um pecado admitir isso, mas eu estava tão despedaçada por causa do que eu tinha feito que queria me jogar da torre.

– Oh, meu amor – Bowen sussurrou com voz torturada.

Ele balançou para trás e para a frente, segurando-a em seus braços enquanto suas lágrimas molhavam seu peito. Ele beijou seu cabelo, sua têmpora e, em seguida, puxou-a por tempo o suficiente para beijar seu rosto, seu nariz e os lábios enquanto tentava confortá-la.

Ela fundiu os lábios nos dele avidamente, o calor e o sal das lágrimas em sua língua. Ela agarrou seu pescoço, segurando-o ferozmente quando devolveu o beijo.

– Se nunca mais ficarei com outro homem, gostaria que você fosse o último – ela sussurrou. – Mostre-me, Bowen. Mostre-me como é. Tire a memória de Ian de mim.

– Você nunca terá que me implorar por nada, meu amor. Se me pedir a Lua, vou buscá-la para você.

Seus olhos suavizaram e as lágrimas pararam quando ela olhou para ele, sua testa pressionando a dele.

– Mostre-me – ela sussurrou novamente.

Ele se levantou da cadeira, levando-a com ele enquanto levantava-a em seus braços. Levou-a para a cama e colocou-a suavemente sobre o colchão.

Sem querer arruinar um único momento do que estava por vir, ele se inclinou, colocando a palma das mãos em ambos os lados dos ombros dela, enquanto olhava fixamente em seus olhos.

– Vou ser gentil, moça. Vou devagar e cortejá-la tão docemente como sempre mereceu. Mas se eu for muito rápido, se eu fizer algo que assuste você, se quiser que eu pare por estar com medo, tem que me dizer. Eu nunca faria nada para prejudicá-la. Eu cortaria meu braço direito antes mesmo de fazer você sofrer qualquer dor.

Ela sorriu para ele, com os olhos brilhando como esmeraldas gêmeas.

– Confio em você, Bowen. Só você. Me ame agora. Me faça esquecer tudo o que está no passado.

Ele baixou o corpo ao dela, sua boca pressionando calorosamente a dela.

– Sim, moça. Hoje à noite tudo o que eu quero que pense é no presente.

Capítulo 32

Genevieve absorveu o beijo de Bowen avidamente. Nunca tinha conhecido tal doçura. Nunca homem nenhum havia sido tão tenro e paciente com ela. Seu coração estava cheio de dor de tal forma que ela estava quase assustada.

Ela não sabia o que seu futuro lhe reservava. Nesta noite, ela queria só isso. Estar nos braços de Bowen. Saber, apenas por um momento, como era ser valorizada e... *Amada.*

Ela podia fingir que o passado nunca acontecera. Que seu rosto estava sem marcas e que pecados não tivessem sido cometidos. Que Bowen era o seu amor, seu único amor, e que ele foi o primeiro a tocá-la.

Instintivamente, ela apertou o rosto cheio de cicatrizes no colchão de modo que os lábios dele dançavam pela pele sem marcas de sua outra face. Mas ele não lhe permitiria fazer isso.

Gentilmente, ele a virou a fim de que a cicatriz fosse descoberta para ele, e pressionou pequenos beijos sobre a linha áspera, não deixando nenhuma parte da marca intocada.

– Eu ficaria satisfeito de fazer nada mais do que beijá-la a noite inteira – ele murmurou.

– Eu também – ela sussurrou de volta.

As mãos dele mergulharam nos cabelos dela. Ele correu os dedos pelas longas tranças, acariciando e alisando seu rosto e testa.

– Sente-se, moça, para que eu possa cuidar de você.

Seu corpo tremia enquanto ela o obedecia. Ele a posicionou na beirada da cama e começou a, lentamente, despir-lhe. Seu olhar sustentou o dela todo o tempo, como se estivesse à procura de qualquer sinal de que ela estivesse relutante ou assustada.

Era verdade que estava nervosa. Ela não queria decepcioná-lo. Mas não estava com medo. Não dele. Nunca dele.

Ela prendeu a respiração quando ele puxou a roupa sobre a cabeça dela, e ela deslizou seus braços ao redor de seu corpo, cobrindo os seios, enquanto estava de repente nua diante dele.

– Não esconda essa visão adorável de mim – ele repreendeu suavemente.

Ele, cuidadosamente, afastou os braços dela de seu corpo. Ela ficou chocada ao descobrir que suas mãos tremiam contra as dela. Era como se ele estivesse tão nervoso quanto ela.

Seu coração apertou. Ela achou cativante ele ser tão doce e gentil, e parecer inseguro.

Ela relaxou e lhe permitiu que afastasse os braços para que ele pudesse ver sua nudez. O olhar imediato de satisfação reforçou sua coragem.

A cobiça não era estranha para ela. Ian a havia olhado como um homem determinado não apenas a possuí-la, mas a tomar conta dela, inserir-se em cada parte de sua mente, de seu corpo e de sua alma.

Mas a forma com que Bowen a contemplava era diferente. Ela absorvia tudo, segurando-o perto e saboreando cada olhar, cada toque.

– Eu gostaria de despi-lo também – disse ela com voz rouca, mas hesitou, porque não queria parecer muito ousada.

Ele pegou as mãos dela e as guiou até sua túnica, aos cordões amarrados ao seu pescoço.

– Nada me traria mais prazer do que suas mãos sobre mim.

Desajeitadamente, ela mexeu nos cordões e depois deixou as mãos deslizarem pelos braços musculosos dele até seu abdômen, emaranhou a roupa e começou a puxar para cima.

Ele a ajudou a puxar a roupa e seu olhar se colocou sobre a cicatriz costurada que fazia uma curva pelo seu peito. Como ele tinha feito com a dela, ela se inclinou e beijou cada centímetro da marca, seus lábios persistentes sobre a pele enrugada.

Seu coração trovejou contra sua boca e sua respiração escapou de sua boca em um longo assobio.

– Tem alguma ideia do quanto sonhei com isso? – ele perguntou. – Sua boca em mim, a doçura de seu beijo, da sua carícia. É mais do que eu poderia possivelmente desejar.

Ela abaixou a cabeça timidamente, suas bochechas aquecendo com as palavras fervorosas.

Ele estendeu a mão para tocar seu queixo, esfregando o polegar sobre sua maçã do rosto enquanto olhava com ternura para ela.

– Ah, moça, sua timidez é tão cativante.

Ela esfregou o rosto na palma da mão, doloroso por mais de suas carícias. Então, ele se levantou lentamente, de pé diante dela para que ela tivesse acesso a suas calças.

O cume de sua excitação era facilmente visível, e ela engoliu em seco quando começou a despi-lo de sua última peça de roupa. Finalmente, as mãos dele cobriam as dela e ele ajudou-a empurrando as mãos para baixo por suas pernas, e ele estava livre das calças.

Ele era uma visão magnífica em pé diante dela. Todo masculino, duro e musculoso, o último guerreiro. Cicatrizes entrecruzavam seu corpo, algumas antigas e desaparecendo, outras, como a de seu peito, muito mais recentes.

Era evidente que este era um homem que tinha lutado em muitas batalhas. Trazia as marcas do mais experiente guerreiro, uma prova de sua força e treinamento.

Do cabelo escuro na junção de suas coxas, sua ereção se projetava para cima, grossa e intensa. Ela havia aprendido a temer tal visão, porque sabia que isso significava apenas dor e humilhação.

Mas esta era uma prova de sua excitação e sua necessidade dela. *Dela*. Uma moça cheia de cicatrizes, sem nada para oferecer a ele, sua virtude há muito tempo levada contra sua vontade.

Era difícil não se esconder de vergonha novamente, pois ela não era digna daquele homem ou de sua consideração.

Bowen se acomodou na cama de novo, absorvendo a mudança instantânea no comportamento dela. Ele acariciou o cabelo dela, deixando que sua mão corresse pelo comprimento de seus cabelos enquanto ele olhou para ela, questionando-a.

– Por que esse olhar? Como se fosse desviar seu olhar de mim com vergonha?

Seus olhos estavam assombrados. A tristeza agarrou-se a eles, encharcando as piscinas com uma riqueza de emoção silenciosa.

– Antes, eu teria sido digna de você – Genevieve disse em uma voz angustiada. – Eu era inocente e intocada. Meus pais eram de origem nobre, e eu fui criada na corte do rei. Eu assistia a própria rainha.

Ela olhou para cima, seu rosto encheu de tristeza e da consciência de tudo o que tinha sido lhe obrigado.

– Agora não sou mais do que a prostituta mais humilde. Certamente, não adequada a um guerreiro que carrega o nome Montgomery e parente de um dos senhores mais poderosos em toda a Escócia.

A raiva tomou conta dele. Foi inundado por ela até que começou a incendiar seus sentidos e queimar em suas veias.

– Não é digna? – ele disse, sua voz áspera e inflexível. – Sou eu quem diz quem é digno, e nunca houve uma mulher mais digna de minha consideração do que você.

Um olhar de encantamento iluminou lentamente o rosto dela. Seus olhos se arregalaram e, então, suavizaram. Ela olhou para ele como se ele, sozinho, tivesse derrotado um exército inteiro por ela.

– Oh, Bowen – ela respirou.

Ele deslizou os braços para debaixo das pernas dela e a levantou num giro para que pudesse posicioná-la na cama. Ele a deitou como um banquete. E, na verdade, ela era. Um banquete para os olhos e os sentidos. Ele mal podia conter-se, tão grande era sua necessidade de tocá-la.

Com as mãos trêmulas, ele acariciou a barriga macia dela, logo acima de onde a mancha escura de cabelo protegia sua pele mais feminina. Ela acenou para ele, e o desejo de mergulhar os dedos em sua doçura era forte, mas ele não queria apressar. Se isso o mataria, ele seria excessivamente paciente. E poderia ser que isso acontecesse mesmo.

Ele acariciou a pele acetinada sobre seu colo, em seguida, até o vale de seus seios, enquanto olhava para a perfeição dos montes carnudos. Seios perfeitos, com as pontas rosadas. Seus mamilos estavam tentadoramente redondos e rígidos, convidando sua boca para chupá-los.

Quando ele segurou um dos seios delicados, ela ficou imóvel, nem mesmo uma respiração escapava de seus lábios. Seus mamilos terminavam em pontos rígidos e pequenas saliências de arrepios eclodiram e correram sobre seu peito.

– Você é linda, Genevieve – disse ele com voz rouca. – Não há moça mais bonita.

Por um momento, ele pensou que tivesse falado de forma errada. Que tivesse ido longe demais e que, em seu esforço para fazê-la se sentir bonita e feminina, ele teria parecido desonesto.

Mas então ela olhou para ele e seus olhos brilhavam. Ela parecia... contente. Era um olhar que ela não tinha usado até agora, e ele não podia culpá-la. Ela tinha pouco para ser feliz.

– Você me faz sentir bonita – disse ela, os lábios trêmulos com a emoção.

As palavras dela o atingiram bem no peito, e seu corpo inteiro estremeceu. Ele se inclinou e roçou a boca na dela, tomando o néctar de seus lábios.

– Estou contente com isso, moça, porque é verdade que é mais bonita para mim do que mil vezes o entardecer das Terras Altas.

Ele mordiscou seu queixo até seu ouvido e, em seguida, passou vários longos instantes causando gemidos suaves nela enquanto provocava o lóbulo delicado. Ele lambeu e mordiscou até que ela se mexeu inquieta debaixo de suas mãos que a buscavam.

Ele agarrou os mamilos completamente, brincando com eles com seus dedos. Sua boca regada com a necessidade de passar a língua sobre as pontas. Depois de deixar sua orelha, ele fez uma trilha de mordidas pelo pescoço até o ombro. Roçou os dentes sobre a pele sensível na curva do pescoço até que ela tremeu sob sua boca.

Então, finalmente, ele se permitiu deslizar a boca para baixo. Deixou um rastro quente e úmido sobre a pele dela até que, por fim, chegou à exuberância de seus seios.

Ele lambeu as pontas dos seus mamilos, e ela engasgou, arfou, arqueando as costas. As mãos dela voaram para os cabelos dele, seus dedos arrastando sobre seu couro cabeludo, puxando-o para mais perto, exigindo mais.

Ele brincou com seus mamilos, lambendo e provocando, depois lambeu a ponta aveludada e sugou forte enquanto chupava o peito.

– É o paraíso – ela suspirou.

Seus dedos se soltaram e ela mexeu no cabelo dele, acariciando os longos fios até que ele fechou os olhos de prazer.

Seu toque era maravilhoso. Ele ficaria satisfeito em ter as mãos dela em cima dele todos os dias de sua vida.

– Sim, é o paraíso – ele concordou.

Mas ele sabia que estar dentro dela seria além do paraíso. A antecipação o estava matando. Ele não podia esperar para deslizar para dentro de sua suavidade aveludada. Ele só rezou para que não se precipitasse no momento em que mergulhasse dentro de seu calor doce.

Ele continuou sua trajetória descendo, pressionando beijos tenros em sua barriga e, em seguida, posicionou-se sobre ela, seus braços pressionando as laterais de suas coxas enquanto ele beijava seu caminho para o cabelo fino e escuro entre as pernas dela.

Seus olhos se arregalaram e ela levantou a cabeça, um protesto formando-se em seus lábios quando ele separou suas coxas e apertou um beijo nos cachos macios.

– Bowen, não!

Ele riu baixo.

– Sim, moça. Deite-se e deixe-me amar você.

Ele deslizou seus dedos sobre as dobras de seda e encontrou a saliência tensa de prazer de sua mulher. Assim que a tocou, ela se esquivou e soltou um grito agudo.

Ele duvidava que qualquer homem já tivesse cuidado do prazer dela. Ela fora usada como um vaso para o prazer de outros. Suas necessidades e desejos nunca tinham sido considerados.

Ele estava determinado a mudar tudo isso nesta noite.

Baixando a cabeça, ele se esfregou na carne quente e úmida e provou a essência de sua feminilidade. Era uma sensação inebriante. Ela enchia seus sentidos, deixava-o deslumbrado.

Ele passou a língua sobre sua entrada, movendo-a para cima até que chegou na pequena saliência de pele perto da sua abertura.

Ela tremia incontrolavelmente, os músculos em suas pernas saltando em espasmos enquanto ele continuava a atenção voluptuosa em sua pele de mulher.

– Bowen! – ela gritou.

Ele olhou para cima para ver os olhos arregalados e quase assustados. Ela estava tão tensa como uma corda de arco, e sua expressão era uma mistura de dor e prazer intensos.

– O que está acontecendo? – perguntou ela com a voz confusa.

– É o seu prazer de mulher – disse ele suavemente. – Deixe-me dar a você, Genevieve. Confie em mim. Apenas se solte. Não resista. Vai ser maravilhoso.

Ela suspirou e relaxou, seus músculos afrouxando. Ele voltou à sua tarefa, determinado agora mais do que nunca a trazê-la ao prazer final.

Queria garantir que ela estaria preparada para ele, porque a última coisa que queria era machucá-la. Ele era um homem grande, e ela era pequena. Não queria usar força bruta e lhe causar dor.

Enquanto sua boca encontrava o pequeno botão e ele sugava-o gentilmente, ele deslizou um dedo dentro de sua abertura, testando sua umidade. Ela ficou tensa em torno dele, apertando seu dedo para baixo. Ela era pequena, sua passagem, estreita, e sugava seu dedo avidamente.

Ele deslizou-o mais para dentro, mergulhando pelas paredes de pelúcia e cetim, enquanto trabalhava a língua sobre suas partes mais sensíveis.

Ela se contraiu de forma incontrolável. Suspirava e gemia, tornando-se mais expressiva a cada volta de sua língua. Seu quadril se empurrava para cima e sua mão deslizou pelo cabelo dele como se ela estivesse implorando por mais.

Ele iria levá-la até o limite. Queria que ela ficasse desesperada pela libertação. Só então ele a pegaria e a possuiria. Eles encontrariam a satisfação juntos.

Ele aliviou o dedo de sua passagem e deslizou ambas as mãos por baixo das nádegas arredondadas, levantando-a. Assim poderia deleitar-se com mais facilidade em sua pele feminina.

Saboreou todos os gostos a cada golpe de sua língua. Ele circulava a ponta da língua em torno de sua abertura e, depois, deslizou-a para dentro, mergulhando tão profundamente quanto pôde e selando a boca sobre a sua entrada, sugando-a.

Ela soltou um grito e apertou as coxas firmemente em torno de sua cabeça. Contorceu-se debaixo dele, e ele podia dizer que ela estava perto de chegar ao clímax.

A antecipação lambeu-lhe a espinha. Ele estava tão ansioso para estar dentro dela que seus movimentos foram desajeitados quando colocou as nádegas dela de volta para o colchão e tirou as mãos.

Separando suas coxas, ele se posicionou entre elas e manobrou-se em cima dela. Seus corpos estavam quentes, combinando, a suavidade dela um encaixe perfeito para a dureza dele.

– Quero estar dentro de você, moça. Sofro para estar dentro de você. Segure-se em mim e coloque seu olhar em mim. Quero você comigo durante todo o caminho. Se quiser que eu pare, diga. Irei parar mesmo que isso me mate.

Ela sorriu, seus olhos suaves com algo que parecia amor. Talvez fosse porque ele queria. Talvez estivesse imaginando. Mas ele abraçou-o e segurou-o, esperando que ela pudesse começar a amá-lo com o tempo. Ele esperaria para sempre se fosse necessário.

Ele teria que ser paciente, porque, primeiro, ela tinha que confiar, e podia levar um longo tempo para ela superar toda a traição a qual tinha sido entregue.

Posicionando-se em sua pequena entrada, ele avançou levemente apenas para se acomodar lá dentro. Fez uma pausa, sem querer apressar e correr o risco de ferir ou assustá-la.

Ele tinha apenas uma chance de fazer isso perfeitamente, e estava determinado.

– Respire, moça, e segure-me com força. Vou ser gentil e me moverei lentamente. Quero que você se sinta bem.

As mãos dela deslizaram pelos braços dele até os ombros, onde suas unhas cravaram sua pele, marcando-o com pequenas garras.

Ele avançou um pouco mais, entrando nela centímetro por centímetro. Nunca havia feito isso tão lentamente ou com tanto cuidado. Ele a observou, atento a qualquer sinal de que ela não o acompanhava. Ela emitiu um pequeno suspiro e se mexia debaixo dele, como se estivesse tão impaciente quanto ele para estar totalmente dentro dela.

Ela se fechou ao redor dele, tudo suave, doce e exuberante. Absolutamente exuberante e decadentemente pecaminoso. Nunca havia sentido tal onda de prazer. Ou satisfação. Era como voltar para casa. Como se tivesse esperado por ela, e por esse momento, para sempre. E talvez tivesse.

Ela o completava de uma forma que ele nunca tinha imaginado uma mulher fazendo. Ele tinha parentes, o clã, seus deveres para com seu irmão. Graeme, Teague e Rorie sempre vinham primeiro. Ele colocava o bem-estar e as necessidades deles acima das suas. E agora Genevieve tinha assumido a frente das suas prioridades. Ele moveria o Sol se fosse necessário para garantir sua segurança e felicidade. Nada era mais importante do que sua segurança. Seu foco era e tinha que ser apenas ela, pois ela não tinha mais ninguém para defender sua causa. Se ele não cuidasse da sua felicidade, quem o faria?

Fechando os olhos, ele deslizou mais profundamente, empurrando até que, finalmente, seu quadril se encontrou com a parte de trás de suas coxas e o cabelo em sua virilha se misturou com o cabelo fino entre as pernas dela.

Seus olhos estavam vidrados. Ela parecia estar intoxicada. Suas mãos trabalharam para cima e para baixo como se ela não pudesse ficar imóvel e, em seguida, ela os levantou para mergulhar no cabelo que caía sobre os ombros dele.

Ele retirou-se, e ambos gemeram com o requintado prazer que os assaltou. Ele empurrou para a frente, um empurrão gentil. Deslizou umidamente através dos tecidos apertados, e o suor caía por sua testa enquanto ele lutava pelo controle.

– Bowen, eu preciso...

– Do que precisa, moça? Diga-me. Vou dar a você se estiver em meu poder.

– Eu preciso... *De você* – ela disse em uma voz desesperada. – Esta necessidade está arranhando meu interior. Não sei o que fazer. Está crescendo cada vez mais até que a pressão se transforma em dor dentro de mim.

Ele recuou e empurrou com um pouco mais de força, estabelecendo um ritmo enquanto se balançava contra ela. As mãos envoltas no quadril dela, segurando-a firme enquanto ele bombeava para dentro e para fora de seu fecho apertado.

Colocando uma mão na sua virilha, ele deslizou o polegar para baixo, pelos cachos e entre o V das pernas dela, até que esfregou seu botão sensível.

Ela se esticou imediatamente, indo tão apertado em torno dele que ele quase desmoronou ali. Ele gemeu e parou, respirando rapidamente para ganhar o controle.

Então, mexeu o polegar novamente, provocando outro estremecimento até os ossos. Ela estava perto, perigosamente perto de encontrar o prazer, e ele queria mergulhar com ela.

Pressionando o polegar e trabalhando em um círculo sensual, ele começou a deslizar para dentro e para fora, forçando-se profundamente.

O atrito era quase insuportável. Ela estava tão apertada que era difícil mover-se com facilidade.

Seus dedos cravaram nos braços dele. Seus olhos fechados se espremeram e sua boca se abriu em um grito silencioso.

Ela ficou molhada em torno dele, de repente, facilitando sua passagem, e ele empurrou mais e mais rápido. Ela arqueou as costas para fora da cama, então gritou, o som distorcido quando terminou em um suspiro.

Num ato selvagem, ela resistiu em suas mãos, e ele a deixou livre, montando-a enquanto ela se contorcia embaixo dele. Seu ápice se materializou em um movimento intenso, apertando todos os músculos do seu corpo até quase sentir dor. Correu pelo seu mastro e eclodiu em uma explosão tumultuada. Ele pulsou com força, plantando-se profundamente dentro dela apenas para retirar-se e empurrar-se profundamente.

Finalmente, fez uma pausa, enterrado dentro dela, seu corpo esfregando contra o dela enquanto ele tremia e esvaziava a última de sua semente dentro dela.

Ele a pegou nos braços, querendo apenas tê-la o mais perto possível. Ela estava mole e saciada, seu suspiro satisfeito ronronando sobre as orelhas dele.

Por um longo momento, ele permaneceu enterrado dentro dela em um fecho apertado. Ele não tinha vontade de sair. Se fosse por ele, permaneceria dessa forma por tanto tempo quanto pudesse, uma parte dela, ligado da maneira mais íntima possível.

Ele beijou sua testa, acariciando sua pele, e murmurou mais uma vez que ela era a moça mais bonita do mundo. Não eram apenas palavras que ele oferecia. Clichês. Ele não se importava com a cicatriz que marcava o rosto dela. Nos olhos *dele*, ela era a mais bela moça que ele já tinha conhecido e nada iria mudar isso. Nem cicatriz. Nem circunstâncias. Ela era dele, e ele não dava a mínima para o que os outros pensavam.

– Eu te amo – ele murmurou contra os cabelos dela. – Eu sempre te amarei, Genevieve.

Mas, quando ele se afastou, viu que ela já tinha caído em um sono profundo, sua boca curvada na mais ínfima sugestão de um sorriso. Ela parecia à vontade, as linhas em sua testa substituídas por pele lisa.

Ele a beijou de novo e, suavemente, aliviou-se a partir do aperto quente de seu corpo. Então, puxou as cobertas sobre ambos e recolheu-a para que ela dormisse na segurança de seu abraço.

Capítulo 33

Era antes do amanhecer, Bowen estava deitado na cama e Genevieve descansava ao seu lado, com a cabeça em seu ombro enquanto ele acariciava a suavidade de seu cabelo.

Ambos tinham despertado, mas estavam deitados no silêncio, simplesmente apreciando a intimidade e proximidade de seu abraço. De vez em quando, ele dava um beijo em sua testa, porque não conseguia evitar tocá-la e beijá-la mesmo na menor das maneiras.

Sua mão esfregou preguiçosamente seu peito de forma distante, mas ele gostava quando ela o tocava. Ele não queria que ela parasse.

– Como se tornou tão hábil com um arco? – ele perguntou, quebrando o silêncio.

Ela levantou a cabeça para olhar em seus olhos, a surpresa enrugando sua testa.

– É óbvio que tem grande habilidade. Conseguiu derrubar quatro homens em batalha, e sua mira é mais apurada do que a de qualquer homem que já testemunhei.

– Meu pai me ensinou – disse ela calmamente. – Ele me levava para caçar frequentemente. Minha mãe se desesperava. Ela disse a ele que estava tentando fazer de mim um rapaz para compensar o fato de que ela nunca lhe deu o filho que ele queria.

Ela soltou a respiração suavemente, com um olhar de tristeza nublando seus olhos.

– Eu sinto falta dele – ela admitiu.

Ele apertou-a e pressionou outro beijo em sua testa.

– O que vai acontecer agora, Bowen? Seu irmão está aqui.

Cuidadoso para não abordar temas que apenas o deixariam com raiva, ele respondeu de maneira que sabia ser verdadeira.

– Não sei. Não falamos muito sobre o assunto. Hoje ele irá visitar o castelo e, provavelmente, decidir sobre o futuro do clã McHugh.

– Prometa-me que não vai permitir que eu seja a causa de briga entre vocês dois.

Bowen endureceu. Teria ela percebido seu estado de espírito na noite anterior? Seria mais intuitiva do que ele pensava?

– Não, moça, não permitirei.

Isso era verdade. Ele se recusava a permitir que Genevieve fosse um ponto de contenda. Graeme havia deixado claro, mas Bowen fez-se igualmente claro. Se Graeme não pudesse aceitá-la, então Bowen iria tirá-la do clã Montgomery. Doía-lhe pensar em ser separado de sua família, seus irmãos e sua irmã, Rorie. Mas doía ainda mais imaginar estar separado de Genevieve.

– O clã é importante – disse ela, uma nota de pesar em sua voz. – Eu sinto falta do meu. Sinto falta de mamãe e papai com todo o meu coração, mas me acalma saber que eles nunca irão saber da minha desgraça. Isso iria prejudicá-los profundamente.

Havia tanta tristeza nas palavras de Genevieve que apertava o coração de Bowen. Mas, mais do que isso, o fez parar. Suas palavras pesavam sobre ele, espetando-o.

Era uma sensação desconfortável, porque ele sabia que aquilo era um enorme problema não resolvido, o clã dela. Também sabia que sua solução não era solução alguma e, ainda, se os pais dela soubessem que ela estava viva, Bowen a perderia em um instante.

O pensamento o deixava inquieto, ou melhor, completamente instável, a ponto de entrar em pânico. Ele não conseguia pensar em tal coisa. Agarrou-a com mais força para aliviar o mal-estar que o assaltava com a ideia de perdê-la.

– Quero que permaneça em seu quarto hoje, Genevieve – Bowen disse em uma voz sombria. – Há muito a ser resolvido, e é melhor que permaneça fora de vista. Não permitirei que você seja magoada com as palavras ou ações dos outros.

Ele a protegeria da censura de seu irmão. No estado atual de Graeme, Bowen não podia ter certeza de que ele não iria enfrentar Genevieve em sua raiva sobre o que ela tinha feito para Eveline. E se fizesse isso, então um irmão seria lançado contra o outro, porque Bowen nunca permitiria que Graeme depreciasse Genevieve.

A tristeza o afligia e ele se sacudiu, não querendo permitir que uma sombra fosse lançada sobre ele e Genevieve. Estava determinado a dar-lhe o amor e a felicidade que ela merecia. Mesmo que significasse escolhê-la sobre as pessoas que ele amava e guardava perto de seu coração.

Era difícil não ficar com raiva de Graeme por obrigá-lo a fazer essa escolha. Ele entendia os sentimentos de Graeme, mas foi longe demais. Havia condenado uma união entre ele e Genevieve sem nunca ter conhecido a moça. E não havia realmente ouvido a história dela. Reagira com raiva, e agora Bowen era forçado a fazer o impensável.

A mulher que ele amava ou o clã ao qual ele era ferozmente leal.

Era uma escolha que homem nenhum jamais deveria ter que fazer. E, ainda assim, ele a encarava agora. Que Deus o ajudasse, mas nunca poderia perdoar a si mesmo ou viver consigo mesmo ou chamar-se de homem se ele se afastasse de Genevieve e a deixasse para sobreviver por conta própria. Não seria capaz de dormir à noite imaginando se ela estava feliz, assustada, sozinha ou machucada. E a simples verdade é que não queria ficar sem ela.

Não, a moça tinha sofrido muito mais dor do que uma moça deveria ter de suportar em uma vida. Se fosse por ele, ela nunca mais sofreria um momento de infelicidade.

Genevieve se inclinou e beijou-o, a ponta dos dedos tocando a lateral de seu rosto. Ele capturou a mão dela, segurando-a contra sua bochecha quando retornou seu beijo.

Seu corpo saltou à vida, já faminto por ela novamente, e ele a teria mais e mais ao longo da noite. Nunca seria suficiente. Ele nunca teria o suficiente dela. Puxou-a em seus braços, beijando-a de forma mais agressiva. Então, ele a rolou para debaixo dele, abrindo suas coxas com o joelho.

– Mais uma vez? – ela sussurrou.

– Sim, moça, mais uma vez.

Capítulo 34

Foi bem depois da hora em que normalmente se levantava que Bowen saiu do quarto de Genevieve e foi em busca de Graeme. Teague e Brodie não estavam no castelo, e era provável que tivessem acompanhado Graeme em sua excursão da exploração do castelo McHugh.

A noite com Genevieve o tinha colocado em paz com sua decisão. Ela o havia acalmado e trazido ordem aos seus sentimentos, antes tumultuados pelo contronto com Graeme. Naquela manhã, ele era mais capaz de discutir o assunto com Graeme, e esperava que pudesse fazer com que seu irmão compreendesse.

Quando entrou no pátio, viu que Graeme cavalgava com Teague e Brodie. Graeme desceu do cavalo. Seu olhar afiado encontrou Bowen, e suas feições se apertaram.

Bowen se aproximou com um passo determinado, parando a alguns metros de Graeme. Brodie e Teague desciam de seus cavalos, e Bowen apressou-se para dizer o que queria antes que eles chegassem a uma distância de onde conseguiriam escutá-lo.

– Gostaria de falar com você em particular.

Os lábios de Graeme se afinaram.

– Você já teve muito a dizer.

– Há mais coisas. São informações que deve ter antes de definir a sua mente sobre o assunto.

Graeme hesitou por um longo momento antes de, finalmente, concordar, então ele virou-se para ordenar que cuidassem de seu cavalo. Depois de sua diretiva, ele olhou para Bowen.

– Venha. Nós vamos caminhar até a colina e conversaremos ali.

Lado a lado, os dois irmãos caminhavam ao redor da parede de pedra que guardava o castelo, a uma boa distância do castelo e dos chalés que o rodeavam.

Era como nos velhos tempos. Bowen sempre ao lado de Graeme. Bowen sempre realizando os desejos de Graeme. Ele era atormentado por tristeza pela rixa entre eles, mas era uma a qual ele esperava resolver.

Graeme fez uma pausa, seu olhar absorvendo os arredores. O vento soprava em torno deles, navegando ao longo da encosta.

– O que está em sua mente, Bowen? Suponho que tenha passado a noite com Genevieve.

Houve uma forte desaprovação na voz de Graeme, mas Bowen não reagiu. Ele fixou seu olhar sobre o rio distante enquanto reunia seus pensamentos.

– Genevieve colocou Ian em um caminho que ela pensou que traria a possibilidade mais provável de morte dele e o resgate dela.

– Sim, você me disse. Ao incentivar o plano dela para raptar Eveline – disse ele com nojo.

– Além do fato de você colocar a culpa na pessoa errada, Genevieve não realizou o plano. Não foi o algoz de longa data de Eveline. Era Ian, e você bem sabe disso. Há mais coisas que não sabe. Eu já lhe disse que ela foi sequestrada por Ian, seu rosto arruinado por sua faca e que ele a estuprou repetidamente. Ele também convidou seus homens a fazerem o mesmo.

O rosto de Graeme se torceu com desgosto e ele emitiu uma rara blasfêmia.

– O que soube apenas na noite passada, e soube isso porque a moça estava em lágrimas e com muito medo de confidenciar para mim, é que ela tinha *vergonha* porque convidou Ian para sua cama, não uma, mas duas vezes. Quer saber por quê, Graeme?

Um olhar de desconforto atravessou o rosto de Graeme, mas ele não respondeu. Bowen continuou.

– Ela convidou o bastardo para sua cama porque ele estava decidido a estuprar e abusar de Eveline como retribuição pelos pecados que pensou que ela tivesse cometido contra ele. Ou seja, ousando recusá-lo. Assim como Genevieve já havia feito na corte. Só que Genevieve não teve tanta sorte para escapar de sua vingança. Mas ela poderia salvar Eveline, e fez isso trazendo Ian para a cama deliberadamente, a fim de poupar a sua esposa. E, por que fez isso, ela se considera indigna de mim, do meu respeito. Ou do meu *amor.*

Ele se calou ferozmente, porque foi agarrado pela raiva mais uma vez. Estava furioso por tê-la julgado mal daquela maneira e pelo fato de que ela ainda sofria a condenação e o julgamento de seus parentes por erros que não cometera.

Os lábios de Graeme formaram uma linha apertada e resignada. Havia tristeza e pesar em seus olhos.

– É uma bagunça. A história inteira é de pesar. É uma vergonha que um homem tenha causado tanto sofrimento e tristeza porque era apenas uma criança mimada privada de tudo que queria. O pai é tão culpado quanto ele.

Bowen assentiu.

– Sim, ele era. A moça colocou uma flecha em seu pescoço. Ela procurou retribuição pelos erros que ele permitiu que Ian cometesse com os outros. Estava cheia de ódio por ambos.

– Não é uma tarefa fácil para você, Bowen. Mesmo se eu conceder a minha bênção e consentimento, há a questão do seu clã. Não pode esconder a moça para sempre. É possível que os veja quando for à corte. Eles ficariam magoados e furiosos se descobrissem que você manteve em segredo que ela está viva. Eles podem até entrar em guerra com nosso clã por causa disso.

Bowen absorveu as palavras de Graeme, mas elas não eram questões que ele já não tivesse considerado. Ele bem lembrou o olhar no rosto da moça na noite anterior, quando ela falou de sua família. O quanto seus olhos estavam assombrados.

E a nostalgia em sua voz quando ela admitiu que sentia falta deles.

Agora Graeme estava colocando diante de si um ponto muito sólido. Bowen queria se casar com Genevieve. Ele queria levá-la para o clã Montgomery para que ela ficasse feliz e bem protegida. Mas Graeme estava certo. Ele não podia mantê-la escondida para sempre. Não queria.

Não gostaria que ela pensasse que ele estava envergonhado por tê-la como sua esposa. Não dava a mínima para o que as pessoas pensavam do desfiguramento dela. Ela era linda e de tirar o fôlego. Ele derrubaria qualquer um que dissesse outra coisa.

O desânimo encheu seu coração porque sabia, mas estava relutante para reconhecer, que o caminho estava diante dele. Sabia o que era certo, o que era melhor, e isso enchia-o de desolação.

– Eu preciso de algum tempo para pensar sobre as coisas – disse Bowen, em voz baixa.

Graeme suspirou.

– Se isso torna as coisas mais fáceis para você, eu revejo a minha posição. Retiro tudo o que foi dito na noite passada. Darei as boas-vindas à moça em nosso clã, se é o seu desejo. Você é meu irmão, e eu te amo acima de todos os outros. Quero o que é melhor para você, e quero que seja feliz. Se a moça te faz feliz, então vou aceitá-la.

Bowen assentiu e apertou o braço do irmão.

– Gostaria de conhecer a moça quando você tiver tempo para pensar em tudo o que o aflige – disse Graeme.

– Sim, você vai. Eu o apresentarei.

– Vou deixá-lo, então.

Graeme deu um tapinha nas costas de Bowen e apertou-lhe o ombro em um gesto de conforto. Bowen ofereceu um sorriso triste, voltou-se para o rio e foi até a colina para os bancos.

Os mesmos bancos onde ele e Genevieve conversaram mais de uma vez. Onde ele a tinha visto brilhando como uma ninfa do mar, seu corpo molhado e brilhante.

Seria difícil, e a consciência do que ele tinha que fazer o havia deixado sem ação. Ele estava paralisado pelo mero pensamento. O pesar o consumia, mas, ao mesmo tempo, uma paz lentamente se infiltrava em sua mente.

Era a coisa mais difícil que ele tinha que fazer, mas era a coisa *certa*.

Capítulo 35

Genevieve deixou seu quarto algumas horas depois de Bowen partir, apesar de ele ter dito para ela permanecer ali dentro.

Normalmente, ela iria obedecer. Tinha feito isso até agora. Mas o quarto pequeno e apertado a estava deixando tonta, e ela precisava esticar as pernas por um tempo.

Parou diante da porta de Taliesan, tentada a ver se ela estava lá dentro. Genevieve se sentiria melhor com a companhia da moça, mas também não queria envolver Taliesan se um dos McHugh se deparasse com Genevieve e lançasse insultos e acusações em direção a ela.

Genevieve fora muito cuidadosa para evitar a maioria do clã McHugh desde a batalha, e não sabia se eles tinham conhecimento da sua participação na morte de Patrick. Mas, mesmo se não tivessem, o fato de que ela tinha sido a razão pela morte de Corwen era suficiente para que despejassem sua raiva em cima dela.

Reunindo sua capa e capuz em torno dela, ela rapidamente desceu as escadas, hesitando enquanto espiou no corredor. Era hora da refeição do meio-dia, e muitos se reuniram em volta das mesas no salão. Ela faria sua escapada pela saída para o pátio e rezaria para que passasse sem ser insultada.

Abaixando a cabeça, ela se apressou em seu caminho, seu passo rápido. O vento puxou sua capa quando ela pisou lá fora, e ela protegeu seus olhos da areia e da sujeira trazidas pelas rajadas de vento.

Quando virou, ficou cara a cara com um grupo de mulheres que estava voltando do rio com as roupas que haviam lavado.

Suas expressões se transformaram em raiva no momento em que perceberam que era ela. Uma mulher deixou a cesta de roupas molhadas cair e, sem dizer uma palavra, pegou uma pedra e arremessou-a em Genevieve.

Pegou em seu braço, e Genevieve se esquivou com a dor. Ela virou-se para proteger a si mesma e, para seu horror, as outras mulheres seguiram o exemplo.

– Prostituta! – uma delas cuspiu enquanto jogava uma pedra que, graças a Deus, passou por cima da cabeça de Genevieve.

– Assassina!

A ladainha de nomes fez Genevieve recuar. Defendeu-se com as mãos por tempo suficiente para recolher as saias para que pudesse correr de volta para o castelo tão rápido quanto podia.

Uma das pedras atingiu bem o meio de suas costas, e ela gritou de dor. Outra passou pela têmpora, e ela sentiu o fio quente de sangue deslizar vagarosamente pela sua bochecha.

Mas foi a que a atingiu na parte de trás da cabeça que a derrubou. Ela foi se deslocando para a frente e quase caiu nos braços de Teague Montgomery enquanto dobrava a esquina para o pátio.

Ela bateu no chão com um baque doloroso, mas sabia que não poderia permanecer no chão. Elas estariam sobre ela como um grupo de lobos, e ela temia que não iriam parar até que a matassem.

– O que é isso? – Teague perguntou enquanto se ajoelhava no chão ao lado dela.

Quando ele a virou, ela viu que Brodie Armstrong estava ao seu lado, com seu rosto formando uma carranca feroz.

Teague limpou o sangue no rosto de Genevieve com o polegar e seus olhos se estreitaram.

– Quem fez isso com você? – perguntou ele.

– Elas estão vindo – ela engasgou.

Teague olhou para cima, e Genevieve podia ouvir o grito das mulheres enquanto dobravam a esquina, sua sede de sangue, o sangue dela, em seus gritos.

– Brodie – Teague gritou. – Cuide disso.

Teague, gentilmente, reuniu-a nos braços, protegendo-a durante todo o tempo com seu próprio corpo. Brodie rugiu sua ordem para as mulheres pararem e, em seguida, ele as advertiu pelo que tinham ousado fazer.

Genevieve se encolheu nos braços de Teague, com a cabeça enterrada em seu peito enquanto ele rapidamente se dirigiu para a porta do castelo. Suas preces foram atendidas quando ele contornou o salão e foi direto até as escadas para seu quarto.

Quando empurrou a porta, ele a colocou na cama, e logo em seguida deixou-a para molhar uma toalha na bacia.

Ela ficou lá entorpecida, o choque tornando-a fria e insensível. Ela estava vagamente consciente da dor em sua cabeça e em outros lugares, mas tudo o que podia imaginar era a raiva e o ódio no rosto das mulheres.

Oh, Deus, ela nunca iria ter um lugar ali. Já sabia disso, mas, de alguma forma, ter Bowen a tinha feito olhar para além da intensa antipatia que os McHugh tinham por ela.

Ela fechou os olhos enquanto uma lágrima se espremeu do canto de um dos olhos e deslizou pelo seu rosto.

– Não chore, moça – Teague disse assustado. – É o suficiente para me fazer entrar em pânico.

As pálpebras dela se abriram e ele nadou em sua visão. Ele se sentou na beirada da cama ao lado dela e, com uma expressão de concentração, cuidadosamente limpou o sangue de sua bochecha marcada pela cicatriz.

Ela estava mortificada por tê-lo em tal proximidade executando uma tarefa tão íntima. Mas ele segurou seu queixo firmemente com uma das mãos para que ela não pudesse afastar-se enquanto limpava o ferimento com a outra mão.

– Não é nada mais do que um raspão – ele assegurou-lhe enquanto puxava o pano para longe. – Não vai deixar uma marca permanente.

Seus olhos lacrimejaram de novo, e ela teve que conter o riso que ameaçava escapar.

– A última coisa com que estou preocupada é outra marca no rosto – disse ela com um soluço.

A pena torcia as feições dele. E então ele se levantou, limpando sua garganta sem jeito.

– Devo buscar Taliesan para você?

Ela balançou a cabeça.

– Não – ela sussurrou. – Eu preferiria ficar sozinha agora.

Teague assentiu e começou a caminhar para a porta.

– Chame-me se tiver necessidade de alguma coisa. Vou me certificar de que a comida seja trazida para sua refeição.

– Obrigada – disse ela agradecida. – E obrigada por me ajudar.

A raiva obscureceu seus olhos.

– É uma vergonha como eles abusam de uma mera moça. Bowen ficará furioso. Graeme não irá tolerar isso – ele emendou.

Ela levantou os dedos para tocar o ponto sensível em sua têmpora e inspecionou com as mãos o galo na sua cabeça.

– Você está bem? – Teague perguntou gentilmente.

Ela respirou fundo e soltou a mão no colo para agarrar a outra mão. Ela o encarou bravamente, determinada a não permitir que ele visse como ela estava afetada pela mostra flagrante de animosidade.

– Sim, estou bem – disse ela. – Obrigado por sua ajuda.

Teague concordou e saiu do quarto dela, fechando a porta atrás dele.

– Você está aqui há horas – Graeme disse secamente.

Bowen virou a cabeça de onde estava sentado em um dos afloramentos de rocha com vista para o rio e viu o seu irmão de pé a uma curta distância.

Ele suspirou.

– Eu estive pensando.

Graeme deu um passo adiante, até que ficasse bem próximo de Bowen, suas botas a meras polegadas da água que lambia o banco.

– Sim, isso é óbvio. Você nem sequer me ouviu chegando. O que o está deixando tão ocupado?

– Genevieve.

– Ah. Isso explica muito – disse Graeme.

Graeme se acomodou na rocha ao lado de Bowen e olhou para a água, como Bowen estava fazendo.

– E o que decidiu sobre a moça?

Bowen fechou os olhos, sem querer manifestar seus pensamentos. Seu coração se encheu com uma dor penetrante e ele foi dominado pela tristeza para o que deveria fazer.

– Tenho que deixá-la ir – disse ele, sua voz quebrando no meio do caminho através das palavras.

Graeme voltou o olhar para seu irmão.

– Ela nunca será feliz ao menos que esteja reunida com a família dela – disse Bowen. – Não é justo com ela nem com eles que continuem a pensar que ela morreu. Ouvi o anseio em sua voz quando ela falou deles. Eles a amam, e ela os ama. Era muito querida por eles. Sua única filha. Não posso ser egoísta e levá-la embora comigo e mantê-la apenas para mim mesmo. Suas escolhas já têm sido negadas por muito tempo. Como posso ser outra força em sua vida que faz o mesmo? Eu a quero. Deus, como a quero. Eu a amo. Mas quero que ela seja feliz mais do que eu quero ser feliz. E não posso suportar a ideia de que haveria sempre a tristeza em seus olhos se a levasse para o castelo Montgomery e perpetuasse esse mito de que ela não é ninguém. De que ela não é importante.

Graeme deslizou a mão sobre o ombro de Bowen.

– Acho que está fazendo a coisa certa. A moça não teve nada além de mágoa, e é verdade que ela nunca pôde fazer as próprias escolhas. Eu só posso imaginar a dor que seu clã tem suportado pensando que ela está perdida para eles. Você fará uma coisa boa reunindo-a com seus parentes.

– Ela pode me odiar por isso – Bowen disse friamente. – Eu falo de negar suas escolhas, e ainda assim vou contra seus desejos, informando sua família de que ela vive. Ela não vai me agradecer por isso.

– Às vezes a coisa certa é a escolha mais dolorosa – Graeme disse calmamente.

Graeme disse calmamente.

– Sim, eu sei disso.

Os olhos de Graeme estavam cheios de pena, e o pesar encheu seu rosto.

– Sinto muito por sua dor, Bowen. Não posso imaginar o que é ter de fazer uma escolha como essa. Eu estaria devastado se alguma vez tivesse de enfrentar a desistência de minha Eveline.

– Eu traria mais problemas para o meu clã se os McInnis descobrissem que sua filha estava viva e sob minha proteção. Mas, mais importante, não acho que Genevieve será verdadeiramente feliz se tudo não for resolvido com a família dela. E quero a sua felicidade mais do que quero a minha própria.

Graeme colocou a mão no ombro de Bowen novamente, mas permaneceu em silêncio enquanto os dois irmãos olhavam ao longe.

Não havia nada a dizer diante da imensa dor que Bowie sentia.

– Bowen!

Bowen ficou tenso com a chamada distante. Ele e Graeme viraram-se para ver Teague se aproximando, uma carranca sombria no rosto.

– Um grupo de mulheres McHugh estava fazendo de tudo para apedrejar Genevieve – disse Teague sem preâmbulo.

Bowen deu um salto para ficar em pé.

– O quê?

– Eu a encontrei fugindo para dentro do castelo com uma multidão de mulheres logo atrás jogando pedras nela. Levei a moça de volta ao quarto dela e cuidei de seus ferimentos.

– O quanto ela está machucada? – Bowen exigiu.

– Acho que ela está apenas abalada. Tinha um corte no rosto e, provavelmente, tem hematomas onde as outras pedras bateram, mas ela estava apenas assustada e chateada. Eu disse para ficar lá em cima e para não sair do quarto.

Bowen blasfemou violentamente, seus dedos curvando em punhos apertados.

– Isso não é jeito de ela viver!

Ele passou uma das mãos pelos cabelos e se afastou, a fúria bombeando em suas veias.

– Não posso permitir que isso continue, Graeme. Eles fizeram da vida da moça um inferno. Não vão parar na sua tentativa de fazê-la indesejável aqui.

– Eu entendo – disse Graeme em uma voz calma, com simpatia.

Bowen tentou reunir seus pensamentos quando a única coisa em que pensava era ir até ela o mais rápido possível. Ele virou-se para seus dois irmãos, sua expressão sombria e determinada.

– Não posso ficar aqui com ela. Mesmo se eu enviar notícias para a família dela. Não posso permitir que ela permaneça aqui mais um dia. Eles a odeiam. Isso não é jeito de Genevieve viver, e ela não pode continuar a ser uma prisioneira em seu quarto.

Ele olhou para Teague e depois para ele e Graeme.

– Você ficará aqui, Teague, e realizará os desejos de Graeme quanto ao destino do clã e das terras? Eu devo voltar ao castelo Montgomery e carregar Genevieve comigo para que ela esteja segura.

Teague pareceu surpreso e olhou para Graeme para avaliar sua opinião.

– Concordo, se você concordar – disse Graeme. – É muito a pedir, mas não mais do que pedi de Bowen. Está uma bagunça aqui. Não há nenhuma dúvida quanto a essa questão. Será preciso uma mão forte e muita paciência. O que diz, Teague? Você conseguirá exercer essa tarefa?

A expressão de Teague era solene, mas ele balançou a cabeça.

– Não irei tolerar as coisas ridículas que Bowen tem tolerado. Já é hora de alguém ser mais firme em relação a todos eles.

As sobrancelhas de Graeme se levantaram.

– Eu não diria que matar três deles seja propriamente pegar leve. Alguns poderiam dizer que ele tem sido excessivamente intolerante.

– Eles precisam ser assustados – Teague murmurou. – As mulheres são nada mais do que harpias rabugentas com a intenção de fazer todos ao seu redor miseráveis, e seus homens são fracos e covardes.

Graeme virou-se para Bowen.

– Talvez seja melhor que você mande um recado à família de Genevieve e os encaminhe para o castelo Montgomery. Conte tudo para eles, mas permita-lhes que encontrem com ela em nosso castelo.

Ficarão com muita raiva se forem forçados a vir para o clã responsável por todos os danos causados à filha deles. E, com as McHugh hostis dessa maneira com Genevieve, é provável que os McInnis venham prontos para a guerra. Eu não os culparia se quisessem limpar a terra da existência dos McHugh. Se fizessem isso com uma filha minha, eu não descansaria até que tivesse derramado cada gota de seu sangue.

– Sim, é o melhor caminho. Eu gostaria de tirá-la deste lugar imediatamente – disse Bowen. – Se você transcrever minhas palavras para o lorde McInnis, mandarei um mensageiro antes de partirmos para o castelo Montgomery.

Graeme assentiu.

– É claro. Vou escrever a mensagem como você ditar. Vou acompanhá-lo de volta para o nosso castelo. Já vi o suficiente. Ficar aqui por mais tempo está revirando meu estômago.

– Se me der licença, vou até Genevieve para ver se ela está bem e também para contar-lhe sobre a nossa partida – Bowen disse. – Vou ditar a carta para os parentes dela, e nós partiremos amanhã ao nascer do sol.

Capítulo 36

Genevieve estava junto à lareira, aquecendo-se, ainda tremendo, com as mãos geladas. Não era difícil para ela imaginar abrigar um ódio tão intenso por outra pessoa. Desprezava Ian e Patrick McHugh com todo seu coração. Mas ela ficava abismada com o fato de que o clã McHugh guardava tanta animosidade em relação a ela por algo que ela claramente não havia feito.

Se não fosse pelos atos imprudentes e egoístas de Ian McHugh, ela agora estaria casada com outro homem.

Mas a ideia de ela ter se casado queimava no fundo de sua mente, pois nunca teria conhecido Bowen, e ela nunca teria passado uma noite preciosa em seus braços.

Era difícil dizer se aceitaria tudo o que ela tinha sofrido no ano anterior em favor daquela noite, mas o tempo que passou amando-o tinha ajudado muito a aliviar a dor e humilhação do abuso de Ian.

A porta se abriu e ela se virou para ver Bowen estourando e caminhando pelo quarto em sua direção. Ela logo estava em seus braços, e ele apertou-a com tanta força que ela mal podia respirar.

Sua mão foi para a têmpora dela, passando sobre o pequeno corte, depois ambas as mãos varreram o cabelo dela, acariciando, como se estivesse procurando qualquer sinal de lesão. Era óbvio que seu irmão havia lhe contado sobre tudo.

– Você está bem? – ele perguntou ansiosamente. – Teague me contou o que aconteceu. Está ferida?

Ela balançou a cabeça.

– Não. Uma leve dor na cabeça, mas só isso. Eu estava com medo, mas Teague resolveu o assunto.

Ele esmagou-a contra o peito de novo e beijou o topo de sua cabeça.

– Vou levá-la para longe daqui.

Ela ficou completamente imóvel. Tinha certeza de que não podia tê-lo ouvido corretamente. Será que ele finalmente a colocaria em uma abadia como ela havia solicitado?

– Genevieve?

Ele puxou-a para seu peito com cuidado e olhou fixamente para ela, questionando com seu olhar.

– Você não quer ir?

A respiração dela engasgou sobre os lábios desajeitados e ela tentou sorrir, sabendo que falhara miseravelmente.

– Claro que quero. É o que eu disse que queria desde o começo. Que me colocasse bem em uma abadia, é mais do que eu poderia ter sonhado.

Ele franziu a testa, sua expressão ficando feroz.

– Não é em uma abadia que pretendo vê-la. Você vai comigo até o castelo Montgomery e partiremos amanhã.

O alívio a fez tremer. Ela estava tão abalada que, por um momento, simplesmente não conseguia falar. As mãos dela voaram para cobrir o rosto enquanto tentava bravamente não perder a compostura.

Bowen agarrou seus ombros, seus dedos apertados.

– Me desculpe, Genevieve. É algo que eu deveria ter feito muito antes. Fui egoísta e queria você aqui comigo, e deixei que sofresse. Teague e Brodie permanecerão aqui para cuidar da bagunça que é o clã McHugh. Vou levá-la deste lugar, e você não será tratada desta forma novamente.

Ela jogou os braços ao redor da cintura dele e abraçou-o. Suas bochechas estavam molhadas, mas ela manteve o rosto enterrado em sua túnica para que ele não pudesse ver a intensidade de sua reação.

Mas ele sabia.

Abraçou-a ferozmente e depois, finalmente, afastou-a e segurou seu queixo, seus olhos tristes e cheios de remorso.

– A alegria com que recebe esta notícia me envergonha. Eu deveria tê-la tirado deste lugar no momento em que soube de seu sofrimento. Sinto muito, Genevieve. Sinto muito por ter lhe causado mais dor.

Ela inclinou-se para beijá-lo e colocou as mãos sobre seu rosto.

– Estou feliz por não ter me enviado para longe de você. A noite que passei em seus braços é um tesouro que vou guardar para sempre.

– Eu gostaria de passar esta noite com você também – disse ele abalado, com os olhos em chamas com o desejo.

Ela sentiu um frio na barriga. Sua boca ficou seca com a atitude dele, o delicioso guerreiro masculino. E ele a queria.

Não fazia sentido para um homem como ele querer uma mulher com cicatrizes quando poderia ter qualquer mulher que quisesse com um movimento de seu dedo.

Ela tinha visto os olhares que as moças McHugh tinham jogado para ele. Ela ouvira os convites flagrantes, os sorrisos tímidos, a audácia com que elas fizeram seus desejos conhecidos. E nenhuma vez ele olhou para elas.

– Eu gostaria disso – ela disse suavemente enquanto esfregava sua face em seu peito.

Ele agarrou os ombros dela e baixou a cabeça para capturar sua boca em um beijo latente de tirar o fôlego. Havia mais demanda em seus movimentos hoje. Ele não estava tão paciente ou tenro, tal como tinha sido na noite anterior. Era como se tivesse perdido toda a capacidade de se reprimir e a quisesse com um desespero que tomava conta dele.

Excitação corria por suas veias. O calor preenchia a pele dela enquanto seu corpo respondia às demandas dele.

– Eu quero você – ele murmurou. – Deus, Genevieve, a quero muito. Você é como uma droga em meu sangue. Um vício que não tenho desejo algum de superar.

Ele a pegou como se não pesasse nada e levou-a para a cama, onde a deixou com um certo orgulho.

Ficou sobre ela, se aproximando, grande e feroz, enquanto rapidamente despia-se. Ele tirou sua túnica pela cabeça e ela prendeu a respiração ao olhar para os músculos dele, a amplitude dura como uma rocha de seu peitoral e seus ombros largos e braços.

Tão forte, capaz de proteger, e ainda assim capaz de ser primorosamente tenro e amoroso. Muito amoroso. Não havia nada que ela desejasse mais do que deitar cercada por aqueles enormes braços, sabendo que ele não iria permitir que nada a prejudicasse.

Ele puxou as calças para baixo e rapidamente arrancou as botas de couro, atirando-as pelo quarto sem cuidado.

Ele era magnífico, um escudo em forma de um guerreiro. Lindo. Marcado com cicatrizes e lindo.

Ela se surpreendeu intensamente ao notar que estava disposta a perdoar as cicatrizes dele e até mesmo considerá-las bonitas. Uma marca de quem ele era. O que fazia ser a pessoa que ele era. Sim, elas o deixavam bonito e, ainda assim, ela tinha um constrangimento profundo pelas marcas em seu próprio rosto. Nunca as tinha enxergado como uma medalha de honra, prova de sua sobrevivência e a capacidade de superar as probabilidades devastadoras. Via-se disposta a enxergar tudo isso em Bowen, ao mesmo tempo em que se negava tais atributos.

Ambos carregavam cicatrizes. Ambos eram sobreviventes. Estas eram marcas a serem carregadas com a cabeça erguida. Será que ela nunca iria aceitar isso e parar de se esconder atrás da vergonha e humilhação? Era um pensamento agradável, mas as cicatrizes mais profundas eram aquelas invisíveis, aquelas em seu coração, sua alma e sua mente. E eram as mais difíceis de superar.

– Vou tirar suas roupas peça por peça para que eu possa desfrutar de cada parte sua se despindo na minha frente – ele disse com uma voz rouca e cheia de paixão. – E então irei amá-la até que os raios do nascer do sol nos alcancem através da janela e sinalizem nossa partida.

Seu coração acelerou e ela se arqueou inquieta, impaciente para sentir as mãos dele em seu corpo, atiçando-lhe para a vida.

Nunca tinha conhecido o prazer na mão de um homem até agora. Até Bowen.

Ele se acomodou na beirada da cama e começou a desamarrar os cordões em seu vestido. Com a paciência que não tinha apresentado enquanto se despiu, ele tirou a roupa dela, removendo suas roupas peça por peça, seu olhar absorvendo o corpo dela enquanto era descoberto.

– Você é um espetáculo para ser visto, moça – Bowen respirou enquanto a desfez da última peça restante.

Ela se deitou nua na cama, vulnerável e aberta ao seu olhar, seu toque. Seus mamilos estavam dolorosamente eretos, antecipando sua boca e suas mãos. E sua pele mais feminina pulsava enquanto ela se lembrava de sua boca e a língua acariciando pontos sensíveis.

Nunca ela poderia ter imaginado o ato da cópula como um

momento de dar e receber, um ato de prazer mútuo na parte do homem e da mulher. Com Bowen não era apenas tomar, doação somente dela, e ela ficando sem nada.

Ele dava tudo que recebia e, muitas vezes, mais. Ele era paciente e exigente, garantindo que lhe desse tanto prazer quanto ela lhe dava.

Por essa razão, ela queria que esta noite fosse especial. Uma que ele iria lembrar por muito tempo. Baseando-se em seus instintos, pelo fato de ela nunca ter feito mais do que se deitar e suportar a brutalidade de Ian, ela alavancou-se para cima e alisou as mãos sobre o peito largo de Bowen.

Ela o beijou, assumindo a liderança, exibindo uma nova ousadia completamente estranha para ela. Ele gemeu e derreteu em seu toque, inclinando-se precariamente até que ela colocou as mãos no peitoral dele para prevenir que ele fosse para cima dela.

Ela ficou de joelhos para que ficasse por cima dele e, em seguida, fundiu sua boca com a dele, acaloradamente e tão exigente como ele tinha sido, e o deitou na cama.

Ele aterrissou com um ligeiro salto, arregalando os olhos e escurecendo o olhar no mesmo fôlego. Ela beijou-o profundamente, trazendo a sugestão do jeito que ele a tinha beijado na noite anterior.

Então, ela montou nele, posicionando-o entre seus joelhos. A ereção dele tensa para cima, descansando contra a pele sensível da barriga dela, e ela timidamente o tocou, circulando seu pênis com os dedos.

Ele se contraiu e ela tirou as mãos, com medo de que o tivesse machucado de alguma forma.

– Deus, não, moça, me toque. Não tire suas mãos – ele gemeu. – É o paraíso sentir seus dedos ao redor de mim.

Aliviada por ele ter gostado de sua ousadia, ela o pegou novamente, explorando seu comprimento e a fascinante mistura de aço e suavidade aveludada.

Ele suspirou e arqueou em seu aperto. Seu corpo inteiro estava tenso, e ela ficou maravilhada com a ideia de que pudesse trazer tal prazer com algo tão simples como algumas carícias.

Deleitando-se com seu novo papel como sedutora, ela permitiu que suas mãos corressem soltas, deslizando sobre os mergulhos e as curvas de seu corpo duro. Ela explorou cada polegada de sua pele, desfrutando do poder que ela tinha de fazê-lo tremer e gemer.

Ela se inclinou e pressionou a boca na barriga dele. Ela sorriu quando seus músculos se juntaram e se contraíram, e as mãos dele se enrolaram em punhos apertados ao lado do corpo. Ele não tinha feito nenhum movimento para impedir seu assalto sensual. Ele se deitou, sua mandíbula contraída e seus olhos fechados pela metade enquanto acompanhava cada movimento de Genevieve.

Em seguida, ela levantou a cabeça e hesitou, sem saber como dar voz à pergunta que a atormentava.

Ele colocou os dedos nos cabelos dela, empurrando-os suavemente atrás das orelhas enquanto a acariciava.

– O que foi, moça? Você tem um olhar de preocupação, e a última coisa que quero é que pense enquanto me dá prazer com seus lábios e mãos.

Ela respirou fundo, tomando coragem.

– Você se lembra da noite passada quando colocou sua boca...

Ela corou até a raiz dos cabelos só de pensar em verbalizar seus pensamentos.

– Onde, moça? – ele perguntou delicadamente. – Quer dizer quando beijei entre suas pernas e coloquei a língua em suas partes femininas?

Ela assentiu com a cabeça timidamente.

– Sim.

– Você gostou quando a beijei lá?

Ela assentiu com a cabeça novamente.

– Sim, eu gostei. Eu estava pensando...

– Diga o que está em sua mente, amor. Você não tem nada a temer comigo. Não há necessidade de ser tímida, não importa o quanto fica adorável quando está hesitante. Quando me presenteia com aquele sorriso tímido, eu não quero nada mais do que pressioná-la na cama e me afundar em você mais e mais.

Seu rosto ficou quente de prazer com suas palavras aquecidas. Era óbvio que ele quis dizer cada uma delas e não eram palavras bonitas destinadas a atrair ou distraí-la.

– Pensei que, se foi tão agradável, para mim, ter sua boca… Lá… Que talvez você iria encontrar o prazer se eu usasse a minha boca… Aqui – ela sussurrou enquanto suas mãos encontraram o seu comprimento mais uma vez.

Ele ficou absolutamente imóvel. Sua mandíbula contraiu e seus olhos brilharam com intensidade tranquila. Seus dedos se enroscaram e se desenroscaram, agarrando os lençóis e puxando-os apertado.

Então, ele levantou as mãos e segurou os seios dela antes de deslizar para pairar acima de seu rosto.

– Não posso imaginar nada mais doce do que sua boca em torno de mim, moça. Mas não quero que faça isso comigo só para me agradar. Apenas as mãos em mim me trazem mais prazer do que sempre sonhei.

Ela se inclinou para frente novamente até suas bocas estarem a apenas um sopro de distância. Seus olhares se conectaram, cheios de alma e desejo. Ela o beijou, saboreando cada segundo em que estiveram em contato.

– Isso iria me trazer muito prazer, saborear e explorar você – ela sussurrou.

Ele gemeu e fechou os olhos, quase como se estivesse fazendo tudo em seu poder para manter o controle na rédea curta.

– Eu sou sempre seu servo – disse ele com voz rouca. – Faça de mim o que quiser. Nunca vou contradizê-la. Sou seu para fazer o que quiser.

Com a confiança dela reforçada pela aprovação óbvia em seus olhos e suas palavras, ela beijou um caminho até sua mandíbula e seu pescoço, onde parou para provocar e mordiscar.

Ela saboreou cada gemido, cada respiração ofegante, cada vez que seu corpo se apertou na aprovação óbvia de suas ações.

Ela trabalhou seu caminho para baixo, parando para prestar atenção especial à ferida no peito, beijando cada centímetro da carne enrugada. Em seguida, ela avançou ainda mais longe, provocando uma linha até seu umbigo.

Ele se contraiu quando ela deslizou a língua ao redor da superfície e então mergulhou. Arrepios dançavam em sua pélvis e sua barriga.

Enquanto se movia mais para baixo, sua ereção bateu no queixo dela e ela fez uma pausa para enrolar os dedos em torno de seu comprimento enorme. Ela não estava totalmente certa sobre o que estava fazendo. Era um território novo. Mas os instintos compensaram bastante, e ela estava confiante o suficiente para segui-los.

Ela beijou a base, logo acima dos pelos rijos que cobriam o saco entre as pernas dele. Timidamente, ela pegou suas bolas, massageando com suavidade enquanto ela ia até a ponta com os lábios e a língua.

No momento em que chegou à cabeça, Bowen estava ofegante e suas costas estavam arqueadas, seu quadril para fora da cama.

Ficando mais ousada, ela tomou a ponta em sua boca e girou a língua no cume. Em seguida, ela baixou a boca, levando mais dele para dentro.

Um jorro quente de líquido a pegou de surpresa. Ele gotejou da ponta e caiu sobre a língua dela. No início, ela pensou que ele já tivesse encontrado sua libertação, mas era apenas uma pequena quantidade e ele ficou ainda mais rígido entre os lábios dela.

– Você me deixa louco – Bowen engasgou. – Nunca uma mulher me levou à beira da loucura assim.

Passando a língua até a parte de trás do seu pênis, ela deixou a ponta escapar e agarrou a base com uma das mãos enquanto se posicionava montando nele.

Ela nem tinha certeza de que uma coisa dessas era feita, mas estava fascinada pela ideia da completa inversão de papéis. Se Bowen tinha usado sua boca sobre ela, então ela iria usar a boca sobre ele. E se ele ficou em cima dela, então ela estaria em cima dele.

Ela observou-o por qualquer sinal de desaprovação ou que ele não quisesse tomar uma posição tão presunçosa. Mas ele parecia ansioso. Excitado. Ela, por sua vez, estava animada por poder inspirar tal reação nele.

– É isso aí, moça – Bowen ronronou. – Leve-me para dentro de você. Cavalgue em mim.

Seus dedos se fecharam em torno do quadril, facilmente abrangendo a largura com suas mãos grandes. Enquanto ela o posicionava para sua entrada, ele a segurou no lugar, oferecendo-lhe apoio. Quando ele deslizou para dentro dela só um pouco, começou a puxá-la para sua ereção, excitante centímetro por centímetro.

Ela soltou um suspiro ofegante enquanto jogou a cabeça para trás. O gemido dele se misturou ao suspiro dela quando ele a penetrou mais fundo. Ela arregalou os olhos quando seu traseiro veio descansar em cima das pernas dele quando alcançou a profundidade máxima.

Ela estava cheia, esticada impossivelmente apertada em torno dele. Ela não sabia como tinha conseguido acomodar tudo, mas não havia uma parte dele que não estivesse dentro dela.

– Se eu morresse agora, morreria o mais feliz dos homens – Bowen engasgou. – Nunca senti tanto prazer.

Ela olhou para ele com perplexidade, porque agora que havia realizado a tarefa de levá-lo para dentro dela, ela não tinha ideia do que fazer. Sua expressão deve ter deixado isso claro, porque ele escorregou seus dedos por baixo dela e para trás e, gentilmente, levantou, arqueando o quadril para cima, enquanto movia o quadril dela para cima e para baixo para satisfazer seus impulsos.

O corpo dela estava tenso e seu desejo aumentava pela posição diferente. Toda vez que ele empurrava para dentro dela, sua pélvis pressionava contra o ponto mais sensível dela e faíscas de prazer atravessavam seu corpo.

Depois de um tempo, ela aprendeu o ritmo e foi capaz de assumir, cavalgando-o enquanto se apoiava com a palma das mãos sobre o peito dele. Ele moveu as mãos do quadril dela e segurou seus seios, brincando com os mamilos enquanto ela se movia em cima dele.

Foi o suficiente para ela estimular o próprio desejo, enviando-a em uma espiral vertiginosa, enquanto ela ficava fora de controle.

Seus gritos misturavam-se com os de Bowen enquanto sua excitação corria por ela, estimulando a excitação de Bowen. Ela se apertou em torno dele, tendo espasmos enquanto a semente quente dele a enchia, alcançando as profundezas dela.

E então ele a puxou para baixo, segurando-a firmemente contra seu peito enquanto ele se contraía de alívio. Acariciou os cabelos dela, suas costas, deixou suas mãos deslizarem sobre seu traseiro enquanto ela estava deitada em cima dele, seu pênis ainda enterrado profundamente dentro dela, pulsando com o resto de sua libertação.

– Fui muito ousada? – ela perguntou enquanto descansava a bochecha e sentia o coração dele pulsar com força.

Ele riu, seu peito retumbando com diversão.

– Eu a convido para ser tão corajosa quanto queira e eu nunca irei reclamar.

Um sorriso brincou sobre seus lábios enquanto ela se aninhou sob o queixo dele.

– Eu gostei de sentir seu gosto – ela disse timidamente.

Ele gemeu e inchou dentro dela, esticando-a mais uma vez. Ela levantou a cabeça e olhou em seus olhos em choque.

– Não olhe para mim com surpresa, moça – ele disse secamente. – Como espera que eu responda quando você fala desta forma?

– Mas é tão cedo! – ela exclamou. – Ian nunca... – ela se interrompeu, envergonhada por estar prestes a fazer comentários sobre as ações de Ian na cama.

Ele tocou-a, em um esforço para aliviar sua angústia.

– Você tem esse efeito em mim, moça. Me faz coisas que eu nunca tinha experimentado. Vou querer sempre. E nunca será suficiente.

Ele passou os braços em volta dela e rolou para cima dela para que suas posições fossem invertidas. Ele estocou, chegando ao máximo dela para que pudesse sentir que ele estava totalmente ereto mais uma vez.

– Como pode ver, eu estou muito bem preparado para ter você de novo – ele murmurou.

Ela levantou a cabeça para beijá-lo.

– Então, me possua. Se satisfaça. A noite é uma criança e temos até o amanhecer.

Capítulo 37

Genevieve não dormiu a noite inteira. Mesmo quando Bowen caiu em um sono satisfeito após passar muitas horas amando-a, ela permaneceu acordada, focada no fato de que, em apenas algumas horas, ela iria se livrar daquele lugar de uma vez por todas.

Excitação corria em suas veias. Ela não tinha ideia dos planos de Bowen, mas ele a estava levando para longe e era o suficiente para encher seu coração com alívio e alegria.

Ela não iria mais sofrer as provocações e abusos dos outros. Não seria mais forçada a viver em um lugar que carregava nada além de memórias de dor e humilhação.

Era antes do amanhecer quando percebeu que ela não tinha falado com Taliesan sobre sua partida. Taliesan era a única pessoa de quem ela iria sentir falta, a única pessoa que tinha sido sua amiga e aliada no castelo McHugh.

Genevieve saiu da cama, deixando Bowen dormindo enquanto ela se vestia tranquilamente. Então foi até a porta ao lado, no quarto de Taliesan, e entrou. Estava escuro dentro do quarto, com apenas algumas brasas da lareira iluminando.

Ela foi para a cama de Taliesan e tocou no ombro da menina em um esforço para acordá-la.

– Taliesan. Taliesan – Genevieve sussurrou.

Taliesan se agitou e virou.

– Genevieve? Há alguma coisa errada?

A voz dela estava grogue e pesada de sono.

– Não – Genevieve sussurrou de volta. – Eu vim para dizer adeus.

Taliesan sentou-se na cama, empurrando as cobertas de lado. Então, ela começou a se mexer ansiosa e Genevieve estendeu a mão para detê-la.

– Do que você precisa? – perguntou Genevieve.

– Eu queria acender uma vela para poder ver seu rosto – disse Taliesan.

– Permaneça na cama. Vou acender uma vela e levar de volta para a cama.

Genevieve foi até a lareira e acrescentou lenhas de modo que as chamas começassem novamente. Uma vez que uma chama constante lambeu a madeira, ela acendeu uma vela e trouxe-a de volta para a cama, onde Taliesan sentou-se, sua testa marcada pela preocupação.

– O que está acontecendo, Genevieve? Diga-me que não irá fugir sozinha novamente. Eu me preocupo tanto com você.

Genevieve sorriu e estendeu a mão para cobrir a mão de Taliesan com a dela própria. Ela deu-lhe um aperto suave.

– Sua amizade significa muito para mim, Talie. É o único ponto brilhante no ano em que fiquei aprisionada aqui. Mas não sou mais uma prisioneira. Bowen está me levando para longe. Vamos viajar para o castelo Montgomery. Eu estou livre.

Taliesan estendeu a mão e puxou Genevieve firmemente em seus braços. Seu abraço era feroz, e Genevieve podia sentir a umidade das lágrimas de Taliesan em seu pescoço.

– Estou tão feliz por você, Genevieve. Você merece a felicidade.

– Eu não podia sair sem primeiro dar-lhe os meus agradecimentos e dizer-lhe adeus. Vou sentir saudades, Talie. Não sentirei falta de nada deste lugar, exceto de você.

Taliesan se afastou, seus olhos molhados de lágrimas.

– Vou sentir sua falta também, Genevieve, mas estou feliz que estará longe daqui.

– Eu gostaria de não ter que deixá-la – disse Genevieve infeliz. – Este não é um lugar feliz para se estar, e não se sabe qual será o destino do clã McHugh.

Taliesan deu de ombros.

– Eles escolheram o destino deles. Agora eles… Nós… Devemos enfrentar as consequências de tudo que semeamos.

– Deus esteja com você, Talie. E que nós possamos um dia nos encontrar novamente.

Taliesan a abraçou novamente.

– E que Deus esteja com você, Genevieve. Se não nos encontrarmos novamente, levarei nossa amizade por muito tempo e a estimarei.

Genevieve pegou as mãos dela e as apertou.

– Eu tenho que voltar agora. Há muito a ser feito antes do amanhecer, que é quando sairemos.

– Eu descerei para vê-la partir – Taliesan prometeu.

Genevieve sorriu calorosamente para ela.

– Eu gostaria disso.

Genevieve se inclinou para beijar Taliesan na bochecha e, em seguida, correu para a porta, então a tristeza tomou conta dela. Não fazia sentido sofrer algum arrependimento com sua partida, mas ela iria sentir falta de Taliesan. A moça tinha sido um rosto caloroso e acolhedor em um mar de ódio e animosidade. Genevieve nunca iria se esquecer disso ou da gentileza que Taliesan havia lhe mostrado.

Quando ela voltou para seu quarto, Bowen estava acordado e se vestindo ao lado da lareira. Ele olhou para cima, o alívio iluminando seus olhos.

– Eu não sabia aonde tinha ido – disse rispidamente. – Você me deixou preocupado.

Ela foi até ele, abraçando-o com força. Ele pareceu surpreso com o gesto espontâneo e abraçou-a de volta, segurando-a perto dele por um longo momento.

– Eu estava dizendo meu adeus a Taliesan – disse ela calmamente. – Ela é a única pessoa de quem vou sentir falta. É a única pessoa que tem sido boa para mim durante minha estada aqui.

– Ela é uma boa moça, com um coração valente – disse Bowen.

– Sim, isso é verdade.

– Temos um curto período de tempo antes de partirmos – disse Bowen. – Existe alguma coisa que deseja levar?

– Somente o baú aos pés da cama – ela disse em voz baixa. – É tudo que sobreviveu ao ataque à minha coorte. Ele tem o arco que meu pai me deu e o vestido do meu casamento que minha mãe costurou. Ian destruiu todo o resto. Eu gostaria de levá-los, se for aceitável. São tudo o que tenho de meus pais.

Ele tocou seu rosto.

– Claro, moça. Não é um grande fardo para você levar seus pertences. Eu cuidarei para que eles sejam embalados para levarmos para o castelo Montgomery. Empacote qualquer outra coisa que deseje levar dentro do baú e eu pedirei para que meus homens levem lá para baixo.

– Obrigada – ela disse, tocando sua bochecha gentilmente. – Eu sempre serei grata a você, Bowen. Ninguém jamais me mostrou tanta bondade. Estou emocionada.

Ele trouxe a mão dela aos lábios e beijou a carne macia.

– Sua felicidade significa muito para mim – ele disse simplesmente. – Agora, vamos fazer os preparativos para a nossa jornada. Graeme estará ansioso para voltar para Eveline, e devo dizer meu adeus a Teague e Brodie.

Capítulo 38

Genevieve esperou nervosamente pelo cavalo que Bowen tinha escolhido para ela montar. Bowen estava conversando com seus dois irmãos e Brodie Armstrong a uma curta distância, e ela sabia que, uma vez que Bowen dissesse seu adeus para Teague, Graeme chegaria, porque Bowen disse que queria ser apresentado a ela.

Foi o suficiente para fazê-la suar frio.

Ela sabia que Bowen tinha dito ao seu irmão tudo sobre a sua situação, e ficava doente por saber que outras pessoas soubessem de sua vergonha. Ela tentou usar sua capa e capuz, mas Bowen havia se recusado duramente a permitir que ela se escondesse atrás deles, afirmando que não tinha nenhuma razão para se esconder, nenhuma razão para se envergonhar.

Ainda assim, ela carregava a capa no saco amarrado em sua sela, porque não podia suportar a ideia de enfrentar o clã inteiro de Bowen sem a barreira do seu capuz.

Para sua surpresa, Teague e Brodie acompanharam Graeme e Bowen até onde ela estava. Brodie foi o primeiro a oferecer seu adeus. Ele simplesmente bagunçou o cabelo dela em um gesto que a surpreendeu. Como se ela fosse uma irmã amada que ele provocava impiedosamente. Isso a aqueceu e fez com que ela sentisse que tinha um lugar entre aquelas pessoas.

– Fique bem e seja feliz – Brodie falou.

– Obrigada – ela disse com voz carregada de emoção.

Teague puxou-a para um abraço e beijou-lhe a testa de maneira afetuosa.

Ela agarrou-se ferozmente a ele, abraçando-o em troca.

– Obrigada por sua ajuda – ela sussurrou.

– Fiquei contente por ter ajudado você – ele disse sinceramente. – Boa viagem.

Em seguida, Teague e Brodie se afastaram, em uma conversa profunda, e ela foi deixada sozinha com Bowen e seu irmão mais velho, Graeme, o laird.

Ela lambeu os lábios nervosamente e olhou para Graeme. Ele não era tão feroz como ela tinha imaginado. Tinha um olhar gentil e pensativo que lhe dava esperança. Havia rumores de que ele era um homem justo, embora fosse ferozmente leal e protetor para com aqueles que amava.

Era bem sabido que adorava sua esposa.

– É bom conhecê-la, Genevieve – Graeme disse em um tom suave. – Ouvi muito sobre você e os desafios que sofreu. Quero oferecer a minha garantia de que tal coisa não irá ocorrer em terra Montgomery. Você será protegida e respeitada durante sua estada com o nosso clã.

Ela teve que morder o lábio para impedir o fluxo de lágrimas. Ela piscou rapidamente e executou uma reverência profunda na frente de Graeme, repreendendo-se para não se tornar uma bagunça chorosa na frente dele.

– Eu sempre serei grata, laird – ela disse sinceramente.

Graeme assentiu com a cabeça e virou-se para Bowen.

– Se o seu trabalho está completo aqui, vamos pegar nosso caminho. Eu gostaria de ver a minha esposa o mais rápido possível. Não gosto de ficar separado dela.

– Estamos prontos – falou Bowen com uma voz que dizia a ela que ele estava pronto para ir embora do castelo McHugh, assim como ela estava.

Ele estendeu a mão para ajudar Genevieve a montar o cavalo. Ele a levantou no alto, e ela deslizou para o lugar na sela, enquanto a excitação e o nervosismo tomavam conta dela.

Ela estava realmente deixando aquele lugar.

Mal podia se conter enquanto esperava que os homens montassem e dessem a ordem para partir.

Um dia tão bonito. Simbólico. Não havia uma nuvem no céu. Nenhum nevoeiro. O sol da manhã lançava um brilho sobre o céu rosa e lavanda. Se alguma vez houve um dia mais perfeito para ir embora e colocar seu passado atrás dela, era esse.

Bowen montava ao lado dela e estendeu a mão para apertar a dela. Ele apertou e deu-lhe um sorriso que a esquentou até os dedos dos pés.

À frente, Graeme deu a chamada para seguir em frente. O portão para o pátio se abriu e os guerreiros Montgomery começaram a sair um por um. Graeme estava em fila à frente de Bowen e Genevieve, e Bowen fez-lhe sinal para frente de modo que ela ficasse entre ele e Graeme.

Pelo canto do olho, ela viu Taliesan tentando se apressar em direção ao portão, mas ela foi prejudicada por sua perna, que mancava pesadamente. Genevieve deu um grito de alarme quando Taliesan tropeçou, mas Brodie de repente estava lá para estabilizá-la. Então, para a surpresa de Genevieve, Brodie pegou-a e se dirigiu a um ritmo rápido em direção ao portão de modo que Taliesan estivesse lá quando Genevieve passasse por ali.

As bochechas de Taliesan foram marcadas com cor, mas ela manteve a cabeça erguida e acenou bravamente, apesar das lágrimas de tristeza em seus olhos quando Genevieve passou.

Genevieve beijou-lhe os dedos e os estendeu na direção de Taliesan. Sua única verdadeira amiga. Sua única amiga.

– Boa viagem para você – Taliesan gritou. – Seja feliz, Genevieve. Seja feliz.

– Adeus – Genevieve respondeu.

Então, para Brodie, ela disse em uma voz feroz:

– Cuide dela, Brodie. Cuide bem dela.

Brodie fez uma saudação a Genevieve e, em seguida, ela passou pelo portão, seguindo a fila de guerreiros Montgomery que se estendia à encosta nas proximidades.

Quando chegou ao topo da colina, a tentação era grande demais e ela girou na sela, olhando de volta para o castelo.

Para um lugar que ela sabia estar cheio de escuridão e dor, parecia como qualquer outro castelo. Aparentemente, inofensivo. Não é um lugar de muita maldade.

– Não olhe para trás, Genevieve – disse Bowen em voz baixa ao lado dela. – Não há nada para você lá.

– Não – ela concordou, dando um último olhar para o símbolo de sua prisão. – Não há nada para mim lá. Eu não irei mais olhar para trás.

Ela se virou enquanto seu cavalo continuava e levantou o queixo, determinada a não ceder à tristeza avassaladora que devorava sua alma.

Não sabia o que seu futuro guardava. Mas ela estava livre de seu passado. De agora em diante, seu futuro era o que ela fazia dele. Bowen havia lhe dado algo que há muito tempo era negado a ela. Uma escolha. E ela estava determinada a não fazer escolhas tolas.

Olhou de lado para Bowen, imaginando qual seria o papel dele em seu futuro. Ele agia como se se importasse com ela, mas ela não sabia se seus sentimentos eram impulsionados por piedade ou algo muito mais profundo. Ele não tinha falado de seus sentimentos, ou o futuro, a não ser para dizer a ela que a estava levando para longe.

Certa vez, ele tinha prometido a ela um lugar dentro de seu clã, como uma Montgomery. Mas o que isso significava? Seria sua meretriz, como ela tinha oferecido uma vez? Ou estava a ser tratada meramente como uma prima, irmã ou uma integrante do clã e, uma vez que estivessem em casa, a paixão entre eles iria arrefecer e tornar-se uma memória distante?

Ela tentou não se debruçar sobre todas as indecisões e coisas desconhecidas porque não iriam fazer nada além de levá-la à loucura.

Teve que se concentrar no fato de que estava tendo a oportunidade de começar de novo. Ela estava livre do terrível abuso ao qual Ian havia lhe sujeitado por um ano inteiro. Ele estava morto. Patrick estava morto. Ninguém mais poderia machucá-la. Bowen tinha jurado que iria protegê-la de qualquer ameaça. Ele era um homem honrado, e ela confiava em sua palavra.

De alguma forma, de alguma maneira, ela encontraria seu lugar em um novo clã. E encontraria uma maneira de fazer as pazes com Eveline, a amada esposa de Graeme, pelo horror em que a havia colocado. E rezar para que Eveline pudesse encontrar o perdão em seu coração.

– O quanto estamos distantes das suas terras? – perguntou Genevieve a Bowen.

– É uma viagem de um dia, se nos esforçarmos. É mais provável que cheguemos no final da tarde. Não quero sobrecarregar você, e não há nenhuma urgência para o nosso retorno a não ser por Graeme querer chegar ao castelo para encontrar sua esposa.

– Ele deve amá-la muito – Genevieve disse suavemente.

Bowen sorriu, seus olhos aquecendo com a menção de sua irmã por casamento.

– Sim, ele a ama. É louco por ela e não se importa nem um pouco. Eveline o tem completamente, mas, para seu crédito, ela o ama tão ferozmente como ele.

– E ela não escuta?

Bowen sacudiu a cabeça.

– Não, ela é surda. Consegue ler lábios, então tenha cuidado quando estiver falando perto dela. Ela não falou durante três longos anos, mas quebrou seu silêncio e sua fala melhora quanto mais ela pratica.

– Ela parece ser uma mulher incrível – disse Genevieve. – Não é de se admirar que Graeme a ame tanto.

– Acho que vocês duas têm muito em comum – Bowen disse calmamente. – Sobreviveram a circunstâncias difíceis, são fortes, apesar da aparência frágil.

Só que Eveline Montgomery não tinha sido feita uma prostituta. Não havia sido forçada a abrir as pernas para Ian McHugh e qualquer outro homem de sua escolha. Era um fato que Genevieve nunca poderia esquecer.

Graeme ficou para trás, de modo que Genevieve e Bowen se alinhassem e andassem ao seu lado.

– Logo adiante, vou me separar e levar metade dos meus homens comigo para o castelo Armstrong para que eu possa pegar Eveline. Nós vamos chegar ao castelo Montgomery no dia seguinte.

Bowen assentiu.

– Devo mandar uma mensagem para nosso rei para informar-lhe de tudo que ocorreu e do envolvimento dos McGrieve no ataque contra nós. Ainda não tenho notícias dele na missiva que enviei sobre a ação que tomamos em administrar o castelo McHugh e livrar o mundo de Ian e Patrick.

O olhar de Graeme caiu sobre Genevieve enquanto falava.

– Bowen me disse que tenho que agradecer a você por ter matado Patrick. Foi sua flecha que o derrubou.

Genevieve se mexeu desconfortavelmente no cavalo e abaixou a cabeça.

– Sim, foi a flecha dela – Bowen disse com orgulho. – Ela derrubou mais de um guerreiro no curso da batalha. Provou-se digna de qualquer soldado em nosso exército.

– É impressionante, e você tem a minha gratidão – Graeme disse. – Não só pela remoção de Patrick como uma ameaça, mas por salvar meu irmão durante a batalha. Ele é importante para mim, e eu não deixaria que ele fosse morto, se pudesse evitar.

Genevieve sorriu.

– Fiquei feliz em fazê-lo. Também não queria que Bowen morresse.

– Você irá gostar do nosso clã, Genevieve. Tenho a sensação de que nossa irmã, Rorie, se tornará uma aliada sua rapidamente. Você não terá escolha, eu receio. Rorie tende a fazer as coisas da sua própria maneira e não aceitaria um "não" como resposta. Vai incomodar você até ela saber de toda sua história.

Um olhar peculiar atravessou o rosto de Bowen. A tristeza amorteceu seus olhos por um breve momento, mas, antes que ela pudesse lhe perguntar sobre isso, ele se chacoalhou e se uniu a Graeme em provocá-la sobre Rorie e sua intromissão.

Durante as próximas horas, eles montaram em um silêncio, de vez em quando falando de coisas mundanas. Depois de um tempo, Graeme parou e tomou metade de seus homens e se despediu de Bowen, prometendo que ele e Eveline se juntariam a eles na manhã seguinte.

Bowen e Genevieve continuaram para o norte com um contingente de guerreiros Montgomery, enquanto Graeme se dirigia a oeste em direção às terras dos Armstrong.

A cada quilômetro que passava, Genevieve ficava mais nervosa à medida que se aproximava da fronteira Montgomery.

Um grito soou no início da tarde quando cruzaram para a terra Montgomery. Uma hora depois, o castelo começou a aparecer, e

Genevieve se inclinou para frente na sela, absorvendo a vista da fortaleza distante.

Era situada perto das margens de um rio e as encostas eram exuberantes e verdes. Um rebanho de ovelhas pastando cobria uma colina inteira, enquanto cavalos pontilhavam outra colina. Em ambos os lados da fortaleza ficavam casas de campo, limpas e resistentes, e mais chalés dentro da fortaleza, alinhados com o muro de pedras que cercava o prédio principal.

Era óbvio que os Montgomery tinham feito muito para garantir o bem-estar de seu clã. A fortaleza estava bem protegida. Crianças brincavam ao longo de um lado do castelo enquanto as mães mantinham estreita vigilância. Guerreiros treinavam dentro dos muros do pátio, enquanto outros realizavam suas tarefas. Mulheres lavavam roupa no rio, enquanto outras cuidavam da colheita à frente do castelo, estendendo-se até onde os olhos podiam ver.

Aquele era um clã de riqueza e poder. Eles, obviamente, não temiam ninguém e protegiam uns aos outros.

Ela havia acertado em colocar Ian em um caminho que atiçasse a ira dos Montgomery, não importava o quanto foi errado envolver Eveline. Os Montgomery não sofreriam com nada que fosse feito de errado para um deles, e eles fizeram exatamente o que ela esperava, e vieram com vingança.

Graças a Deus ela estava livre. Graças a Deus ela estava longe daquele lugar terrível. Olhou fixamente para o castelo Montgomery, porque agora ele era o seu futuro. Ela se tornaria um deles, porque Genevieve McInnis tinha morrido um longo ano atrás.

Capítulo 39

Quando Bowen e Genevieve entraram no pátio do castelo Montgomery, o olhar dela foi atraído para uma jovem mulher, que se parecia notavelmente com Bowen, de pé nos degraus do castelo junto ao que parecia ser um jovem padre.

A moça tinha longos cabelos escuros e olhos azuis vibrantes. Assim como Bowen. Ela era de pequena estatura, sua estrutura óssea, delicada e feminina. No entanto, não parecia ter atingido a feminilidade ainda. Não havia curvas ou carne mais suave. Ela era magra, o que só contribuía para a delicadeza da sua estrutura óssea.

Mesmo seu rosto era construído em pequena escala, seus olhos aparentemente muito grandes para tais características etéreas.

– Essa é minha irmã, Rorie – disse Bowen, seguindo seu olhar. – Ao lado dela está o padre Drummond, que é encarregado de ensinar à pequena a ler e escrever. Ela está bastante determinada com isso.

Os olhos de Genevieve se arregalaram.

– Ela deve ser uma moça inteligente.

Bowen riu.

– Eu não sei se ela é inteligente ou se é apenas teimosa. É provavelmente um pouco das duas coisas.

Assim que Bowen freou seu cavalo, Rorie voou através do pátio e, quando ele deslizou da sela, ela se lançou em seus braços.

Bowen abraçou-a com força e a girou.

– É bom ver você, moça – disse ele, o afeto genuíno transbordando em seus olhos.

– Eu senti sua falta, Bowen! Você ficou longe por tempo demais.

Bowen colocou Rorie no chão, em seguida, foi imediatamente ajudar Genevieve a desmontar de seu cavalo. Ele ficou segurando a mão dela e a puxou em direção a Rorie, cuja olhar curioso se fixava corajosamente em Genevieve.

Genevieve amaldiçoou o fato de que tinha se esquecido de puxar a capa e o capuz. Sentiu-se nua e vulnerável, sem nenhuma forma de esconder sua cicatriz medonha. Mesmo agora ela podia sentir o olhar atento de Rorie varrendo sobre seu rosto, e ela queria que a Terra abrisse e a engolisse.

– Quem trouxe com você, Bowen? – Rorie perguntou.

A moça parecia não se incomodar com as cicatrizes de Genevieve, mas ainda a estava observando atentamente.

Bowen estendeu o braço para a irmã para puxá-la para perto, de modo que ele segurou ambas as mulheres em seus braços.

– Rorie, esta é Genevieve McInnis. Ela vai ficar conosco. Genevieve, esta é a minha irmã, Rorie. Ela é a bebê, chegando longe depois de Graeme, eu e Teague. É bastante teimosa, então perdoe qualquer grosseria que venha de sua boca.

Rorie bufou e revirou os olhos.

– É um prazer conhecê-la, Genevieve. Eveline ficará feliz com outro rosto amigável por aqui. Ela ainda está encontrando seu caminho no clã, embora as coisas estejam um pouco melhores agora que ela foi levada e em seguida resgatada. O medo tem uma maneira de melhorar as relações dentro de um clã. Mas eles provavelmente estavam com medo de Graeme arrancar todas as suas peles.

– Ela encolheu os ombros. – De qualquer forma, o assunto está encerrado.

Os olhos de Genevieve se arregalaram com o jeito contundente e direto de Rorie. Bowen deu risada e balançou a cabeça.

– Eu avisei, Genevieve.

Rorie estendeu a mão e agarrou a de Genevieve.

– Venha. Vou lhe mostrar a parte de cima do castelo. Há apenas um quarto disponível, por isso não é um mistério onde você irá ficar. É o quarto ao lado do meu, assim, vamos nos ver bastante. Bowen pode garantir que suas coisas sejam trazidas para cima.

Genevieve olhou rapidamente para Bowen, mas ele sorriu e acenou para que ela continuasse. Hesitante, ela permitiu que Rorie a puxasse em direção ao castelo, onde o padre Drummond ainda estava em pé.

– Padre, tenho alguém que quero que você conheça – Rorie chamou. – Esta é Genevieve McInnis, e ela ficará com a gente. Receio que vamos ter de cancelar a lição desta tarde. Eu irei mostrar a Genevieve o quarto dela.

O Padre Drummond sorriu, e Genevieve se aqueceu com as boas-vindas em seus olhos.

– É bom conhecê-la, Genevieve – disse o padre Drummond, sua voz suave e gentil. – Espero que encontre suas acomodações ao seu gosto, e que aproveite a estada com os Montgomery. Nunca encontrei um clã melhor.

– Estou vendo – Genevieve disse calmamente.

– Venha, Genevieve. Estamos desperdiçando tempo – disse Rorie, puxando-a para o interior do castelo.

Genevieve se permitiu ser arrastada pelo saguão e as escadas até o terceiro andar, onde uma fileira de quartos se alinhava no corredor.

Rorie a dirigiu para um quarto no meio, mas ela fez uma pausa na frente de uma porta, onde colocou a mão.

– Este é meu quarto. O de Bowen fica do outro lado do corredor, e Graeme e Eveline estão bem no final. O quarto de Teague fica no lado oposto ao seu. Se precisar de alguma coisa, apenas bata na minha porta. Eu não mordo. Prometo.

Genevieve sorriu. Ela não podia evitar gostar da jovem.

– Obrigada. Eu o farei.

Elas foram para a porta seguinte e Rorie abriu-a e a empurrou, gesticulando amplamente.

– Este é o seu quarto. Está vazio no momento, mas podemos remediar isso. Faz tempo que ninguém o ocupa. É usado para convidados de honra, mas temos poucos deles. Posso ajudar a suavizá-lo e torná-lo mais aconchegante. Não é adequado para uma mulher, tal como está. Poderíamos usar algumas flores e objetos femininos.

– Você é muito gentil – Genevieve disse suavemente.

Rorie se jogou na cama, saltando quando caiu nela.

– Então, qual é a sua história, Genevieve? Estou morta de curiosidade. Não ouvi nada sobre você. Nenhuma notícia foi enviada, e Bowen nunca trouxe uma mulher para casa. Ele não precisa. Elas o seguem aonde quer que vá.

Os olhos de Genevieve se arregalaram.

– Ele é tão popular assim com as mulheres?

Rorie bufou.

– Você já olhou para ele? Não há um rosto mais bonito em todas as Terras Altas. Ele é mais bonito do que a maioria das mulheres. Ou elas o querem ou têm inveja dele. Ele não pode andar antes que tropece em uma mulher piscando para ele.

Genevieve levantou automaticamente a mão para cobrir a cicatriz na bochecha. Por que então ele estava se importando com ela? Era óbvio que poderia ter qualquer moça que quisesse, e havia muitas mais formosas do que ela. E não tão danificadas e *manchadas*.

Rorie parecia envergonhada.

– Sinto muito, Genevieve. Todos sabem que a minha boca se empolga e que tagarelo sobre coisas que não deveria. Meus irmãos ficam desesperados comigo, mas eles me amam, e por isso eu escapo da censura deles. Na maioria das vezes – ela acrescentou apressadamente.

Genevieve não podia deixar de sorrir. A moça era encantadora em sua própria maneira, e Genevieve não poderia deixar de gostar dela.

Houve uma batida na porta, e Rorie apressou-se para abrir.

– Oh, é seu baú! – exclamou Rorie.

Bowen apareceu com dois homens que levavam o baú de Genevieve.

Eles trouxeram-no para dentro, e Genevieve dirigiu-os para colocá-lo ao pé de sua cama.

Bowen parecia que queria dizer alguma coisa, mas Rorie imediatamente enxotou-o do quarto.

– Agora não, Bowen. Genevieve e eu estamos conversando. Eu a levarei para baixo para o jantar quando terminarmos aqui.

Bowen reprimiu um sorriso e olhou desesperadamente para Genevieve.

– Você vê o que todos nós temos que sofrer.

Genevieve sorriu, confortada pelo sentimento de família ao seu redor. Era tal como tinha sido com seu próprio clã. Embora ela não tivesse irmãos, havia incontáveis primos e membros do clã que brigavam com bom humor. E Sybil, sua melhor amiga desde a infância.

Por um momento, Genevieve ficou triste. Tinha sido acordado que Sybil viria a Genevieve, uma vez que estivesse casada, e que o marido de Genevieve arranjasse um casamento para ela através de seu clã para que as duas mulheres não ficassem separadas.

Havia se passado meses desde que Genevieve tinha pensado em Sybil. Ela tirara sua amiga da cabeça porque era doloroso demais pensar sobre ela.

Mas as travessuras dentro do clã Montgomery a tinham feito se lembrar.

– Você parece triste – Rorie disse sem rodeios enquanto fechava a porta.

Genevieve sacudiu a melancolia e forçou um sorriso.

– Eu só estava pensando em meu próprio clã e como você e Bowen me lembram dos meus parentes e de minha amiga de infância, Sybil. Sinto falta deles.

Rorie puxou Genevieve para a cama e olhou diretamente para ela.

– Diga-me, Genevieve. Como uma mulher McInnis se encontra entre McHugh, e por que seu clã pensa que você está morta?

Genevieve suspirou. Aparentemente, tinham contado a Rorie de suas circunstâncias, ou pelo menos lhe oferecido uma revelação superficial. Já era esperado. A moça teria ficado curiosa.

Não havia nenhuma boa razão para que Genevieve contasse algo a ela. Mas tinha algo sobre Rorie que inspirou Genevieve a desabafar. A moça podia ser mais jovem, porém sua mente estava afiada e seu coração era bom. E talvez fosse a promessa de ter uma confidente que mais seduzia Genevieve. Ela queria se encaixar ali. Queria... Amizade.

E assim encontrou-se contando a Rorie toda a história, até mesmo o papel que desempenhou na abdução de Eveline, porque ela não queria Rorie descobrindo mais tarde e sentindo-se traída ou enfurecida por ter sido menos do que honesta. E tudo iria ser divulgado, no final. Não havia como escapar.

A boca de Rorie estava aberta, e suas expressões eram quase cômicas enquanto reagia à história de Genevieve. Quando Genevieve chegou aos fatos do presente, Rorie tinha agarrado as mãos de Genevieve e segurado-as firmemente.

– É uma história terrível, de partir o coração – Rorie explodiu.

Havia lágrimas em seus olhos, e Genevieve ficou chocada com a reação da moça.

– Estou feliz por tê-los matado – Rorie disse ferozmente. – Não foi menos do que merecido. Eles mereciam sofrer muito mais. Deveriam ter sido eviscerados e deixados para que os urubus se alimentassem de seus cadáveres.

Genevieve riu, e um pouco da tensão horrível deixava seu peito. Sua risada terminou em um soluço baixo, e Rorie puxou-a, abraçando-a até que Genevieve pensou que poderia sufocar.

Era uma sensação tão boa. Tanto o desabafo quanto a oferta de conforto da moça mais jovem. Genevieve podia sentir algumas das barreiras de proteção que ela segurou por tanto tempo começarem a se desvendar no calor da família Montgomery.

– Estou feliz que está aqui – Rorie disse quando ela finalmente se afastou. – Você vai ser feliz com a gente, Genevieve.

Genevieve deu um sorriso pálido.

– Só espero que Eveline seja tão compreensiva quanto você.

– Eveline tem o maior coração de qualquer moça que conheço. Você vai amá-la, e ela irá te amar. Não acho que ela tenha dentro dela *odiar* ninguém e, se ela não odeia o meu clã, depois de tudo que eles fizeram ela passar, eu não a vejo guardando má vontade contra você também.

Genevieve deixou escapar um suspiro de alívio. Talvez tudo desse certo no final. Talvez ela finalmente tivesse encontrado um... *Lar.* Um porto seguro de toda a dor do ano anterior.

– Venha, vamos desembalar suas coisas de modo que você possa se acomodar no seu quarto e sua nova vida aqui – disse Rorie alegremente. – Então, podemos descer para o jantar juntas.

Genevieve permitiu que Rorie ditasse o ritmo enquanto as duas mulheres desempacotavam os itens de seu baú. Rorie manteve uma conversa animada que fez a cabeça de Genevieve girar.

Em todo o tempo que Genevieve tinha passado no castelo McHugh, ela nunca havia desempacotado seu baú, embora poucos de seus pertences tivessem sobrevivido, apesar de Ian. Teria sido demais como admitir uma derrota. Ela deixou todos os produtos embalados, esperando que um dia fosse deixar aquele lugar.

Embora ela nunca fosse voltar para as terras de seu pai, já se sentia em casa ali no castelo Montgomery. A esperança fluía em sua alma, algo que ela pensava que nunca mais ia sentir.

Estava livre, e com pessoas que não a prejudicariam. Não havia nada mais doce do que *finalmente* conhecer a paz.

Capítulo 40

Genevieve vestiu sua capa para o jantar. Ela não tinha nenhum desejo de ser o objeto de tanto escrutínio assim que chegasse. Sabia que, em algum momento, todos saberiam de suas cicatrizes e era algo com que ela teria que lidar, mas, até que se tornasse mais confortável em seus arredores, ela preferia a obscuridade.

Rorie acompanhou-a para o andar de baixo. As duas moças tinham ficado lá cima, desembalando os escassos pertences de Genevieve e movendo outros objetos em seu quarto, a fim de torná-lo mais convidativo.

O resultado encantou Genevieve. Seu quarto rivalizava com o seu próprio quarto no castelo de seu pai. Era confortável e luxuoso, adequado para um hóspede importante.

Rorie tinha mudado a roupa de cama e acrescentou peles ao chão e à frente da lareira. Grandes velas foram colocadas ao redor do quarto para dar brilho ao interior. Cadeiras confortáveis tinham sido adicionadas. Nenhum detalhe fora esquecido. Genevieve mal conseguia acreditar. Ela se sentia como uma princesa mimada quando passou o último ano como a prostituta mais humilde.

E, quando Rorie tinha visto os poucos vestidos que Genevieve tinha, ela instantaneamente prometeu pedir para as mulheres do castelo costurarem mais.

Rorie pediu para ela descer as escadas e ir para o saguão, que fervilhava de atividade enquanto o jantar estava sendo servido. Ela correu em direção ao estrado levantado, onde Bowen já estava sentado, e sorriu para seu irmão enquanto direcionava Genevieve para tomar um dos lugares vazios ao lado de Bowen.

Rorie se sentou no outro, os olhos dançando com emoção enquanto ajeitava o banco para mais perto da mesa.

Bowen, por baixo da mesa, entrelaçou os dedos com os de Genevieve, em uma silenciosa mensagem. O gesto confortou-a e ela apertou de volta.

– Suas novas acomodações são adequadas as suas necessidades? – ele perguntou. – E Rorie conseguiu acomodá-la?

– Está perfeito – Genevieve disse em uma voz sincera. – Rorie fez muito. Eu me sinto como uma princesa mimada. Não era necessário se incomodar tanto.

Bowen lançou a Rorie um olhar cheio de gratidão.

– Tinha toda razão. Eu quero que esteja confortável e feliz. Você já sofreu bastante má sorte. É hora de alguém cuidar de você como deveria.

Suas bochechas aqueceram a intimidade em sua voz. Ela orou para que Rorie não estivesse prestando atenção a tudo que Bowen dissera.

– É estranho não ter Graeme, Teague e Eveline no jantar – disse Rorie. – Queria que todos estivessem de volta rapidamente. Há muito caos ultimamente. Era muito melhor quando nada acontecia e o castelo era tranquilo.

Embora seu tom fosse de provocação, Genevieve não perdeu a nota melancólica em sua voz. A moça, obviamente, amava sua família e sentia falta deles quando não estavam perto.

– Graeme e Eveline estarão em casa amanhã – Bowen informou. – Não sei quando Teague voltará. Ele está assumindo minhas funções no castelo McHugh.

Rorie abaixou a cabeça e olhou para seu prato, brincando com a comida na frente dela.

– Ele não vai ficar longe para sempre, querida – disse Bowen, em uma voz suave.

Ele se inclinou para Genevieve.

– Rorie é próxima especialmente a Teague. Sua ausência está sendo difícil para ela.

Genevieve assentiu, então ela fez uma pausa, olhando para Bowen.

– Sabe o que mais gosto sobre o castelo Montgomery até agora?

Bowen levantou a cabeça, os lábios se curvando em um sorriso satisfeito.

– O quê?

– A comida – ela exclamou. – Espero que eu nunca seja obrigada a comer outra refeição preparada por um McHugh tão cedo.

Bowen riu, um som rico e profundo gutural, que foi agradável aos ouvidos de Genevieve.

– Acho que concordo com você, moça.

O nariz de Rorie enrugou.

– Era tão ruim?

– Sim! – Bowen e Genevieve responderam em uníssono.

Rorie riu.

– É de se admirar, então, que não tenha atacado a refeição diante de você.

– Eu estou tentando exercer um pouco de controle – disse Genevieve com um sorriso.

Bowen e Rorie deram risada.

O que Genevieve notou mais foi que os membros do clã Montgomery eram abertos e amigáveis. Rorie contou que não tinha sido sempre assim, e que as mulheres do clã, particularmente, tinham mostrado muita animosidade em relação a Eveline quando Graeme se casou com ela.

Genevieve sentiu simpatia instantânea por Eveline, porque ela sabia bem o que era ter tanto ódio direcionado a ela.

Mas, até agora, as mulheres, e os homens, não tinham sido nada além de gentis e acolhedores com Genevieve. Ela não tinha ideia se era sua inclinação natural ou Bowen tinha emitido um aviso severo.

Bowen se inclinou para que suas palavras só fossem ouvidas por Genevieve.

– Quando tivermos acabado a nossa refeição, vamos dar um passeio. Vou mostrar-lhe o exterior do castelo.

Havia mais em sua voz, uma frustração por eles não terem passado algum tempo juntos desde a sua chegada. As bochechas dela ficaram quentes com prazer, e ela sorriu de volta para ele.

– Gostaria disso.

Desta vez foi ela quem encontrou sua mão debaixo da mesa e deu-lhe um aperto. Ele entrelaçou os dedos nos dedos dele e segurou firmemente, até que fossem forçados a separar as mãos, a fim de comer.

No fim, Rorie olhou com expectativa na direção de Genevieve, mas Bowen foi rápido para interpor-se.

– Levarei Genevieve em torno das terras fora do castelo. Vou acompanhá-la até o quarto quando tivermos acabado. Não há nenhuma necessidade de você esperar por ela.

Rorie franziu os lábios e examinou Bowen e Genevieve com um olho afiado, que dizia a Genevieve que a moça não se deixava enganar, no mínimo. Um sorriso curvou seus lábios e uma luz travessa entrou em seus olhos.

– Acho que irei procurar o padre Drummond, uma vez que perdemos as lições desta manhã. Talvez ele possa encaixar alguns poucos minutos esta noite, antes que vá dormir.

Bowen gemeu.

– Dê ao homem um pouco de paz, Rorie. Você vai deixá-lo tonto antes do tempo. O pobre homem irá fugir gritando das terras Montgomery e fazer um juramento para nunca mais voltar.

Rorie olhou para Bowen, em seguida, se levantou da mesa, seu queixo empurrado para cima. Ela virou-se e afastou-se, deixando Bowen e Genevieve sozinhos à mesa.

– Então, o que acha da Rorie? – perguntou Bowen.

– Ela é divertida – disse Genevieve. – E tem um enorme coração. Gosto muito dela.

– Ela é uma intrometida, uma pirralha que adora interferir – disse Bowen, divertido. – Mas a verdade é que a amo muito e a vida não seria a mesma sem suas histórias.

Genevieve sorriu.

– Não é assim que funciona com irmãs mais novas?

Bowen levantou-se e estendeu a mão para Genevieve.

– Você está pronta para o nosso passeio?

Ela deslizou os dedos sobre os dele, saboreando o contato íntimo.

– Eu gostaria muito disso.

Ele ajudou-a a descer do estrado e se virou para sair pela entrada dos fundos, passando as casas de banho.

– Você é bem-vinda a utilizar os balneários ou, se preferir, pode ter uma banheira de água trazida para o seu quarto se necessitar de privacidade. Há também o rio, e Eveline muitas vezes faz uso dele, para o desânimo de Graeme. Mas, se for de sua preferência, deixe-me saber e eu organizarei para que tenha total privacidade.

Seu coração apertou, batendo descontroladamente. Ele era tão solícito. Tão carinhoso.

Ele pegou sua mão e envolveu-a na sua enquanto passavam pelas pedras que rodeavam o castelo e para as encostas que davam para o rio.

O rio era maior e mais profundo do que o do castelo McHugh.

Havia áreas que poderiam ser utilizadas para tomar banho ou nadar sem medo de ser visto.

Bowen a levou para uma vasta extensão de terreno ondulado verde onde as ovelhas e cavalos pastavam. O rio não era longe e se colocava como um pano de fundo magnífico ao sol poente.

Ela suspirou com satisfação. Era bonito ali, e muito tranquilo. Ela estava cheia de esperança e, finalmente, felicidade.

– Acho que serei muito feliz aqui – ela disse em voz baixa.

Bowen desviou o olhar, incapaz de encontrar o dela. Ela inclinou a cabeça, confusa com seu comportamento. Teria ela dito alguma coisa errada? Será que ele pretendia mandá-la para a abadia, afinal?

– É o desejo do meu coração que seja feliz – disse ele. – É tudo que eu quero para você, Genevieve. Já sofreu bastante. Eu faria o que fosse necessário para garantir que estivesse satisfeita.

Ela apertou sua mão.

– Nunca pensei que fosse conhecer um homem como você, Bowen Montgomery. Minha experiência me ensinou a temer homens e não confiar em suas palavras bonitas e mentiras. Você não tem sido nada além de honesto e sincero comigo.

Seu rosto ficou cinza, e havia consternação clara em seus olhos. Ele parecia que tinha engolido algo extremamente desagradável.

A preocupação a atormentava, porque seu humor estava diferente esta noite. Ele parecia distante, como se algo o estivesse incomodando.

– Bowen? Há alguma coisa errada?

Ele puxou-a para baixo do abrigo de seu braço enquanto eles continuavam a jornada em direção ao rio.

– Não. Que você esteja contente é tudo o que importa para mim.

– Eu serei sempre grata a você – disse ela com sinceridade. – Agora que estou longe dos McHugh, não consigo pensar em voltar. É algo que assombra meu sono à noite. Sonhei por tanto tempo em me livrar de Ian e seu clã que, agora que estou aqui, é difícil acreditar que isso não seja uma parte dos meus desejos mais ardentes.

Ele a beijou com ternura, sua doce boca na dela.

– Você nunca irá voltar, Genevieve. Tem minha palavra.

Ela tocou seu rosto, deixando seus dedos permanecerem junto à maçã do rosto.

– Você é um bom homem, Bowen. Não vou esquecer tudo o que tem feito por mim.

Ele fechou os olhos por um longo momento e, quando os abriu, eles estavam sombrios e abandonados. Ela não sabia o que ocupava sua mente, mas a preocupava, pois não estava sendo ele mesmo esta noite.

– Venha – disse ele. – Vamos descer para a beira do rio e assistir ao sol se pondo. É um belo lugar para olhar as estrelas. Fará um pouco de frio, mas vou mantê-la quente, moça.

Ela sorriu e se aninhou mais firmemente ao seu lado. Não tinha dúvida de que ele faria exatamente isso. E ficar em seus braços era o modo mais perfeito de passar uma noite.

Capítulo 41

A excitação dos últimos dias rapidamente atingiu Genevieve e ela dormiu o sono dos mortos. Tão logo sua cabeça bateu no travesseiro, ela estava dormindo, e não se mexeu quando os primeiros raios do amanhecer começaram a clarear o quarto. Nem se moveu quando Rorie bateu em sua porta para convidá-la para descer e fazer o desjejum.

Na verdade, ela ainda estava dormindo quando Rorie e Eveline irromperam através de sua porta perto do meio-dia. Genevieve se agitou quando sua cama balançou e ela ouviu um falatório em seus ouvidos.

Ela abriu os olhos turvos para ver Rorie e Eveline Montgomery em seu quarto. Espantou o sono de sua cabeça e tentou empurrar-se para cima.

– O que há de errado? – Genevieve resmungou.

O fato de que Eveline estava ali em seu quarto foi motivo de alarme para Genevieve. Será que estava tão irritada com a presença de Genevieve que viria imediatamente pedir que ela saísse? Ou talvez quisesse expressar seu descontentamento em pessoa.

Mas não, Eveline estava sorrindo docemente, com os olhos brilhando de boas-vindas. E Rorie estava sorrindo como uma tola, dançando bastante com excitação.

– É isso o que viemos descobrir. Se havia algo errado. É quase meio-dia e não vimos nenhum sinal seu. Bati em sua porta quando era hora do desjejum, mas você nem se moveu – Rorie disse pacientemente.

Genevieve sentou-se na cama.

– Meio-dia? – ela guinchou. – Eu dormi até o meio-dia?

– Você estava cansada – disse Eveline com uma voz suave, doce.

Seus padrões de fala eram diferentes. Os sons das palavras eram diferentes, mas Genevieve não tinha dificuldade alguma em compreendê-la.

Genevieve olhou cautelosamente para Eveline, medindo a reação da outra mulher em relação a ela.

– Eu sou a Genevieve – disse ela. – E você é a Eveline. Eu vi você...

Ela estremeceu ao ter de trazer à tona o fato de que Eveline tinha sido presa, como ela mesma foi, por Ian McHugh.

– Vi você no castelo McHugh quando Ian a prendeu.

Eveline empurrou Rorie para o lado e sentou-se na borda da cama ao lado de Genevieve.

– Eu tenho uma grande dívida com você – Eveline disse solenemente. – Você fez muito para me ajudar, e por isso tem os meus agradecimentos. Ian é... Era... Um homem mau. Não estou triste por ele estar morto.

Genevieve foi tomada pela culpa. Ela não podia nem olhar a outra mulher nos olhos. Mas se forçou para manter a boca onde Eveline pudesse ler seus lábios.

– Você não me deve nada – disse ela dolorosamente. – É minha culpa você ter sido capturada, para começar. Não é algo que poderei esquecer, e eu entenderia se nunca pudesse me perdoar.

Eveline colocou a mão sobre a mão de Genevieve e a apertou levemente.

– Eu sei da sua situação, Genevieve. Graeme me contou tudo. Meu coração dói por você. Não posso imaginar o que eu teria feito em seu lugar. Eu certamente não a culpo por ter feito o que tinha que fazer em um esforço para ganhar sua liberdade. Foi um plano engenhoso, e o fato é que lutou por mim. Você me protegeu correndo um grande risco e atraindo vergonha para si mesma. Como posso culpar você quando faz tanto para me poupar? Guiou meu marido até o lugar onde eu estava aprisionada. É possível que ele nunca tivesse me encontrado sem a sua ajuda.

Lágrimas encheram nos olhos de Genevieve. Ela não conseguia segurá-las. A bondade e a compreensão na voz de Eveline foram sua ruína.

– Não chore – Eveline disse gentilmente. – Estou feliz por você estar aqui. Não vamos permitir que tais coisas aconteçam novamente. Rorie e eu estamos contentes de ter a companhia de outra moça, especialmente uma tão valente e determinada como você. Pense em todas as travessuras que faremos juntas.

– E é por isso que viemos para o seu quarto – Rorie disse emocionada.

Ela praticamente se lançou sobre Genevieve, saltando para cima e para baixo na cama aos pés de Genevieve.

– Queremos aprender como usar um arco, e queremos que você nos ensine.

Genevieve olhou para a moça em confusão.

– Você me contou sobre como matou quatro guerreiros em uma batalha com seu arco e flecha, e Graeme contou novamente para Eveline esta manhã. É um feito incrível. Você é muito habilidosa! Eveline e eu gostaríamos que nos instruísse a como atirar com um arco. Seria bastante divertido! Podemos começar hoje, se estiver disposta.

Genevieve balançou a confusão de sua mente e se concentrou na conversa atual. Era um acontecimento bizarro. Rorie e Eveline estavam em seu quarto. Eveline agiu como se Genevieve nunca tivesse errado, e ambas as moças queriam que ela ensinasse como usar um arco. Eram muitas coisas para absorver.

– Seria muito divertido – Eveline disse, sua voz tremendo.

Genevieve finalmente deu de ombros.

– Por que não? É uma habilidade útil para uma moça ter. É uma coisa boa ser capaz de defender aqueles ao seu redor.

Rorie inchou o peito.

– Serei a melhor no que faço, então vou desafiar Graeme e Bowen para uma partida. Eles serão humilhados quando uma mera moça os derrotar.

Genevieve caiu na gargalhada. A verdade da questão era que ela acreditava totalmente em Rorie. Ela parecia ser uma boa moça, e uma que se destacava em todas as tarefas que definia em sua mente. Genevieve não ficaria nada surpresa se superasse todos os seus irmãos com um arco e flecha.

– Deixe-me vestir e recolher o meu arco e flechas, e vamos encontrar um lugar para praticar – disse Genevieve.

Rorie bateu palmas de alegria.

– Vamos esperar por você no fim das escadas. Não demore muito, Genevieve! Temos muito a fazer hoje.

Genevieve sorriu.

– Vou precisar de apenas alguns minutos para me preparar.

– O que, em nome de Deus, elas estão fazendo? – Graeme exigiu.

Bowen e Graeme tinha ido em busca de Genevieve, Rorie e Eveline quando ninguém pôde dizer aonde as garotas tinham ido e elas tinham ficado conspicuamente ausentes toda a tarde.

Quando ele e Graeme subiram a colina com vista para o rio, lá estavam as três, atirando flechas em um alvo improvisado.

– Será que nós queremos saber? – Bowen perguntou secamente.

– Acho que Rorie está bastante apaixonada por Genevieve. Ela ficou muito impressionada com o fato de Genevieve ter derrubado quatro guerreiros durante a batalha. Ela recontou a história para todos que a ouvissem.

– A última coisa que Eveline precisa aprender é como atirar com arco – disse Graeme. – Acha que eu a quero que preenchendo minha pele com setas quando eu a deixar com raiva? E culpo você, por isso, Bowen. É a sua moça que está corrompendo a minha esposa. Não há nenhuma esperança para Rorie, então é inútil reclamar sobre os hábitos rebeldes dela.

Bowen ficou sério.

– Ela não é minha moça. Não por muito tempo.

Graeme ficou em silêncio, sua expressão cheia de pesar.

– Me perdoe. Não tive a intenção de trazer à tona um tema doloroso. Sei que você teme o dia em que os McInnis chegarão.

– Nunca vou amar outra mulher como amo Genevieve – Bowen disse simplesmente. – E, porque a amo, devo estar disposto a fazer o que é melhor para ela. Ela não está totalmente feliz, apesar de estar bem contente por estar longe dos McHugh. Ela sente falta de sua família, e nunca estará completa a não ser que resolva as coisas com seu clã. Pode muito bem me odiar pelo que fiz, mas sei que é melhor. Posso viver com seu ódio se eu souber que ela vai encontrar a felicidade.

Graeme apertou o ombro de Bowen.

– Venha, vamos ver o que as moças estão aprontando.

Os dois desceram a colina em direção às mulheres. Bowen revirou os olhos, porque a primeira regra de batalha era estar ciente de seu entorno em todos os momentos. Ele e Graeme poderiam ter se infiltrado e privado-as de suas armas, por toda a atenção que elas prestavam.

As moças estavam tão focadas em suas tarefas que não os viram ou ouviram chegar. Eveline tinha uma boa razão, é claro, mas Rorie e Genevieve deveriam estar mais alertas.

Quando eles estavam a somente poucos passos de distância, Graeme limpou sua garganta.

Genevieve e Rorie imediatamente viraram-se, enquanto Eveline continuou a se concentrar em seu alvo. Ela deixou a seta voar, e caiu um pouco abaixo do ponto de matança que Genevieve havia marcado.

Ela se virou, excitação florescendo em seu rosto, e saltou para cima e para baixo, o arco caindo no chão.

– Eu consegui! Eu consegui!

Graeme sorriu com indulgência para a alegria de Eveline, mas, em seguida, ela percebeu que Bowen e Graeme estavam presentes e apertou os lábios, olhando com culpa na direção de Graeme.

Genevieve se dobrou para recuperar o arco, limpando-o e suavizando quaisquer marcas feitas pela queda.

– Vejo que estão muito ocupadas hoje – Graeme comentou. – Me diga, que inimigo você está matando?

Eveline correu para cumprimentar o marido, inclinando-se na ponta dos pés para poder oferecer-lhe um beijo, então deu um tapinha em seu rosto, deixando-o confuso e sem fala.

Bowen sufocou o riso. Eveline sabia muito bem como lidar com o marido. Um beijo, alguns toques, e ele estava completamente em seu poder.

Os olhos de Genevieve estavam cheios de preocupação enquanto olhava nervosamente para Bowen, como se temesse represálias por instruir Eveline e Rorie sobre como usar um arco.

Ele estendeu a mão, sem se importar se os outros viram. Tinha apenas alguns dias para estar com ela, e dane-se o que todos pensavam. Ele aproveitaria estes dias e os saborearia. Mantê-los perto de seu coração e lembrar deles quando estivesse velho e grisalho.

Ele a tinha deixado descansar na noite anterior, sabendo que estava exausta de suas viagens e da ansiedade de chegar em um novo clã onde não tinha certeza se era bem-vinda. Mas esta noite ela iria passar no quarto dele, em seus braços, e todas as noites até que os McInnis chegassem para levá-la para casa.

Ele a abraçaria a cada momento restante que tivesse com ela, e essas memórias iriam sustentá-lo por toda a vida, porque ele sabia que nunca amaria outra como amou Genevieve.

Ela deslizou timidamente a mão na sua, olhando nervosa para a reação dos outros. Ele não se importava. Puxou-a para seus braços e a beijou, seu coração cheio de emoção. Deus, ele não queria deixá-la ir.

Seria egoísmo mantê-la ali com ele. Nunca deixar sua família saber que estava viva. Mantê-la perto e ao seu lado e nunca a compartilhar com ninguém.

Ele queria tanto. Amor. Crianças. Acordar a cada amanhecer com ela enrolada ao seu lado. Ele não conseguia imaginar sua vida sem ela, mas, acima de tudo, queria que ela fosse feliz. Tantas coisas lhe tinham sido negadas, e ela havia suportado tanta dor e humilhação.

Ele tinha que deixá-la ir para que pudesse subir e ser a mulher que poderia ser. Mesmo que aquilo o matasse. E ele podia muito bem fazer isso.

Genevieve corou quando ele se afastou e olhou hesitante para os outros para avaliar suas reações, mas Rorie estava sorrindo como uma tola e Eveline mostrava um sorriso suave enquanto absorvia a ternura entre Bowen e Genevieve.

– Genevieve está nos ensinando a sua habilidade em atirar com um arco! – disse Rorie.

– Sim, isso é evidente – Graeme disse em diversão. – Como vocês estão se saindo?

Eveline apertou a mão de Graeme.

– Eu consigo acertar o alvo! É incrível!

– Eu também consigo! – Rorie interrompeu. – Sou muito boa – ela vangloriou-se. – Pretendo desafiar você e Bowen para uma partida. Serei melhor do que vocês dois.

Bowen riu.

– Não seria surpresa para mim, querida. Você é determinada e teimosa.

– Não é uma habilidade ruim de se ter – disse Graeme de uma forma mais séria. – Você tem a minha gratidão por instruí-las, Genevieve. Eveline seria capaz de defender a si mesma se eu não estivesse ao alcance. Ela significa tudo para mim. Se o fato de saber como usar um arco salvar sua vida, serei eternamente grato a você. Vou começar a trabalhar com arcos feitos tanto para Eveline e Rorie.

Rorie gritou seu entusiasmo e Eveline aplaudiu de alegria.

Genevieve brilhava com felicidade e orgulho. Bowen colocou o braço em volta de seus ombros e abraçou-a. O orgulho dele não conhecia limites. Genevieve era uma moça extraordinária. Era uma sobrevivente. Mesmo que ela fosse estar ali apenas um curto período de tempo, ele sabia que Rorie e Eveline se beneficiariam do tempo com ela.

Ele a beijou novamente, porque não podia evitar. Não conseguia estar perto dela sem querer tocá-la e abraçá-la.

Eveline e Rorie trocaram sorrisos presunçosos, mas Bowen os desconsiderou.

Em seguida, ocorreu-lhe que Genevieve não estava usando a capa, nem estava tentando esconder seu desfiguramento. Apertou-a a ele e deu um beijo na cicatriz.

Talvez estivesse confortável em torno de Eveline e Rorie, e dele também. Ela até se desfez um pouco do medo e nervosismo que exibia toda vez que estava na presença de Graeme.

Ela tinha ganhado confiança, mesmo que fosse apenas em torno de algumas pessoas seletas, mas o fazia se sentir triunfante que ela conseguisse manter a cabeça erguida, sem vergonha. Em seus olhos, ela não tinha nenhum motivo para se envergonhar.

– Por que vocês, garotas, não nos mostram o que aprenderam? – Graeme sugeriu.

– Oh, sim, vamos! – exclamou Rorie. – Acho que deveria ter um prêmio para aquela que chegasse mais perto do alvo.

– Genevieve não pode participar – Eveline interrompeu. – Não seria justo. Você e eu vamos tentar.

Os olhos de Rorie brilharam de alegria profana.

– E o prêmio?

Eveline ponderou um momento, depois seu rosto se iluminou.

– Se eu vencer, você deve fazer uma leitura após a refeição da noite. Uma das histórias que o padre Drummond lhe ensinou. Seria um belo final para o dia.

– E se eu ganhar? – Rorie desafiou.

– Se você ganhar, vou enviar uma missiva para meu pai pedindo pergaminhos de sua biblioteca pessoal.

Os olhos de Rorie se arregalaram e ela juntou as mãos em emoção.

– Ah, eu tenho que ganhar, então!

– Havia alguma dúvida? – Graeme disse secamente. – Nunca conheci uma moça mais competitiva. Ainda estou convencido de que você nasceu um rapaz e nós simplesmente não descobrimos ainda.

Rorie mostrou a língua para Graeme e se virou para Genevieve.

– Você define o alvo, Genevieve! Será a juíza.

Bowen observou o brilho nos olhos de Genevieve. As sombras

se foram, e não havia o olhar assombrado que ele tinha aprendido a associar a ela. Ela parecia feliz, como se um grande peso tivesse sido tirado de seus ombros.

Ele não queria nada mais do que carregá-la de volta para o castelo e fazer amor com ela durante os próximos três dias, até que nenhum deles tivesse mais força.

Os homens esperaram pacientemente e observavam enquanto as duas moças se revezavam ao mirar o alvo. Considerando o pouco tempo que estavam praticando, ambas exibiram habilidade impressionante.

Mas foi Rorie que ganhou o dia, não que Bowen ou Graeme tenham ficado surpreendidos. Ela ganhou de Eveline por meros centímetros com seu último tiro. Nessa hora, ela levantou os braços e soltou um grito de vitória que rivalizava com a de qualquer guerreiro no campo de batalha.

– Envie notícias ao seu pai, Eveline! – Rorie cantou.

Eveline sorriu.

– Mandarei uma mensagem amanhã. A biblioteca do meu pai é cheia de manuscritos. Tenho certeza de que algo irá lhe interessar.

Rorie bateu palmas.

– Qualquer coisa que ele enviar será maravilhoso!

Em seguida, ela jogou os braços em torno de Genevieve e abraçou-a ferozmente.

– Obrigada, Genevieve. Faz tempo que não me divirto tanto assim!

Genevieve riu e abraçou-a de volta.

– Por nada. Se continuar a praticar, você será uma ótima atiradora. Talvez seus irmãos queiram levá-la para a batalha.

Graeme fez uma careta.

– De jeito nenhum. A garota já encontra problemas o suficiente dentro dos muros do castelo.

As mulheres riram, e Eveline entrelaçou os braços com Genevieve e Rorie, e elas começaram a voltar para o castelo. Ela se virou e sorriu docemente para Bowen e Graeme.

– Seja gentil e busque o arco e as flechas de Genevieve para nós. Acho que estou faminta depois de tanto exercício. Estamos indo para a cozinha para ver o que podemos encontrar para comer.

Graeme suspirou quando as mulheres caminharam de volta para o castelo, suas conversas aumentando e enchendo o ar. Ele balançou a cabeça e inclinou-se para recuperar o arco e a aljava que alojava as setas.

– Acho que minha vida não será nada maçante enquanto elas estiverem juntas – disse Graeme em resignação.

Mas Bowen estava olhando para além das mulheres, com o coração dolorido pelo que *poderia* ser. Rorie e Eveline tinham acolhido Genevieve com os braços abertos. Aquele poderia ser o seu futuro. Cercado por seu clã, a mulher que ele amava e uma família tão querida para ele. Poderia ser sua vida.

Porém, Genevieve merecia estar com a própria família. Ele não podia imaginar pensar em Rorie morta e perdê-la. E se ela estivesse viva, iria querê-la de volta, e ele moveria montanhas para conseguir isso. A família de Genevieve não seria diferente.

Capítulo 42

Bowen trouxe Genevieve para perto dele, acomodada na curva de seu braço. Ele beijou sua testa e esfregou a mão para cima e para baixo pela pele sedosa de seu braço enquanto estava deitado contemplando os últimos dias.

Tinham sido idílicos. Tempo emprestado. Genevieve parecia tão feliz ali. Seus olhos estavam cheios com uma alegria e luz que ele não tinha visto quando estavam no castelo McHugh.

Ele sabia que a decisão de levá-la e tê-la reunida com sua família ali tinha sido a mais acertada. Ela precisava de distância do lugar que lhe trouxera tanta dor e sofrimento.

Mas, a cada dia e a cada noite que passavam nos braços um do outro, ele chegava mais perto da hora em que teriam que se separar, e um pequeno pedaço dele morria a cada hora.

Ela se moveu contra ele, sussurrou um suspiro doce de contentamento, depois se acomodou no sono.

A urgência com que ele se apossava dela aumentava a cada noite roubada. Ela mal havia adormecido quando o amanhecer aparecia no horizonte, e ele permanecia acordado, olhando para ela, a imersão em cada detalhe de seu corpo, comprometendo a memória de modo que essas imagens iriam sustentá-lo pelos anos seguintes.

Ele sabia que nunca iria tomar uma esposa. Não tinha nenhuma obrigação para satisfazer ou herdeiros para tomar conta. Não havia outra mulher para ele além de Genevieve. Nenhuma outra mulher jamais iria preencher o buraco em seu coração deixado por aquela moça corajosa que o havia cativado tanto.

Uma batida suave soou em sua porta, e seu coração disparou. Ele desvencilhou-se de Genevieve e saiu da cama com cautela, de modo a não a perturbar. Quando abriu a porta, Graeme estava do outro lado, a sua expressão sombria e arrependida.

– Eu recebi a notícia de nossa patrulha. Os McInnis vêm com a bandeira no ar. Eles se movem com grande pressa e, em seu ritmo atual, chegarão em uma hora.

O coração de Bowen afundou. Ele sabia que era provável que os McInnis não perdessem tempo, uma vez que recebessem a notícia de que Genevieve estava viva, mas ele esperava mais alguns dias. Apenas mais uma noite para segurá-la.

– Vou informar Genevieve e dar-lhe tempo para se preparar – Bowen disse calmamente.

O rosto de Graeme mostrava uma expressão de pena.

– Eu sinto muito, Bowen. Sei que não é fácil para você.

– Não, mas é o melhor.

Ele se virou, deixando seu irmão e fechando a porta.

Genevieve estava acordada, alavancando-se em seu cotovelo. Seus cabelos estavam desarrumados, e ela lançou-lhe um olhar sonolento enquanto o observava chegando mais perto.

– Há alguma coisa errada? – perguntou ela.

Ele não podia sequer formar as palavras. Ficaram presas em sua garganta até que ameaçaram sufocá-lo.

Ele deslizou na cama, sentando na beira, e pegou as mãos dela.

– Há algo que preciso lhe dizer.

A preocupação inundou seus olhos, então ela se sentou melhor. Tentou puxar as mãos das dele, mas ele recusou-se a renunciar a sua espera.

Ele respirou fundo, expulsando o ar lentamente.

– Quando partimos do castelo McHugh, eu enviei uma mensagem a sua família dizendo que estava viva, e que eu a estava levando para o castelo Montgomery. Ela ficou absolutamente imóvel, os olhos tão feridos que o mataram.

– Por quê? – ela sussurrou em voz entrecortada. – Por que faria tal coisa? Sabia que eu não queria que eles soubessem da minha vergonha. Você tem *alguma* ideia do que isso causará neles?

Ele engoliu em seco e puxou as mãos dela mais para o alto no peito dele.

– Sim, eu sei, Genevieve. Mas vejo a tristeza em seus olhos quando você fala deles. Sei o que me causaria pensar que a minha irmã está morta. Sei que você nunca será verdadeiramente feliz, ou *livre*, a menos que enfrente isto, encarando-os.

– E então tomou a decisão por mim – ela disse, engasgando. – Quando eu tive todas as minhas escolhas tomadas de mim, você fez o mesmo.

– Fiz isso porque eu te amo – disse ele, finalmente falando as palavras que ele tinha guardado. – E quero você, mas, mais do que isso, quero que seja feliz. Quero que seja completa novamente, e sinto que nunca será curada até que esteja reunida com a sua família. As pessoas que você ama. Quase tanto quanto eu amo *você*.

Lágrimas encheram os olhos dela e deslizaram em sua bochecha sem marcas. Então ela voou em seus braços e envolveu-se em torno dele tão firmemente quanto pôde.

– Estou com tanto medo, Bowen – ela disse com a voz abafada pelo ombro dele. – E se eles me rejeitarem? E se olharem para mim com vergonha? Eu não poderia suportar isso. Preferiria que nunca soubessem que eu estava viva do que sofrerem com a minha presença, sabendo que estão envergonhados pela minha existência.

– Eles não farão uma coisa dessas – disse Bowen, seu coração rompendo com o medo na voz dela. – Não vou permitir. Não irei mandá-la para tal situação, Genevieve, eu juro.

Lentamente, ela se afastou dele, a vulnerabilidade sombreando seus olhos. Não havia nada que ele quisesse mais do que fechar a porta para o mundo e mantê-la trancada ao seu lado para o resto de seus dias. Mas sabia que era disso que ela precisava. Cura. O amor e o apoio da família. Ela nunca estaria completa, e ele só teria parte dela. Ele queria sua felicidade e seu bem-estar acima de seu próprio. Mesmo que arrancasse seu coração do peito para deixá-la ir.

– Quando eles chegam? – ela perguntou em voz baixa.

– Dentro de uma hora. Graeme trouxe a notícia de um mensageiro que eles estão a uma hora de distância e andando rapidamente. Eles devem ter vindo no momento em que receberam minha carta.

Ela rapidamente limpou o rosto manchado de lágrimas.

– Eu devo apressar-me. Preciso me vestir, e meu cabelo está uma bagunça.

Bowen se inclinou e beijou-a lenta e docemente.

– Vou mandar Rorie e Eveline para ajudá-la.

Ele se levantou relutantemente e foi para a porta.

– Bowen?

Ele virou-se para trás e ela se lançou em seus braços mais uma vez, pressionando sua boca na dele. Ela o beijou faminta e com um desespero silencioso. Uma despedida.

Ele a abraçou, esmagando-a em seus braços, segurando-a como se nunca fosse deixá-la ir.

Então, porque se não a deixasse agora ele nunca o faria, gentilmente se afastou e foi embora.

Capítulo 43

Eveline e Rorie conversaram e ficaram preocupadas com Genevieve entre os ataques de fúria de Rorie, porque Bowen não tinha o direito de interferir e enviar notícias à família de Genevieve.

– É porque ele quer o que é melhor para Genevieve – Eveline disse gentilmente. – É o que você deve querer também.

O rosto de Rorie se desintegrou enquanto Eveline dava os toques finais no cabelo de Genevieve.

– Mas sentirei falta dela. Era como ter outra irmã, e irmãs nunca são suficientes para uma garota.

Genevieve abraçou a mulher mais jovem e apertou-a com força.

– Nós sempre seremos irmãs. Do coração, pelo menos. Eu não vou esquecê-la, Rorie Montgomery. Ou sua bondade.

Rorie deu um sorriso com lágrimas enquanto se afastava e, em seguida, Genevieve abraçou Eveline, segurando-a firme. Esperou até que ela deu um passo atrás antes de falar com Eveline, de modo que a outra mulher entendesse suas palavras.

– Você tem um coração compreensivo, Eveline. Eu estava dolorida de medo de enfrentá-la depois de tudo que eu tinha feito. Não a culparia se tivesse insistido que eu deixasse o seu castelo. Mas você me recebeu de braços abertos e foi gentil. Tem sido uma amiga, mesmo em pouco tempo que nos conhecemos. Obrigada por isso. Não me esquecerei de você também.

– Você deve parar – Eveline engasgou. – Nós três seremos uma bagunça chorosa quando você encontrar sua família. Você é uma mulher especial, Genevieve McInnis. Nunca se esqueça disso. O que suportou iria quebrar uma mulher mais fraca, mas você se tornou *mais forte* por isso.

– Prometa que virá nos visitar – Rorie disse ferozmente. – Ficarei preocupada até que eu saiba que está feliz e acomodada. E se precisar de qualquer coisa, só tem que enviar notícias.

Genevieve abraçou-as de novo, então deu um passo para trás para amaciar o vestido que tinha tirado do baú. Era um vestido que sua mãe tinha, cuidadosamente, costurado como parte de seu dote de casamento, e um dos poucos que restaram do enxoval.

– Eu estou bem? – perguntou ela ansiosa.

O receio e o medo preenchiam seu coração com o pensamento da reunião com a família. Ela não poderia suportar ver a decepção em seus olhos. Mataria-lhe trazer vergonha ao nome deles.

– Você está linda – Eveline disse suavemente.

Rorie inclinou-se para a janela e, em seguida, abaixou-se, com os olhos arregalados e a voz abafada em reverência.

– Chegou a hora, Genevieve. Seu clã se aproxima. Eles se estendem até onde os olhos podem ver. Juro que trouxeram o poder do exército inteiro deles.

Genevieve correu para a janela e olhou para fora, vendo, pela primeira vez em um ano, a bandeira de seu pai flamulando ao vento.

Era uma visão impressionante, que trouxe um nó na garganta dela.

Ele tinha vindo por ela.

Bowen e Graeme andavam com um pequeno contingente de guerreiros Montgomery para atender o Laird McInnis do lado de fora dos muros do pátio. O Laird McInnis ordenou que seus homens parassem e se moveu em seu cavalo quando olhou para os irmãos Montgomery.

Ao lado dele, uma carruagem ornamentada puxada por dois cavalos veio parar ao lado do laird e Bowen podia ver uma mulher sentada, mas, no momento em que os cavalos pararam, ela aprumou-se, sua expressão ansiosa e cheia de expectativa.

– Onde está a minha filha? – o laird exigiu.

Suas características estavam resumidas em uma máscara de um guerreiro. Era evidente que ele não sabia se tinha vindo para lutar, mas era igualmente evidente que estivesse preparado para qualquer resultado.

– Laird – Graeme disse respeitosamente. – Eu sou Graeme Montgomery, laird do clã Montgomery.

– Eu sei bem quem você é – Laird McInnis disse impaciente. – Quero saber onde minha filha está, e se está bem.

– Sua filha está bem – Bowen disse.

O olhar do laird caiu sobre Bowen, as sobrancelhas unidas.

– Você é Bowen Montgomery?

– Sim, sou eu.

– Você é o homem que enviou a carta.

Bowen assentiu.

– Sua carta foi detalhada o suficiente, mas ainda há muito que eu gostaria de saber. A história era fantástica demais para ser verdade.

– Eu lhe asseguro que tudo na mensagem que mandei que fosse entregue a você é verdade – Bowen disse sobriamente. – Ian McHugh atacou a escolta de Genevieve no caminho até seu noivo e assassinou todos, menos Genevieve. Ele era obcecado por ela e a manteve aprisionada em seu castelo até que os Montgomery e Armstrong o atacaram e mataram-no.

A mulher ao lado do Laird McInnis engasgou e levou a mão à boca em horror.

– E você? – perguntou o laird, olhando fixamente para Bowen. – Qual o seu papel em tudo isso?

– Vi uma mulher extremamente abusada – Bowen disse calmamente. – Eu a trouxe de volta para o castelo Montgomery, onde poderia garantir o seu bem-estar e cuidados, e enviei uma mensagem a você, para que soubesse que ela vive.

– Lachlan, chega de conversa – a mulher disse bruscamente. – Gostaria de ver a minha filha logo. Faz um ano que a abracei pela última vez, e passei o ano no inferno pensando que estivesse morta. Certamente você pode conversar com os Montgomery depois de atestarmos que nossa filha está bem.

Lachlan suspirou.

– Você está certa. Estou ansioso para vê-la também.

Ele olhou para Graeme.

– Com sua permissão, laird, gostaria de entrar em seu castelo para que eu possa estar reunido com a minha filha. Temos viajado muito nestes últimos dias. Partimos no momento em que recebemos a notícia de que ela estava viva.

Graeme inclinou a cabeça.

– Claro. Gostaria de estender um convite a você e sua esposa para descansarem e se refrescarem.

Lady McInnis desceu da carruagem, e Lachlan estendeu o braço para ajudá-la. Um de seus homens a ajudou e ela foi impulsionada para a sela com o laird.

Graeme e Bowen viraram-se e lideraram o caminho pelo portão

para o pátio, e o Laird McInnis e sua esposa vieram logo atrás.

Graeme e Bowen desmontaram, e Bowen foi auxiliar Lady McInnis para descer do cavalo. Os pés do Laird McInnis tocaram o chão, e o ar praticamente vibrou com a expectativa.

Bowen estava prestes a avisar Genevieve que seus pais haviam chegado, quando ele olhou para cima e a viu na porta do castelo.

Seu rosto estava pálido, e seus olhos arregalados. A cicatriz estava ainda mais pronunciada contra tal palidez, e isso a fazia parecer ainda mais frágil.

– Mamãe? Papai? – ela sussurrou.

Lady McInnis e o laird viraram depressa com o som de sua voz. Lady McInnis ficou tão branca quanto Genevieve e, para a surpresa de Bowen, um olhar de angústia encheu o rosto do laird e lágrimas reuniram-se em seus olhos.

– Genevieve! – exclamou Lady McInnis.

Então ambas começaram a correr, Genevieve e sua mãe. Elas se encontraram na parte inferior da escada, e Lady McInnis abraçou Genevieve, segurando-a como se nunca fosse largá-la.

O laird se juntou a elas, acolhendo as duas em seu abraço forte. Ele segurou-as com tanta força que Bowen se perguntou se algum deles conseguia respirar. Havia tanta alegria que permeava o ar em torno deles. Ninguém podia olhar e não se comover profundamente com o reencontro emotivo.

– Você fez uma coisa boa, Bowen – Graeme murmurou.

Bowen prendeu a respiração e depois olhou para seu irmão.

– Se fiz uma coisa tão boa, por que sinto como se meu coração tivesse sido arrancado do peito?

Graeme fez uma careta e colocou a mão no ombro de Bowen, espremendo-o em silenciosa simpatia.

Genevieve ficou cercada por sua mãe e seu pai, seu coração quase explodindo enquanto eles a abraçavam e beijavam. Sua mãe chorava abertamente, e o grande laird durão, seu pai, parecia que lutava contra suas próprias lágrimas.

Ela agarrou-se a sua mãe, absorvendo o calor que só abraçar uma mãe poderia proporcionar. Há quanto tempo estava triste por causa de sua mãe? Ela pensou que nunca mais a veria novamente, ou a veria sorrir. Ou que simplesmente desfrutaria do amor e carinho que fluíam tão livremente dentro de seu clã.

– Oh, Genevieve – sua mãe sussurrou entrecortada. – Meu coração foi restaurado.

– Venha aqui e dê um abraço em seu papai – seu pai disse em uma voz rouca cheia de emoção.

Ela entrou no abraço de seu pai e ele a levantou, assim como costumava fazer quando ela era uma criança, e deu um giro com ela.

– Minha filha voltou para nós! – gritou.

Bem do lado de fora dos muros, um rugido subiu do exército reunido e ecoou em toda a encosta. Ele continuou até que Genevieve riu enquanto ele a girava novamente.

– Meu bebê – disse a mãe dela, puxando-a mais uma vez em seu abraço quando seu pai a colocou no chão.

Seu pai se virou para onde Bowen e Graeme estavam, enquanto sua mãe segurava-a firmemente, como se tivesse medo que Genevieve desaparecesse se a soltasse.

– Devo-lhe uma dívida de gratidão – disse ele com a voz rouca. – É uma dívida que nunca poderei pagar.

– Faça-a feliz – Bowen disse simplesmente. – É toda a dívida que terá que pagar.

– Venha – disse Graeme. – Vocês viajaram por muito tempo e devem estar cansados e famintos. Um banquete será preparado esta noite para celebrar o retorno de Genevieve para o seu clã.

A mãe de Genevieve acariciou os cabelos de Genevieve e, ternamente, acariciou seu rosto cheio de cicatrizes.

– É o momento mais feliz da minha vida, ao lado do dia em que nasceu. Guardarei este momento na memória por muito tempo. O dia em que minha única filha foi devolvida para mim.

Genevieve lhe deu um abraço, enterrando o rosto no pescoço da mãe, como tinha feito tantas vezes ao longo dos anos. O cheiro dela era o mesmo, calmante e a lembrava de sua casa.

– Amo você, mamãe.

– E eu amo você, querida. Muito mesmo.

Capítulo 44

Genevieve apressou-se do castelo enquanto a terra era banhada pela luz de um novo sol. Ela não tinha dormido na noite anterior. Muita emoção. Sua mãe dormira em seu quarto, sem querer se separar dela nem por um instante. E hoje eles iriam fazer a jornada de volta para casa para as terras McInnis.

Festejaram na noite anterior, e Genevieve não tinha tido um momento a sós para falar com Bowen. Ela não podia sair sem vê-lo uma última vez.

Procurou-o no quarto dele, mas encontrou-o vazio. Ele também não estava dentro do castelo.

Encontrou-o de pé na encosta, olhando para a vasta extensão de terra Montgomery. Ela diminuiu os passos enquanto se aproximava dele, repentinamente hesitante.

Ele a ouviu chegando e se virou, seus olhos piscando quando seu olhar encontrou o dela. Sem dizer nada, ela voou em seus braços, segurando-o com força enquanto se abraçavam.

– Eu não iria embora sem dizer adeus a você – ela disse.

– Estarei lá quando você partir – Bowen assegurou.

Ainda assim, ela hesitou.

– Eu disse coisas terríveis para você, Bowen. Estava com raiva e com medo. Principalmente com medo. Estava com tanto medo de enfrentar a minha família depois de tudo o que aconteceu. Foi tolo de minha parte achar que eles virariam as costas para mim. Quero agradecer-lhe por enviar notícias para meu pai. Não é algo que eu teria coragem de fazer, e isso me *envergonha*.

Ele colocou o dedo nos lábios dela.

– Shhh, moça. Não há motivo para se arrepender. O que suportou é impensável. É compreensível ter medo.

– Nunca vou esquecê-lo, Bowen Montgomery – disse ela, sua voz quase quebrando enquanto ela tentava dizer tudo o que estava em seu coração. – Eu não achei que existisse um homem como você.

Ele sorriu e baixou a boca para a dela.

– E eu não sonhei que uma moça como você existisse. Não quero deixá-la ir, mas são meus desejos egoístas que alimentam a minha relutância. Sua família foi privada de você de uma maneira horrível. Não consigo imaginar a dor que já suportaram todo esse tempo.

Ela o beijou de volta, um beijo cheio de dor e desespero. Estava dividida entre o impossível. Uma reunião com a família que ela amava acima de tudo e um homem que a tinha resgatado das profundezas do desespero. Um homem que tinha olhado além das cicatrizes em seu rosto e alma, bem para o coração dela.

– Seja feliz, Genevieve – ele sussurrou contra os lábios dela. – É tudo que peço. Posso viver e morrer um homem satisfeito, desde que eu saiba que está feliz e sendo bem cuidada.

Ela se agarrou firmemente a ele, seus braços em volta dela enquanto o sol subia mais alto no céu. Não havia nada a dizer. Seus corações estavam pesados com o conhecimento do que não poderia ser. E do que foi.

Finalmente, Bowen a afastou com gentileza e acariciou o rosto dela.

– É hora de você ir. Seu pai e sua mãe irão te procurar.

Ele ficou borrado em sua visão, enquanto seus olhos nadavam com lágrimas.

– Eu te amo, Bowen. Não iria embora sem dizer isso a você. Nunca amarei outro. Você sempre terá um lugar no meu coração e eu vou pensar em você muitas vezes, em meus sonhos e na vigília.

Ele segurou o rosto dela com a palma das mãos e beijou-a ferozmente, seus lábios movendo-se com desespero quente sobre os dela.

– E eu amo você, Genevieve. Por todos os meus dias, amarei só você.

Sem mais capacidade de suportar seu olhar, ela virou e correu de volta para o castelo, deixando-o na encosta, uma figura solitária delineada pelo sol nascente.

Bowen observou enquanto Rorie e Eveline diziam suas ruidosas despedidas para Genevieve. Elas choraram e se agarraram a ela como se sempre a tivessem conhecido.

Graeme pairou perto de Bowen, sua expressão preocupada e sombria. Era óbvio que ele queria oferecer empatia, mas não tinha ideia do que dizer ao irmão.

Foi bom, porque Bowen não queria abrir ainda mais o ferimento. Ele ofereceu sua despedida ao Laird e à Lady McInnis e ajudou Lady McInnis a subir na carruagem que levaria as duas de volta ao castelo McInnis.

Quando chegou a hora de Genevieve partir, ele ficou duramente ao seu lado enquanto ela dava seu adeus a Graeme. Então, ofereceu a mão para ajudá-la a subir.

Ela deslizou os dedos sobre os dele e levantou o olhar para ele. Eles olharam um para o outro por um longo momento, seus corações em seus olhos. Em seguida, ela sussurrou seus agradecimentos e seu adeus e subiu ao lado da mãe.

– Fique bem – Bowen disse, enquanto deu um passo para trás.

– Você também – Genevieve murmurou baixinho.

Ele deu outro passo para trás. Depois outro. Ele tinha que se afastar, se não iria tirá-la da carruagem e nunca a deixaria ir.

O Laird McInnis deu a ordem para sair, e a procissão de cavalos começou a viagem desde o castelo Montgomery.

Bowen ficou observando até o último dos cavalos desaparecer no horizonte. Seu coração estava pesado, e uma parte dele morreu quando Genevieve McInnis partiu de sua vida e voltou para a dela.

– Seja feliz, meu amor – ele sussurrou. – Seja feliz.

Capítulo 45

– É tão bom ter você em casa, Genevieve – Sybil exclamou quando saltou na cama de Genevieve.

Genevieve sorriu.

– É tudo que você disse nessas últimas semanas.

– Nunca pode ser dito o suficiente. Senti tanto a sua falta.

Um olhar de tristeza atravessou o rosto da amiga, e Genevieve apertou sua mão.

Tanta coisa havia mudado durante o tempo em que Genevieve estava longe. Sybil tinha se casado e permaneceu em terras McInnis com seu novo marido, que atuava como o segundo no comando do Laird McInnis.

O pesar tinha alterado sua mãe e seu pai. Ambos pareciam mais velhos do que Genevieve se lembrava. Havia novas linhas no rosto amado de seu pai e rugas em torno dos olhos de sua mãe.

Não passava um dia que seus pais não a paparicassem sem fim. Eles se preocupavam com seu conforto, sua felicidade, se estava sendo atormentada por sonhos desagradáveis ou memórias de seu tempo com Ian McHugh.

Genevieve não discutia muito o assunto, e seus pais respeitavam seus desejos, não se intrometendo quando ela não queria dar informações.

Não havia por que saber tudo a que Ian a tinha sujeitado. Isso só iria fazê-los sofrer mais, e agora não havia nada a ser feito sobre isso. Estava tudo no passado, e ela estava determinada a deixar tudo lá. Era uma parte de sua vida que era melhor esquecer.

A única coisa boa de toda a história era... Bowen.

Ela ficava acordada durante a noite, sofrendo por ele. E, durante seus dias, também. Não era ela mesma. Estava cansada e letárgica, e tentou o seu melhor para mostrar entusiasmo, porque não queria que seus pais ficassem preocupados.

– Você gosta de estar casada? – perguntou Genevieve, sabendo isso iria virar a conversa para o marido de Sybil.

Como era esperado, o rosto de Sybil se iluminou e ela brilhava bastante. Isso fazia com que Genevieve se enchesse de inveja e desejo.

– Eu o amo – Sybil disse melancolicamente. – Ele é forte e honroso. O guerreiro perfeito. E ele me mima descaradamente.

Genevieve riu.

– É uma coisa boa.

Sybil sorriu.

– Sim, é mesmo.

Uma batida soou na porta do quarto de Genevieve, e Sybil se levantou para atender. O pai de Genevieve enfiou a cabeça, seu olhar procurando Genevieve.

– Eu pensei que pudesse querer ir caçar comigo. Sua mãe tem um gosto por ensopado de coelho, e nós formamos uma boa dupla. Vamos ver se suas habilidades com o arco ainda estão à altura.

Genevieve sorriu, acolhida pelo fato de que ele a procurou para passar tempo juntos. Tanto sua mãe como seu pai a mantinham perto desde seu retorno. Ela não podia andar sem esbarrar em um deles.

– Sim, eu gostaria disso. Dê-me apenas um momento para colocar uma roupa apropriada para a caça.

O prazer iluminou os olhos de seu pai e ele sorriu de volta.

– Eu esperarei no pátio. Vou preparar sua montaria enquanto se veste.

– Eles estavam sofrendo tanto – disse Sybil em voz baixa quando a porta se fechou. – Seu pai ficou desolado por meses, e não passava um só dia em que sua mãe não chorasse pela sua perda. Achei que nunca os veria sorrindo novamente. Quando receberam a carta afirmando que estava viva, era como se tivessem recebido uma vida nova. Eles estavam com muito medo de que fosse uma notícia falsa e alguém estivesse fazendo uma brincadeira cruel. Seu pai fez as malas e eles partiram na calada da noite para se apressarem a buscar-lhe.

– Eu senti muita falta deles também – Genevieve murmurou. – Achei que nunca mais fosse vê-los de novo.

Sybil deu um tapinha na bochecha de Genevieve.

– Você é a única filha deles, amada além da medida. O clã inteiro se alegrou quando soube da notícia, pois era doloroso para todo mundo ver como eles estavam arrasados com o seu desaparecimento.

Genevieve jogou as pernas para o lado da cama e foi para o seu guarda-roupa para buscar a calça e uma túnica que seu pai tinha lhe dado para suas excursões de caça. Nenhuma moça poderia caçar adequadamente em um vestido, de acordo com ele, então a vestia com trajes de homens.

Ela passou as mãos carinhosamente sobre o vestuário usado. Nenhuma única coisa havia mudado em seu quarto durante todo o tempo em que ela esteve longe. Tudo estava no lugar desde que partira. Embora ela tivesse levado a maior parte de suas roupas, tinha deixado o vestuário de caça, uma vez que não tinha certeza de que seu novo marido aprovaria.

Desde o seu regresso, sua mãe tinha trabalhado febrilmente para repor o guarda-roupa de Genevieve. Ela tinha um contingente de mulheres que trabalhavam contra o relógio, costurando novos vestidos e roupas de baixo.

Genevieve tirou o vestido e colocou a calça e a túnica, observando que elas estavam mais largas em seu corpo. Ela estava mais magra e não tinha tanta carne como um ano atrás.

Não era surpresa. Fora tratada pouco melhor do que um cão, com algumas migalhas jogadas e as ocasionais refeições durante sua prisão. Mas, de alguma forma, ver a roupa nela agora trouxe à tona a realização do tanto que havia mudado.

Sua mão foi para o rosto, e seus dedos deslizaram pela pele enrugada que marcava a cicatriz viva. A mãe dela ficou horrorizada e chorosa quando soube como e por que Genevieve tinha sido desfigurada. Embora Bowen tivesse contado do acontecido para o pai dela, seu rosto ficou roxo de raiva ao ouvir a história sendo contada novamente.

Foi então que Genevieve decidira não transmitir mais detalhes de seu cativeiro. Ela odiava vê-los tão arrebatados.

Pegou seu arco e suas flechas e depois fez sinal para Sybil para acompanhá-la ao descer as escadas. Ela encontrou com seu pai no pátio, onde ele estava ao lado de dois cavalos, segurando as rédeas.

Ele sorriu ao vê-la, depois ajudou-a a subir na sela. Depois de montar seu cavalo, partiu na direção de uma seção de floresta densa em suas terras.

Genevieve respirou profundamente o ar, absorvendo a sensação de seu lar. Ela passou toda sua infância correndo livre por aquelas colinas. A partir de uma idade muito precoce, acompanhava seu pai durante as caças. Ele a ensinara sua habilidade com um arco e flecha, e ela era apta com uma faca também.

Eles viajaram por um caminho bem conhecido, uma trilha familiar na área arborizada onde tinham caçado durante anos.

O primeiro coelho pegou-a despreparada e saltou no seu caminho antes que ela pudesse reagir e empunhar seu arco. Chacoalhando sua lentidão, ela tirou seu arco e pegou uma flecha. Seu olhar afiado estudou o mato, buscando algum movimento.

Um momento depois, um dos cavalos assustou um coelho e ele correu. Genevieve mirou e perfurou o coelho com uma flecha, prendendo-o no chão.

Seu pai pulou de seu cavalo para pegar o animal, sorrindo para ela.

– Bom trabalho, moça. Vejo que não perdeu nada de sua habilidade.

Ela sorriu de volta, depois encaixou outra flecha.

No momento em que o sol começou a afundar-se no céu, eles tinham uma dúzia de coelhos amarrada na sela de seu pai, e os trouxeram de volta para o castelo.

Entraram no pátio, onde os cavalos foram tomados por um dos homens McInnis, e ela seguiu seu pai até onde eles tiraram a pele das recompensas da caçada.

Não era uma coisa incomum para Genevieve participar da limpeza e preparação dos animais, mas, ao primeiro corte na pele, seu estômago se revirou e o suor irrompeu em sua testa.

A náusea revirou sua barriga e ela engoliu em seco, desesperadamente tentando controlar sua reação.

Quando seu pai removeu a pele de um coelho, Genevieve perdeu a batalha e se curvou, vomitando violentamente no chão. O cheiro a ofendeu. A visão de sangue fez seu estômago recuar. Seus olhos lacrimejaram da força com que ela regurgitou.

Seu pai a envolveu com o braço, e ele gritou para um de seus homens assumir o cuidado dos coelhos. Em seguida, levou-a para dentro do castelo e para a sua mãe.

– Elizabeth, faça alguma coisa – disse o pai em desespero. – A moça está doente.

– Silêncio agora, Lachlan. Vou cuidar dela. Volte para lá e finalize com os coelhos. É um trabalho para uma mulher a ser feito aqui.

– Ela é minha filha – ele rosnou. – Não há nada feminino sobre a minha preocupação.

Ainda assim, Lady McInnis acenou para seu marido sair e ajudou Genevieve a subir as escadas para seu quarto.

– Agora, moça, deite-se um pouco e respire fundo – disse sua mãe assim que colocou Genevieve na cama.

– Estou cansada – Genevieve disse fracamente.

O surto de mal-estar a deixou exausta, e tudo que ela queria fazer era dormir.

Sua mãe passou a mão fria sobre a testa.

– Eu sei, moça. Descanse agora. Virei ver como você está mais tarde.

– Eu te amo, mamãe – Genevieve disse em uma voz sonolenta.

A mãe sorriu e pressionou um beijo na testa dela.

– E eu amo você, minha querida. Agora, durma.

Capítulo 46

– Como está a moça? – Lachlan perguntou quando Elizabeth entrou em seu quarto.

Sua expressão era ansiosa e preocupada, e Elizabeth desejou que pudesse dizer algo para aliviá-lo. Mas não havia nada a fazer senão dizer a verdade.

– Ela está grávida. Tenho certeza disso – disse Elizabeth sem rodeios.

Lachlan empalideceu, seu rosto ficou branco enquanto olhava chocado para a esposa. Suas enormes mãos cerradas em punhos, e parecia que ele queria atacar a parede.

– O bastardo! – Lachlan fervia. – Nunca desejei tanto que um homem estivesse vivo para que eu pudesse fazer a matança. Que Ian McHugh apodreça no inferno pelo que fez com a nossa moça.

– O que vamos fazer, Lachlan? – Elizabeth perguntou com uma voz preocupada.

Lachlan enviou-lhe um olhar confuso.

– Fazer? Não há nada a fazer, Elizabeth. Exceto o que sempre fizemos. Amá-la e oferecer-lhe o nosso apoio, não importa o que aconteça. Não é culpa da moça que está grávida e, mesmo se fosse, eu nunca poderia me afastar dela.

– Oh, não! – gritou Elizabeth. – Eu não quis dizer isso! Simplesmente quero dizer que meu coração sangra por ela. Agora que pensamos que poderíamos começar de novo e colocar o passado para trás, é evidente que ela está carregando um filho, e viverá com um lembrete constante de tudo o que Ian McHugh a fez sofrer, pelo resto da vida.

– Fale com ela – Lachlan disse rouco. – É uma questão para uma mãe discutir com sua filha. Um pai não tem lugar algum em tal conversa. Mas deixe-a saber que a amo e que ela sempre terá um lugar aqui conosco. Assim como seu bebê. Não deixe que ela pense que estamos envergonhados por ela. Na verdade, estou mais orgulhoso dela do que eu poderia estar em relação a um filho.

Elizabeth colocou a mão no braço de Lachlan.

– É uma coisa maravilhosa o que está dizendo. Sou a mais afortunada das mulheres na escolha de um marido. Eu nunca poderia pedir um melhor protetor para minha filha única e, ainda assim, você nunca colocou isso contra mim, que eu não pudera lhe dar um filho.

Lachlan puxou-a para mais perto, seus olhos tenros enquanto a olhavam.

– É difícil reclamar quando você me forneceu uma filha para rivalizar com qualquer uma em toda a Escócia. Que outra moça poderia sobreviver a tudo aquilo e, em seguida, buscar vingança sobre o homem que a injustiçou? Eu não poderia estar mais orgulhoso da minha moça. Só desejo que eu poderia ter estado presente para vê-la derrubar Patrick McHugh em batalha. Certamente, foi um espetáculo para ser se recordar.

Elizabeth sorriu e esfregou a face contra seu peito largo.

– Além disso – disse ele com a voz rouca –, eu é que sou afortunado, porque você poderia ter escolhido qualquer marido. Muitos disputavam sua mão, e você me escolheu. Um selvagem sem maneiras, e me ajudou a construir um dos mais fortes clãs em toda a Escócia. Os homens ainda se embasbacam com a sua beleza depois de todos esses anos, e muitos dariam a vida por uma chance de compartilhar sua cama.

Ela sorriu maliciosamente para ele.

– Agora, isso seria estranho. É difícil o suficiente compartilhar com você, imagine com outro rapaz.

– Rapariga insolente – disse ele secamente. – Eu te amo, e você sabe muito bem disso, e mataria o homem que se atrevesse a tocar a bainha de seu vestido.

Ela presenteou-o com um beijo, depois se afastou com um suspiro.

– Devo contar a Genevieve. Ela não sabe.

A expressão de Lachlan ficou séria.

– Não deixe que ela pense que isso muda o que sentimos. Não tenho palavras para descrever a alegria em meu coração por ter minha filha de volta onde ela pertence. Ela não pode fazer nada que me fizesse arrepender disso.

– Você é um bom homem, Lachlan McInnis – Elizabeth sussurrou ao beijá-lo novamente. – Contarei para Genevieve na parte da manhã. Agora, desejo que você me leve para a cama.

Os olhos de Lachlan brilharam e seu domínio se tornou possessivo.

– Moça autoritária. Você sabe que não posso negar-lhe coisa alguma.

Quando Genevieve acordou na manhã seguinte, a primeira coisa que fez foi correr até o penico e vomitar o conteúdo que restava em seu estômago. Por vários longos minutos, ela se inclinou, seu corpo convulsionando enquanto ela procurava ganhar o controle.

Mãos frias esfregaram suas costas e, em seguida, puxaram os cabelos para longe de seu rosto, segurando-os em sua nuca enquanto ela estremecia com o que restava de seu mal-estar.

– Eu tive receio de que você fosse passar mal esta manhã – sua mãe disse quando Genevieve finalmente levantou a cabeça e cambaleou de volta para a cama.

A mãe a enfiou na cama e puxou as cobertas ao seu redor, o tempo todo esfregando suas costas em um movimento calmante.

– Deve ter sido alguma coisa que comi – Genevieve resmungou.

O sorriso de sua mãe era gentil, e sua mão escorregou para a testa enquanto ela alisava os cabelos para longe do rosto de Genevieve.

– Não, moça, não foi algo que você comeu.

Genevieve franziu a testa.

– Então o que há de errado comigo?

– Você está carregando um bebê – disse sua mãe suavemente.

Genevieve ficou boquiaberta. Sua mão cobriu a superfície de sua barriga enquanto ela olhou para sua mãe em negação. Mas sua mãe balançou a cabeça em confirmação.

A alegria explodiu na alma de Genevieve até que ela quase explodiu junto. Ela queria chorar. Queria rir e gritar a sua felicidade ao mundo, mas sua mãe pensaria que ela tivesse enlouquecido. Então ela estava lá, saboreando o conhecimento de que carregava o filho de Bowen. Uma pequena parte dele que ela sempre teria.

A mãe agarrou sua mão e segurou-a com força.

– Seu pai e eu queremos que saiba que nós apoiamos plenamente você e seu bebê. Você sempre terá um lugar para viver. Nós a amamos com todo o nosso coração. Sabemos que é difícil carregar o filho de um homem que abusou tanto de você. É impensável, mas vamos ajudá-la da maneira que pudermos, e nunca iremos abandonar você, Genevieve.

Genevieve olhou estupefata para sua mãe, uma vez que lhe ocorreu o que ela estava dizendo.

Ela se inclinou para frente e estendeu uma das mãos para estancar o fluxo de palavras de sua mãe.

– Mamãe, não é o filho de Ian que carrego – ela disse suavemente.

A confusão tomou conta do olhar de sua mãe.

– Você não está querendo dizer que... Genevieve, me diga que não era alguém que ele...

Ela interrompeu-se, muito chateada para continuar, e Genevieve não podia permitir que ela pensasse no pior.

– Eu estou carregando o filho de Bowen, mamãe. É o filho dele, não de Ian.

Os olhos de Lady McInnis se arregalaram e sua boca se abriu e fechou. Então, seus lábios se apertaram e ela olhou agudamente para Genevieve.

– Eu sabia que havia algo entre vocês dois. Senti isso quando estávamos no castelo Montgomery. O homem parecia positivamente perturbado quando você saiu.

– Ele me ama – Genevieve disse suavemente. – Ele me salvou. Me deixou ir, porque achava que me faria feliz.

Sua mãe olhou para ela um longo momento e depois colocou as pernas sobre a cama para que ela se sentasse mais confortavelmente ao lado de Genevieve.

– Eu estou ouvindo muito sobre o que *ele* sente e o que *ele* fez. Mas, diga-me, Genevieve, *você* o ama?

– Com todo o meu coração – disse ela dolorosamente.

Sua mãe suspirou.

– Você não tem sido feliz aqui, tem?

Genevieve sacudiu a cabeça.

– Não. Não é assim! Eu não trocaria esse tempo com você e papai por qualquer outra coisa. Bowen estava certo. Ele arriscou a minha ira, entrando em contato com vocês. Fez isso por mim, mesmo que significasse me deixar ir. E ele tinha razão. Eu precisava de você, *vocês dois*, de ser completa novamente.

O rosto de sua mãe enrugou em confusão.

– Ele arriscou a sua ira? Não entendo.

Genevieve fechou os olhos enquanto a vergonha se arrastava por sua espinha. – Eu não queria que soubessem que eu estava viva.

Sua mãe suspirou e seus olhos brilharam com mágoa.

– Genevieve! Por que não? Você tem ideia do inferno que suportamos pensando que estivesse morta todo esse tempo?

– Foi egoísta da minha parte – Genevieve disse calmamente. – Eu estava muito concentrada na minha vergonha e temia a desgraça que traria para o nosso nome. Nunca queria que você soubesse de tudo que passei. Eu teria lhe poupado de tudo, se possível.

– Oh, querida – disse sua mãe com a voz embargada de lágrimas. – Você não sabe que não há nada que pudesse fazer que nos faria ter vergonha de você? Nós a amamos. Você é a luz de nossa vida, especialmente de seu pai. O sol nasce e se põe aos seus pés. Quando você nasceu, eu temia que ele ficasse com raiva porque eu não tinha dado um filho a ele. Mas estava tão emocionado com você que era óbvio para qualquer um que pudesse enxergar que ele não se importava com o fato de você ser menina. Então, quando se tornou evidente que eu não poderia mais carregar filhos, eu me preocupei que ele ficasse com raiva. E sabe o que ele me disse?

Genevieve balançou a cabeça lentamente.

A mãe sorriu por entre as lágrimas.

– Ele disse que eu tinha dado a ele a menina feroz, mais esperta, mais bonita em toda a Escócia, e o que ele poderia querer com um filho quando tinha uma moça tão inteligente como você?

Genevieve começou a chorar e se agarrou a sua mãe.

– Sinto muito, mamãe. Eu tinha tanto medo e vergonha. Nem sequer me sentia como uma pessoa enquanto Ian me manteve prisioneira. Até que Bowen me salvou e me mostrou como poderia ser entre um homem e uma mulher, e comecei a viver novamente. Ele entrou em contato com vocês porque sabia que eu nunca seria feliz ou inteira sem vocês. E desistiu de mim porque disse que preferiria que eu estivesse feliz e com pessoas que eu amava ao invés de permanecer com ele e nunca me curar verdadeiramente.

– Parece que devo muito a esse jovem rapaz – sua mãe disse. – Estou feliz que um de vocês tenha pensado bem!

– Mamãe!

– Bem, é verdade. Sinto um horror de pensar que você continuaria sem voltar para casa.

– Eu teria feito isso – exclamou Genevieve. – Teria demorado, mas teria voltado para casa, mamãe. Eu sentia falta de você e do papai. Eu não conseguiria viver por muito tempo sem vocês.

Sua mãe a abraçou novamente e acariciou seus cabelos.

– O que você quer fazer, Genevieve? Bowen merece saber de seu filho. Não podemos mantê-lo sem que ele saiba.

Genevieve se afastou, sua expressão firme.

– Não, eu nunca faria isso. Eu o amo, mamãe. Eu o amo muito, e sinto falta dele todos os dias. Eu tinha que vir para casa. Tinha que fazer isso para que pudesse ser feliz e completa. Mas nunca estarei *completamente* inteira sem ele. Ele sempre terá um pedaço do meu coração.

Sua mãe abriu aquele sorriso gentil e maternal que nunca falhava em aquecer o coração de Genevieve e acalmar todas as suas dores.

– Parece que temos outra viagem para fazer. Só que, desta vez, a totalidade do nosso exército vai acompanhar você no caminho de seu noivo. Não vamos arriscar que algo seja armado contra você como da outra vez.

– E se ele não quiser se casar comigo? – Genevieve perguntou hesitante.

Sua mãe revirou os olhos.

– Moça, da maneira que o rapaz estava olhando para você quando partimos, foi surpreendente o fato de ele não a ter agarrado da carruagem e a levado para o castelo por cima do ombro. Aposto que ele estava muito tentado! Se ele te ama como você diz, e se fez tudo isso por você mesmo sabendo que até poderia perdê-la, então é um homem acima de muitos. Provavelmente colocará você diante de um padre antes que possa piscar. Agora, a parte mais difícil vai ser convencer seu pai a deixar o bebê dele ir depois que só a teve de volta por um mês.

O rosto de Genevieve se entristeceu.

– Não quero perder nenhum de vocês.

A mãe sorriu e beijou o topo da cabeça dela.

– Nós vamos visitar muitas vezes, e eu irei para o nascimento de seu filho. E seu pai também, tenho certeza. Ele não vai tolerar ser deixado para trás quando seu neto estiver nascendo. Os Montgomery só terão que se acostumar com a presença do clã McInnis.

A esperança surgiu em suas veias e inundou o coração de Genevieve. Uma maneira de ela ter o desejo de seu coração *e* da família dela. Era um sonho tornando-se realidade.

– Eu tenho medo de ter esperança – ela admitiu, sua voz misturada com medo.

– Não se preocupe, moça – sua mãe repreendeu. – Nunca falhei em uma tarefa que defini em minha mente. Se eu fosse você, estaria fazendo as malas para a viagem de regresso ao castelo Montgomery. Calculo que convencerei seu pai em menos de um dia.

Capítulo 47

– Bowen, os McInnis se aproximam!

Bowen parou no meio de um movimento e por pouco não perdeu o braço quando o guerreiro com quem ele estava treinando quase não deteve seu avanço. O guerreiro empalideceu e recuou com pressa, horrorizado com o que quase fizera. Mas Bowen não estava prestando-lhe a menor atenção.

Ele virou-se para ver Rorie de pé a poucos passos, seus olhos dançando com alegria. A moça mal podia se aguentar.

– Não brinque comigo – avisou.

– Não é uma brincadeira! A mensagem acabou de ser entregue a Graeme. Virá lhe contar ele mesmo, mas ouvi e corri para dizer-lhe.

Ele se forçou a diminuir sua excitação. Poderia ser nada mais do que o pai de Genevieve fazendo uma visita. Mas por quê? Ele não podia permitir-se pensar que veria Genevieve, porque a decepção seria esmagadora.

Ele havia existido pela metade desde que ela fora embora do castelo Montgomery. As semanas pareciam anos, e ele atirou-se no treinamento. Seus homens o evitavam. Ninguém se ofereceu para treinar com ele, e sua família se desesperava com ele.

Ele parecia um animal selvagem ferido buscando apenas ser deixado sozinho para cuidar de seus ferimentos. Notou os olhares lançados em sua direção por Graeme e até Rorie. O olhar de Eveline se encheu de empatia, mas mesmo ela ficou fora de seu caminho.

Ele sabia que estava sendo difícil conviver com ele e não estava sendo uma companhia adequada para ninguém, mas não podia fingir que não estava arrasado.

Embainhou sua espada e dispensou o guerreiro, que parecia muito feliz por ter ganhado sua licença. Depois se virou para Rorie.

– Conte-me tudo.

Rorie não conseguia parar de se mexer com a animação, e tinha um amplo sorriso no rosto.

– Um mensageiro chegou apenas alguns minutos atrás, trazendo a notícia de que os McInnis chegarão dentro de uma hora. Eles estão vindo, Bowen!

– É possível que Genevieve não os esteja acompanhando – Bowen disse suavemente.

Rorie bufou.

– Por que eles viriam até aqui se Genevieve não estivesse com eles?

Bowen permaneceu em silêncio, recusando-se a dar voz à sua esperança. Sem uma palavra, ele caminhou em direção à torre de vigilância e subiu os degraus até o topo para que pudesse ter uma visão panorâmica da chegada deles.

Um momento depois, Graeme chegou para ficar ao seu lado.

– Eu vejo que Rorie o encontrou primeiro – disse ele secamente.

– Ela me disse que os McInnis estão chegando. Você tem outra informação?

Graeme sacudiu a cabeça.

– A carta era curta. Eles falaram da chegada e solicitaram nossa hospitalidade.

Bowen soprou sua respiração em frustração. E se ela não estivesse acompanhando? E por que viajariam para o castelo Montgomery?

As perguntas queimavam em sua mente, e ele ficou ali, em silêncio e pensativo, enquanto esperava pelo primeiro sinal de sua abordagem.

Ficou lá uma hora, o olhar fixo no horizonte. Em seguida, o primeiro cavaleiro apareceu, trazendo a bandeira dos McInnis. Seu pulso acelerou e sua respiração ficou mais rápida. Ele se inclinou sobre a torre, forçando para conseguir enxergar cada pessoa enquanto, gradualmente, chegavam mais perto.

Suas mãos apertaram a borda de pedra e sua mandíbula estava cerrada. Ele estava tão tenso que seus músculos protestavam, mas todo seu ser estava em alerta para esse primeiro sinal de Genevieve.

– Não há nenhuma carruagem – Graeme observou, enquanto mais guerreiros McInnis se derramavam pela encosta.

O coração de Bowen afundou. Ele amoleceu, seu corpo ficando mole enquanto o sofrimento enchia seu coração mais uma vez. Deu um passo para trás, preparado para descer da torre e recuar para o castelo. Graeme poderia manter as sutilezas sociais e descobrir a proposta da visita.

Quando começou a se afastar, uma das pessoas se rompeu do grupo. O cavalo galopava para a frente em um ritmo mais rápido do que os outros, e foi então que ele viu os longos cabelos castanhos fluindo atrás dela como um farol.

Ele prendeu a respiração, balançou e agarrou a borda para se estabilizar. Suas pernas ficaram tão fracas que ele não tinha certeza de que iriam segurá-lo.

Genevieve.

Ao lado dele, Graeme sorriu e lhe deu um tapa nas costas.

– O que está esperando? Vá receber sua moça.

Bowen saiu correndo da torre, quase tropeçando para descer as escadas. Ele chegou ao pátio rapidamente e saiu correndo pelo terreno ondulado enquanto Genevieve chegava a cavalo.

Ela parou a curta distância e deslizou de sua sela com uma pressa que quase deu a Bowen um ataque do coração. Seus pés tocaram o chão, e então ela estava correndo tão rapidamente quanto ele. Correndo para ele, seu sorriso era tão grande que ofuscava o sol.

Ele estendeu os braços, e ela bateu seu corpo com força bem no peito dele. Ele a levantou, abraçando-a tão perto que tinha certeza que a havia esmagado. Girou-a enquanto enterrava o rosto em seu cabelo, absorvendo a sensação de tê-la nos braços novamente.

– Ah, moça, senti tanta falta de você – ele respirou.

– Senti sua falta também, Bowen. Muito mesmo.

Ele a puxou de volta para que ele pudesse olhar para seu rosto. Enquanto ela deslizava pelo corpo, ele plantou seus pés de volta no chão, segurou seu rosto e acariciou sua pele. Ele não conseguia ter o suficiente dela.

– Se isso é um sonho, nunca quero acordar – disse ele com uma voz rouca.

Ela sorriu.

– Não é um sonho. Eu estou aqui.

Incapaz de se conter por mais tempo e indiferente com o fato de que seu pai e centenas de guerreiros McInnis agora os rodeavam, ele a beijou.

Quase devorou sua boca, tão faminto por ela que doía. Seu gosto, seu cheiro, simplesmente a sensação dela, suave e disposta em seus braços. Era mais do que ele podia assimilar.

– Bem, suponho que isso responde a uma pergunta – Lachlan McInnis disse secamente.

Relutante, Bowen se afastou de Genevieve e olhou para cima para ver Laird McInnis pairando sobre eles, ainda montado em seu cavalo.

As bochechas de Genevieve estavam rosadas, mas seus olhos brilhavam com felicidade. Bowen nem sequer se atreveu a considerar a razão pela qual ela estava ali.

– Preciso falar com você, Bowen – Genevieve sussurrou enquanto entrelaçava a mão na dele. – Em particular.

Ele apertou a mão dela e, em seguida, concentrou sua atenção temporariamente no pai de Genevieve.

– Dou-lhe as boas-vindas ao castelo Montgomery – disse ele formalmente. – Se entrarem no pátio, seus cavalos serão cuidados e lhes será oferecido um refresco no grande salão.

A alegria brilhou nos olhos do homem mais velho, e ele balançou a cabeça. Então, olhou para sua filha.

– Agora, não demore, moça. Tenho muito a discutir com o rapaz.

– Não vou demorar, papai – ela disse, abaixando a cabeça timidamente.

Bowen esperou até que a procissão de guerreiros McInnis passasse em direção ao castelo, então ele se virou de volta para Genevieve, esmagando-a em seus braços para que ele soubesse que ela era real, e estava em pé ali na frente dele.

Ele a pegou no colo e a levou de volta para o castelo.

– Você não tem que me carregar, Bowen – brincou ela.

– Moça, não é provável que deixarei você ir tão cedo, por isso, não há sentido em argumentar.

Ela sorriu e relaxou em seu abraço, colocando a cabeça em seu ombro.

Ele a carregou pela lateral do castelo e em direção ao rio, onde eles tinham uma vez se despedido. Quando ele estava longe do castelo, abaixou-se, ainda segurando-a firmemente contra ele.

– Não posso acreditar que você está aqui – disse ele maravilhado. – *Por que* está aqui?

Era uma pergunta que ele temia perguntar, pois não tinha certeza de que queria saber a resposta. Mas ele esperava. Deus do céu, ele esperava, de todo o coração, que soubesse a resposta dela.

Ela olhou-o solenemente, seu olhar fervoroso.

– Tenho algo para lhe dizer, Bowen. É de grande importância.

– Fale, moça. Seja o que for, não fará diferença alguma em meus sentimentos por você.

Seus olhos brilhavam com a luz repentina.

– Eu certamente espero que isso não seja verdade!

Ele inclinou a cabeça para o lado, curioso quanto ao seu humor. Ela parecia tão... diferente. Alegre e ao mesmo tempo tímida. Havia um brilho sobre ela que irradiava para todos que estavam ao seu redor. Ela parecia feliz. E não era isso que ele queria para ela acima de tudo?

Ela tocou seu rosto, e ele não se conteve. Deslizou sua mão sobre a dela, prendendo-a contra seu queixo para que sua mão demorasse lá.

– Eu estou carregando seu bebê – ela disse suavemente.

A princípio, ele achava que não tinha ouvido direito. Depois ficou preocupado que pudesse não ser uma boa notícia. Ele a estudou intensamente, mas tudo o que viu foi profundo contentamento e uma paz em seus olhos que ele não tinha visto em todo o tempo que a conhecera.

– Um bebê? – ele sussurrou.

Suas mãos foram automaticamente para sua cintura, mas ele não podia discernir evidência alguma de uma gravidez. Sua cintura ainda estava achatada e estreito.

Ele descansou a palma da mão sobre o ventre dela e olhou para cima, esperando confirmação.

Ela sorriu e acenou com a cabeça.

– Sim. É seu bebê que eu carrego.

Ele simplesmente não conseguia acreditar. A alegria inundou sua alma, até que ele ficou tonto com ela. Tentou encontrar as palavras para transmitir adequadamente sua felicidade, mas nada iria chegar perto de descrever sua euforia.

Ele segurou o rosto dela, seus dedos tremendo contra suas bochechas.

– Você tem que saber que nunca vou querer deixá-la ir.

Seus olhos brilharam.

– Sim, eu sei disso.

Ele ficou sério.

– Quero que seja feliz, Genevieve. Não vou forçá-la a fazer qualquer coisa que não queira. Se está satisfeita com a sua família, eu não iria levá-la para longe quando eles só estiveram reunidos com você por um mês. Não a forçarei a fazer nada quando suas escolhas têm sido tiradas de você há muito tempo.

As lágrimas brilharam em seus olhos e ela levou as mãos ao seu rosto de forma semelhante.

– Eu amo tanto você, Bowen. Por que acha que vim com meu pai e toda o nosso exército? Não estou planejando uma estadia curta. Se me aceitar. Minha mãe tem grandes planos de fazer visitas frequentes e de vir para cá quando for a hora de dar à luz o nosso filho. Ela diz que os Montgomery só terão que entrar em acordo com o fato de os McInnis serem visitantes frequentes.

– Se eu *aceitar* você? – Bowen perguntou com voz rouca. – Moça, não há ninguém neste mundo com quem eu prefira passar minha vida. *Aceitar* você? Eu sofreria com visitas do próprio diabo se isso significasse que você estaria ao meu lado para o resto dos meus dias.

– Meu pai quer falar com você sobre o assunto – ela disse em um tom mais sério.

– Sim, tenho certeza disso. Ele irá querer ter certeza de que sua única filha será bem cuidada, e não posso culpá-lo. É certo que farei o mesmo com as filhas que você me dará

Seu sorriso iluminou a encosta.

– Você tem tanta certeza de que lhe darei meninas.

Ele cobriu a boca dela com a sua, saboreando a alegria de tê-la de volta em seus braços.

– Eu insisto nisso.

Capítulo 48

Foi difícil abandonar Genevieve para os cuidados de Rorie e Eveline até por um momento, mas ele deixou a moça com suas irmãs e foi em busca do pai de Genevieve.

Encontrou-o no grande salão desfrutando de uma caneca de cerveja com Graeme.

Lachlan olhou para cima quando Bowen entrou na sala, seu rosto se contorcendo com diversão.

– Já estava na hora de você se afastar de minha filha.

Bowen inclinou a cabeça respeitosamente.

– Genevieve diz que o senhor tem muito a discutir comigo.

– Sim, eu tenho.

Ele fez um gesto em direção ao assento à frente dele. Graeme ocupava a cabeceira da mesa.

– Sente-se, rapaz. Não precisa ser uma discussão séria entre nós.

Bowen tomou um assento, preparado para a luta de sua vida. Não havia nada que ele não faria para provar-se digno de Genevieve. E moveria céus e terra para tê-la como sua esposa.

– Minha filha está carregando o seu bebê – disse Lachlan sem rodeios.

Graeme quase engasgou com sua cerveja, tossindo violentamente enquanto olhava chocado para Bowen.

Bowen assentiu.

– Genevieve me contou.

– E...? O que diz sobre isso?

– É a notícia mais bem-vinda. Eu não poderia estar mais feliz por ela carregar meu filho.

O Laird McInnis olhou astutamente para Bowen.

– Ela diz que você a ama.

– Com todo meu coração.

O laird parecia satisfeito com a resposta de Bowen, e sua postura relaxou enquanto continuou a olhar para Bowen.

– E entendo que está disposto a se casar com a moça.

– Se é o que ela quer, eu me casaria com ela dentro de uma hora. No entanto, não vou forçá-la a fazer qualquer coisa que não escolher. As escolhas foram negadas a ela por muito tempo.

Os olhos do Laird McInnis brilharam com respeito.

– Eu gosto de você, rapaz. Acho que você seria um bom marido para a minha filha, e não pense que eu iria aceitar qualquer homem para ela. É minha única filha, e amada por todo o clã dela.

– Eu iria amá-la e cuidar dela por todos os meus dias – Bowen disse calmamente. – Não há outro homem que irá amá-la mais.

– Eu acredito em você – o laird disse em uma voz sincera. – E é óbvio que a moça ama você também. Agora, existem outros assuntos importantes sobre os quais devemos falar antes de resolvermos as coisas entre nós.

Bowen assentiu.

– Estou ouvindo.

– Genevieve é minha única filha, e minha herdeira. Quando a liderança for passada para ela, ela irá precisar de um marido forte para ficar ao seu lado. Você pode se satisfazer com isso?

Bowen se sentou mais ereto na cadeira, e seu olhar ficou mais estreito.

– Se está perguntando se eu procuraria minar a posição dela ou colocá-la atrás de mim para que eu possa assumir a liderança de seu clã, a resposta é não. Tudo o que quero é Genevieve. Ela é suficiente. Sempre será o suficiente.

O laird assentiu novamente.

– Estou pedindo mais a você, rapaz. Estaria disposto a passar primavera e verão dentro do nosso clã, instruindo os homens e treinando com eles, para que, quando Genevieve herdar o papel de liderança, você seja capaz de ajudá-la em seus deveres?

Bowen soltou a respiração. Não era algo que ele já tivesse considerado. Sim, ele fora ao clã McHugh em nome de seu irmão e assumiu a liderança lá, ainda que por um curto período de tempo, mas nunca tivera presunção de algo mais permanente.

O que Laird McInnis propunha não era pouca coisa, e isso significaria deixar seu próprio clã. Seu irmão, para quem ele devia sua lealdade.

Mas para ter Genevieve? Para tê-la como sua esposa. Viver e amar e criar seus filhos. Sim, ele faria qualquer coisa.

Ele olhou para Graeme para avaliar sua reação, mas não havia desaprovação em seu rosto.

– Se está perguntando sobre meus pensamentos, eu diria que é sua escolha. Irei apoiá-lo em tudo o que escolher – disse Graeme. – Você fará muita falta, mas é também uma grande oportunidade, e você terá o desejo de seu coração. Se as posições se invertessem e essa fosse a maneira que eu poderia ter Eveline, eu nem sequer hesitaria.

– Ela permaneceria aqui até depois do nascimento da criança. Durante o inverno – o Laird McInnis continuou. – Mas, quando a primavera chegar, quando ela e o bebê puderem viajar, eu gostaria que vocês dois viessem... para casa.

– Você falou sobre isso com Genevieve? – Bowen perguntou. – Ela está de acordo?

O Laird McInnis riu.

– Você realmente tem o melhor interesse e felicidade da minha filha no coração. Um homem não pode pedir algo melhor ao escolher um marido para sua única filha. Sim, falei com Genevieve sobre o assunto. Ela pensa da mesma maneira que você. Está feliz e contente, desde que vocês estejam juntos.

Os ombros de Bowen relaxaram em alívio. Era quase coisa demais para contemplar. Quando ele se despedira de Genevieve, realmente acreditava que nunca mais a veria. Era demais para absorver que ela estava ali, e a ele estava sendo dada uma oportunidade de se casar com ela e que eles iriam ter um filho juntos. Ele estava arrebatado e não conseguia organizar seus pensamentos o suficiente para responder.

– Parece que temos um casamento para planejar – o Laird McInnis anunciou. – Gostaria de mandar um recado para minha esposa, que não ficou feliz por eu não ter permitido que ela nos acompanhasse na jornada. Ela acordou doente na manhã da nossa partida, e temi que a viagem provaria ser muito árdua para ela. Mas ela não perderá o casamento de sua filha ou eu não serei autorizado a voltar para o meu próprio castelo. Se estiver de acordo, vou permanecer até que ela seja capaz de fazer a viagem, então você e Genevieve se casarão diante de ambos os nossos clãs. Não irei apressá-los, apesar de estar envergonhado pelo fato de que minha filha esteja esperando um filho. Será uma festa inigualável. Eu daria a ela um casamento digno de uma moça que não tem igual em meus olhos.

Graeme assentiu.

– Eu concordo. Eveline terá o prazer de planejar um grande evento como esse. Será verdadeiramente uma ocasião alegre. Meu irmão tem andado como um homem morto-vivo nesse tempo em que Genevieve esteve ausente. Gostaria de vê-lo feliz e comemorar sua boa sorte.

O Laird McInnis riu.

– Entre a moça passando mal com o bebê e sentindo a falta de Bowen, tem sido um canto fúnebre dentro meu próprio sustento.

– Passando mal? – Bowen perguntou abruptamente. – Genevieve tem estado doente?

O Laird McInnis acenou com a mão de forma desdenhosa.

– Não é nada mais do que o habitual em uma mulher na sua condição. Lembro-me de quando a minha própria mulher carregava Genevieve, tivemos que manter um penico em cada quarto. Nunca sabíamos quando a moça passaria mal. Não se preocupe. Genevieve está forte e calorosa e, agora que ela voltou para perto de você, irá melhorar ainda mais.

Bowen respirou e nivelou um olhar para o homem que seria seu pai por casamento.

– Sei que não é fácil para você deixar Genevieve tão logo após a reunião com ela. Posso prometer que farei de tudo ao meu alcance para fazê-la feliz e garantir que ela tenha tudo que eu posso lhe dar.

O laird sorriu um pouco tristemente.

– Você se lembra de por que a deixou ir?

Bowen fez uma careta.

– Eu queria o que era melhor para ela. Que ela fosse feliz.

O laird assentiu.

– É a mesma coisa que a mãe dela e eu queremos. Ela me garante que será feliz com você, por isso estou contente em deixá-la ir. Desta vez, eu sei que ela estará em uma situação onde será cuidada e não abusada. Posso ficar à vontade em relação ao seu bem-estar. O desconhecido é que traz agonia.

– Nunca haverá outra mulher mais querida – Bowen prometeu.

O laird parecia satisfeito com a resposta de Bowen. Em seguida, pegou seu copo e brindou o ar.

– Eu o mantive longe de minha Genevieve tempo suficiente. Sei que você está louco para voltar para ela. Haverá muito tempo para falar sobre as outras questões nos próximos dias. Devo enviar notícias para minha esposa, e nós temos um casamento para planejar.

Capítulo 49

Genevieve tentou concentrar-se na conversa animada entre Eveline e Rorie, mas não parava de olhar para fora para ver quando Bowen iria reaparecer. Depois de não o ver por tanto tempo, ela queria apenas afundar em seus braços e permanecer lá pela próxima quinzena.

Eveline e Rorie a tinham arrastado para o alvo improvisado para que pudessem mostrar o quanto tinham melhorado suas habilidades de arco e flecha. Genevieve ficou impressionada, e foi aquecida pelo entusiasmo em seu retorno.

As coisas eram tão absolutamente perfeitas que ela temia acordar para descobrir que estava de volta ao castelo McHugh, sob o cadeado e chave de Ian, e tudo isso era apenas um sonho fantasioso.

– Olhe, Genevieve, Bowen se aproxima – disse Rorie enquanto olhava por cima do ombro de Genevieve.

Genevieve virou e, sem uma palavra, começou a caminhar rapidamente. Renunciando qualquer senso de decoro, ela começou a correr e se jogou nos braços de Bowen como tinha feito quando eles se cumprimentaram logo quando chegou.

Ele pegou-a para si e beijou-a profundamente, até que ela ficou carente de ar. Então ele a colocou no chão e olhou-a com censura.

– Você tem que parar de se jogar desta forma, moça. Tem um bebê para se preocupar agora.

Ela sorriu, querendo apertá-lo em deleite.

– Você falou com o meu pai? – perguntou ela.

– Falei, sim.

Ela esperou e, quando ele não ofereceu mais informação, ela bateu-lhe no braço.

– Bem, me diga! Estou morrendo aqui. Você não pode me manter em suspense por mais tempo.

Bowen riu e puxou-a para seus braços, beijando seu nariz, os olhos, a testa e cada bochecha antes de, finalmente, reivindicar seus lábios mais uma vez.

– Eu amo você, moça. Temo que nunca ficarei cansado de dizer isso.

Seu coração amoleceu e ela o beijou de volta, saboreando a linha dura dos lábios dele.

– Nunca me cansarei de ouvir você dizer isso. Agora, conte-me tudo. O que meu pai disse?

Ele se virou, tomando-lhe a mão enquanto se afastavam de onde Rorie e Eveline praticavam sua mira.

– Ele me falou de seu desejo de residirmos no castelo McInnis durante metade do ano.

Ela olhou ansiosamente para ele.

– Você se importa?

Ele parou e se virou para ela, reunindo suas mãos nas dele.

– Genevieve, eu concordaria em passar seis meses no inferno se fosse para estar com você.

Suas bochechas aqueceram e ela sorriu, alegria espalhando como um incêndio por sua alma.

– Bem, eu espero que você não pense que seis meses no castelo McInnis seja semelhante ao inferno – ela brincou.

– Se eu estiver com você, qualquer lugar é o céu.

– Oh, Bowen. Não pode continuar a dizer essas coisas. Você irá me manter em lágrimas, e eu já sou uma confusão emocional com o bebê. Minha mãe me diz que é normal, mas alguns dias me sinto como se estivesse me desfazendo!

Ele riu e beijou-a no nariz novamente.

– O casamento será aqui logo que sua mãe estiver bem para viajar. Vamos passar o inverno no castelo Montgomery e, depois que você der à luz o bebê, na primavera, quando puder viajar, faremos nossa jornada para o castelo McInnis.

Ela mordeu o lábio e olhou hesitante para ele.

– Você se importa que meu pai queira que eu seja a laird de nosso clã, e que ele tem a intenção de que você me ajude no papel de liderança?

– Está perguntando se eu estou ameaçado pela perspectiva?

Depois de um momento, ela assentiu.

– Alguns homens não iriam aceitar isso bem.

Bowen jogou a cabeça para trás e riu.

– Moça, eu não me importaria se você fosse a rainha da Inglaterra. Enquanto eu tiver você como minha esposa, não me importo se é um mendigo ou uma laird. Você é uma moça feroz e corajosa. Não consigo pensar em uma laird melhor para o seu povo quando for a hora de seu pai passar o manto da liderança. Se acha que ficarei para trás e de mau humor porque minha masculinidade estará ameaçada, está enganada. Vou permitir que me leve para nosso quarto de tempos em tempos, de modo que possa me mostrar que eu ainda sou útil em alguma capacidade.

Genevieve deu uma gargalhada e abraçou-o ferozmente, porque, caso contrário, ela iria chorar. Não porque estava infeliz, mas porque a alegria preenchia cada centímetro de seu coração e alma. Ela estava prestes a estourar.

– Eu te amo, Bowen Montgomery. Eu te amo muito, e isso nunca irá mudar, mesmo quando estivermos velhos e grisalhos. Agradeço a Deus por você todos os dias, e que você veio e me levantou das profundezas do desespero. Você me mostrou como pode ser com um homem que me ama e acendeu uma luz sobre as sombras mais escuras de minhas memórias.

Ele acariciou os cabelos dela, colocando os fios rebeldes para trás de suas orelhas.

– Nós criaremos novas memórias, moça. Todos os dias para o resto de nossa vida. E, quando estivermos velhos, poderemos narrar novamente o conto de como uma moça superou dificuldades intransponíveis e se tornou uma das lairdes mais ferozes em toda a Escócia.